Sie möchten keine Neuerscheinung verpassen?
Dann tragen Sie sich jetzt für unseren Newsletter ein!

www.ylva-verlag.de

Von Jae außerdem lieferbar

Hängematte für zwei
Herzklopfen und Granatäpfel
Vorsicht, Sternschnuppe

Die Hollywood-Serie:
Liebe à la Hollywood
Im Scheinwerferlicht
Dress-tease
Affäre bis Drehschluss

Die Portland-Serie:
Auf schmalem Grat
Rosen für die Staatsanwältin
Umzugsfieber

Die Mondstein-Serie:
Cabernet und Liebe
Verführung für Anfängerinnen

Die Serie mit Biss:
Zum Anbeißen
Coitus Interruptus Dentalis

Die Gestaltwandler-Serie:
Vollmond über Manhattan

Perfect Rhythm

Herzen im Einklang

JAE

Danksagung

Ein herzliches Dankeschön geht an meine fleißigen Korrekturleserinnen Melanie, Susanne, Christiane, Peggy, Sandra und Stephanie sowie an meine Lektorin Andrea Fries.

Kapitel 1

»Jenna, Jenna, Jenna!« Die Rufe ihrer Fans hallten durch den Madison Square Garden. Selbst nach einem 90-minütigen Konzert konnte die Menge offenbar nicht genug von ihr bekommen. Eine Gänsehaut breitete sich auf ihrem gesamten Körper aus, als zwanzigtausend Menschen jubelten, klatschten und ihren Namen riefen.

Nun ja, eigentlich war es nicht ihr richtiger Name, sondern ihr Künstlername.

Schon seit mehr als einem Jahr hatte niemand mehr ihren richtigen Namen, Leontyne oder Leo, benutzt. Wenn sie auf Tour war, wurde sie zur Popikone Jenna Blake.

Andere Stimmen riefen laut nach »Butterfly Kisses«, ihrem erfolgreichsten Lied.

Ray, der neben ihr hinter der Bühne stand, stöhnte. »Wenn ich dieses Lied noch einmal spielen muss, raste ich aus.« Er tat so, als würde er sich mit seinen Schlagzeugsticks die Kehle durchschneiden. »Wir haben es doch schon am Anfang gespielt. Warum wollen sie es noch mal hören?«

Leo seufzte. Nachdem sie das Lied während der vergangenen dreizehn Monate auf einhundertachtzehn Konzerten gesungen hatte, konnte sie es auch nicht mehr hören. »Wenn die Fans es so wollen, dann spielen wir es eben noch mal. Komm schon.« Sie klopfte Ray auf die Schulter. »Diese letzte Zugabe noch, dann können wir alle nach Hause gehen.«

Sie nahm einen Schluck ihres lauwarmen Wassers, bevor sie die Flasche abstellte und die Hand hob, um den Technikern ein Zeichen zu geben.

Die Lichter in der Arena gingen aus. Tausende von Handydisplays leuchteten in der Dunkelheit. Die Nebelmaschine hinter den Verstärkern hüllte die Bühne in dichten Rauch.

Leo gab ihre Gitarre an den Gitarrentechniker weiter, trat hinter der Bühne hervor und tastete sich im Dunkeln die wenigen Stufen empor.

Wer zum Teufel hat das für eine gute Idee gehalten? Sie verfluchte die hohen Absätze ihrer kniehohen Stiefel und den hautengen Overall mit dem Rollkragen und dem tief ausgeschnittenen Rücken. Blindlings ging sie über den Steg, der die Hauptbühne mit einer kleineren Plattform verband.

Sobald sie die Plattform erreicht hatte, flammte ein einzelner Lichtkegel auf und tauchte sie in ein violettes Licht. Hinter ihr explodierte ein buntes Feuerwerk auf einer riesigen Videoleinwand.

Die Menge kreischte und jubelte.

Derek spielte die ersten Takte von »Butterfly Kisses«. Die Klänge der Bassgitarre vermischten sich mit den Trommelschlägen und Leos Körper bewegte sich wie von selbst im Rhythmus der Musik.

Als sie das schnurlose Mikrofon aus seinem Ständer nahm, fiel sie sofort in ihre Rolle als Popstar.

Leos sinnliche, leicht rauchige Stimme füllte die Arena. Ihre Hüften kreisten verführerisch zum Takt des Lieds. Sie stolzierte über die Plattform und blieb aufreizend dicht am Rand stehen, sodass ihre Zuhörer sie fast berühren konnten. Sie senkte die Stimme zu einem sexy Hauchen und sang direkt zu ihren Fans.

Hände reckten sich ihr entgegen.

Bevor irgendjemand sie berühren konnte, wich sie mit einem spielerischen Zurückwerfen ihrer Haare zurück und sang den Refrain.

Das Scheinwerferlicht ließ ihre Haut glühen, aber sie ignorierte den Schweiß, der ihr Kostüm durchdrang, und konzentrierte sich ganz auf ihre Tanzschritte und den Text.

Die Menge unter ihr tanzte, klatschte und sang lauthals mit.

Als sie erneut den Refrain begann, streckte Leo die Hand mit dem Mikrofon aus, um ihre Fans singen zu lassen. Die Scheinwerfer blendeten sie, sodass sie keine Gesichter erkennen konnte. Alles, was sie sah, waren Hände, die leuchtende Handys hielten. Ab und zu, wenn Lichtkegel über die Menge kreisten, erhaschte sie einen Blick auf ein T-Shirt, das ihr Gesicht oder ihren Namen trug.

Selbst nach vierzehn Jahren im Musikgeschäft hatte sie sich noch nicht daran gewöhnt.

Es war ein unglaubliches Gefühl, auf diese Menschenmenge hinabzublicken und zu wissen, dass sie alle gekommen waren, um sie singen zu hören. Einen Moment lang war die alte Begeisterung wieder da, als die brodelnde Energie der Menge durch sie hindurchfloss.

Schließlich verklangen die Schlussakkorde des Liedes.

Ihre Fans klatschten und stampften mit den Füßen, sodass die Bühne unter ihren Füßen bebte.

»Ich liebe dich, Jenna!«, rief ein Mädchen in der ersten Reihe. Andere stimmten mit ein.

»Ich liebe dich auch, W…« Gerade noch rechtzeitig brach sie ab. Nein, in Washington, D.C. war sie gestern gewesen. Heute waren sie in New York. Zu Hause. »Wunderschöne.« Leo ließ es klingen, als hätte sie von Anfang an nichts anderes sagen wollen. »Herzlichen Dank euch allen und gute Nacht.«

Das Mikro fühlte sich so schwer wie ein Amboss an, als sie es zurück auf den Ständer steckte. Nachdem sie sich verbeugt und in alle Richtungen gewinkt hatte, verließ sie die Bühne, so schnell ihre hochhackigen Stiefel es zuließen.

Ein schwarz gekleideter Sicherheitsbeamter führte sie durch die verworrenen Korridore, vorbei an Tontechnikern, Inhabern von Backstageausweisen und Bildern von Bands und Sängern, die vor ihr im Madison Square Garden gespielt hatten.

Sie setzte ihr Jenna-Blake-Lächeln auf, als Teammitglieder und Fans ihr »herzlichen Glückwunsch« oder »tolles Konzert« zuriefen. Erst als die Tür ihrer Garderobe hinter ihr zufiel, gestattete sie sich, ein wenig zu entspannen. Zum ersten Mal seit einer gefühlten Ewigkeit war sie allein, ohne dass irgendjemand um ihre Aufmerksamkeit buhlte. Sie nahm den Ohrhörer heraus und legte ihn auf den Schminktisch vor dem riesigen, von Glühbirnen eingerahmten Spiegel.

Oh Mann. Sie sah beschissen aus. Vielleicht hatte das Bühnen-Make-up, das sie zu Konzerten tragen musste, ja doch seine Vorteile. Es verbarg die Ringe um ihre Augen, zumindest aus der Ferne. Wenn sie nicht aufpasste, würde die Gerüchteküche bald brodeln und die Klatschpresse würde behaupten, sie nähme Drogen oder verbrächte die Nächte auf wilden Partys.

Schön wär's! Sie ließ sich auf eines der drei schokoladenfarbenen Sofas fallen. Sofort streifte sie die Folterinstrumente von den Füßen und vergrub ihre nackten Zehen im weichen Teppichboden.

Sie schloss die Augen. *Himmlisch.* Als das Adrenalinhoch abflaute, überkam sie eine bleierne Erschöpfung. Sie hätte ewig hier sitzen bleiben und die Stille genießen können, aber das Knarren der Tür ließ sie die Augen öffnen.

Saul, ihr Manager, betrat die Garderobe und schob sich an zahlreichen Kleiderständern vorbei. Ein breites Grinsen zeichnete sich auf seinem bärtigen Gesicht ab.

Sein Assistent und eine Maskenbildnerin folgten ihm.

»Du warst toll da draußen.« Er deutete zu dem riesigen Flachbildfernseher, der die Bühne zeigte. »Sie haben dich geliebt.«

Leo sagte nichts. Ihre Fans liebten das konstruierte Image von sexy Popstar Jenna Blake, nicht wirklich sie. Ohne aufzustehen, beugte sie sich über ihre Reisetasche und suchte nach einem Pullover. Sie konnte es kaum abwarten, endlich ihr Make-up und den engen Overall loszuwerden, der an ihrer feuchten Haut klebte.

Saul zog die Tasche außer Reichweite. »Das muss warten. Du musst dich gleich mit deinen VIP-Fans treffen und dich dann bei der Afterparty sehen lassen.«

»Für die Afterparty ziehe ich mich um, aber glaubst du wirklich, es kümmert meine Fans, was ich anhabe, wenn ich die Garderobe verlasse, um kurz Hallo zu sagen?«

»Und wie es sie kümmert«, sagte Saul. »Glaubst du im Ernst, die bezahlen dafür, dich in deiner Lesbenuniform zu sehen?«

Als Kind hatte Leo stundenlang vor dem Spiegel geübt, bis sie eine Augenbraue heben konnte. Nun kam ihr diese Fähigkeit zugute. »Seit wann gelten Jeans und Pulli als Lesbenuniform?«

»Habe ich dich je schlecht beraten?«

Sie seufzte. Ihr war bewusst, dass Saul sie zu dem gemacht hatte, was sie heute war, aber inzwischen war sie sich nicht mehr so sicher, ob es das war, was sie wollte. »Ich bin müde, Saul.«

»Ich weiß. Es war ein langer Abend.«

»Ein langes Jahr«, murmelte sie.

»Aber jetzt ist es vorbei.« Er wedelte mit der Hand, als könnte das den Stress des letzten Jahres wegwischen. »Und es wird dich sicher aufmuntern, wenn du hörst, welche großartige Gelegenheit ich für dich aufgetan habe.« Er hüpfte zu ihr herüber und sie konnte fast die Dollarzeichen in seinen Augen sehen.

Na toll. Was hatte er jetzt schon wieder geplant?

»Ich habe ein tolles Angebot für dich ausgehandelt: Du wirst Jurymitglied bei *A Star is Born*!« Er breitete die Arme aus und erwartete offenbar eine begeisterte Reaktion. »Das Vorsingen beginnt im Januar. Du hast also noch sechs Monate Zeit. Wenn wir Irene und den Rest deiner Songwriter zusammentrommeln, sollte genug Zeit sein, um fünfzehn Lieder zusammenzustellen und sie dann im Studio …«

»Nein. Ich habe dir eben gesagt, dass ich müde bin«, sagte sie, diesmal lauter. »Ich meine es ernst. Ich brauche eine Pause.«

Saul sah zur Maskenbildnerin. »Könnten Sie uns kurz allein lassen?« Er wartete, bis sie den Raum verlassen hatte, bevor er sich wieder Leo zuwandte. »Fünfzehn Minuten mit den Fans und auf der Afterparty ein bisschen Small Talk mit den Leuten von der Plattenfirma, dann lasse ich dich nach Hause fahren. Acht Stunden Schlaf, ein ausgiebiges Frühstück und schon wirst du dich besser fühlen.«

»Nein, Saul. Du hörst mir nicht zu. Ich brauche mehr als acht Stunden Schlaf und ein Eiweißomelette.« Sie wischte sich eine feuchte Haarsträhne aus dem Gesicht. »Ich bin nicht nur körperlich müde.«

Tiefe Furchen gruben sich in Sauls Stirn. »Das meinst du nicht ernst.«

Sie hielt seinem Blick stand. »Doch. Vielleicht werde ich alt.«

Seine Lippen formten ein amüsiertes Lächeln. »Du bist zweiunddreißig. Das ist nicht gerade alt.«

»Wenn man ein sexy Popstar sein soll, schon. Ich habe bis zum Ende der Tour durchgehalten, aber so kann es nicht weitergehen. Ich stehe so dicht vor einem Burn-out.« Sie hielt Daumen und Zeigefinger einen halben Zentimeter auseinander.

»Alles, was du brauchst, ist eine kleine Stärkung.« Er zog eine silberne Pillendose aus der Innentasche seines maßgeschneiderten Anzugs und klappte sie auf.

Ohne einen Blick auf den Inhalt der Dose zu werfen, sprang Leo auf. Sie wollte es gar nicht wissen. Oft genug hatte sie gesehen, was dieses Zeug mit Musikern anrichtete. »Du weißt genau, dass ich auf meinen Touren keine Drogen zulasse. Wenn du diesen Scheiß nicht sofort aus meiner Garderobe entfernst, werde ich …«

»Wer hat denn irgendetwas von Drogen gesagt? Ich würde dir nie irgendetwas Illegales geben. Es ist nur eine Tablette, die dir helfen wi…«

»Diese Art von Hilfe brauche ich nicht. Wie oft muss ich es denn noch sagen? Ich brauche eine verdammte Pause.« Sie trat mit einem Fuß nach einem der hochhackigen Stiefel, sodass dieser quer durch den Raum geschleudert wurde.

Sauls neuer Assistent zuckte zusammen. Vermutlich glaubte er nun, sie wäre eine Diva mit Wutausbrüchen, aber es war ihr egal.

»Dann eben nicht.« Mit einem Schulterzucken steckte Saul die Pillenbox ein. Er ließ sich auf die Couch fallen und klopfte auf das Polster neben sich.

Sie starrte ihn noch etwas länger böse an, bevor sie sich demonstrativ auf die andere Couch setzte.

»Hör zu, Jenna.« Er stützte die Ellbogen auf die Schenkel, beugte sich vor und betrachtete sie über den gläsernen Couchtisch hinweg. »Ich weiß, dass du eine Woche Cocktailschlürfen auf einer tropischen Insel gut gebrauchen könntest. Himmel, wir alle hätten es nötig. Aber du hattest schon seit drei Jahren keinen Nummer-eins-Hit mehr in den Charts.«

Ein leises Knurren entfuhr ihr. »Die Hälfte dieser drei Jahre habe ich damit verbracht, mein letztes Album zu promoten und auf Tour zu gehen.«

»Ich weiß.« Er hob beide Hände. »Ich sage nicht, dass du faul bist. Aber das ist nicht der richtige Zeitpunkt für eine Pause. Du hattest Glück, dass du nicht all deine

Fans verloren hast, als du dich entgegen meinem Rat geoutet hast. Aber noch mal wirst du nicht so viel Glück haben.«

»Glück?«, wiederholte Leo. »Ich habe hart gearbeitet, um ...«

»Harte Arbeit genügt nicht. Du weißt selbst, wie wechselhaft Fans sind. Wenn irgendwo eine neue heiße Tussi auftaucht, die einen Ton länger als eine Sekunde halten kann, werden sie dich schneller vergessen haben, als du *Karriereknick* sagen kannst.«

Leo seufzte. Leider musste sie zugeben, dass er recht hatte. Bevor ihr eine Antwort einfallen konnte, klingelte ein Telefon.

Saul griff nach seinem Handy, aber es war nicht seins.

Die Melodie von Aretha Franklins »Call Me« drang durch den Raum. Nur wenige Personen hatten Leos Nummer. Sie hatte ihren eigenen Klingelton so lange nicht gehört, dass sie einen Moment brauchte, um zu reagieren. Ehrlich gesagt war sie ganz froh, der Diskussion mit Saul ein paar Minuten entkommen und über ihre Antwort nachdenken zu können.

Aber als sie aufstand, um ihr Handy zu holen, winkte Saul seinem Assistenten zu. »Nimm mal ab.« Er wandte sich wieder Leo zu. »Wir sind mitten in einer wichtigen Unterhaltung. Das kann warten.«

Sie sank auf die Couch zurück. Er hatte recht. Sie hatte ihm schon vor der Welttour gesagt, dass sie eine Pause brauchte, aber scheinbar war sie nicht zu ihm durchgedrungen. Diesmal musste es gelingen. Sie brauchte einen Monat Urlaub, weit weg von allem, sonst würde sie verrückt werden.

Der Assistent legte sein Klemmbrett weg, nahm ihr Handy vom Schminktisch und verließ den Raum, um draußen den Anruf entgegenzunehmen. Doch bevor sie die Unterhaltung mit Saul wiederaufnehmen konnte, kam der junge Mann in die Garderobe zurück und hielt ihr mit hilfloser Miene das Handy hin.

Saul funkelte ihn an. »Ich hoffe doch sehr, dass das der Präsident der Footballliga ist, der möchte, dass Jenna während des Super Bowls die Nationalhymne singt!«

Der Assistent schluckte hörbar. »Äh, nein, es ist irgendeine Frau. Ich habe ihren Namen nicht verstanden. Sie sagt, sie will mit einer Leontyne sprechen.« So wie er es aussprach, reimte es sich auf Wein, so als hätte er nicht darauf geachtet, wie die Frau am Telefon den Namen betont hatte.

»Le-on-tien«, korrigierte Leo automatisch.

»Äh, ja, ich glaube, so hat sie es gesagt. Ich habe ihr gesagt, sie ist falsch verbunden, aber sie besteht darauf, dass ...«

Sie winkte mit den Fingern. »Geben Sie mir das Handy.«

Der Assistent eilte um den Glastisch und reichte ihr das Handy.

Bei der Frau, die nach Leontyne verlangte, konnte es sich nur um eine einzige Person handeln. Sie holte tief Luft. »Mama?«

Sauls Assistent starrte sie an.

Hatte er etwa gedacht, sie wäre ohne Eltern im Labor gezüchtet worden?

»Leontyne?« Es war die Stimme ihrer Mutter.

Ein Kloß setzte sich in ihrem Hals fest. Sie hatten fünf Jahre lang nicht miteinander gesprochen. Irgendetwas musste passiert sein, sonst würde ihre Mutter sie jetzt nicht anrufen. »Ja. Was ist passiert?«

»Ich habe mich gefragt, ob …? Hast du …?« Ihre Mutter schnappte mühsam nach Luft. »Ich würde mich sehr freuen, wenn du nach Hause kämst.«

»Wie bitte? Ich soll nach Hause kommen?«

Saul riss die Augen auf. Er schüttelte hektisch den Kopf. »Auf keinen Fall«, sagte er, vermutlich laut genug, dass auch Leos Mutter ihn hören konnte. »Das ist nicht der geeignete Zeitpunkt für einen Familienbesuch. Du musst dein nächstes Album aufnehmen.«

Leo steckte sich den Zeigefinger ins Ohr, um ihn nicht mehr zu hören. »Vielleicht kann ich diesen Herbst …«

»Ich denke wirklich, du solltest deinen Vater jetzt besuchen«, unterbrach ihre Mutter sie. »Er hatte einen Schlaganfall.«

Kapitel 2

Holly lehnte sich gegen den Behandlungstisch und sah von ihrer Mutter, der einzigen Tierärztin in Fair Oaks, zu Mrs. Mitchell und dem Transportkorb in deren Hand.

Wer immer Diva auch ihren Namen gegeben hatte, diese Person hatte eine passende Wahl getroffen.

Sobald Mrs. Mitchell den Katzenkorb auf dem Stahltisch abstellte, zuckte Diva abfällig mit den Schnurrhaaren, drehte sich um und zeigte ihnen ihren Hintern.

Mrs. Mitchell kicherte. »Bitte entschuldige ihre Manieren, Beth. Sie mag Besuche beim Tierarzt nicht.«

»Ich werde versuchen, es nicht persönlich zu nehmen.« Hollys Mutter grinste schief.

Nun, da Mrs. Mitchell die Hände frei hatte, kam sie auf Holly zu.

Einen Moment lang fürchtete Holly, ihre frühere Mathelehrerin würde ihr in die Wangen kneifen, als wäre Holly noch ein Kind, aber stattdessen bekam sie eine Umarmung.

»Ich habe dich länger nicht mehr gesehen, Liebes. Es hält dich wohl ziemlich auf Trab, dass du dich um Gil kümmerst. Oder hast du doch beschlossen, die Praxis deiner Mutter zu übernehmen?« Mrs. Mitchell schwang den Arm in einer Geste, die das Behandlungszimmer und den Rest der Tierarztpraxis mit einschloss.

Holly lachte. »Oh nein. Ich bin Krankenschwester, nicht Tierärztin. Ich helfe nur für ein paar Stunden aus, weil Susan sich krankgemeldet hat.« Als sie ihrer Mutter half, die fauchende Katze aus der Transportbox und auf den Behandlungstisch zu bekommen, beglückwünschte sie sich insgeheim für ihre Berufswahl. Ihre menschlichen Patienten waren normalerweise kooperativer ... und sie hatten keine rasiermesserscharfen Krallen.

Diva stieß ein ohrenbetäubendes Jaulen aus, als würde man sie foltern, und sträubte das Fell, bis sie das Doppelte ihrer ohnehin schon eindrucksvollen Größe annahm.

Holly begann zu schwitzen, als sie versuchte, die Katze festzuhalten, ohne völlig zerkratzt zu werden.

»Hey, hey«, raunte ihre Mutter der Katze zu. »Niemand wird dir wehtun.«

Das Versprechen schien ziemlich einseitig zu sein. Divas Schwanz, der die Dimensionen einer Klobürste angenommen hatte, peitschte hin und her und die Katze versuchte zu beißen.

Hollys Mutter packte das Tier mit einem geübten Griff im Nacken. Sanft tastete sie Divas Bauch ab, hielt ein Stethoskop gegen ihre Brust und blickte dann in ihre Ohren. Holly hatte alle Hände voll zu tun, die fauchende Katze festzuhalten, die ihr einen Lass-mich-sofort-los-du-Rohling-Blick zuwarf.

Schließlich trat ihre Mutter einen Schritt zurück. »Alles sieht gut aus, Thelma. Aber Diva sollte ein bisschen abnehmen.«

Ein bisschen? Das war die Untertreibung des Jahrhunderts. Es bestand keinerlei Gefahr, dass Diva zur Katzenversion von Kate Moss werden würde.

»Hast du ihr nicht das Spezialfutter gegeben, das ich dir letzten Monat empfohlen habe?«, fragte Hollys Mutter.

»Ich habe es versucht, aber sie hat es nicht angerührt.«

»Versuche es noch mal. Sie wird es fressen, sobald sie merkt, dass sie nichts anderes bekommt, ganz egal, wie sehr sie schmollt. Vertrau mir. Bei Holly hat es bestens funktioniert, als sie ein Kind war und sich weigerte, grüne Bohnen zu essen.« Sie stupste Holly an.

»Das glaubst auch nur du«, sagte Mrs. Mitchell. »In der Schulcafeteria hat sie ständig ihren Apfel gegen die Kekse von Amber Young getauscht.«

Als ihre Wangen heiß wurden, verfluchte Holly ihre helle Haut. Wenigstens schien Mrs. Mitchell nicht zu ahnen, dass Amber und sie auch ihre Hausaufgaben getauscht hatten: Holly hatte Mathe und Biologie für Amber erledigt, während Amber ihre Aufsätze geschrieben hatte. »Hey, ihr beiden, lasst mich aus der Sache raus.«

Ihre Mutter und Mrs. Mitchell lachten. Diva fauchte und sie wandten sich alle wieder der Katze zu.

»Was, wenn sie sich weigert, das neue Futter zu fressen?« Mrs. Mitchell sah besorgt auf Diva hinab. »Ist es nicht gefährlich für Katzen, in den Hungerstreik zu treten?«

»Ich glaube nicht, dass das passieren wird. Lass uns eine andere Geschmacksrichtung des Spezialfutters ausprobieren. Du kannst es unter ihr normales Futter mischen und dann jeden Tag das Mischungsverhältnis etwas verändern, bis sie nur noch das Spezialfutter bekommt.«

Mrs. Mitchell nickte. »Das kann ich probieren.«

»Prima.« Der weiße Kittel ihrer Mutter raschelte, als sie sich zu Holly umdrehte. »Du kannst Diva zurück in ihre Transportbox setzen.«

Die Katze hatte sich unter ihrem sicheren Griff etwas beruhigt, aber als Hollys Mutter losließ und Holly Diva vom Tisch nahm, schnellte eine ihrer Pfoten vor.

Holly zuckte zurück, war aber nicht schnell genug. Eine der scharfen Krallen erwischte sie am Kinn. Schmerz durchfuhr sie, sodass sie zurücktaumelte und beinahe die Katze fallen ließ.

Resolut nahm ihre Mutter ihr Diva ab und hatte sie innerhalb von Sekunden im Katzenkorb verstaut. »Alles okay?« Die sonst so ruhigen Hände ihrer Mutter zitterten ein wenig, als sie Holly abtastete, als hätte sie eine Säbelwunde erlitten.

Seit dem Unfall ihres Vaters neigte ihre Mutter dazu, bei jeder noch so kleinen Verletzung überzureagieren. »Kein Grund zur Sorge, Mama. Es ist nur ein kleiner Kratzer.« Auch, wenn er schrecklich brannte. Sie zog ein Taschentuch aus der Tasche ihrer Jeans und drückte es gegen ihr Kinn.

»Lass mal sehen.«

»Ist schon okay. Ich werde es gleich desinfizieren.«

»Lass mal sehen«, wiederholte ihre Mutter in einem Tonfall, der keinen Widerspruch duldete.

Seufzend ließ Holly die Hand mit dem Taschentuch sinken.

Ihre Mutter und Mrs. Mitchell traten näher und machten ein riesiges Aufheben um den Kratzer.

Aretha Franklins »A Natural Woman« begann zu spielen. Es war der Klingelton von Hollys Handy.

Der Anruf kam gerade rechtzeitig. *Danke, Aretha.* Sanft wehrte sie die Hände ihrer Mutter ab und warf einen Blick aufs Display. Der Name, der dort aufleuchtete, ließ ihr Herz schneller schlagen. »Es ist Sharon. Ich muss rangehen.«

Sofort traten ihre Mutter und Mrs. Mitchell zurück und begannen, den neuesten Klatsch über Sharons berühmte Tochter, Leontyne, auszutauschen.

Holly hörte nicht hin. Sie hob rasch das Handy ans Ohr. »Sharon? Ist mit Gil alles okay?«

»Oh, ja, Liebes. Er macht ein Nickerchen. Ich hoffe, du hast dir keine Sorgen gemacht.«

»Nein«, sagte Holly, doch sie wussten beide, dass es eine Lüge war. Es dauerte einige Sekunden, bis ihr Herzschlag sich verlangsamte.

»Wäre es möglich, dass du heute etwas früher kommst?«, fragte Sharon nach einem Moment der Stille. »Leontyne kommt nach Hause und ich würde gern einen Erdbeer-Rhabarber-Kuchen machen. Es ist ihr Lieblingskuchen, weißt du? Zumindest war er das, als sie ein Kind war, aber vermutlich mag sie ihn noch immer.«

Holly nahm das Geplapper über den Kuchen kaum wahr, denn ihr Gehirn war mit einem einzigen Gedanken beschäftigt. »Leontyne kommt nach Hause?«

Ihre Mutter und Mrs. Mitchell verstummten schlagartig. Sogar die Katze hörte auf zu fauchen.

»Ja«, sagte Sharon leise. Freude und Sorge mischten sich in ihrer Stimme. »Ich weiß nicht, für wie lange, aber ja, sie kommt nach Hause.«

»Oh, wie wundervoll«, flüsterte Mrs. Mitchell und klatschte in die Hände.

Holly verzog das Gesicht. So sehr sie es auch versuchte, sie konnte diese Freude einfach nicht teilen. Leontyne hätte schon viel früher nach Hause kommen sollen – letztes Jahr, als ihr Vater den ersten, leichteren Schlaganfall gehabt hatte, oder zumindest im Mai, nach seinem zweiten Schlaganfall, als er Wochen im Krankenhaus und dann im Rehazentrum verbracht hatte. Sie hätte da sein sollen, als ihre Mutter zusammengebrochen war und an Hollys Schulter geweint hatte.

Aber natürlich war Leontyne … oder vielmehr Jenna Blake … viel zu sehr damit beschäftigt gewesen, in der Welt herumzureisen und das Rampenlicht zu genießen. Sie scherte sich nicht darum, was in der Zwischenzeit mit ihren Eltern geschah. Soweit Holly wusste, hatte sie nicht einmal angerufen.

»Also?«, fragte Sharon, als Holly stumm blieb. »Kannst du früher kommen?«

Holly sah ihre Mutter fragend an, denn sie wusste, dass sie ihre Unterhaltung belauscht hatte. »Brauchst du mich hier noch?«

»Geh ruhig«, sagte ihre Mutter. »Ich komme allein zurecht.«

»Wenn es nicht geht, dann ist das auch in Ordnung«, sagte Sharon. »Ich weiß, dass du schon jetzt sehr viel mehr für uns tust, als in deinem Vertrag steht.«

»Sharon, ich bin keine Schwester in einem Krankenhaus, die du kaum kennst. Wir sind Freundinnen. Himmel, ich wohne praktisch bei euch. Vergiss den Vertrag und frag einfach, wenn du Hilfe brauchst, okay? Soll ich auf dem Weg zu euch bei einem Laden anhalten oder hast du alles, was du für den Kuchen brauchst?«

Sharon atmete hörbar auf. »Holly Drummond, du bist ein Geschenk Gottes. Ich hoffe, ich sage dir das oft genug.«

»Ist schon okay. Wirklich. Es macht mir nichts aus.« Holly lachte. »Außerdem bin ich dir und Gil noch etwas schuldig für das, was ihr ertragen musstet, als er versucht hat, mir das Klavierspielen beizubringen.«

Sharons Lachen hallte durch die Leitung. In den zwei Monaten seit Gils zweitem Schlaganfall hatte Holly es viel zu selten gehört.

Lächelnd notierte sie sich die Einkaufsliste, beendete das Gespräch und verabschiedete sich von ihrer Mutter und Mrs. Mitchell.

»Was ist mit dem Kratzer?«, rief ihre Mutter ihr nach.

Holly winkte ab. »Ich werde es überleben.« Nachdem sie mit Diva, der Teufelskatze, zurechtgekommen war, sollte es ein Leichtes sein, mit einem verwöhnten Popstar fertigzuwerden.

Leo raste auf dem Highway 169 nach Norden. Gott, war sie froh, endlich dem Flughafen und den Fans entkommen zu sein, die sie um Autogramme und Fotos gebeten hatten. *Langsamer.* Sie nahm den Fuß vom Gas und schaltete den Tempomaten ein. Schließlich hatte sie es nicht eilig, nach Fair Oaks zu kommen.

Vor vierzehn Jahren hatte sie hart darum gekämpft, diesem Ort endlich zu entfliehen. Die Kleinstadt hatte ihr nichts zu bieten und auch mit ihrem Vater verband sie keine herzliche Beziehung. Zum Teufel, vermutlich war er froh, dass sie so lange weggeblieben war, und sie war nicht sicher, dass er sie jetzt, wo er krank war, um sich haben wollte. Ihr Vater hatte nie irgendwelche Schwächen gezeigt.

Sie seufzte und blickte durch die Windschutzscheibe.

Die Hügel von Nordwestmissouri hoben und senkten sich wie sanfte Wellen auf dem Meer und die weißen Windturbinen wirkten wie Schiffsmasten, was das Gefühl noch verstärkte, irgendwo auf dem Ozean zu sein. Die Farmhäuser und Silos, die hin und wieder entlang des Highways auftauchten, schienen isolierte Häfen zu sein, und die langen Auffahrten mit Briefkästen am Ende ragten wie Anlegestege in Richtung Straße.

Sie hatte vergessen, wie wunderschön dieser Teil des Landes sein konnte.

Zu beiden Seiten der Straße lagen Felder: goldener Weizen, der bald schon geerntet werden konnte, grüne Sojabohnen und Mais, der bereits höher als Leos eins achtundsiebzig war.

Es erinnerte sie an die Sommer vor zwanzig Jahren, als sie sich Taschengeld verdient hatte, indem sie auf den Bohnenfeldern der umliegenden Farmen ausgeholfen hatte. Bis zur Hüfte in Sojabohnen zu stecken und in der Hitze Unkraut zu jäten, war nicht gerade ihre Vorstellung von einem tollen Sommerurlaub gewesen, aber ihr Vater hatte ihr eine gute Arbeitsmoral beibringen wollen. »Wenn du Geld zum Ausgeben haben willst, Leontyne, dann musst du es dir verdienen«, hatte er gesagt.

Wow, daran hatte sie lange nicht mehr gedacht. Sie schnaubte. *Du hast es wohl eher verdrängt.*

Die Arbeit auf Bohnenfeldern war hart. Am Ende war sie immer bis zur Hüfte vom Tau durchtränkt gewesen, hatte sich einen Sonnenbrand auf dem Nacken zugezogen und ihre Hände waren von Blasen und Schnitten bedeckt gewesen.

Sie nahm die linke Hand vom Steuer und betrachtete sie. Jetzt hatte sie natürlich keine Blasen oder Schnitte, nur Schwielen auf den Fingerkuppen von den Saiten ihrer Gitarre. Saul würde sie umbringen, wenn sie mit verletzten Händen zurückkäme und nicht spielen könnte. Aber sie hatte ohnehin nicht vor, auf den umliegenden Farmen auszuhelfen. Sie würde nur so lange bleiben, bis sie sich davon überzeugt hatte, dass ihr Vater alles hatte, was er brauchte. Sich unter die Einheimischen zu mischen, stand nicht auf ihrer To-do-Liste.

Wie auf dieses Stichwort hin begann ihr Handy, durch die Lautsprecher des Mietwagens zu klingeln, und der Name ihres Managers leuchtete auf der Armaturenanzeige auf.

Kurz zog sie in Erwägung, ihn zu ignorieren, aber dann würde er vermutlich den nächsten Flug nach Kansas City nehmen, um Jagd auf sie zu machen. Seufzend drückte sie die Telefontaste am Lenkrad, um die Musik auszuschalten und den Anruf entgegenzunehmen.

»Bist du schon da?« Saul hielt sich wie üblich nicht lange mit einem *Hallo* oder *Wie geht es dir?* auf.

»Nein, noch nicht. Vom Flughafen aus dauert die Fahrt etwa neunzig Minuten.« Sie bog ab Richtung Highway 136.

Saul schnalzte mit der Zunge. »Ich kann noch immer nicht glauben, dass du das wirklich tust. Wieso fährst du in dieses am Arsch der Welt liegende Nest in Kansas, obwohl du ein neues Album aufnehmen solltest?«

»Es liegt in Missouri, nicht in Kansas, und für mich ist das auch nicht gerade ein toller Urlaub, das kannst du mir glauben.«

Ein Traktor erschien vor ihr. Er zog einen Anhänger voller Strohballen hinter sich her.

»Na toll«, murmelte Leo. Sie hatte es zwar nicht eilig, nach Fair Oaks zu kommen, aber das hieß nicht, dass sie mit fünfzehn Kilometern pro Stunde auf dem Highway dahinschleichen wollte. »Willkommen auf dem Land.«

»Wie bitte?«, sagte Saul.

»Ach, nichts.«

Der Traktorfahrer fuhr auf den Seitenstreifen, um sie vorbeizulassen.

Leo trat aufs Gas und winkte ihm dankbar zu, als sie ihn überholte.

»Dieser plötzliche Notfall in der Familie ist nicht bloß eine Ausrede, um eine Weile allem zu entkommen, oder?«, fragte Saul.

Sie umklammerte das Steuer, als wollte sie es erwürgen. »Himmel, Saul! Du warst dabei, als meine Mutter angerufen hat. Glaubst du wirklich, ich würde so etwas vortäuschen?«

Eine Weile war es still. »Nun ja …«

Herzlichen Dank, du Arsch! Sie schluckte die Worte hinunter, ohne sie auszusprechen. Laut Saul war ihre Karriere ohnehin gefährdet, da musste sie es sich nicht auch noch mit ihrem Manager verderben.

»Die paarmal, wo du deinen Vater erwähnt hast, klang es immer, als wäre er bereits tot«, sagte Saul.

Nein. Aber ich bin für ihn gestorben. Aber darüber wollte sie jetzt nicht sprechen. »Ich muss auflegen, Saul. Ich bin gleich da.«

»Na schön. Aber bitte versuch, ein paar Lieder zu schreiben, während du dich bei deiner Familie verkriechst, ja?«

»Ich werde es versuchen«, sagte Leo, hatte aber schon jetzt das Gefühl, dass sie nicht in der Stimmung für heitere Poplieder sein würde.

Als sie das Gespräch beendete, schaltete sich das Radio wieder ein und das Ende eines Countryliedes erklang. Sie bog vom Highway ab auf eine enge, zweispurige Straße voller Schlaglöcher. Am rechten Straßenrand verkündete ein Schild: *Willkommen in Fair Oaks, dem Heimatort von Jenna Blake.*

Leo schnaubte. Fair Oaks war schon seit vielen Jahren nicht mehr ihre Heimat und niemals hatte sie dort jemand Jenna genannt.

Neben dem Schild stand ein kleineres mit der Aufschrift: *Stadtgrenze von Fair Oaks, 2378 Einwohner.*

Stadtgrenze? Ihre Lippen zuckten. *Ziemlich übertrieben.*

Als sie an den beiden Schildern vorbeifuhr, drang der Anfang von »Butterfly Kisses« durch die Lautsprecher. Stöhnend schaltete sie das Radio aus und fuhr in Stille durch die Stadt.

Es war fünf Jahre her, seit sie zur Beerdigung ihrer Großmutter zurückgekehrt war. Fair Oaks hatte sich kaum verändert, aber trotzdem fühlte es sich fremd an, so völlig anders als die Hochhäuser und die hellen Lichter von New York.

Der Wasserturm mit dem ausgebleichten Maskottchen der Highschool tauchte links vor ihr auf, während zur Rechten der rote Backsteinturm des Gerichtsgebäudes über der Stadt aufragte. Mehrere Gebäude am Stadtrand schienen verlassen zu sein. Die Fenster waren mit Brettern vernagelt.

Leo kam sich vor wie in einem Western, in dem der Wind einen Steppenläuferbusch die ausgestorben daliegende Straße entlangtrieb. Sie begegnete nur einem weißen Pick-up, der gerade vor Ruth's Diner anhielt. Der Mann hinter dem Steuer starrte sie an, vermutlich, weil er ihr Auto nicht kannte, was sie sofort als jemand von außerhalb identifizierte.

Ihre Hände wurden feucht, als sie auf das Haus zusteuerte, in dem sie aufgewachsen war. Es befand sich direkt gegenüber ihrer alten Schule. Der Anblick des Backsteingebäudes mit der Messingglocke auf dem Rasen trug nicht dazu bei, dass sie sich besser fühlte. In ihrer Klasse war sie ebenso sehr eine Außenseiterin gewesen wie im Rest der Stadt.

Kies knirschte, als Leo den Mietwagen in die Auffahrt ihrer Eltern lenkte. Sie stellte den Motor ab. Die plötzliche Stille klang viel zu laut.

Am liebsten wäre sie nicht ausgestiegen. Sie starrte durch die Windschutzscheibe zum Haus. Genau wie der Rest von Fair Oaks sah es fast genauso aus, wie Leo es in Erinnerung hatte. Obwohl sie ihren Eltern immer wieder Geld schickte, hatten sie das zweistöckige Haus nicht ausgebaut. Erst nach mehreren Minuten entdeckte sie einige Veränderungen: Das verwitterte Fensterbrett des Mansardenfensters, das aus dem Dach ragte, war ersetzt worden. Das Haus hatte einen neuen Anstrich und die Bäume am Rand des Grundstücks waren gewachsen.

Sie holte tief Luft, als würde sie gleich unter Wasser tauchen, und öffnete dann die Fahrertür. Die Julihitze traf sie wie ein Schlag ins Gesicht, aber sie konnte sich nicht den ganzen Tag in ihrem klimatisierten Mietwagen verstecken. Sie riss sich zusammen und stieg aus. Die zuschlagende Autotür klang wie ein Gewehrschuss und ließ sie zusammenzucken.

Leo öffnete den Kofferraum und nahm ihren Koffer und ihren mitgenommenen Gitarrenkoffer heraus.

Die Hollywoodschaukel auf der Veranda bewegte sich leicht im Wind, als sie auf das Haus zuging. Der Rasen, den sie als Jugendliche jeden Samstag gemäht hatte, war in gutem Zustand. Wer sich jetzt wohl darum kümmerte?

Auf der Veranda setzte sie ihren Koffer ab, behielt den Gitarrenkoffer aber in der Hand. Das vertraute Gewicht beruhigte sie. Es war ein seltsames Gefühl, den Klingelknopf zu drücken. Doch selbst wenn sie noch einen Schlüssel gehabt hätte, wäre sie nicht einfach so ins Haus gegangen, vor allem deshalb nicht, weil sie keine Ahnung hatte, was sie darin erwartete.

Ein düsteres Bild ging ihr durch den Kopf: ihr Vater, der an piependen Maschinen hing. Rasch schüttelte sie den Gedanken ab. Wenn es ihm so schlecht ginge, hätten ihn die Ärzte nicht aus dem Krankenhaus entlassen.

Ihr Vater war nie krank gewesen. In seinen vierzig Berufsjahren als Musiklehrer und Konzertgeiger hatte er keinen einzigen Arbeitstag gefehlt. Er hatte auch keinen Sonntag verpasst, an dem er in der Kirche die Orgel gespielt hatte. »Wenn man es wirklich will, triumphiert der Geist über die Materie«, hatte er immer gesagt.

Was immer auch passiert war, er würde wieder ganz gesund werden. Schon bald würde er sie mit seiner Meinung über ihre Lieder in den Wahnsinn treiben. Oder mit seinem abfälligen Blick auf ihre Schwielen, die ihr Geigenspiel verdarben. Oder seinen wenig subtilen Aufforderungen, mit einem der Wilsons auszugehen, obwohl er genau wusste, dass sie lesbisch war.

Sie streckte die Hand nach der Klingel aus, zögerte aber. *Komm schon. Du hast in den größten Arenen des Landes gespielt. Du schaffst das!*

Ihr Herz schlug einen Trommelwirbel, als sie die Klingel betätigte. Ihre Knöchel liefen weiß an, während sie darauf wartete, dass ihre Mutter öffnete.

Schritte näherten sich und die Tür schwang auf, aber die Frau im Türrahmen war nicht ihre Mutter. Eine Fremde Ende zwanzig starrte sie an.

Leos Nerven lagen blank, deshalb sagte sie das Erstbeste, was ihr in den Sinn kam. »Wer zum Teufel sind Sie?«

»Ich bin Holly.« Als Leo sie weiter fragend ansah, fügte sie hinzu: »Holly Drummond.«

Der Name klang irgendwie vertraut. »Drummond? Moment, bist du Zacks kleine Schwester?«

Holly verzog das Gesicht. »So stellt er mich gern vor, aber ich bevorzuge die Bezeichnung *jüngere* Schwester.«

Ja, klein war sie ganz sicher nicht mehr. Leo hatte sie als magere, unsichere Jugendliche in Erinnerung. Jetzt war sie erwachsen, mit üppigen weiblichen Kurven. Ihr etwas ausgeblichenes T-Shirt war jedoch nicht so hauteng, dass es ihre Brüste zur Schau stellte, so wie bei vielen Frauen in Leos Umfeld. Im Laufe der Jahre war aus ihren karottenroten Haaren ein schönes Rotbraun geworden. Es umgab ihr hübsches Gesicht mit einem flotten Kurzhaarschnitt und hob sich von ihrer hellen Haut ab.

Leo war daran gewöhnt, dass jeder Zentimeter ihres Körpers gemustert wurde, aber Hollys leuchtend blaue Augen blieben auf ihr Gesicht gerichtet. Scheinbar war sie nicht lesbisch oder bisexuell.

Statt sie zu Hause willkommen zu heißen, blieb Holly im Türrahmen stehen wie ein Pitbull, der seinen Knochen bewachte.

Leo kam sich wie eine Idiotin vor, wie sie da mit ihrem Gitarrenkoffer auf der Veranda stand. Wer zum Teufel hatte Holly zur Hüterin des Hauses ernannt? Sie hatte nicht einmal gewusst, dass ihre Mutter und Holly sich kannten. Nun ja, eigentlich kannte in Fair Oaks jeder jeden.

»Äh, darf ich reinkommen?« Sie zeigte auf das Haus hinter Holly.

»Oh, Entschuldigung. Natürlich.« Holly trat zurück, um ihr Platz zum Eintreten zu machen.

Eine Lawine von Erinnerungen prasselte auf Leo herab, als sie ihren Koffer nahm und das Haus betrat. Es roch nach Kuchen und dem Lavendelparfüm ihrer Mutter. Klassische Musik drang durch das Erdgeschoss. Es war Pachelbels »Kanon in D«, eines der Lieblingsstücke ihres Vaters.

»Deine Mutter ist in der Küche«, sagte Holly.

Leo stellte ihren Koffer ab, lehnte den Gitarrenkoffer gegen die Wendeltreppe, die nach oben führte, und ging an Holly vorbei. Sie sah über die Schulter, um zu sehen, ob sie ihr folgte. Vielleicht würde es das Wiedersehen mit ihrer Mutter einfacher machen, wenn eine dritte Person dabei war.

Doch Holly blieb zurück, als Leo auf die Küche zuging.

Ihre Mutter wandte Leo den Rücken zu und wischte mit einem Lappen über dieselbe grau-weiß getupfte Arbeitsplatte, die sie schon vor vierzehn Jahren gehabt hatten.

Leo verharrte und starrte über den Tresen hinweg, der die Küche vom Essbereich trennte. Wann war ihre Mutter so alt geworden? Ihre Haare, die einst dieselbe honigblonde Farbe wie Leos gehabt hatten, waren nun mit grauen Strähnen durchsetzt und sie war dünner, als Leo sie in Erinnerung hatte. Ihre Mutter war immer stolz auf ihr jugendliches Aussehen gewesen, doch nun wirkte sie älter als fünfundsechzig.

Als spürte sie Leos Blick auf sich ruhen, drehte ihre Mutter sich um. Sie schnappte nach Luft und ließ den Lappen fallen, als wäre sie überrascht, Leo zu sehen. Wie seltsam. Sie hatte doch sicher die Klingel gehört, oder? Hatte sie nicht geglaubt, dass Leo wirklich kommen würde, und hatte angenommen, es wäre ein Nachbar?

Leo stand erstarrt da und wusste nicht, wie sie ihre Mutter begrüßen sollte. Der Tresen zwischen ihnen war nicht das Einzige, das sie voneinander trennte.

Schließlich ergriff ihre Mutter die Initiative. Sie eilte auf Leo zu und schloss sie in die Arme.

Langsam hob auch Leo die Arme und erwiderte die Umarmung. Hatte sich ihre Mutter schon immer so zerbrechlich angefühlt? Vermutlich nicht.

Ihre Mutter trat zurück, ließ aber die Hände auf Leos Schultern liegen und hielt sie fest, um sie zu betrachten. »Deine Haare sehen anders aus.«

Leo schob sich eine Strähne ihrer zerzausten, schulterlangen Mähne hinter ein Ohr. »Die Plattenfirma hielt es für eine gute Idee, für das Cover meines letzten Albums ein paar goldene Strähnen in mein Haar zu zaubern. Und dann sind wir dabei geblieben.« Nicht einmal jetzt, als Erwachsene, durfte sie selbst über ihre Frisur entscheiden.

»Es sieht gut aus«, sagte ihre Mutter.

»Danke.«

Schweigen breitete sich wie eine bleierne Decke über ihnen aus.

»Wie war der Flug?«

»Gut.«

»Und die Fahrt hierher?«, fragte ihre Mutter.

»Auch gut.« Leo seufzte. Sie war zu angespannt, um sich durch den üblichen Small Talk zu quälen.

Schließlich ließ ihre Mutter Leos Schultern los und ging zurück zur Arbeitsplatte neben der Spüle. »Hast du schon gegessen? Ich habe einen Kuchen im Ofen, aber er braucht noch zwanzig Minuten. Ich kann dir etwas zu essen …«

»Nein, danke, Mama. Ich habe keinen Hunger.« Sie wischte etwas Mehl von ihrem Tanktop, das ihre Mutter während ihrer Umarmung dort hinterlassen hatte. Wenn sich die angespannte Atmosphäre zwischen ihnen doch nur genauso leicht wegwischen ließe.

Sie sah sich in der Küche um. Auch hier sah alles noch genauso aus: die Eichenschränke mit Glastüren und Messinggriffen, der Gasherd und die Gewürze ihrer Mutter, die ordentlich auf einem Regal aufgereiht waren. Dann fiel ihr Blick auf die Hintertür. Durch das Fliegengitter hindurch bemerkte sie etwas Neues: Eine hölzerne Rampe führte die drei Stufen hinab in den Hof.

Ein Kloß setzte sich in ihrem Hals fest. Ging es ihrem Vater so schlecht, dass er einen Rollstuhl oder einen Rollator benutzen musste? Am Telefon hatte sie kaum Fragen gestellt, weil sie nicht wusste, ob sie mit den Antworten umgehen konnte.

Ihre Mutter war ihrem Blick gefolgt und kam um den Tresen herum. »Wieso gehst du dich nicht frisch machen, bevor du deinem Vater Hallo sagst?«, fragte sie leise. Die erzwungene Heiterkeit war aus ihrem Tonfall verschwunden. »Er macht gerade im Schlafzimmer im Erdgeschoss ein Nickerchen.«

»Schlafzimmer im Erdgeschoss?«, krächzte Leo durch den Kloß in ihrem Hals.

»Wir haben das Musikzimmer in ein Schlafzimmer für deinen Vater umgebaut, weil er keine Treppen mehr gehen kann«, sagte ihre Mutter.

»Oh.«

»Holly wird dir helfen, dein Gepäck nach oben zu bringen.«

Leo winkte ab. »Ich schaffe das allein, Mama.«

»Unsinn. Holly hilft dir sicher gern, nicht wahr, Liebes?«

Als Leo über die Schulter blickte, stand Holly mit verschränkten Armen im Esszimmer. Sie musterte Leo mit einer Vorsicht, die die meisten Leute nur einem knurrenden Dobermann gegenüber an den Tag legten.

Oh, bitte, sag nicht, sie ist eine der Kleinstadtfrauen, die denken, Lesben sollten auf dem Scheiterhaufen verbrannt werden. Leo hatte schon genug um die Ohren, da konnte sie so etwas nicht auch noch gebrauchen.

»Natürlich helfe ich gern, Sharon.« In Hollys Wangen formten sich Grübchen, als sie Leos Mutter anlächelte.

Sharon? Nicht Mrs. Blake? Warum zum Teufel taten die beiden so, als gehörte Holly zur Familie?

»Komm.« Holly drehte sich um und ging zur Treppe, ohne abzuwarten, ob Leo ihr folgen würde.

Seufzend marschierte Leo hinter ihr her. Sie war noch keine zehn Minuten zurück, aber schon jetzt konnte sie es kaum erwarten, wieder zu verschwinden.

Bevor Holly die Hand nach dem Gitarrenkoffer ausstrecken konnte, schob sich Leontyne an ihr vorbei. »Lass mich das nehmen.«

Holly knirschte mit den Zähnen. Wenn Leontyne doch nur um ihre Eltern genauso besorgt gewesen wäre, wie um ihre geliebte Gitarre. *Sag lieber nichts. Wenn du sie davonjagst, bricht es Sharon das Herz.* Sie bückte sich nach Leontynes Koffer. Es war nur einer und das sandte eine klare Botschaft. Leontyne hatte nicht vor, lange zu bleiben.

Sie blieb nie lange. Hollys Bruder Zack, der mit Leontyne zur Schule gegangen war, scherzte immer, dass sie mit zwei Dingen in der Hand geboren worden war: ein Gitarrenplektrum und eine Karte, die alle Wege aus der Stadt zeigte.

Gleichzeitig setzten sie einen Fuß auf die Treppe und prallten fast gegeneinander.

Holly ließ ihr den Vortritt. Keine sagte ein Wort, als sie die Treppe hinaufstiegen und dann den Gang entlanggingen.

Als sie vor dem zweiten Schlafzimmer im Obergeschoss standen, öffnete Leontyne die Tür. Doch statt einzutreten, lehnte sie sich mit der Hüfte gegen den Türrahmen und musterte ihr altes Zimmer. Schwelgte sie in Erinnerungen an ihre Jugend oder verglich sie ihr altes Zuhause mit ihrer Luxuseigentumswohnung in der Park Avenue?

Holly konnte es nicht sagen. Sie setzte den Koffer ab und beobachtete Leontyne.

Es war merkwürdig, das Gesicht vor sich zu sehen, dass auf Werbetafeln überall im Land prangte. Sie trug ein graues Tanktop, abgewetzte Cowboystiefel und kurze Jeans, die ihre schlanke Taille betonte und ihre langen Beine hervorhob. In dieser Aufmachung sah sie mehr wie eine Countrysängerin und weniger wie ein Popstar aus. Nur die aufgedonnerten Haare fehlten. Sie trug kein Make-up, sodass Holly die dunklen Ringe unter ihren olivgrünen Augen sehen konnte.

Hatte sie ihre letzte Nacht in New York durchgefeiert oder hatte sie wach gelegen und sich um ihren Vater gesorgt?

Nach dem frischen Zitronenduft zu schließen, hatte Sharon das Zimmer geputzt, damit ihre Tochter sich willkommen fühlte. An den Wänden hingen Poster von Popstars und das Zimmer wirkte wie ein Schrein, der Leontynes Jugend gewidmet war. Trotzdem musterte Leontyne es so misstrauisch, als stünde sie im Vorraum zur Hölle. Es erinnerte Holly an die Art, wie Haustiere das Wartezimmer ihrer Mutter beäugten.

Schließlich setzte Leontyne erst einen, dann den zweiten ihrer gestiefelten Füße in den Raum. Sie stellte die Gitarre ab, drehte sich zu Holly um und nahm ihr den Koffer ab. Etwas verspätet murmelte sie ein »Danke«.

Scheinbar war Ms. Pop-Prinzessin daran gewöhnt, wie eine Adelige behandelt zu werden und ihr Gepäck nicht selbst tragen zu müssen.

Die Tür fiel zwischen ihnen ins Schloss. Holly blieb allein zurück.

Langsam ließ Leo den Koffer zu Boden sinken. Sie hatte angenommen, dass ihre Eltern ihr Zimmer als Büro oder Gästezimmer benutzen würden, sobald sie ausgezogen war, und dass sie erpicht sein würden, so zu tun, als hätte Leo nie existiert.

Stattdessen sah das Zimmer genauso aus, wie sie es in Erinnerung hatte, nur um einiges aufgeräumter. Es fühlte sich an, als wäre sie in der Zeit zurückgereist. Ihr alter Schreibtisch stand in der Nische unter dem Mansardenfenster, neben dem Schaukelstuhl, in dem sie stundenlang Akkorde geübt hatte. Im Bücherregal standen noch ihre Romane und CDs. Sie ließ sich auf ihr Jugendbett fallen und starrte hinauf zu den Postern von Pink und Destiny's Child, die an der Dachschräge hingen.

Das Kissen, auf dem sie lag, roch nach Baumwolle und Weichspüler. Im gesamten Zimmer fand sich keine Spur von Staub. Eigentlich hätte es sie freuen sollen, dass ihre Mutter ihr Zimmer so gründlich geputzt hatte, doch stattdessen gab es ihr das Gefühl, in der Falle zu sitzen. Es war ein weiterer Hinweis darauf, wie sehr sich ihre Mutter wünschte, sie würde bleiben.

Plötzlich kam ihr der Raum noch kleiner und beengender vor, als er tatsächlich war. Sie sprang vom Bett und riss fast die Tür aus den Angeln.

Holly, die gerade den Fuß der Treppe erreicht hatte, drehte sich um und starrte sie an.

Hitze stieg Leo in die Wangen. Wurde sie etwa rot? Es war lange her, seit das zuletzt passiert war. Sie tat es mit einem Achselzucken ab. Vermutlich lag es nur daran, dass ihre Heimkehr sie in ihre Jugendzeit zurückkatapulierte.

Sie setzte ihre undurchdringliche Popstarmaske auf und folgte Holly ins Erdgeschoss. Aus alter Gewohnheit vermied sie dabei die Treppenstufen, die knarrten. Holly hatte wohl dasselbe getan, sonst hätte Leo die Treppe knarren hören. *Was zum …?* Hatte Holly so viel Zeit hier im Haus verbracht, dass sie es in- und auswendig kannte?

Doch das spielte jetzt keine Rolle. Sie richtete ihre Aufmerksamkeit auf das frühere Musikzimmer.

Bevor sie all ihren Mut zusammennehmen und die Tür öffnen konnte, hielt Holly sie am Arm fest. »Warte!«

Leo sah zur Hand auf ihrem Arm hinab.

Rasch ließ Holly sie los. »Hat deine Mutter dir erklärt, was dich erwartet?«

Sie schüttelte den Kopf. Ihre Mutter hatte kaum etwas gesagt, sondern ihr nur erzählt, wie beängstigend es gewesen war, ihren Ehemann am Boden vorzufinden und zu entdecken, dass er weder sprechen noch sich bewegen konnte. Oder vielleicht hatte ihre Mutter ihr doch mehr erzählt, aber es war nicht bis zu Leo durchgedrungen. Nach dem Wort »Schlaganfall« war sie wie benebelt gewesen.

»Nach seinem Schlaganfall war seine rechte Seite komplett gelähmt«, sagte Holly. »Sein Bein kann er wieder etwas bewegen, aber es geht sehr langsam voran. Der Physiotherapeut glaubt, dass er irgendwann einmal einen Rollator benutzen kann.«

Ihr stolzer Vater, wie er hinter einem Rollator herschlurfte … Sie konnte sich das nicht vorstellen. »Was ist mit …?« Sie musste sich räuspern, bevor sie weitersprechen konnte. »Was ist mit seinem Arm?«

»Der wird sich vielleicht auch noch ein wenig bessern, aber im Moment kann er ihn überhaupt nicht bewegen. Er braucht Hilfe bei alltäglichen Verrichtungen wie dem Anziehen.«

Das bedeutete, dass er seine geliebte Violine nicht spielen konnte. Leo ballte die Hände zu Fäusten, als sie sich vorstellte, wie das wohl sein mochte. So sehr sie sich auch wünschte, eine Weile keine Musik machen zu müssen, sie konnte sich nicht ausmalen, wie es wäre, nie wieder ein Instrument in die Hand nehmen zu können. Der Gedanke war ihr so fremd wie der Gedanke, nie wieder zu atmen.

»Wenn es ihm so schlecht geht, warum ist er dann nicht in einem Krankenhaus oder einem Rehazentrum?«

»Das war er«, sagte Holly. »Er hat die vergangenen zwei Monate dort verbracht.«

Die vergangenen zwei Monate? Leo schwirrte der Kopf. Der Schlaganfall ihres Vaters lag bereits zwei Monate zurück und doch hatte ihre Mutter sie erst jetzt angerufen?

»Der Genesungsprozess geht nur langsam voran und die Leute im Rehazentrum hätten nichts für ihn tun können, was wir nicht auch zu Hause tun können«, unterbrach Holly ihre Gedanken.

»Wir?«, wiederholte Leo. Warum sprach Holly, als wäre sie ein Teil der Familie?

»Ich mag nicht so aussehen …« Holly blickte auf ihre Jeans und das verwaschene T-Shirt hinab. »Aber ich bin Krankenschwester. Ich arbeite für eine Firma, die häusliche Krankenpflege anbietet. Da ich in Vollzeit hier im Haus bin, hat deine Mutter mich gebeten, keine Krankenhauskleidung zu tragen. Sie möchte, dass dein Vater sich zu Hause fühlt, nicht, als wäre er im Krankenhaus.«

»Du bist Krankenschwester? Das wusste ich nicht.«

Holly zuckte mit den Schultern. »Woher auch? Du bist vierzehn Jahre lang nicht nach Hause gekommen.«

Ihr tadelnder Tonfall ließ Leo mit den Zähnen knirschen. »Ich war vor fünf Jahren auf der Beerdigung meiner Großmutter.«

Holly presste die Lippen zusammen und sagte nichts.

»Okay.« Mit einem entschlossenen Nicken streckte Leo die Hand nach dem Türgriff aus, doch erneut hielt Holly sie am Arm fest.

»Da gibt es noch etwas, das du wissen solltest.«

Oh Mann. Abrupt drehte sie sich um und wartete auf das, was Holly zu sagen hatte.

»Er leidet an Aphasie.«

»Aphasie?«, wiederholte Leo. »Heißt das …? Heißt das, er kann nicht sprechen?«

»Nicht viel. Er versteht das meiste, was man zu ihm sagt, insbesondere, wenn es kurze Sätze sind, aber er kämpft um jedes Wort. Er weiß, was er sagen will, aber er kann die Wörter nicht abrufen. Meistens weigert er sich, mit irgendjemandem zu sprechen, und hat nicht gern Leute um sich. Ich glaube, es ist ihm peinlich.«

Das konnte sich Leo gut vorstellen. Ihr Vater hatte immer perfekt erscheinen wollen. »Aber er möchte mit mir sprechen?«

Ihre Mutter gesellte sich zu ihnen und Leo wandte sich ihr zu. »Er weiß doch, dass ich hier bin, oder?« Falls er sich unverhofft seiner lesbischen Popstartochter gegenübersah, würde er womöglich noch einen Schlaganfall erleiden.

»Er weiß es«, sagte ihre Mutter.

Das ließ ihre erste Frage unbeantwortet. Doch Leo konnte schlecht nach New York zurückfliegen, ohne ihn gesehen zu haben. Sie umfasste den Türgriff mit feuchten Fingern und öffnete wie in Zeitlupe die Tür. Der Türrahmen war verbreitert worden, vermutlich um Platz für den Rollstuhl zu schaffen, der neben dem Krankenhausbett in der Mitte des Zimmers stand.

Selbst Hollys Erklärungen konnten sie nicht auf den Anblick ihres Vaters in diesem Rollstuhl gefasst machen. Sein Körper war auf eine Seite gesunken und sein rechter Arm ruhte schlaff auf seinem Schoß. Gedankenverloren knetete er seine Finger mit der anderen Hand. Sein Gesicht hatte immer ausgesehen wie in Stein gemeißelt, doch nun hing sein rechter Mundwinkel herab. Sein Schnurrbart war abrasiert worden und mit seiner nackten Oberlippe sah er seltsam verletzlich aus. Statt einer präzise gebügelten Hose und eines gestärkten Hemds trug er eine Jogginghose und ein zerknittertes Kurzarmhemd.

Zum ersten Mal wirkte ihr strenger, unnachgiebiger Vater menschlich … sterblich.

Leo blieb im Türrahmen stehen. Was sollte sie zu ihm sagen? Schon früher hatte sie nie gewusst, was sie mit ihm reden sollte, und nun war es nicht leichter geworden.

Sie spürte, wie ihre Mutter hinter sie trat und eine Hand auf ihre Schulter legte, als hätte sie Angst, dass Leo sonst davonlaufen würde.

Das hörte sich tatsächlich wie eine richtig gute Idee an. Sie schluckte, was in der Stille des Raums viel zu laut klang. »Äh, hallo, Papa«, sagte sie schließlich.

Er starrte sie an, antwortete aber nicht. Er nickte nicht einmal oder reagierte sonst wie auf ihre Anwesenheit. Erkannte er sie überhaupt?

»Komm schon, Gil«, sagte Holly. »Ich weiß, dass du mit Leontyne reden möchtest.«

Gil? Ihres Wissens nach hatte niemand ihren Vater je anders als Dr. Blake oder Gilbert genannt.

Er sah von Leo zu Holly und wieder zurück. Die Muskeln in seinem Kiefer mahlten. Er öffnete den Mund und schließlich brachte er ein einfaches »Hallo« hervor. Allerdings klang es mehr nach einem »a-no«. Hoffentlich war es nicht ein Versuch zu sagen: Ich will dich nicht sehen oder gar mit dir sprechen.

Zögernd trat sie einen Schritt auf ihn zu. »Wie geht es dir?«

Wieder sah er aus, als müsste er sein Gedächtnis nach dem richtigen Wort durchsuchen. »Gut«, sagte er schließlich. Seine Mundwinkel hoben sich nicht zu einem Lächeln, nicht einmal auf der Seite, die nicht herabhing.

Diese eine Sache hatte sich nicht geändert. Er hatte stets missbilligend dreingeblickt, wann immer er sie angesehen hatte.

Er hob das Kinn in ihre Richtung.

Versuchte er, die Frage zurückzugeben und zu erfahren, wie es ihr ging? »Mir geht es auch gut«, sagte sie.

Er nickte kurz.

Sie starrten einander von gegenüberliegenden Seiten des Raums an.

Was konnte sie ihm sonst noch erzählen? Sie verlagerte ihr Gewicht auf das andere Bein. Na toll. Jetzt fiel es ihr schon genauso schwer wie ihm, die richtigen Worte zu finden.

Zu ihrer Überraschung war es ihr Vater, der die unangenehme Stille durchbrach. »Musik …« Er hielt inne und schien wieder nach dem richtigen Wort zu suchen. Unruhig knetete er seine Finger. »Äh, Musik … nicht mehr.«

Sie hatte keine Ahnung, was er sagen wollte, deshalb versuchte sie zu raten. Vielleicht wollte er sich nach ihrer Karriere erkundigen. »Ja, ich mache eine Weile Pause mit der Musik. Ich bin gerade erst von einer Welttour zurückgekommen. Mama hat mich direkt nach dem letzten Konzert im Madison Square Garden angerufen.«

Ihr Vater sah nicht beeindruckt aus.

Was hast du denn erwartet? Er hatte einen Schlaganfall, kein Persönlichkeitsimplantat. Nichts außer einem Konzert in der Carnegie Hall würde ihn je beeindrucken.

Er schüttelte den Kopf. »Nein, nein. Musik Schlafzimmer. Kein hören.« Er deutete mit seiner unbeeinträchtigten Hand auf etwas, was Leo nicht sehen konnte.

Es kam ihr vor wie ein pantomimisches Ratespiel und darin war sie noch nie gut gewesen. Sie musste feststellen, dass sie ihren Vater nicht gut genug kannte, um zu erraten, was er sagen wollte.

»Musik. An.« Er trommelte fordernd mit den Fingern auf der Armlehne seines Rollstuhls herum.

»Oh.« Holly trat neben sie. »Du möchtest, dass wir die Musik wieder anstellen. Richtig?«

Ihre Mutter hatte die klassische Musik ausgestellt, als sie den Raum betreten hatten.

Das Klopfen auf der Armlehne hörte auf und er nickte.

»Aber wenn Musik läuft, ist es schwerer, sich zu unterhalten«, sagte ihre Mutter sanft. »Du weißt doch, dass du dich schlecht konzentrieren kannst, wenn es Hintergrundgeräusche gibt.«

Er trommelte wieder auf die Armlehne, diesmal mit noch mehr Nachdruck.

Leo presste die Lippen zusammen. *Schon verstanden.* Offenbar war die Unterhaltung beendet.

Ihre Mutter hakte sich bei Leo unter. »Komm. Ihr könnt euch morgen weiter unterhalten. Du willst bestimmt vor dem Abendessen deinen Koffer auspacken.« Sie führte Leo zur Tür und schaltete im Vorbeigehen die Musik wieder ein.

Nicht, dass Leo gezogen werden musste. Sie war nur allzu willig, den Raum zu verlassen. An der Tür sah sie zu ihrem Vater zurück, der die Augen geschlossen hatte, als wollte er die Welt um sich herum ignorieren und sich ganz auf die Musik konzentrieren.

Holly folgte ihnen nach draußen und schloss die Tür hinter sich.

»Bekommt er eine Sprachtherapie?«, fragte Leo.

»Ja«, sagte Holly. »Eine Stunde Sprachtherapie, eine Stunde Ergotherapie und eine Stunde Physiotherapie je fünfmal pro Woche.«

»Wenn seine Versicherung das nicht alles übernimmt, übernehme ich gern die Rechnung. Oder falls er einen motorisierten Rollstuhl oder sonst etwas braucht. Egal, was es ist. Geld spielt keine Rolle.«

Holly zog die Augenbrauen zusammen. »Nicht jedes Problem kann mit einem Bündel Geld gelöst werden.« Sie schloss den Mund wieder.

Was zum Teufel soll das denn heißen? Leo drehte sich in Abwehrhaltung zu ihr um. »Das behaupte ich nicht. Aber meine Mutter hat mich nun einmal angerufen und jetzt versuche ich, herauszufinden, was getan werden muss.«

»Es gibt bessere Wege, ihm zu …«

»Keinen Streit, Mädels.« Ihre Mutter tätschelte Leos Arm. »Wir wollen alle nur das Beste für deinen Vater.«

Im Schlafzimmer fiel etwas klappernd zu Boden.

»Ich gehe schon«, sagte Holly und schlüpfte zurück ins Zimmer.

Leo starrte ihr nach. »Ist sie immer so ein Sonnenschein oder mag sie mich einfach nicht?«

»Holly ist uns eine große Hilfe«, sagte ihre Mutter. »Ohne sie hätten wir es nicht geschafft. Sie ist ein wunderbarer Mensch. Ich hoffe wirklich, ihr beide kommt miteinander aus.«

Leo zuckte mit den Schultern. Es spielte keine Rolle. Was immer Holly an ihr nicht passte, sie würde nicht lange genug bleiben, um es zu einem Problem werden zu lassen.

Nach dem Abendessen wollte Gil in sein Zimmer zurückgebracht werden und Leontyne hatte sich nach oben verzogen. Nur Sharon war noch in der Küche und rieb mit einem Lappen die Arbeitsfläche ab, obwohl diese längst sauber war.

Holly nahm ihr sanft den Lappen aus der Hand und hängte ihn über den Wasserhahn. Sie lehnte sich gegen die Arbeitsplatte und musterte die Frau, die sie mittlerweile als Freundin betrachtete. »Ist alles in Ordnung?«

»Ja, alles bestens.« Sharons Tonfall sagte etwas anderes.

»Ich dachte, du wärst glücklich und könntest dich endlich entspannen, nun, da Leontyne zu Hause ist.«

»Ich bin glücklich. Es ist schön, sie zu sehen.« Einen Moment lang funkelten Sharons Augen, doch dann kehrte der besorgte Gesichtsausdruck zurück.

»Aber?«, fragte Holly.

Sharon rieb mit der Fingerkuppe über die Arbeitsfläche und betrachtete den Pfad ihres Fingers, anstatt Holly in die Augen zu sehen. »Kein Aber. Es ist nur … Ich schätze, ich habe Angst, dass sie geht und ich sie wieder fünf Jahre nicht sehe.«

Holly biss sich auf die Innenseite ihrer Wange, um den Kommentar zurückzuhalten, der ihr auf der Zunge lag. Sharon hatte viel durchgemacht. Es war unfair von Leontyne, dass sich ihre Mutter jetzt auch noch darum sorgen musste.

»Hey.« Sharon nahm Hollys Hand und hielt sie in beiden Händen. »Bitte sei nicht wütend auf sie. Ich habe wirklich nicht von ihr erwartet, dass sie nach Hause kommt und mir mit ihrem Vater hilft. Ihr Leben ist zu stressig und kompliziert.«

Na, wenn schon. Holly war es egal, wie kompliziert Leontynes Leben sein mochte. Wer sollte Gil und Sharon denn sonst helfen? Schließlich war Leontyne das einzige Kind der beiden. All das Geld, das Leontyne ihnen schickte, war nicht wirklich das, was sie brauchten, auch wenn man damit Pflegepersonal wie Holly bezahlen konnte.

Aber ihre Gedanken auszusprechen, wäre nicht sehr hilfreich. Sharon konnte nicht auch noch mit ihrem Ärger umgehen. Sie drückte ihre Hände und ließ dann los. »Geh dich ausruhen. Ich bringe Gil ins Bad und mache ihn bettfertig, bevor ich selbst ins Bett gehe.«

»Bist du sicher, dass du heute Nacht hierbleiben willst? Ich habe dich früher als erwartet zur Arbeit gerufen. Wenn du dir den Rest der Schicht freinehmen und mal eine Nacht durchschlafen willst, ohne ein Auge auf den Babymonitor haben zu müssen …«

»Dann würde ich ja dein wunderbares Frühstück verpassen!« Holly grinste. »Auf keinen Fall! Wenn du mir ein paar Minuten Zeit gibst, damit ich kurz duschen kann, verdiene ich mir gleich meine Pfannkuchen.«

Lächelnd beugte Sharon sich vor und küsste sie auf die Wange. »Danke, Liebes. Ich schaue mal, ob er vor dem Schlafengehen etwas Gesellschaft haben möchte.« Sie drückte Hollys Schulter und ging den Gang hinab.

Holly sah ihr kurz nach, bevor sie sich einen Ruck gab.

Wenige Minuten später stieg sie unter die Dusche und seufzte erleichtert, als das heiße Wasser auf sie herabprasselte. Sich um einen Patienten mit Hemiparese zu kümmern, war harte Arbeit. Sie musste Gil vom Bett in den Rollstuhl und wieder zurück helfen. Zwar sah er dünn und zerbrechlich aus, aber er war trotzdem zwanzig Kilogramm schwerer als Holly. Ihre Augen fielen zu, als sie unter der Dusche stand und das warme Wasser ihre schmerzenden Muskeln massieren ließ.

Sie hätte ewig hierbleiben können, aber sie wusste, dass Sharon und Gil unten warteten. Rasch griff sie nach dem Shampoo und wusch sich die Haare.

Gerade als sie die letzten Schaumreste aus ihren Haaren spülte, streifte sie ein kühler Luftzug und verursachte eine Gänsehaut.

Was zum …? Sie zog den Kopf unter dem Wasserstrahl hervor und wischte sich Schaum aus den Augen, damit sie sehen konnte, woher der Luftzug kam.

Auf der anderen Seite des beschlagenen Glases stand eine verschwommene Gestalt im Türrahmen. »Oh. Äh, tut mir leid.« Es war Leontynes Stimme. Sie sprang zurück und zog die Tür hinter sich zu, bis sie nur noch einen Zentimeter weit offen war.

Obwohl Leontyne sie nun nicht mehr sehen konnte, drehte Holly das Wasser ab, nahm das Handtuch, das über der Glastür hing, und bedeckte sich damit.

»Tut mir leid«, wiederholte Leontyne. »Ich war wohl abgelenkt und habe nicht gehört, dass die Dusche läuft, und ich … ich … ich wusste nicht, dass du … ähm … hier sein würdest. Bleibst du … über Nacht?«

Ihr Gestottere war fast niedlich. Aber nur fast.

Holly hatte es so eilig gehabt, wieder nach unten zu kommen, dass sie nicht daran gedacht hatte, die Tür abzuschließen. Nach drei Wochen im Haus der Blakes war sie daran gewöhnt, das Badezimmer ganz für sich zu haben, und hatte vergessen, dass sich Leontynes Schlafzimmer und das Gästezimmer, in dem sie übernachtete, ein Bad teilten.

»Ja«, sagte sie. »Deine Mutter war völlig fertig, weil sie zu wenig Schlaf bekommen hat. Deshalb haben wir ausgemacht, dass ich dreimal pro Woche hier übernachte, um ein Auge auf deinen Vater zu haben, damit sie sich ausruhen kann.«

»Das hat sie mir nicht erzählt«, grummelte Leontyne.

Redete in dieser Familie eigentlich irgendjemand miteinander? Hollys Familie war da anders. Die konnte man nicht zum Schweigen bringen, selbst wenn man gewollt hätte. Jeder steckte die Nase in die Angelegenheiten der anderen.

Der Dampf um Holly herum verzog sich und das abgekühlte Wasser tropfte auf ihre Schultern, sodass sie fröstelte. »Tut mir leid. Ich dachte, du wüsstest Bescheid.«

»Nein. Aber ich bin froh, dass sie Hilfe hat. Ich, äh, ich lasse dich jetzt besser zu Ende duschen. Tut mir leid, dass ich reingeplatzt bin.« Die Tür fiel hinter ihr ins Schloss.

Langsam lockerte sich Hollys eiserner Griff um das Handtuch. Tja, nun konnte sie sagen, dass die weltberühmte Jenna Blake sie nackt gesehen hatte. So gut wie. Mit einem Kopfschütteln löste sie das Handtuch, das sie um sich gewickelt hatte, und trocknete sich ab.

Himmel! Leo ließ sich auf ihr Bett fallen und rieb sich mit beiden Händen ihre glühenden Wangen. Schon zum zweiten Mal am heutigen Tag wurde sie rot. *Ach, komm schon. Was gibt es da rot zu werden?* Durch die beschlagene Scheibe hatte sie kaum etwas gesehen, nur den verschwommenen Umriss von Hollys Körper.

Ihren nackten, nassen, kurvigen Körper.

Sie hatte wie eine Idiotin dagestanden, während der Duft von Hollys Vanille-Kokosnuss-Shampoo sie umgeben hatte.

Es war nicht so, als hätte sie noch nie eine Frau nackt gesehen. Einmal hatte sogar ein weiblicher Fan ihr Oberteil und ihren BH auf die Bühne geworfen, sodass sie mit nacktem Oberkörper vor Leo gestanden hatte. Aber das hier war kein Konzert. Sie befand sich in Fair Oaks. In ihrer Heimatstadt zu sein und ihre Eltern wiederzusehen, hatte sie offenbar aus dem Gleichgewicht gebracht.

Sie starrte zum Poster von Destiny's Child hinauf. »Wart ihr je in einer solchen Lage?«, fragte sie die Sängerinnen.

Natürlich antworteten weder Kelly, noch Beyoncé.

»Herzlichen Dank, Mädels.« Seufzend kletterte sie aus dem Bett, um ihre Mutter nach dem WLAN-Passwort zu fragen. Sie hoffte, dass die Internetverbindung in Fair Oaks seit ihrer Schulzeit besser geworden war.

Kapitel 3

Das muntere Zwitschern der Vögel weckte Leo. Kein Verkehrslärm drang durch das Fenster. Sie öffnete die Augen, stützte sich auf den Ellbogen auf und sah sich um. Einen Moment lang war sie desorientiert. Helles Sonnenlicht fiel durch ein Mansardenfenster ins Zimmer. Zwar war sie daran gewöhnt, in fremden Betten aufzuwachen, aber das hier war ganz offenbar kein Hotelzimmer in London, Berlin, Barcelona oder Sydney.

Dann fiel es ihr wieder ein.

Sie war in ihrem alten Zimmer in Fair Oaks.

So wenig sie auch hier sein wollte, zumindest bedeutete es, dass sie nicht zur Bandprobe oder zum Soundcheck hetzen, Interviews geben, CDs signieren oder mit Leuten von der Plattenfirma zu Mittag essen musste. Sie ließ sich auf das Kissen zurücksinken und schloss die Augen.

Schritte kamen die Treppe herauf und der Geruch von gebratenem Schinkenspeck drang durch die Tür. Leo hatte fast vergessen, dass man hier schon vor Sonnenaufgang aufstand. Sie gähnte ausgiebig.

Es klopfte an der Tür. »Frühstück ist fertig«, rief ihre Mutter, so wie sie das früher jeden Morgen getan hatte.

Was für ein seltsames Déjà-vu!

»Ich komme gleich«, rief Leo. Sie stieg aus dem Bett und lauschte kurz an der Tür zum Bad, um sicherzugehen, dass sie Holly nicht wieder unter der Dusche erwischen würde. Als alles still blieb, trat sie ein, putzte ihre Zähne und wusch sich. Ihre Kleider waren noch feinsäuberlich gefaltet im Koffer. Es ergab keinen Sinn, auszupacken, solange sie nicht wusste, wie lange sie bleiben würde. Sie nahm sich ein sauberes T-Shirt und zog sich an, denn sie wusste, dass ihr Vater keine Pyjamas am Frühstückstisch duldete.

Erst als sie die Treppe hinunterging, fiel ihr ein, dass ihr Vater nicht mehr bestimmen konnte, was sie zum Frühstück trug.

Holly war bereits im Esszimmer und schob seinen Rollstuhl zum Tisch. Auch heute trug sie Jeans, ein T-Shirt, weiße Joggingschuhe und kein Make-up.

Offenbar bevorzugte sie bequeme Kleidung und legte es nicht darauf an, andere zu beeindrucken. Irgendwie war sie erfrischend anders als die Frauen, denen Leo sonst begegnete.

»Guten Morgen«, sagte Leo.

Ihr Vater erwiderte den Gruß nicht.

Holly stellte die Rollstuhlbremsen fest und richtete sich auf. »Morgen.«

Leo ging auf den Stuhl zu, der früher ihr Platz gewesen war. Prompt prallte sie mit Holly zusammen, die ebenfalls darauf zugegangen war. Scheinbar war es jetzt ihr Platz.

Holly hielt sich an Leos Arm fest, um das Gleichgewicht zu bewahren. Instinktiv legte Leo die Hände auf Hollys wohlgerundete Hüften. *Mmm.* Ihr Parfüm oder ihr Duschgel oder was immer es auch war, roch gut.

»Tut mir leid.« Holly trat rasch zurück und nahm auf einem anderen Stuhl Platz.

Ihre Mutter betrat das Esszimmer mit einem Stapel Pfannkuchen. »Guten Morgen.« Sie küsste Leos Wange, aber alles, was Leo spüren konnte, war die Erinnerung an Hollys Hände auf ihrem Arm. Sie schüttelte ihre seltsame Benommenheit ab und setzte sich ebenfalls.

Der Tisch vor ihr war mit Buttermilchpfannkuchen, Kartoffelpuffern, Spiegeleiern und Speck vollgeladen – ein gewaltiger Unterschied zu dem Eiweißomelette, dem Müsli und der Grapefruit, die sie normalerweise zum Frühstück aß. Die Tasse Kaffee mit Milch, die ihre Mutter vor ihr abstellte, war sonst auch tabu, weil Kaffee den Hals reizte und Milchprodukte Schleim produzierten, der ihrer Stimme schaden konnte.

»Lecker.« Holly rieb sich die Hände. »Ich bin im siebten Frühstückshimmel.«

Leos Mutter strahlte sie von der gegenüberliegenden Seite des Tischs an, bevor sie sich Leo zuwandte. »Wann hast du zuletzt eine hausgemachte Mahlzeit zu dir genommen?«

»Ist schon eine Weile her.« Ein paar Sekunden lang beäugte sie noch das Essen, dann rollte Leo einen Pfannkuchen mit der Gabel auf, hob ihn auf ihren Teller und verteilte einen Klecks Ahornsirup darauf. Ihre Ernährungsberaterin würde einen Herzinfarkt bekommen, wenn sie das gesehen hätte. Der erste Bissen ließ sie fast laut aufstöhnen. Sofort weckte der Geschmack Erinnerungen an ihre Kindheit und sie musste zögernd zugeben, dass nicht alle davon schlecht waren.

»Ruhige Nacht?«, fragte ihre Mutter Holly.

»Ziemlich. Wir sind nur einmal aufgestanden. Ich glaube, es war so gegen drei, nicht, Gil?«

Er grunzte etwas, das man als Zustimmung werten konnte.

Leo saß am Tisch, genauso still wie ihr Vater, während ihre Mutter und Holly sich über das Wetter und den neuesten Klatsch unterhielten und sich darüber austauschten, wie viele gute Spieler die Kansas City Royals diese Saison verloren hatten.

Ihr Small Talk war weit entfernt von Leos Welt, wo es immer nur um Plattenverkäufe, sexy Kostüme und Besucherzahlen von Konzerten ging.

Leo fiel auf, dass Holly viel mehr wie ein Mitglied der Familie wirkte als sie selbst. Holly schnitt den Pfannkuchen ihres Vaters in mundgerechte Stücke, während ihre Mutter die gewünschte Menge Milch in seinen Kaffee rührte. Die beiden arbeiteten zusammen wie ein eingespieltes Team, so als hätten sie es schon tausendmal getan und müssten nicht mehr darüber reden oder nachdenken. Im Vergleich dazu fühlte Leo sich genauso fehl am Platz wie eine E-Gitarre in einem klassischen Streichorchester.

Der Pfannkuchen lag ihr wie Blei im Magen und sie konnte nicht sagen, ob es an all dem Zucker und Fett lag oder an dem Gefühl, hier nicht hinzugehören.

Sie war froh, als alle endlich aufgegessen hatten und das Frühstück vorüber war.

Ihre Mutter begann, die leeren Teller zu stapeln, aber Holly hielt sie zurück. »Du hast Frühstück gemacht. Lass uns den Tisch abräumen.«

Himmel. Versuchte sie, sich vorbildlich zu benehmen, weil Leo hier war, oder war sie immer so? Leos Erfahrung nach war niemand so nett, ohne sich davon etwas zu versprechen. Sie wusste nur noch nicht, worauf Holly es abgesehen hatte. Versuchte sie, sich bei ihren Eltern einzuschmeicheln, damit sie eines Tages einen Teil des Geldes erben würde, das Leo ihnen schickte?

Während ihre Mutter ihren Vater ins Wohnzimmer schob, räumten Holly und Leo den Tisch ab und trugen das Geschirr in die Küche. Sie spülte die Teller ab und gab sie Holly, damit diese sie in den Geschirrspüler stellen konnte.

Ihre Hände streiften einander. Hitze kletterte Leos Arm hinauf und strömte durch den Rest ihres Körpers. Sie sah auf, doch Holly räumte weiterhin den Geschirrspüler ein, als hätte sie nichts bemerkt.

»Was ist?«, fragte Holly, als spürte sie Leos Blick auf sich ruhen.

Rasch wandte Leo ihre Aufmerksamkeit den schmutzigen Gabeln und Messern zu. »Nichts. Du hast nur ... äh ... einen Kratzer auf dem Kinn.«

»Ach so. Ich weiß.« Holly fuhr mit dem Daumen über den zwei Zentimeter langen, verkrusteten Kratzer, der sich deutlich von ihrer hellen Haut abhob. Sie schloss den Geschirrspüler und lehnte sich dagegen. »Ein kleines Andenken von einer Katze. Ich habe gestern meiner Mutter geholfen und eine ihrer vierbeinigen Kundinnen hat das nicht zu schätzen gewusst.«

Vierbeinige Kundinnen? Ach ja. Beth Drummond war die einzige Tierärztin in der Stadt.

»Du hast gestern deiner Mutter geholfen?«, fragte Leos Mutter, als sie die Küche betrat. »Holly, du arbeitest zu viel. Warum nimmst du dir nicht den Tag frei?«

»Nein, ich …«

»Ich bestehe darauf.« Ihre Mutter sah von Holly zu Leo. »Warum fahrt ihr beiden nicht in die Stadt? Holly könnte dir alles zeigen, was sich verändert hat, und ihr könntet im Diner auf meine Kosten zu Mittag essen.«

Ja, klar. Eine Besichtigungstour in Fair Oaks. Die würde genau zwei Sekunden lang dauern.

Holly sah auch nicht enthusiastischer drein, als Leo sich fühlte. »Ich glaube nicht, dass ich nach all den Pfannkuchen so schnell wieder Hunger haben werde, Sharon.«

»Mama, ich glaube kaum, dass sich Fair Oaks so stark verändert hat. Ich finde mich schon allein zurecht. Holly muss an ihrem freien Tag nicht die Fremdenführerin spielen.«

»Unsinn. Sie verbringt zu viel Zeit mit kranken Leuten und nicht genug mit Gleichaltrigen.« Ihre Mutter ignorierte Hollys und Leos Protest. »Geht und amüsiert euch. Vielleicht trefft ihr ja ein paar deiner ehemaligen Klassenkameraden.«

Das war nicht gerade Leos Vorstellung von einem vergnüglichen Vormittag. Was konnte sie schon mit ihren Klassenkameraden gemeinsam haben, die niemals ihre Kleinstadt verlassen hatten?

Unerbittlich scheuchte ihre Mutter die beiden aus dem Haus.

Als die Tür hinter ihnen zufiel, umklammerte Leo die Brüstung der Veranda. Verflixt. Nicht einmal ihr Manager konnte sie derart überfahren. Sie wandte sich zu Holly. »Du brauchst nicht den Babysitter zu spielen. Ich finde mich in der Stadt auch ohne Reiseführerin zurecht.«

Ein schiefes Lächeln brachte die Grübchen in Hollys Wangen zum Vorschein. »Bist du so lange weg gewesen, dass du vergessen hast, wie die Dinge hier laufen? Wenn wir getrennte Wege gehen, erfährt deine Mutter sofort, dass ich dich zurückgelassen habe.« Sie schüttelte den Kopf. »Nein, danke. Ich möchte auch weiterhin ihre leckeren Pfannkuchen genießen.«

Pfannkuchen. Erwartete Holly allen Ernstes, dass sie ihr abnahm, das wäre alles, was sie von den Eltern der stinkreichen Sängerin Jenna Blake wollte?

»Ich muss ohnehin noch ein paar Besorgungen machen.« Holly zog an Leos Arm. »Komm. Ich fahre.«

»Warum bist du diejenige, die fahren darf?«

»Weil ich in Autos immer sofort einschlafe, wenn ich nicht selbst fahre.« Holly ging auf einen roten Jeep Liberty zu, der am Straßenrand geparkt war. Das Auto war schon etwas älter, schien aber in gutem Zustand zu sein.

Leo starrte ihr nach und joggte dann die Stufen hinab, um sie einzuholen. »Du machst Witze, oder?«

Als Holly ihren Jeep am Rande des kleinen Marktplatzes parkte, riss die graue Wolkendecke über Fair Oaks auf und die Julisonne warf Schatten über die Schlaglöcher auf der Hauptstraße und die Risse in den Bürgersteigen.

Die Innenstadt bestand aus einer einzigen Reihe an Geschäften in Backsteingebäuden. Ruth's Diner, ein winziger Einkaufsladen, ein Friseursalon, eine kleine Apotheke, Johnny's Bar & Grill, eine Bäckerei und eine Autowerkstatt, vor deren Eingang Reifen aufgestapelt waren.

Auf der anderen Seite des Marktplatzes, hinter dem Gerichtsgebäude, befanden sich die Bibliothek, das Postamt, eine Tankstelle und der Fair Oaks Ledger, die bescheidene Tageszeitung der Stadt.

»Wow«, murmelte Leo, als sie die Straße überquerten. »Ich hatte vergessen, wie klein die Stadt ist. Es ist geradezu klaustrophobisch.«

»Es ist charmant und liebenswert«, korrigierte Holly.

Leo warf ihr einen ungläubigen Blick zu. »Wenn du meinst.«

Als sie durch die Stadt spazierten, stiegen Erinnerungen in Leo auf wie Schnappschüsse aus einem Fotoalbum. Dort drüben war die Bar, in der sie ihre ersten Auftritte gehabt hatte. Nicht, dass die Einwohner von Fair Oaks ihre Gitarrenkünste oder ihren Musikgeschmack zu schätzen wussten. Die meisten bevorzugten Countrymusik, nicht Pop. Aber vielleicht war das auch gut so. Hier war sie kein großer Star, sondern nur die Tochter der Blakes, die zurückgekommen war, weil ihr Vater krank war.

Ein grauhaariger Mann, der hinter der Theke der Eisenwarenhandlung stand, winkte ihnen zu.

Leo starrte ihn an. War das Mr. Gillespie? Er war schon älter als Methusalem gewesen, als sie noch zur Schule gegangen war. *Muss an der frischen Landluft liegen.*

Holly winkte zurück, so wie es hier üblich war.

Als Leo nach New York gezogen war, hatte sie sich erst einmal daran gewöhnen müssen, dass man sich dort nicht im Vorübergehen zunickte oder zuwinkte.

Gerade als Leo glaubte, dass sie es bis zum Einkaufsladen schaffen würden, ohne gestoppt zu werden, eilten zwei Frauen um die fünfundzwanzig auf sie zu. »Entschuldigung, sind Sie Jenna Blake?«

Einen Moment lang war Leo versucht, es abzustreiten, aber sie wollte ihre Fans nicht anlügen. Also setzte sie ihr geübtes Popstarlächeln auf und nickte.

Eine der Frauen stieß ihre Freundin mit dem Ellbogen an. »Siehst du? Ich habe dir gleich gesagt, dass sie es ist. Ich habe alle Ihre Alben. Ihre Lieder sind so großartig. Könnten wir ein Autogramm haben?«

»Klar. Haben Sie etwas zum Schreiben?«

Die beiden Frauen kramten durch ihre Handtaschen und förderten einen Stift, eine Zeitschrift und ein Stück Papier zutage.

Leo unterschrieb mit ihrem Künstlernamen und gab dann Stift, Zeitschrift und Papier zurück.

»Hey, Holly, würde es dir etwas ausmachen, uns mit Jenna zu fotografieren?« Die beiden Frauen hielten Holly ihre Handys hin.

Geduldig machte Holly Fotos.

»Herzlichen Dank!« Eine der Frauen hüpfte auf und ab wie eine aufgeregte Jugendliche.

Zwei Rentner auf einer Bank auf der gegenüberliegenden Straßenseite sahen zu, als könnten sie nicht verstehen, warum ein solches Aufheben um die Tochter der Blakes gemacht wurde.

»Gern geschehen. Und danke, dass Sie sich meine Musik anhören.« Leo ging weiter, so schnell es ging. Wenn sie hier nicht rasch wegkamen, würden andere Autogrammjäger folgen. »Du hast gesagt, du musst ein paar Besorgungen machen, richtig?«

Holly lächelte, als wüsste sie genau, warum Leo sie daran erinnerte. »Ich brauche nur ein paar Sachen aus dem Laden. Willst du mit reinkommen oder hier draußen warten?«

Wenn sie draußen blieb, würde das Aufmerksamkeit erregen. »Ich komme mit.«

Die Glocke über der Tür klingelte, als Holly den Laden betrat.

Zwei Kundinnen im mittleren Alter blockierten mit ihren Einkaufskörben den Gang. »Hast du das von Lizzy Wilmers gehört?«, fragte eine die andere. »Ihr Hund hat sein Geschäft auf dem Rasen vor dem Gerichtsgebäude gemacht.«

»Schon wieder?« Die andere lachte.

Leo bemühte sich, nicht mit den Augen zu rollen. Was Fair Oaks an Größe fehlte, machte es durch Klatsch und Tratsch wieder wett. Das war eines von vielen Dingen, die sie nicht vermisst hatte.

»Hallo, Sheryl. Cora.« Holly strahlte die beiden an.

Leo spürte die Blicke der Frauen auf sich ruhen, als sie sich an ihnen vorbeischob. Noch bevor sie um die Ecke war, begannen sie zu tuscheln. Sie versuchte, es zu ignorieren, als sie Holly den Gang hinab folgte.

Zum Glück schien Holly genau zu wissen, was sie brauchte, und hatte ihre Einkäufe innerhalb weniger Minuten abgeschlossen.

Die Frau hinter der Kasse starrte Leo an, während sie Hollys Einkäufe scannte. Gerade als Leo glaubte, sie würde gleich um ein Autogramm bitten, sagte die Frau: »Oh mein Gott! Leo, bist du das?«

Leider hatte Leo keine Ahnung, wer die Fremde war. Ihr blondes Haar schien gebleicht zu sein. Womöglich hatte sie vor vierzehn Jahren völlig anders ausgesehen. »Äh, ja. Ich bin es.«

»Du bist also wieder im Land?«, fragte die Frau.

Leo schaukelte auf den Absätzen ihrer Stiefel vor und zurück. »Nur für eine Weile.«

Die Frau ließ ihren Blick über Leo gleiten. »Ja, du siehst aus, als könntest du eine Pause gebrauchen. Schätze, ein Superstar zu sein und rund um den Globus aufzutreten, ist ziemlich anstrengend.« Sie kicherte wie ein Teenager.

Na toll. Kleinstadtleute waren auch nicht besser als die Reporter der Regenbogenpresse, die unverblümt Kommentare über ihr Aussehen machten.

»Alle werden so froh sein, dich wiederzusehen.« Die Frau klatschte in die Hände. »Ein paar von uns treffen uns jeden Samstag in der Bar. Du solltest dazukommen und uns erzählen, wie es dir ergangen ist.«

Holly hatte ihre Einkäufe in Tüten gepackt, während die Verkäuferin mit Leo geredet hatte. »Das wird sie ganz bestimmt«, sagte sie und zog Leo zur Tür.

Draußen atmete Leo auf. »Danke.«

»Du hast keine Ahnung, wer sie ist, oder?« Holly lachte.

Ihre Schritte passten sich automatisch einander an, als sie zu Hollys Jeep gingen. Einen Moment lang verharrte Leo, erstaunt darüber, dass sie so im Einklang mit jemandem aus Fair Oaks sein konnte, wenn auch nur für ein paar Sekunden.

»Nein. Sollte ich sie kennen?«

»Würde ich mal sagen«, erwiderte Holly grinsend. »Du und Jenny wart seit dem Kindergarten in derselben Klasse.«

Leo starrte zurück zum Einkaufsladen. »Jenny? Das war Jenny Keller?« *Na toll.* Schon als Jugendliche war Jenny die Klatschtante der Stadt gewesen. So viel zu ihrem Plan, unbemerkt zu bleiben. Spätestens zum Mittagessen würde jeder wissen, dass sie in der Stadt war.

»Sie heißt jetzt Jenny Bonnett. Sie und Travis haben gleich nach der Highschool geheiratet.«

Das war keine große Überraschung.

»Jenny hat es ernst gemeint, weißt du?« Als sie den Jeep erreichten, schloss Holly den Wagen auf und verstaute ihre Einkäufe neben feinsäuberlich sortierten medizinischen Artikeln. Sie schloss die Heckklappe, drehte sich um und lehnte sich gegen das Auto. »Du solltest dich wirklich zum Abendessen mit deinen alten Freunden treffen.«

Nur aus Höflichkeit schaffte es Leo, nicht das Gesicht zu verziehen. »Nein, danke.«

»Ach, jetzt wo du ein Star bist, bist du dir wohl zu gut dazu, mit uns einfachen Leuten herumzuhängen.«

»Nein, das ist es nicht. Ich bin nur … Jenny und ich waren nie wirklich befreundet. Sie und ihre Freundinnen haben mich während unserer Schulzeit links liegen lassen, es sei denn, sie konnten über mich tratschen.« Als sie ihrer besten Freundin Ashley gestanden hatte, dass sie lesbisch war, hatte Ash es Jenny erzählt. Am nächsten Tag wusste es die ganze Stadt, inklusive ihres homophoben Vaters.

»Ich hatte in der Schule auch nicht viele Freunde, aber Menschen können sich ändern, oder nicht?«, sagte Holly leise.

»Meiner Erfahrung nach tun sie das für gewöhnlich nicht.«

»Nachdem dein Vater den Schlaganfall hatte, hat Jenny ihren berühmten Grüne-Bohnen-Auflauf vorbeigebracht. Sie und viele andere Nachbarn haben dafür gesorgt, dass deine Mutter genug isst. Sie waren für sie da.«

Und du warst es nicht.

Holly sagte es nicht, aber die unausgesprochenen Worte hingen trotzdem zwischen ihnen.

Gott, sie hatte Hollys vorwurfsvollen Tonfall und die tadelnden Blicke so satt, mit denen Holly sie bedacht hatte, seit sie ihr die Tür geöffnet hatte. Abrupt drehte sie sich um und marschierte weg von dem Jeep und seiner Besitzerin. Doch natürlich wusste sie, dass sie ihr in dieser Kleinstadt nicht entkommen konnte. Holly war die Krankenschwester ihres Vaters, deshalb musste sie mit ihr auskommen.

»Komm schon«, rief sie über die Schulter zurück. »Ich brauche einen Kaffee.« Eigentlich brauchte sie etwas viel Stärkeres, aber es war noch zu früh für Alkohol.

Außerdem wollte sie nicht, dass die Leute sich über das angebliche Alkoholproblem von Jenna Blake die Mäuler zerrissen. Kaffee musste reichen.

Der vertraute Geruch von Bratfett und Kaffee stieg Holly in die Nase, als sie Leontyne in den Diner folgte.

»Morgen, Holly«, sagte Ruth, die hinter der langen Theke stand. Sie rückte ihre Brille zurecht und starrte. »Leontyne Blake, bist du das?«

Leontynes Schultern hoben und senkten sich unter einem stummen Seufzen.

Was zum Teufel war nur los mit ihr? War es wirklich so schrecklich, zurück in Fair Oaks zu sein und sich eine Weile mit den Einheimischen zu unterhalten? Oder stank es ihr, dass sie hier einfach nur Leontyne war, die Tochter von Sharon und Gil, und nicht Superstar Jenna Blake?

Irgendwie hatte Holly das Gefühl, dass es nicht daran lag.

»Wie läuft's denn so in der großen Stadt?«, fragte Ruth.

»Kann nicht klagen«, sagte Leontyne.

Ruth lächelte. »Das sagt dein Vater auch immer, wenn ich ihn frage, wie es ihm geht.« Ihr Lächeln verblasste und sie blickte von Leontyne zu Holly. »Wie geht es ihm, Schätzchen?«

»Er hält sich wacker«, antwortete Holly. »Und er lässt dir für den Kuchen danken, den du mir letzte Woche für ihn mitgegeben hast.«

Beide wussten, dass er das nicht wirklich gesagt hatte, aber Ruth grinste und nickte dennoch. »Ich gebe dir ein Stück Blaubeerkuchen mit. Den hat er am liebsten. Setzt euch, wohin ihr wollt. Ich komme sofort.«

Leontyne ging an dem gläsernen Schaukasten vorbei, ohne die Kuchen und Torten eines Blickes zu würdigen.

Die anderen Gäste beobachteten sie, als sie auf einer Sitzecke ganz hinten im Diner Platz nahm. Holly nickte grüßend, bevor sie sich Leontyne gegenüber auf die gepolsterte Bank setzte. Sie lehnte die Unterarme auf den Tisch. Nach einigen Sekunden fiel ihr auf, dass Leontyne dasselbe getan hatte und sie einander unbewusst nachgeahmt hatten.

Sie zog einen Arm vom Tisch und lehnte sich zurück.

Das Surren des Deckenventilators und die Gespräche im Hintergrund waren die einzigen Geräusche, die die Stille zwischen ihnen unterbrachen.

Sie war froh, als Ruth an den Tisch trat und ihren kleinen Notizblock aus der Schürzentasche zog. »Was kann ich euch bringen, Schätzchen?«

»Nur Kaffee«, sagte Leontyne.

»Für mich bitte auch.«

Ruth presste den Notizblock an ihre üppige Brust. »Kein Frühstück? Aber, Schätzchen, heute haben wir Biskuits und Béchamelsoße als Tagesgericht im Angebot.«

Bei der Erwähnung ihres Lieblingsfrühstücks lief Holly das Wasser im Mund zusammen, obwohl sie keinen Hunger hatte. »Ich weiß, aber ich habe schon mit Sharon und Gil ... und Leontyne gefrühstückt.«

»Bist du sicher?«

Holly nickte und tätschelte sich den Bauch. »Ich bin immer noch pappsatt.«

»Na schön. Sag Bescheid, wenn du es dir anders überlegst.« Ruth marschierte davon und kehrte mit dem Kaffee zurück. Sie drehte die weißen Tassen auf dem Tisch um und schenkte Kaffee aus einer Glaskanne ein.

Leontyne fügte Kaffeesahne hinzu, nahm einen Schluck und verzog das Gesicht. Vermutlich schmeckte es nicht wie der fettarme, entkoffeinierte Latte, an den sie gewöhnt war. Sie stellte die Tasse ab und sah Holly über den Tisch hinweg an. »Leo.«

»Äh, wie bitte?«

»Du hast mich Leontyne genannt. Nur meine Eltern nennen mich so. Wenn du mich schon verurteilst, kannst du mich genauso gut Leo nennen.«

Hitze stieg Holly in die Wangen. »Ich ... ich verurteile dich nicht.«

»Ach ja? Fühlt sich aber so an.«

Holly öffnete den Mund, doch bevor sie antworten konnte, blieb jemand vor ihrem Tisch stehen.

Chris, der in der Küche arbeitete, grinste Holly schüchtern an und stellte einen Schokoladenmilchshake vor ihr ab. »Deine Mutter hat erwähnt, dass du Nachtschicht hattest, als sie vorhin hier war. Ich dachte, du könntest einen Milchshake gebrauchen.«

»Äh, danke.«

»Ich habe ihn extra dick gemacht.«

Was sollte sie dazu sagen? Sie wollte ihn nicht verletzen, aber sie hatte auch nicht vor, mit ihm ... oder sonst jemandem auszugehen. Auch ohne aufzusehen, spürte sie Leontynes ... Leos Grinsen. »Danke, Chris. Das war sehr, äh, nett von dir.«

Er lächelte breit und blieb so lange neben dem Tisch stehen, dass sie schon fürchtete, er würde sie gleich wieder nach einem Rendezvous bitten. Doch dann fasste er sich an eine imaginäre Hutkrempe und ging in die Küche zurück.

Holly ließ sich gegen die Lehne der Sitznische sinken und starrte in ihren extra-dicken Milchshake.

»Das war Chris?«, fragte Leo und starrte ihm nach. »Der dicke Chris mit der Zahnspange?«

»Ja, das war Chris. Er ist die Zahnspange und zwanzig Kilo losgeworden.« Trotzdem war sie nicht an ihm interessiert.

»Weißt du«, sagte Ruth, als sie mit einem Stapel schmutzigen Geschirr an ihrem Tisch vorbeiging, »du solltest ihm wirklich eine Chance geben. Der Junge ist verrückt nach dir. Ein hübsches, junges Ding wie du sollte nicht allein bleiben.«

Holly verkniff sich ein Stöhnen. Nicht schon wieder die Leier. Sie ignorierte Ruth und rührte mit dem Strohhalm in ihrem Milchshake. »Willst du mal versuchen?«, fragte sie Leo.

»Nö. Er ist nicht mein Typ. Ich will nicht, dass er denkt, ich wäre an seinem extra-dicken Sonstwas interessiert.«

Der erste Schluck Milchshake schoss Holly fast aus der Nase. Sie funkelte Leo böse an, musste dann aber lachen. Leo mochte ein verwöhnter, selbstsüchtiger Star sein, aber sie hatte Sinn für Humor. »Mein Typ ist er auch nicht.«

»Ach nein?«

Leo musterte sie und wartete offenbar darauf, dass sie etwas hinzufügte, aber Holly hatte keine Lust, mit Leo über ihr kompliziertes und nicht vorhandenes Liebesleben zu reden. Sie schüttelte den Kopf.

»Vielleicht solltest du ihm das sagen. Ihm und Ruth.«

»Habe ich schon. Mehrfach sogar. Aber …« Holly zuckte mit den Schultern.

»Macht es dir nichts aus, dass die halbe Stadt ihre Nase in deine Angelegenheiten steckt?« Leo fuhr sich mit einer Hand durch ihre honigblonden Haare. »Es hat mich immer in den Wahnsinn getrieben.«

»Ich bin kein Fan ihrer Verkuppelungsversuche, aber so zeigen die Menschen hier nun einmal, dass ihnen etwas an mir liegt.«

Leo schnaubte in ihren Kaffee. »So zeigen die Menschen hier, wie neugierig sie sind.«

»Wow.« Holly betrachtete sie kopfschüttelnd. »Du hasst diese Stadt wirklich, oder?«

»Lass uns einfach sagen, es beruht auf Gegenseitigkeit. Die Leute hier mögen mich auch nicht sonderlich. Ich habe nie hierher gepasst.«

In Hollys Erinnerung war das nicht so. Sie wusste, wie es sich anfühlte, eine Außenseiterin zu sein, und sie hatte Leo nie als eine betrachtet. Die Einheimischen sprachen voller Stolz von ihr.

Eine Weile tranken sie schweigend ihren Kaffee.

Ruth, die hinter der Theke stand, hielt einladend die Kaffeekanne in die Höhe. »Wie wäre es mit noch etwas Kaffee? Oder doch ein Frühstück?«

»Nein, danke. Ich glaube, wir sollten besser gehen. Sieht so aus, als würden wir nass werden, wenn wir uns nicht beeilen.« Leo zeigte auf die große Fensterfront des Diners.

Ein Vorhang dunkler Wolken bedeckte direkt über ihnen die Sonne.

Holly riss die Augen auf. *Oh Mist.* Wie war ihr das nur entgangen? Wenn sie nicht innerhalb der nächsten Minute zum Auto kamen, würden sie bis auf die Knochen nass werden.

Sie legten Geld auf den Tisch und eilten zur Tür.

»Was ist mit dem Stück Kuchen für Gilbert?«, rief Ruth ihnen nach.

»Nächstes Mal«, rief Holly zurück, bevor sich die Tür hinter ihnen schloss.

Seite an Seite eilten sie zurück zum Jeep. Leo ging ein wenig langsamer, damit sie Holly mit ihren kürzeren Beinen nicht zurücklassen würde.

Die Luft war dick vom drohenden Regen. Eine Windböe trieb eine Colaflasche den Bürgersteig entlang. Donner grollte nicht allzu weit entfernt.

Als sie die Straße überquerten, fiel Leo der erste Regentropfen auf den Kopf und sickerte durch ihr Haar. Sie zuckte zusammen. Dann traf sie der zweite Tropfen auf die Nase. Innerhalb von Sekunden öffnete der Himmel die Schleusen und Regen prasselte auf sie herab.

»Lauf!«, schrie Holly.

Sie rannten die letzten Meter bis zum Marktplatz. Holly drückte blindlings den Knopf an ihrem Schlüsselbund. Sie rissen die Türen auf und ließen sich auf die Vordersitze des Jeeps fallen.

Schwer atmend saßen sie im Wagen. Wasser floss Leos Haar hinab und tropfte in ihr T-Shirt. Aber es spielte keine Rolle, denn sie war ohnehin schon völlig durchnässt.

Holly war es auch nicht besser ergangen. Ihr nasses T-Shirt klebte an ihren vollen Brüsten.

Leo versuchte, nicht zu starren. Sie versuchte es wirklich. Aber gütiger Himmel! Kein Wunder, dass Chris so verknallt in sie war. Holly mochte nicht wie ein Supermodel aussehen, aber irgendetwas an ihr erhaschte Leos Aufmerksamkeit … und es waren nicht nur ihre Brüste.

Im Gegensatz zu Leo schien Holly keine Probleme zu haben, ihre Augen bei sich zu behalten.

Ihr armes Gaydar, das normalerweise andere Lesben zuverlässig aufspürte, schien an einer Art Midlife-Crisis zu leiden, seit sie Holly kannte. Zuerst hatte sie angenommen, Holly wäre hetero, doch während der Unterhaltung über Chris hatte Leos Gaydar behauptet, Holly wäre deshalb nicht an ihm interessiert, weil sie sich zu Frauen hingezogen fühlte. Aber warum sah sie dann nicht einmal in Leos Richtung? *Vielleicht hat sie einfach nur bessere Manieren als du.*

Holly startete den Motor und setzte langsam auf die Straße zurück, auf der sich rasch riesige Pfützen formten.

Die Scheibenwischer hetzten auf höchster Geschwindigkeitsstufe über das Glas. Hollys Fingerknöchel liefen weiß an, als sie das Lenkrad umklammerte. Sie beugte sich vor und kniff die Augen zusammen, um etwas durch die regenverschmierte Scheibe zu erkennen.

Leo hoffte, dass Holly mehr sehen konnte als sie selbst. Sie konnte kaum etwas von der Straße vor ihnen ausmachen.

Ein Blitz zuckte durch die Wolken und über ihnen dröhnte Donner.

So würden sie es nie bis nach Hause schaffen.

»Fahr rechts ran.« Leo sprach lauter, um den Donner und die leise Musik aus dem Radio zu übertönen. »Du kannst kaum etwas sehen. Wir landen sonst im Straßengraben!«

Holly hielt den Wagen am Straßenrand an. Sie wartete eine Weile, doch als das Gewitter nicht nachließ, stellte sie den Motor aus.

Schweigend saßen sie da. Die Stille wurde lediglich vom Prasseln des Regens auf dem Autodach unterbrochen.

Unter anderen Umständen wäre es ein seltsam romantischer Moment gewesen. *Das hier würde ein großartiges Lied abgeben.* Der Gedanke überraschte sie. Sie hatte schon seit einer gefühlten Ewigkeit kein neues Lied mehr geschrieben, zumindest keines, das es wert gewesen wäre, aufgenommen zu werden.

Holly fuhr sich mit den Händen durch ihr kurzes Haar, das ihr in nassen, rotbraunen Strähnen am Kopf klebte. Sie schüttelte sich wie ein Hund, sodass Tropfen auf Leo herabregneten.

»Hey!«

»Ups!« Holly warf ihr ein schelmisches Lächeln zu. »Entschuldige.« Sie hatte noch immer kaum in Leos Richtung geblickt. Stattdessen sah sie den Blitzen draußen zu.

Leo spähte an sich selbst hinab. Ihr weißes T-Shirt war fast durchsichtig und enthüllte die Konturen ihres BHs und ihre harten Nippel. Jeder Paparazzo hätte ein Vermögen für einen solchen Schnappschuss bezahlt und ihre Fans, Männer und so manche Frau, sicher auch.

Aber Holly schien sich nicht für ihren unfreiwilligen Miss-Wet-T-Shirt-Wettbewerb zu interessieren. Einerseits war es erfrischend anders, einmal nicht von Kopf bis Fuß beäugt zu werden, aber andererseits tat es weh, dass Holly keine Anstalten machte, sich mit ihr zu unterhalten.

»Warum magst du mich eigentlich nicht?« Die Worte platzten fast ohne ihr Zutun aus ihr heraus.

Holly drehte den Kopf und starrte sie an. »Was? Wer sagt, dass …?«

»Liegt es daran, dass ich hier herausgekommen bin?« Sie wedelte mit der Hand in einer Geste, die die ganze Stadt mit einschloss. »Und du nicht?«

»Wer sagt, dass ich nie aus der Stadt gekommen bin … oder dass ich es wollte?« Das Donnergrollen draußen übertönte fast ihre Stimmen, sodass sie brüllen mussten, um sich zu verständigen. »Ich habe einen Bachelor-Abschluss in Krankenpflege von der University of Missouri. Ich bin freiwillig zurückgekommen, so schwer es dir auch fallen mag, das zu glauben.«

»Was ist dann der Grund dafür, dass du mich nicht magst?«, rief Leo über den Donner hinweg. »Meine Musik? Meine sexuelle Orientierung? Meine …?«

»Nichts. Ich habe nie gesagt, dass ich dich nicht mag.«

»Hätte man aber meinen können.«

Hollys Knie stieß gegen die Mittelkonsole, als sie zu Leo herumwirbelte. »Wenn du es wirklich wissen willst: Ich hasse die Art, wie du deine Eltern so einfach im Stich gelassen hast.«

»Im Stich gelassen? Ich bin hier, oder nicht? Ich sitze in Fair Oaks fest, in diesem Jeep. Wie kannst du da sagen, ich hätte sie im Stich gelassen?«

Holly stieß ein undamenhaftes Schnauben aus. »Ja, du bist hier, aber für wie lange? Ich wette meinen bescheidenen Gehaltsscheck gegen deine Millionen, dass du noch nicht einmal deinen Koffer ausgepackt hast, damit du schnell wieder verschwinden kannst.«

Leo hatte bereits den Mund für eine heftige Entgegnung geöffnet, aber was konnte sie sagen, ohne zu lügen?

»Komm schon. Gib's zu.« Hollys Blick durchbohrte Leo. Ihre leuchtend blauen Augen waren unbarmherzig. »Das ist nur einer deiner Blitzbesuche.«

»Und wenn schon. Du kennst mich nicht. Ist dir je in den Sinn gekommen, dass ich meine Gründe dafür habe, nicht länger zu bleiben? Wieso denkst du, du hättest das Recht, mich zu verurteilen?« Leo trommelte mit der Faust auf die Mittelkonsole. Sie brüllte jetzt lauthals, obwohl ihr Manager ihr wohl befohlen hätte, damit aufzuhören, weil es ihrer Stimme schaden konnte. Doch zum Teufel mit Saul. Und zum Teufel mit Holly. Wenn sie herumbrüllen wollte, dann würde sie es verdammt noch mal tun!

»Ich müsste dich nicht verurteilen, wenn du endlich erwachsen werden und über das hinwegkommen würdest, was dich an dieser Stadt oder deinen Eltern stört!«

»Meine Beziehung zu meinen Eltern geht dich nichts an!«

»Und wie mich das was angeht! Deine Eltern sind nette Leute. Sie haben etwas Besseres verdient, als durch die Klatschpresse herauszufinden, was in deinem Leben vorgeht, weil du sie nie besuchst und nie anrufst!«

»Warum stört dich das?«

»Weil …« Holly blinzelte, als hätte sie die Frage nicht kommen sehen. »Weil mir deine Eltern am Herzen liegen, verdammt noch mal.«

Das brachte Leo für einen Moment lang zum Schweigen. Ihr Manager und ihre Exfreundinnen hatten dasselbe gesagt. Aber allzu oft stellte sich heraus, dass ihnen nur Leos Geld und ihr Ruhm am Herzen lagen. Warum sollte das bei Holly anders sein? Sie hatte es auf etwas abgesehen. Leo hatte nur noch nicht herausgefunden, was es war.

»Mir liegt deine Familie am Herzen. Deshalb war ich letztes Jahr auch auf der Beerdigung deines Großvaters … ganz im Gegensatz zu dir«, fügte Holly hinzu.

»Ich war mitten auf einer Konzerttour in Australien. Was hätte ich tun sollen? Sie absagen?« Diesmal war es Leo, die Wassertropfen auf Holly herabregnen ließ, als sie wild den Kopf schüttelte. »Das hätte meinem Großvater auch nicht geholfen. Ich weiß, du denkst, ich wäre eine egoistische Schnepfe, aber viele Menschen sind auf mich angewiesen. Meine Band, mein Manager, meine Techniker, die Plattenfirma, meine Fans … Ich kann nicht einfach alles hinwerfen und ohne guten Grund eine Tour absagen.«

»Ohne guten Grund?« Holly blies einen Tropfen Wasser von ihrer Nasenspitze. »Man kann es wohl kaum grundlos nennen, wenn du zur Beerdigung deines Großvaters nach Hause gefahren wärst oder als dein Vater seinen ersten Schlaganfall hatte.«

Ein weiterer Blitz zuckte vom Himmel und Leo fühlte sich, als hätte er sie mitten in der Brust getroffen. Sie umklammerte Hollys Hand, die auf der Mittelkonsole lag. »W-was hast du eben gesagt?«

Holly starrte auf die Hand, die ihre festhielt. »Ich weiß, es steht mir nicht zu …«

»Nein.« Leo unterbrach sie mit einer ungeduldigen Geste. »Hast du eben gesagt, dass der Schlaganfall meines Vaters nicht sein erster war?«

Donner krachte. Hollys Stirn legte sich in Falten. Ihre Lippen bewegten sich, doch Leo konnte kein Wort verstehen.

»Was?«, rief sie.

»Ja, es war sein zweiter«, sagte Holly so leise, dass Leo sie kaum hören konnte, obwohl der Donner nun verklungen war. »Wusstest du das nicht?«

»Ich hatte keine gottverdammte Ahnung!« *Weil ich sie nie besuche oder anrufe.* Schuldgefühle durchstachen ihren Schutzpanzer aus Wut, doch Leo schüttelte sie ab. Das Telefon funktionierte in beide Richtungen. Ihre Mutter hätte sie jederzeit anrufen können. »Wann … wann ist das passiert?«

»Letztes Jahr im Frühling. Es war ein leichter Schlaganfall, verglichen mit dem, den er im Mai hatte. Er bekam Physiotherapie und ich kam mehrmals die Woche vorbei, um ihm bei seinen Übungen zu helfen. Er schien sich vollständig zu erholen.«

Leo sank gegen die Rückenlehne des Beifahrersitzes und starrte geradeaus durch die Windschutzscheibe. Draußen ließ der Regen nach und Blitz und Donner hörten auf. Ein Sonnenstrahl brach durch die dichte Wolkendecke. Himmel. Sie hatte nichts davon gewusst.

»Leontyne«, sagte Holly leise. »Leo …«

Leo drehte nicht den Kopf. »Fahr einfach.« Nach einer Sekunde fügte sie hinzu: »Bitte.« Sie stellte fest, dass sie noch immer Hollys Hand umklammert hielt, und ließ rasch los.

Holly drehte den Schlüssel im Zündschloss. Der Motor und das Radio sprangen an. Sie stellte die Musik aus und sie fuhren schweigend nach Hause.

Kapitel 4

Als Leo in die Küche stapfte, riss ihre Mutter die Augen auf. »Oh Gott, Leontyne! Du bist völlig durchnässt!«

Wasser tropfte aus Leos Haaren und ihrer Kleidung zu Boden, aber das war ihr völlig egal. »Warum hast du mir nicht gesagt, dass Papa letztes Jahr einen Schlaganfall hatte?«

Ein Kochlöffel rutschte ihrer Mutter aus der Hand und fiel klappernd zu Boden. »Ich ... ich ... Bitte sei nicht wütend. Der Schlaganfall letztes Jahr war völlig anders. Er war nur ein paar Tage im Krankenhaus. Es gab keinen Grund, dich zu beunruhigen.«

»Keinen Grund? Ich bin seine Tochter!«

»Es gab nichts, was du hättest tun können.«

»Jetzt kann ich auch nicht viel tun. Ich hätte es trotzdem gern gewusst.«

Das Telefon klingelte und ihre Mutter nahm hastig ab, als wollte sie der Diskussion entkommen. »Oh, hallo, Julia.« Ihr Blick huschte zu Leo. »Äh, ja, sie ist hier. Oh. Das ist eine tolle Idee, aber das musst du sie selbst fragen.« Sie hielt Leo das Telefon hin und flüsterte: »Es ist Julia vom Büro des Bürgermeisters. Sie haben gehört, dass du zu Hause bist, und möchten, dass du auf dem Bezirksjahrmarkt singst. Wäre das nicht ...?«

»Sag ihr nein danke.« Sie war hier, um allem zu entkommen, nicht um noch mehr Konzerte zu geben. »Ich gehe nach oben, um zu duschen.« Ohne eine Antwort abzuwarten, marschierte sie aus der Küche.

Hinz und Kunz riefen sie an, nur ihre Mutter hatte es nicht geschafft, den Hörer in die Hand zu nehmen, um ihr zu sagen, dass ihr Vater einen Schlaganfall gehabt hatte.

Kein Wunder, dass Holly solche Vorurteile ihr gegenüber hatte. Sie hatte angenommen, dass Leo vom ersten Schlaganfall wusste und trotzdem ferngeblieben war.

Es ärgerte sie, dass Holly ihr das zutraute, aber gleichzeitig musste sie zugeben, dass Holly sie beeindruckt hatte. In New York und jeder anderen Stadt der Welt wurde sie umschmeichelt und jeder sagte ihr, was sie hören wollte. Hollys unumwundene Offenheit war eine erfrischende Abwechslung. Vielleicht, nur vielleicht, war Holly doch genau das, was sie zu sein schien: jemand, der ohne Hintergedanken aushalf. Auf jeden Fall war sie kein begeistertes Groupie, das stand fest.

Nachdem Leo sich geduscht und umgezogen hatte, war sie etwas ruhiger. Trotzdem war sie nicht in der Stimmung, nach unten zu gehen und sich mit ihrer Mutter auseinanderzusetzen oder mit den Anrufern, die alle etwas von ihr oder vielmehr von Jenna wollten.

Sie trat an das Bücherregal heran und fuhr mit dem Zeigefinger über den obersten Regalboden. Keinerlei Staub. Ihre Mutter hatte gründlich geputzt, damit sie sich willkommen fühlte. Doch im Moment war Leo zu wütend und wollte sich nicht damit befassen. Ziellos nahm sie Bücher aus dem Regal, um sich abzulenken.

Eine gebundene Ausgabe von *Harry Potter und der Stein der Weisen*. Vergilbte Taschenbuchausgaben von *Die Muschelöffnerin*, *Stoner McTavish* und anderen Romanen für Lesben. Sie hatte sie in einer Buchhandlung in St. Joe gekauft und stolz ins Regal gestellt, wohl wissend, dass ihre Eltern keine Ahnung hatten, um was für eine Sorte Bücher es sich handelte.

Neben der Biografie von Tina Turner stieß sie auf ihre alten Jahrbücher aus der Highschool. Sie zog das Jahrbuch ihrer Abschlussklasse aus dem Regal, setzte sich im Schneidersitz aufs Bett und blätterte durch die Seiten.

Der Anblick ihres Fotos ließ sie zusammenzucken. Wie gut, dass sie mittlerweile eine Stylistin und eine Friseurin hatte.

Der Untertitel unter ihrem Bild verkündete, dass sie zu der Person gewählt worden war, die am wahrscheinlichsten erfolgreich sein würde. Sie fuhr die Zeile mit dem Finger nach. *Schätze, meine Mitschüler hatten recht.* Damals hätte sie alles dafür gegeben, eine bekannte Sängerin zu werden. Doch jetzt, wo sich ihr Wunsch erfüllt hatte, kam sie sich vor, als hätte sie sich selbst dabei verloren.

Seufzend blätterte sie durch den Rest des Buchs und suchte nach Hollys Bild. Sie war nur wenige Jahre jünger als Leo, musste also auch im Jahrbuch sein.

Die Fotos der unteren Jahrgänge waren kleiner und in alphabetischer Reihenfolge angeordnet. Schließlich fand sie Holly in dem Abschnitt für die Neuntklässler.

Hollys Haare waren länger, mehr rot als rotbraun und zu einem Pferdeschwanz zurückgebunden. Der Ausdruck in ihren faszinierend blauen Augen war jedoch derselbe. Sie lächelte in die Kamera und die Grübchen links und rechts von ihren Lippen ließen sie freundlich und ein wenig schelmisch wirken, als würde sie gleich einen Witz reißen. Zugleich wirkte sie irgendwie über allem erhaben, als stünde sie über all den Highschooldramen. Offenbar hatte sie sich nicht für die Aufnahme schick gemacht, sondern trug nur ein *Akte-X*-T-Shirt.

Leo blätterte durch die Gruppenfotos von verschiedenen Sportteams, dem Theaterklub und der Jazzband. Holly war auf keinem der Bilder. War sie wie Leo eine Außenseiterin gewesen?

Ein Klopfen an der Tür ließ sie aufsehen. Schnell schlug sie das Jahrbuch zu und schob es unter die Decke, bevor sie tief Luft holte und sich darauf einstellte, mit ihrer Mutter zu reden. »Komm rein.«

Holly öffnete die Tür ein paar Zentimeter und spähte in Leos Zimmer, um sicherzugehen, dass sie vollständig angezogen war, bevor sie eintrat. Ein Zusammentreffen wie gestern im Badezimmer, nur mit umgekehrten Rollen, wollte sie vermeiden.

Leo saß im Schneidersitz auf dem Bett. Ihr feuchtes Haar fiel ihr in ungebändigten Wellen bis auf die Schultern. Mit ihren langen, eleganten Armen und Beinen und ihrer goldbraunen Hautfarbe wirkte sie wie eine Löwin.

Holly schüttelte den Kopf über ihre seltsam poetischen Gedanken und öffnete die Tür ein Stück weiter. »Ich fahre gleich nach Hause, wollte aber erst … Ähm, könnte ich kurz reinkommen?« Sie wollte nicht zwischen Tür und Angel darüber reden.

Leo löste ihren Schneidersitz und stellte beide Füße auf den Boden. »Klar. Komm rein und setz dich.«

Ihre nassen Kleider waren über den einzigen Stuhl im Raum ausgebreitet, sodass Holly sich ans Fußende des Bettes setzen musste. Eine harte Kante kniff sie in den Hintern. Stirnrunzelnd griff sie unter die Decke und zog ein dünnes Buch hervor. Es handelte sich um ein Highschooljahrbuch.

»Äh, ich habe mir nur gerade … ähm … ein paar alte Bilder angesehen.« Eine rosarote Farbe stieg Leos Hals hinauf und brachte ihre Wangen zum Leuchten.

Holly konnte sich ein Grinsen nicht verkneifen. Leontyne Blake wurde rot und stotterte wie ein Teenager. Es war fast schon süß. Der Gedanke ließ sie verharren. *Oh nein. Du solltest es besser wissen. Wenn du jemanden süß findest, willst du dich irgendwann mit ihr verabreden und das führt dann dazu, dass die Person Sex haben will.* Das würde sie nicht noch einmal durchmachen … und ganz sicher nicht mit Leo.

Aber irgendwie war es einfacher gewesen, Leos gutes Aussehen zu ignorieren, als sie noch wütend auf sie gewesen war.

Zwar war sie immer noch sauer, aber langsam begann sie zu ahnen, dass die Situation nicht so schwarz-weiß war, wie sie dachte. Vielleicht hatte sie sich in Leo getäuscht.

Leo saß am anderen Ende des Bettes und musterte sie neugierig. Langsam verblasste ihre rote Gesichtsfarbe. »Also? Du wolltest über irgendetwas sprechen?«

»Äh, ja. Ich …« Holly sah auf die Goldbuchstaben hinab, die in den Einband des Jahrbuchs eingeprägt worden waren. »Ich wollte mich entschuldigen.« Sie sah auf. »Ich dachte, du wüsstest über den ersten Schlaganfall deines Vaters Bescheid. Ich hätte nicht so voreilig urteilen sollen.« Leo öffnete den Mund, um etwas zu sagen, doch Holly hob die Hand. »Um ehrlich zu sein, denke ich immer noch, du hättest ein wenig öfter anrufen oder zu Besuch kommen sollen. Aber ich bin die Krankenschwester deines Vaters und es steht mir nicht zu, dich derart zurechtzuweisen. Das war vollkommen unprofessionell.«

Jetzt starrte Leo sie an, ohne etwas zu sagen.

»Weißt du, das ist jetzt die Stelle, an der du entweder ›ich nehme deine Entschuldigung an‹ sagst oder ›geh zum Teufel‹.«

Ein Lächeln schlich sich auf Leos Lippen. Sie schüttelte mit nachdenklicher Miene den Kopf. »Ich verstehe dich einfach nicht.«

»Heißt das ›ich nehme deine Entschuldigung an‹ oder ›geh zum Teufel‹?«, fragte Holly.

Leos Lächeln verwandelte sich in ein ausgewachsenes Lachen. »Ich nehme deine Entschuldigung an.«

Die Anspannung wich aus Hollys Körper. Sie atmete auf. Erst jetzt merkte sie, wie viel Leos Vergebung ihr bedeutete. »Danke.« Sie legte das Jahrbuch beiseite und erhob sich.

Bevor sie die Tür erreichte, holte die melodiöse Stimme mit der rauchigen Note sie ein, für die Leo berühmt war. »Ich wusste es wirklich nicht. Dass mein Vater letztes Jahr einen Schlaganfall hatte. Und vom zweiten habe ich auch erst vor ein paar Tagen erfahren.«

Holly glaubte ihr. Sie drehte sich um und musterte sie. »Wärst du nach Hause gekommen, wenn du davon gewusst hättest?«

Leo sah hinab auf ihre Finger, mit denen sie die Ziffern auf dem Jahrbuch nachfuhr. »Ich … ich weiß es nicht.«

Na, wenigstens war sie ehrlich. Das wusste Holly zu schätzen.

»Ich glaube schon«, sagte Leo nach einer Weile. »Mein Vater und ich … Unsere Beziehung ist ziemlich …« Sie bewegte ihre Hand in einer Zickzacklinie.

»Kompliziert?«, schlug Holly vor.

Leo lachte, doch es fehlte jeglicher Humor. »Das kann man so sagen. Wir hatten keine einzige zivilisierte Unterhaltung, seit ich nach Hause gekommen bin. Vergiss das. Wir haben schon früher kaum miteinander gesprochen. Immer, wenn wir es versucht haben, endete es im Streit. Und jetzt können wir nicht mehr reden, selbst wenn wir wollten. Und mein Vater hat es mehr als klargemacht, dass er nicht will. Keine Ahnung, warum ich hierbleiben sollte.«

»Du könntest trotzdem mit ihm reden«, sagte Holly sanft. »Er versteht, was du sagst, auch wenn er nur wenig sprechen kann.«

»Ich weiß nicht, was ich sagen sollte.«

»Und vielleicht ist das der Grund, warum du bleiben solltest. Um es herauszufinden.« Als Leo nicht antwortete, öffnete sie die Tür. Vielleicht hatte sie zu viel gesagt. Sie war Gils Krankenschwester, nicht Leos Freundin, die ihre Meinung zu ihrem Privatleben frei äußern durfte. Vorhin hatte sie sich in Schwierigkeiten gebracht, indem sie das vergessen hatte, und diesen Fehler würde sie nicht wiederholen.

Bevor sie die Tür hinter sich zuziehen konnte, rief Leo: »Bis morgen.«

Holly warf einen Blick zurück und sah ihr in die Augen. »Bis morgen.«

Kapitel 5

Holly legte ihre Füße auf den Couchtisch und balancierte ihren Laptop auf dem Schoß. Ihre Finger flogen über die Tastatur, als sie Gils medizinische Unterlagen auf den neuesten Stand brachte und eintrug, welche Arbeiten sie diese Woche erledigt hatte. Ihre Mutter hätte geschimpft, wenn sie gewusst hätte, dass Holly an einem Sonntag arbeitete, doch sie vermied es wenn möglich, Papierkram zu erledigen, wenn sie bei einem Patienten war. Der Laptop erzeugte eine Barriere zwischen ihnen, die sie nicht mochte.

Der Patient benötigt immer noch …

Der Skype-Klingelton, der aus den Lautsprechern ihres Laptops drang, unterbrach sie mitten im Satz.

Sie rollte mit den Schultern und klickte, dankbar für die Pause, auf das Skype-Fenster. Ein Grinsen breitete sich auf ihrem Gesicht aus und sie klickte auf das grüne Anruf-annehmen-Symbol.

Das strahlende Gesicht ihrer Freundin Meg füllte den Laptopbildschirm. »Hallöchen, Nerdy Nurse.« Megs Stimme dröhnte aus den Lautsprechern.

Ihr Tumblr-Spitzname brachte Holly zum Grinsen. Sie drehte die Lautstärke ein wenig hinunter. »Hallo, Mordin.«

»Ich habe gesehen, dass du online bist, und dachte, ich nutze die Gelegenheit, bevor du wieder verschwindest«, sagte Meg. »Passt es dir gerade?«

»Klar doch.« Holly speicherte ihr Dokument und schloss es. Die Arbeit konnte warten. Es war schon eine Weile her, seit sie zuletzt mit ihren Freundinnen gesprochen hatte. »Wie geht's dir?«

»Super. Ich organisiere das nächste Asexuellen-Treffen, sodass mir keine Zeit zum Quatschmachen bleibt.«

Holly lachte. Manchmal beneidete sie ihre Freundin ein wenig, denn diese lebte in einer Großstadt, in der sie sich mit anderen asexuellen Menschen treffen konnte. Soweit Holly wusste, war sie die einzige Asexuelle in Fair Oaks. »Und wie geht es Jo?«

»Sie steht gerade neben mir.«

Jo, Megs queerplatonische Partnerin, schob ihr Gesicht in das Blickfeld der Webkamera und winkte. Sie drückte Meg einen kurzen Kuss auf den Kopf, bevor sie wieder verschwand.

»So gesprächig wie immer«, sagte Meg mit einem liebevollen Lächeln.

Die offen gezeigte Zuneigung zwischen den beiden verwirrte die meisten Leute. Auch Holly hatte anfangs angenommen, die beiden wären ein romantisches Paar, als sie Jo und Meg so miteinander umgehen gesehen hatte. Schließlich kuschelten Meg und Jo miteinander, lebten zusammen und hatten ein gemeinsames Bankkonto. Es hatte eine Weile gedauert, bis Holly verstanden hatte, dass eine solche Verbundenheit zwischen zwei Menschen möglich war, ohne dass es eine sexuelle oder romantische Beziehung sein musste. Inzwischen dachte sie kaum noch darüber nach. Für sie war Liebe einfach Liebe, ganz egal, um welche Art von Liebe es sich handelte.

»Gibt's bei dir etwas Neues?«, fragte Meg.

Holly zuckte mit den Schultern. »Nicht viel.«

»Machst du immer noch so viele Überstunden? Du solltest dir wirklich mal freinehmen und nach Chicago kommen, damit wir uns endlich mal persönlich kennenlernen können. Wir werden dich nach Strich und Faden verwöhnen. Und wir könnten alle beim *Borderlands*-Spielen schlagen, während wir im gleichen Raum sind. Vielleicht wird dir das helfen, sodass ich dir nicht immer wieder den Hintern retten muss.« Meg hüpfte auf ihrem Stuhl auf und ab. Ihr Gesicht verschwand kurz aus dem Kamerablickfeld und erschien dann wieder. »Hey, du könntest zum Treffen der Asse kommen!«

»Schrecklich gern, aber jetzt ist nicht der richtige Zeitpunkt dafür. Hier ist im Moment zu viel los, da kann ich nicht weg.«

Meg kniff die Augen zusammen. »Hat das etwas damit zu tun, dass Jenna Blake in der Stadt ist?«

Einen Moment lang starrte Holly sie mit offenem Mund an. »Woher weißt du das?«

»Sie ist also wirklich da? In deinem winzigen Nest, das nicht mal eine Starbucks-Filiale hat?«

Es war sinnlos, es abzustreiten. »Ja. Sie ist hier. Woher weißt du davon?«

»Einer der Jungs, mit denen ich online spiele, hat einen Cousin, der mit einem ihrer Gitarrentechniker befreundet ist. Und der hat scheinbar gehört, wie ihr Manager darüber gesprochen hat.«

Holly schwirrte der Kopf, als sie versuchte, mit den Verkettungen Schritt zu halten, aber es spielte keine Rolle, wie Meg es herausgefunden hatte. Die Aluminiumränder ihres Laptops schnitten in ihre Hände, als sie das Gerät umklammerte. »Du darfst niemandem davon erzählen. Sie hat im Moment viel um die Ohren und kümmert sich bestimmt lieber darum, ohne dass die Paparazzi um sie herumschwirren wie ein Schwarm Aasgeier.«

Meg tat so, als verschließe sie einen Reißverschluss über ihren Lippen. »Von mir erfährt es niemand.«

»Danke.«

»Glaubst du, du könntest mir ein Autogramm besorgen?«, fragte Meg.

»Du willst ein Autogramm? Du? Seit wann bist du ein Fan von Jenna Blake?«

»Bin ich nicht. Nicht so richtig.« Meg grinste sie an. »Aber du musst zugeben, dass sie heiß ist.«

Hollys Füße rutschten fast vom Couchtisch. Sie starrte ihre Freundin an.

»Was ist?« Meg lachte. »Nur, weil ich nicht mit ihr ins Bett will, heißt das nicht, dass ich blind bin. Sie erfüllt alle allgemeingültigen Kriterien, um als heiß bezeichnet zu werden.«

Jetzt musste auch Holly lachen. »Hast du eine Umfrage unter all deinen Freunden und Kollegen gemacht?«

»So ähnlich«, sagte Meg. »Damals in der Schule, als ich versucht habe, mich anzupassen und so zu tun, als wäre ich hetero, habe ich versucht, herauszufinden, was meine Freundinnen gemeint haben, wenn sie jemanden als *heiß* bezeichnet haben.«

Holly hatte das auch getan. Sie hatte eine Weile gebraucht, bis sie verstanden hatte, dass *heiß* für die meisten Leute nicht gleichbedeutend mit *gut aussehend* war. Jemanden heiß zu finden, beinhaltete eine sexuelle Anziehung, die sie noch nie erlebt hatte und vermutlich auch nie erleben würde. Sie hatte lange gebraucht, um sich damit abzufinden, dass sie anders war, aber nun hatte sie akzeptiert, dass ihre Asexualität ebenso sehr ein Teil von ihr war wie ihre roten Haare oder ihr Beruf als Krankenschwester.

»Also«, sagte Meg, »hast du sie schon kennengelernt?«

»Natürlich. Es ist eine kleine Stadt.« Sie vertraute Meg, aber sie konnte ihr nicht sagen, dass Leos Vater ihr Patient war.

Meg beugte sich zum Bildschirm vor. »Uuund?«

»Nichts und. Sie ist einfach nur eine Frau, trotz all ihrer Berühmtheit.« Es überraschte Holly, wie abwehrend sie klang. Sie hoffte, dass Meg es nicht bemerken und noch mehr Fragen stellen würde.

Ihre Freundin musterte sie eine Weile, bevor sie nickte und das Thema wechselte. Schon bald brachte Meg sie zum Lachen, indem sie alltägliche Geschichten von dem

Café erzählte, in dem sie arbeitete. Ehe sie es sich versah, klingelte die Wecker-App auf ihrem Laptop.

»Ups. Tut mir leid, Meg. Ich muss los. Ich bin mit meiner Familie zum Essen verabredet und meine Mutter zieht mir das Fell über die Ohren, wenn ich mich verspäte.«

»Geh schon«, sagte Meg. »Ich will nicht verantwortlich dafür sein, dass du enterbt wirst.«

»Ich rufe dich nächste Woche an, um zu hören, wie das Treffen war.« Sie beendete das Gespräch, schloss Skype und machte sich auf den Weg zum Haus ihrer Mutter.

Nachdem Holly diese Woche viele ihrer Mahlzeiten im ruhigen Blake-Haushalt eingenommen hatte, war das sonntägliche Abendessen mit ihrer Familie ein Abenteuer. Sie sah zu, wie ihre Mutter, Brüder, Schwägerinnen, Nichten und Neffen kreuz und quer über den Tisch griffen, um den Schweinebraten, das Kartoffelpüree, die grünen Bohnen und den Krautsalat herumzureichen.

Ihr jüngster Neffe Noah hortete das Maisbrot an seinem Ende des Tisches und ihre Nichte Harper versuchte, ihm den Brotkorb aus der Hand zu reißen. Fast hätte sie dabei ihr Saftglas umgestoßen.

Der Geräuschpegel war vergleichbar mit dem eines mittelgroßen Flugzeugs während des Starts.

Sie fragte sich, wie Leo mit einem so chaotischen Familienessen zurechtkommen würde.

»Wie geht's Leo?«, fragte Zack und ignorierte den Krach, den seine Kinder veranstalteten. »Ich habe sie noch nicht in der Stadt gesehen. Hat sie sich seit unserer Schulzeit sehr verändert?«

Holly hielt ihre Mutter davon ab, noch mehr Kartoffelpüree auf ihren Teller zu schaufeln. »Haben wir das nicht alle?«

»Ich nicht«, sagte Zack. »Ich passe immer noch in meine Footballuniform von damals.«

Seine Frau Lisa beugte sich seitwärts und kniff ihn in den Bauch. »Ja, aber die Schutzpolster brauchst du an einigen Stellen nicht mehr.«

Alle am Tisch lachten los.

Zack schlug ihre Hand beiseite, hob sie dann aber an seinen Mund und küsste sie. »Komm schon, gib's zu. Du liebst meine Pölsterchen.«

Holly, ihr Bruder Ethan und einige der Kinder gaben Würgegeräusche von sich.

»Hört auf damit«, sagte ihre Mutter.

Alle waren still. Ihre Mutter war das unangefochtene Oberhaupt der Familie. Wenn sie ihnen einen bösen Blick zuwarf, verstummten sogar Hollys erwachsene Brüder.

»Mal im Ernst, Holly.« Zack verharrte mit der Gabel auf halbem Weg zu seinem Mund. »Ich habe die Leute in der Stadt reden hören. Ich habe Leo heute Morgen nicht mit ihrer Mutter in der Kirche gesehen und Peggy sagt, sie ist ziemlich eingebildet geworden, nun, da sie berühmt ist. Ist da was dran?«

Holly schob ihren Teller von sich. Ihre Familie würde keine Ruhe geben, bis sie ihre Neugier befriedigt hatte. »Zuerst dachte ich es, aber jetzt, wo ich sie etwas besser kennengelernt habe …«

»Oho!« Ethan stieß einen Pfiff aus. »Ihr seid euch also nähergekommen? Hat sie dich mit ihren ›Butterfly Kisses‹ bezaubert?«

Holly verzog das Gesicht und warf ein Stück Brot nach ihrem feixenden Bruder. Gerade er hätte eigentlich wissen sollen, dass zwischen ihr und Leo nichts lief.

»Kinder!«, rief ihre Mutter.

Die Ermahnung verfehlte nicht ihre Wirkung, selbst jetzt, da sie erwachsen waren. *Zumindest körperlich erwachsen*, fügte Holly in Gedanken hinzu und grinste.

»Ich habe nie behauptet, dass wir uns nahestehen«, sagte sie zu ihrem Bruder. »Ich bin drüben bei den Blakes, um dort zu arbeiten, nicht, um ihre Tochter näher kennenzulernen.«

»Du könntest doch beides tun, oder nicht?«, sagte ihre Mutter. »Du musst mehr ausgehen und dich mit Freunden treffen.«

»Ich habe eben erst mit Meg und Jo geredet, bevor ich hierhergekommen bin.«

Ihre Mutter winkte ab. »Ich meine richtige Freunde.«

»Meg und Jo sind meine richtigen Freundinnen, Mama. Nur weil wir bloß über Skype reden, heißt das nicht, dass wir keine richtige Freundschaft haben.«

Ihre Mutter und das Internet passten zueinander wie Essiggurken und Apfelkuchen.

»Ja, Mama«, warf Ethan ein. »Cait und ich haben uns auch übers Internet kennengelernt und trotzdem haben wir eine richtige Beziehung.«

»Danke«, flüsterte Holly und fügte dann hinzu: »Idiot.«

Sie grinsten einander an.

»Ja, aber das Internet kann dich nach einem harten Tag nicht umarmen, oder?«, sagte ihre Mutter. »Es kann dir kein Essen kochen, nicht mit dir tanzen gehen, dich nicht heiraten und keine weiteren Enkelkinder für mich zeugen.« Ihre Augen funkelten.

Holly stöhnte. »Mama, bitte. Ich will keine Kinder. Das weißt du doch.«

»Ja, aber was ist mit einer Beziehung?«, fragte ihre Mutter. »Wünschst du dir nicht, einen …« Sie zögerte, sprach dann aber weiter. »… eine nette Frau kennenzulernen und sesshaft zu werden?«

Holly lächelte sie dankbar an. Ihre Mutter hatte eine Weile gebraucht, aber schließlich hatte sie Hollys Orientierung akzeptiert … zumindest den Teil, von dem sie wusste. »So einfach ist das nicht, Mama.«

»Falls du nur deshalb allein bleibst, weil du Angst hast, was die Leute sagen könnten …«

Zack knallte die Schüssel mit den grünen Bohnen auf den Tisch. »Zum Teufel mit den Leuten!«

Harper schnappte hörbar nach Luft. Die vier Kinder am Tisch starrten ihn an.

»Was ist?«, fragte Zack. »Es stimmt doch. Die Leute sollten kein Mitspracherecht dabei haben, wie du dein Leben lebst. Wenn jemand ein Problem mit dir hat, dann kann er oder sie …«

»Danke, Zack«, sagte Holly, bevor er sich um Kopf und Kragen reden konnte. Dankbarkeit wärmte sie von Kopf bis Fuß. »Aber darum geht es nicht. Ich bin nur einfach … Ich möchte im Moment keine Beziehung, das ist alles.«

»Mach dir keine Sorgen um sie, Mama«, flüsterte Ethan. »Sie wird nicht einsam sein. Wir schenken ihr einfach ein paar Katzen zum nächsten Geburtstag.«

Ihre Mutter warf ihm einen warnenden Blick zu, der ihn verstummen ließ.

»Wer sagt denn, dass ich einsam bin? Ich lebe gern allein. Und schließlich ist es nicht so, dass ich zur Einsiedlerin werde. Meg hat mich nach Chicago eingeladen und Zack hat mich dazu überredet, mich am Samstag mit seiner alten Clique in der Bar zu treffen.«

Ihre Mutter neigte den Kopf zur Seite. »Ach? Wird Leontyne auch kommen? Sie ist auch lesbisch, weißt du?«

Fast hätte Holly sich an einem Schluck Wasser verschluckt. Ihre Ohren begannen zu brennen. »Himmel, Mama. Hör auf damit. Ich werde nicht mit Leo ausgehen.«

»Ich sag's ja nur.« Ihre Mutter sah sich um. »Also, wer will ein Dessert? Ich habe Brotpudding gemacht.«

Als alle im Chor »ich« riefen, ließ sich Holly gegen die Stuhllehne sinken und war froh, dass das obligatorische Thema ihres Beziehungsstatus nun ausdiskutiert war.

Kapitel 6

Nach gut einer Woche in ihrem Elternhaus hatte sich Leo an die lebhaften Gespräche gewöhnt, die ihre Mutter und Holly am Frühstückstisch führten. Doch scheinbar arbeitete Holly am Wochenende nicht und so war das Frühstück am Samstagmorgen eine ungewöhnlich stille Angelegenheit.

»Nun erzähl mal«, sagte ihre Mutter nach einer Weile. Es war ihr dritter Versuch, Leo in ein Gespräch zu verwickeln. »Wie läuft es mit deiner Karriere?«

Leo kaute und schluckte bedächtig. Zwar war ihr Zorn auf ihre Mutter verpufft, doch es tat noch immer weh, dass niemand ihr vom ersten Schlaganfall ihres Vaters erzählt hatte. »Ziemlich gut.«

»Ach ja?« Der Gesichtsausdruck ihrer Mutter verriet, dass sie weitere Erläuterungen erwartete.

»Ja. Die meisten Konzerte auf meiner Welttour waren ausverkauft.« Leo schielte hinüber zu ihrem Vater, um zu sehen, ob er irgendwie reagierte, doch er aß weiter, ohne irgendein Interesse an ihrem Gespräch zu zeigen.

»Oh. Das ist gut«, sagte ihre Mutter. »Dann bist du also glücklich?«

»Na ja, Verbesserungspotenzial gibt es immer. Die Manchester Arena war nicht ganz ausverkauft, aber mein Manager sagt, amerikanische Sängerinnen haben es beim britischen Publikum immer schwerer.«

»Nein, ich meine, bist du glücklich? Nicht nur mit deiner letzten Tour, sondern mit deinem Leben insgesamt?«

»Ich schätze schon. Ich lebe meinen Traum, oder nicht?« Fragte sie das ihre Mutter oder sich selbst? Leo konnte es nicht mehr sagen.

Ein Lächeln breitete sich auf dem Gesicht ihrer Mutter aus. »Ja, das tust du. Dein Vater hat immer gesagt, dir liegt die Musik im Blut. Ich erinnere mich noch an dein erstes Konzert, als du acht warst. Die Geige sah so riesig aus in deinen kleinen Händen, aber du hast mit ernster Miene dagestanden und alle beeindruckt. Dein Vater war so stolz, nicht, Gilbert?«

Er grunzte.

Ja. Stolz. Klar. Er war nicht länger stolz gewesen, als sie wenige Jahre später eine Gitarre hatte haben und statt klassischer Musik Pop hatte spielen wollen. Für ihn war eine Gitarre kein ernst zu nehmendes Instrument und er hatte sich geweigert, zu den Auftritten ihrer Band zu kommen.

Zwar war ihr der Appetit vergangen, aber sie zwang sich, den letzten Bissen Biskuit zu essen, nur, um endlich das Frühstück hinter sich zu bringen.

Doch ihre Mutter ließ sich Zeit. Sie brach einen weiteren Biskuit in zwei Hälften und goss etwas Béchamelsoße darüber. »Ich habe dich nicht spielen hören, seit du zu Hause bist.«

»Ich habe einhundertachtzehn Konzerte in den vergangenen dreizehn Monaten gegeben«, antwortete Leo. »Jetzt ist es Zeit für eine Pause.«

Ihre Mutter griff über den Tisch und drückte ihre Hand. »Ich bin froh, dass du dir einen Urlaub gönnst. Du kannst hierbleiben, so lange du willst.«

Leo nickte, aber falls ihre Mutter auf einen Hinweis darauf wartete, wie lange sie zu bleiben gedachte, konnte sie keinen geben, denn sie wusste es selbst nicht. Ein Teil von ihr wollte aus Fair Oaks fliehen, so schnell es ging. Doch wo sollte sie hin? Sobald sie nach New York zurückkehrte, würde sie in den nicht enden wollenden Strudel aus Konzerten, Interviews und Tonstudioaufnahmen gesaugt werden. Vielleicht war es gar nicht so verkehrt, ein wenig Zeit in Fair Oaks zu verbringen. Hier konnte sie einen klaren Kopf bekommen und vielleicht herausfinden, warum sich ihr Leben immer mehr anfühlte, als steckte sie in einer Zwangsjacke.

Ihre Mutter tauchte ein Stück Biskuit in die Soße auf ihrem Teller. »Was machst du heute Abend?«

»Was ich mache?« In Fair Oaks gab es an einem Samstagabend nicht gerade viel zu tun. Als Jugendliche hatten sie und ihre Freunde sich im Diner getroffen, bis Ruth sie hinausgeworfen hatte, weil sie schließen wollte. Oder sie waren die Hauptstraße hoch- und runtergefahren, nachdem sie alt genug gewesen waren und den Führerschein hatten.

»Ja. Immerhin ist heute Samstag. Hast du nichts vor?«

Doch schon. Aber wusste ihre Mutter überhaupt, was Netflix war? Ihre Pläne für den heutigen Abend bestanden darin, sich mit ihrem Laptop auf ihr Zimmer zurückzuziehen und einige Folgen ihrer Lieblingsserie, *Central Precinct*, anzusehen. Wenigstens konnte sie sich darauf verlassen, dass die Drehbuchautoren der Krimiserie keine der beiden lesbischen Hauptfiguren töten oder einen Seitensprung ins Drehbuch schreiben würden. »Vermutlich bleibe ich hier und sehe etwas fern. Während ich auf Tour war, habe ich ziemlich viele Episoden meiner Lieblingsserie verpasst.«

Ihre Mutter winkte ab. »Du könntest jetzt fernsehen und später mit deinen Freunden weggehen. Holly sagte, ein paar deiner alten Klassenkameraden treffen sich heute Abend in der Bar.«

»In einer halben Stunde treffe ich mich mit der Firma, die das neue Waschbecken in Papas Badezimmer einbauen soll und ich will mir noch ein paar weniger steile Rampen für ihn ansehen. Außerdem habe ich hier keine Freunde, Mama.«

Ihre Mutter schob ihren mittlerweile leeren Teller zurück. »Unsinn. Natürlich hast du hier Freunde. Jenny und Travis und …«

»Jenny!« Leo schnaubte. »Wir sind nie befreundet gewesen. Weißt du nicht mehr? Sie war diejenige, die mich vor der gesamten Stadt geoutet …«

»Ich erinnere mich.« Ihre Mutter hielt die Hand in die Höhe wie einen Schild, der sie vor Leos Worten beschützen sollte. »Was ist mit Ashley?«

Sie konnte nicht bestreiten, dass sie und Ashley Freundinnen gewesen waren … vielleicht sogar mehr. Darüber war das letzte Wort noch nicht gesprochen und Leo wollte sich nicht den Kopf über ein Was-wäre-wenn zerbrechen. Trotzdem konnte sie nicht bestreiten, dass die bloße Erwähnung von Ashs Namen alte Gefühle in ihr wachrief. »Lebt sie immer noch hier?«

»Oh ja. Sie ist nie weggezogen. Seid ihr nicht in Kontakt geblieben?«

Leo schüttelte den Kopf. »Nein, wir … Unsere Leben waren einfach zu verschieden. Ist sie verheiratet?«

»Nein. Vor einer Weile gab es mal Gerüchte, aber …« Ihre Mutter presste die Lippen aufeinander, bis eine rasiermesserscharfe Linie entstand. »Ich glaube nicht, dass sie in einer Beziehung ist. Vor ein paar Jahren hat sie das alte Haus der Smothermans gekauft. Erinnerst du dich noch an das kleine rote Haus am Stadtrand? Das mit den weißen Fensterläden?«

Leo war nicht an Ashs Fensterläden interessiert. »Was für Gerüchte denn?«, fragte sie stattdessen.

»Ach, nichts. Du weißt doch, wie die Leute sein können.« Ihre Mutter erhob sich und begann, den Tisch abzuräumen.

»Lass mich das machen«, sagte Leo. An Hollys freien Tagen musste sich ihre Mutter ganz allein um ihren Vater kümmern. Schuldgefühle nagten an ihr, aber sie konnte sich nicht vorstellen, die Pflege ihres Vaters zu übernehmen. Ihr Vater hätte das auch nicht gewollt. Bisher hatte er jede Hilfe von ihr zurückgewiesen. Aber immerhin konnte sie ihrer Mutter im Haushalt helfen.

»Danke.« Ihre Mutter stellte die benutzten Teller auf den Tisch zurück. Sie löste die Rollstuhlbremse und schob ihren Mann zu seinem Zimmer. Über die Schulter zurück fragte sie: »Du gehst also heute Abend zur Bar?«

»Sieht wohl so aus«, sagte Leo. Ihre Mutter würde keine Ruhe geben, bis sie nachgab und sich mit ihren alten Schulkameraden traf. Außerdem musste Leo zugeben, dass sie neugierig darauf war, herauszufinden, was aus Ashley geworden war.

Sobald Leo aus ihrem Mietwagen stieg, fühlte sie ein halbes Dutzend Augen auf sich ruhen.

Die meisten Läden entlang der Hauptstraße waren längst geschlossen, aber ein paar Einheimische waren noch unterwegs und beobachteten jede ihrer Bewegungen, als sie die Straße überquerte.

Ein junger Mann ging schneller, um sie einzuholen. »Ms. Blake?«

Sie drehte sich um und erwartete, gleich um ein weiteres Autogramm gebeten zu werden.

»Mein Name ist Billy Neff. Ich arbeite als Reporter für den Fair Oaks Ledger.« Er zeigte seinen Presseausweis vor. »Normalerweise würde ich Sie nicht auf der Straße ansprechen, aber ich habe die ganze Woche lang versucht, Sie zu erreichen, und ich frage mich, ähm, ob Sie mir wohl ein Interview geben würden.«

Er sah kaum alt genug aus, um für irgendein Blatt außer der Schulzeitung zu schreiben. Offenbar hoffte er, ein Interview mit Jenna Blake würde seine Karriere ankurbeln.

Sie unterdrückte ein Seufzen. »Eigentlich hatte ich gehofft, nicht allzu viel Aufmerksamkeit zu erregen, während ich hier bin. Aber wenn Sie versprechen, im Moment nichts über mich zu drucken, werde ich Ihnen gern Rede und Antwort stehen, bevor ich die Stadt verlasse.«

Seine Augen begannen zu leuchten. »Aber sicher doch. Wir könnten …«

Ihr Handy klingelte. Es überraschte sie nicht, Sauls Namen auf dem Display zu sehen. Er hatte ihr vor einigen Tagen per E-Mail den Vertrag für *A Star is Born* geschickt und nun wollte er sicher nachfragen, ob sie ihn sich schon angesehen hatte.

»Haben Sie eine Visitenkarte?«, fragte sie den Reporter. Als er ihr seine Karte gab, steckte Leo sie weg, wartete, bis der junge Mann gegangen war, und nahm dann den Anruf entgegen. »Hallo, Saul. Ich wollte dich längst anrufen, aber der Empfang ist hier im Ort ziemlich schlecht.«

»Hast du dir den Vertrag angesehen?«

»Noch nicht. Ich weiß nicht so recht, ob die Show für mich das Richtige ist.«

»Du machst wohl Witze! Das ist genau deine Zielgruppe!«

»Aber es geht nicht wirklich um die Musik. Es ist mehr ein Beliebtheitswettbewerb mit all diesen künstlich erzeugten Dramen und …«

»Und wenn schon«, sagte Saul. »Millionen von Zuschauern werden dich sehen.«

»Ich weiß. Tut mir leid, Saul, aber ich muss los. Ich treffe mich mit einem Reporter.« Es war nicht gelogen. Saul musste nicht wissen, dass sie sich nicht heute mit dem Journalisten treffen würde. Sie legte auf.

Mit wenigen Schritten erreichte sie Johnny's Bar & Grill und verharrte vor der Eingangstür.

Schon jetzt bereute sie, dass sie sich zum Kommen hatte überreden lassen. War es zu spät, umzukehren?

Ohne Vorwarnung prallte jemand von hinten gegen sie, sodass sie nach vorn geschleudert wurde. In letzter Sekunde drehte sie den Kopf, um nicht mit der Nase voran gegen die Scheibe zu knallen. »Was zum …?«

Als sie sich umdrehte, erstarb der Fluch auf ihren Lippen und ihr Ärger verrauchte.

Holly stand vor ihr. Ihr rotes Haar war auf niedliche Weise zerwühlt, so als wäre sie mit den Händen hindurchgefahren. »Oh Gott. Es tut mir leid. Ich habe kurz auf mein Handy gesehen, um sicherzugehen, dass ich keinen Anruf von deiner Mutter verpasst habe, deshalb habe ich dich nicht gesehen. Ich wollte dich nicht umrennen.«

»Das scheint bei uns so langsam zur Gewohnheit zu werden«, sagte Leo lächelnd und dachte daran, wie es sich angefühlt hatte, Holly festzuhalten, als sie an ihrem ersten Morgen in Fair Oaks mit ihr zusammengeprallt war.

»Ja. Bist du auch hier, um dich mit deiner alten Clique zu treffen?«

Leo nickte. »Meine Mutter hat mich praktisch aus dem Haus geworfen. Scheinbar muss ich mich mit einer bestimmten Anzahl Einheimischer treffen, ehe sie mich wieder reinlässt.«

Holly lachte. »Meine Familie ist genauso. Sie haben darauf bestanden, dass ich mit Zack mitgehe, obwohl ich nicht in eurer Klasse war.«

»Wo ist denn dein Bruder?«

»Wie ich ihn kenne, ist er vermutlich schon in der Bar und trinkt bereits sein erstes Bier. Ich bin etwas spät dran.« Ihre Wangen färbten sich leicht rot.

Leo spähte durch die Scheibe in die Bar. »Ist es zu spät, umzukehren?«

»So schlimm wird es schon nicht werden. Komm.« Holly griff um sie herum und öffnete die Tür. Ihr Arm streifte Leos Schulter und ihr Parfüm kitzelte Leos Nase, als Holly an ihr vorbeitrat.

Jetzt gab es kein Entrinnen mehr.

Sobald sie Holly folgte, wurde sie von einem Johlen begrüßt. Ihre früheren Klassenkameraden hatten den Tisch in der Ecke in Beschlag genommen. Jenny und ihr Ehemann Travis, Zack, Chris und Ashley saßen um einen Tisch herum.

»Wenn das mal nicht Leo Blake ist«, rief Travis. »Oder muss es jetzt Jenna Blake heißen?«

In letzter Zeit fragte sie sich das auch. Das war das einzig Gute daran, wieder in Fair Oaks zu sein: Hier konnte sie mit dem Teil von ihr in Kontakt kommen, der nur Leo war. »Leo passt schon.«

Ashley und Zack, die an den beiden Enden der hufeisenförmigen Bank saßen, rutschten beiseite, um am Tisch für Holly und Leo Platz zu machen.

Obwohl Ashley ihr am nächsten war, setzte Holly sich neben ihren Bruder.

Leo sah zwischen Ash und Holly hin und her. Waren die beiden irgendwie verkracht? Soweit sie wusste, waren die beiden während ihrer Schulzeit nicht befreundet gewesen.

»Schön, dich zu sehen«, sagte Zack. »Setz dich und erzähl uns von deinem glorreichen Leben als Superstar.«

»Himmel, Zack!« Holly stupste ihn mit dem Ellbogen in die Rippen. »Lass die arme Frau doch erst mal bestellen.«

Ja, Leo brauchte definitiv ein paar Biere, um den Abend zu überleben. Nach kurzem Zögern setzte sie sich neben Holly. Zwar war sie neugierig darauf, wie es Ashley ergangen war, aber ein wenig Abstand war sicher trotzdem gut.

Wo wir gerade von Abstand oder mangelndem Abstand reden … Sie konnte nicht umhin zu bemerken, wie Hollys Brust gegen ihren Arm drückte. Auf der engen Bank ließ es sich nicht vermeiden.

»Was wollt ihr trinken?«, fragte Chris. »Johnny ist wohl beschäftigt. Wenn ich euch nicht was zu trinken hole, kann es ewig dauern.«

»Ich dachte, du arbeitest im Diner?«, fragte Leo.

»Ja, aber ab und zu helfe ich hier in der Bar aus. Also, was wollt ihr trinken?« Sein Blick ruhte auf Holly, nicht auf Leo. Eigentlich hätte sie erleichtert sein sollen, immerhin bekam sie genug Aufmerksamkeit, egal, wo sie sich aufhielt. Doch sein Hundeblick ging ihr auf die Nerven.

»Danke«, sagte Holly. »Für mich ein Bud Light, bitte.«

»Habt ihr Blue Moon?«, fragte Leo.

Er schüttelte den Kopf. »Nein, aber wir haben Boulevard Wheat vom Fass.«

»Klingt gut. Das nehme ich. Danke.«

Ashley erhob sich, um Chris aufstehen zu lassen, und er marschierte in Richtung der Theke.

Alle am Tisch starrten Leo an, sodass sie ausgiebig Gelegenheit hatte, sie ebenfalls zu mustern. Eigentlich studierte sie aber nur eine der Personen am Tisch: Ashley Gaines.

Normalerweise war es eine höfliche Lüge, wenn man einer Person sagte, sie habe sich seit der Schulzeit kaum verändert. Doch Ash sah wirklich noch immer wie das hübsche Mädchen aus, in das Leo damals verschossen gewesen war. Zwar war sie mittlerweile kurviger, doch ihr Haar hatte noch immer dieselbe Farbe wie der Weizen auf den Feldern ihres Vaters und es reichte immer noch bis zu ihrer Hüfte. Sie strahlte dieselbe Bauernmädchen-Unschuld wie damals aus. Als Jugendliche war sie Klassensprecherin und Königin des Abschlussballs gewesen und es hätte Leo nicht überrascht, wenn sie eines Tages Bürgermeisterin von Fair Oaks werden … oder den Bürgermeister heiraten würde.

Ash sah von dem Etikett auf der Bierflasche auf, an dem sie mit dem Daumennagel herumgekratzt hatte. Sie lächelte Leo an, aber es war das höfliche Lächeln, das man einer Bekannten schenkte, die man seit vielen Jahren nicht gesehen hatte. Vielleicht bedeutete Leo ihr inzwischen auch nichts mehr. Sie konnte Ashs Gesichtsausdruck nicht mehr deuten.

»Ich kann nicht glauben, dass du wieder da bist«, sagte Ash.

»Ich bin nur eine Weile zu Besuch.« Sie hatte nicht vor, zu bleiben, und das wollte sie von Anfang an klarstellen.

»Du siehst blendend aus«, sagte Travis und lenkte ihre Aufmerksamkeit von Ash ab.

Jenny runzelte die Stirn und stieß ihm den Ellbogen in die Seite.

»Danke.« Leo schenkte ihm ein steifes Grinsen. »Ich esse immer brav mein Gemüse auf.«

Chris kam mit zwei Bieren zurück und alle rutschten zur Seite, um Platz für ihn zu machen, was Leo in noch engeren Kontakt mit Hollys Körper zu ihrer Linken brachte. Es lenkte sie so sehr ab, dass sie sogar den Blick von Ash abwandte.

»Ich brauche dich wohl nicht zu fragen, was du während der letzten Dutzend Jahre so gemacht hast«, sagte Zack. »Wir haben deine Karriere alle in der Presse verfolgt. Muss ziemlich aufregend sein, in der ganzen Welt herumzureisen und aufregende Orte wie Paris oder Rom zu sehen.«

Leo schnaubte. »Für gewöhnlich sehe ich nur die Flughäfen, mein Hotelzimmer und die Bühne. Glaub mir, die sehen in allen Städten gleich aus. Daran ist nichts aufregend.«

»Ach, du Ärmste, führst so ein langweiliges Leben. Das glaube ich dir keine Sekunde lang.« Travis rutschte auf die Stuhlkante und beugte sich über den Tisch. »Stimmt es, dass Popstars wie du in jeder Stadt Groupies haben, die sich ihnen an den Hals werfen?«

»Nur in deinen Fantasien.« Leo nahm einen Schluck Bier und wischte sich den Schaum von der Oberlippe. »Was die Klatschpresse so schreibt, ist heillos übertrieben.«

Travis musterte sie über seine Bierflasche hinweg. Vermutlich war es nicht sein erstes Bier heute Abend. »Glaub ich nicht. Komm schon. Erzähl uns deine verrückteste Groupie-Geschichte!«

»Ich habe keine.« Natürlich begegnete sie immer wieder Groupies, aber die Männer interessierten sie nicht und nach den ersten Monaten auf Tour hatte sie gelernt, sich auch von den Frauen fernzuhalten. Den Groupies ging es nicht um sie als Person, sondern um die Fantasievorstellung von ihr. Sie wollten nur damit angeben, mit der berühmten Jenna Blake geschlafen zu haben. Das war ihr schnell zuwider geworden.

»Keine pikanten Geschichten?«, jammerte Travis.

»Hör auf damit, Travis. Sie hat Nein gesagt.« Es war Holly, die zu ihrer Rettung eilte.

Obwohl Holly die Jüngste in der Runde war, hörte Travis auf sie. Er hielt endlich den Mund und konzentrierte sich auf sein Bier.

Leo hob ihr Glas, prostete Holly zu und nickte dankend. »Lasst uns nicht den ganzen Abend nur über mich sprechen. Mein Leben ist nicht halb so interessant, wie ihr glaubt. Wie ist es euch seit dem Abschluss ergangen?«

»Glaub's oder lass es, aber ich bin bei einer Versicherung angestellt«, sagte Zack.

»Klingt, äh, interessant.«

»Man verdient gut. Ich habe eine Familie zu versorgen.« Er förderte sein Handy zutage, um ihr Bilder von seiner Frau und seinen Kindern zu zeigen.

»Und ich verdiene mein Geld mit dem Pumpen«, sagte Travis grinsend und ließ aufreizend seine Hüften schaukeln.

Mann, der Kerl ging ihr auf die Nerven. Er war seit ihrer Schulzeit kein bisschen reifer geworden.

»Er meint, dass er bei der Tankstelle am Stadtrand arbeitet.« Holly rollte mit den Augen.

»Und mir gehört der Blumen- und Andenkenladen gegenüber«, sagte Ashley. »Klein, aber fein.«

»Spielst du noch Keyboard?«, fragte Leo.

Ash sah auf den Tisch hinab und hob dann den Blick wieder. »Nein. Das habe ich aufgegeben.«

Genau wie die Frauen? Aber wenn man den Kuss am Abend des Abschlussballs nicht zählte, hatte sich Ashley nie mit einer Frau eingelassen, zumindest soweit Leo wusste.

Jenny begann, über ihren Teilzeitjob als Kassiererin zu sprechen.

Leo nickte an den richtigen Stellen, aber in Gedanken war sie in der Vergangenheit.

»Erzähl uns mehr über dich«, sagte Ashley schließlich. »Wir kennen die Geschichten der anderen, aber über dich wissen wir nur, was die Presse so schreibt. Nicht, dass sie viel über dein Privatleben zu berichten hätten.«

Leo zuckte mit den Schultern. »Ich war das ganze Jahr über auf Tour. Da bleibt nicht viel Zeit für ein Privatleben.«

»Gibt es einen Mann in deinem Leben?«, fragte Ash.

Oh, bitte! »Du meinst wohl eine Frau.« Leo sah ihr in die Augen. Ashley war die erste Person, der sie ihre sexuelle Orientierung offenbart hatte, und das erste Mädchen, das sie geküsst hatte. Warum tat sie jetzt so, als wäre Leo an Männern interessiert, obwohl die ganze Welt wusste, dass es nicht so war?

Ash spielte mit einer losen Ecke ihres Bieretiketts. »Äh, ja.«

»Im Moment nicht. Schon eine ganze Weile nicht. Wie ich schon sagte, das Leben als Sängerin macht eine erfolgreiche Beziehung nicht gerade einfach. Wie ist das bei dir?«

Das Etikett wurde fast von der Flasche gerissen, als Ashs Finger abrutschten. »Ich? Äh, nein, ich bin single.«

Chris seufzte in sein Bier. »Ich auch.«

Die anderen am Tisch lachten.

»Ja, und wir wissen alle, in wen du verknallt bist.« Travis schlug ihm auf den Rücken. »Vergiss es, Mann. Du hast nicht die richtige … ähm, Anatomie für Zacks kleine Schwester.«

Chris errötete bis zu den Wurzeln seiner militärisch kurz geschnittenen Haare und senkte den Kopf. »Scheint irgendwie ansteckend zu sein.« Er sah von Holly zu Leo.

»Nicht zu vergessen unsere perfekte Ms. Abschlussballkönigin«, fügte Travis hinzu. Einige Sekunden lang saßen alle erstarrt da. Ein Schuh quietschte über den Boden. »Was soll das denn bitte heißen?«, fragte Jenny.

Die anderen murmelten verwirrt, während Leo Ashley anstarrte, die aussah, als sähe sie sich einem Serienkiller gegenüber, der mit einer Axt auf sie zukam.

»Ach, kommt schon! Hat es denn keiner gemerkt?« Travis sah sich in der Runde um.

»Was sollen wir gemerkt haben?«, fragte Chris.

»Vor ein paar Jahren stand Hollys Auto manchmal in Ashs Auffahrt und zwar die ganze Nacht lang. Was habt ihr denn gedacht, was die machen? Sich gegenseitig die Haare flechten?« Travis klopfte mit der Hand auf den Tisch und lachte schallend.

Leo starrte ihn an. Holly und Ashley? *Heilige Scheiße.* Das hatte sie nicht kommen sehen. Ihr Gaydar hatte sich also nicht getäuscht. Holly war lesbisch oder bi, genau wie Ashley, der Schwarm ihrer Jugend.

Zack war blass geworden. »Pass besser auf, wie du über meine Schwester sprichst, Kumpel!«

»Ich sage nur die Wahrheit, auch wenn ihr alle zu blind seid, um sie zu erkennen«, murmelte Travis.

»Ash?«, flüsterte Jenny. »Ist es wahr? Bist du …? Bist du, äh, wie Holly und Leo?«

Ashley kicherte nervös. »Das bildet er sich nur ein. Ihr wisst ja, wie Männer darauf stehen, wenn zwei Frauen miteinander … nun ja. Wenn eine Frau eine andere auch nur umarmt, kommen ihnen sofort irgendwelche Fantasien.«

Holly schwieg. Sie saß aufrecht da, ohne Ashley anzusehen, und nahm einen großen Schluck Bier.

»Holly?«, sagte Zack. »Mehr ist es doch nicht, oder? Du und Ash, ihr wart nicht …? Ich meine, wenn da mehr war, dann hättest du uns doch sicher davon erzählt, oder?«

Sie wandte ihm ihre gletscherblauen Augen zu. »Ich habe mit meiner eigenen sexuellen Orientierung schon mehr als genug zu tun. Ich kann nicht auch noch für jemand anderen sprechen. Wenn Ash sagt, dass sie hetero ist, dann musst du ihr das wohl glauben.«

»Ja«, sagte Chris. »Sie sollte es wohl selbst am besten wissen, oder?«

Die anderen lachten, aber die unbeschwerte Stimmung war dahin.

Leo beobachtete Holly weiterhin. Glaubten ihr die anderen wirklich? Hatte niemand den verletzten Ausdruck in ihren Augen gesehen, als Ash abgestritten hatte, mit ihr in einer Beziehung gewesen zu sein?

»Hat irgendjemand Lust auf Billard?« Zack deutete zum Billardtisch im Hinterzimmer.

Ash trank mit einem langen Schluck ihr Bier aus. »Heute nicht. Ich sollte besser nach Hause fahren, denn ich muss morgen früh raus.«

»Ach, komm schon, Ash. Morgen ist Sonntag.«

»Ihr wisst doch, wie es ist. Als Selbstständige hat man ständig Arbeit. Ich schlage euch dann nächste Woche im Billard.« Ash schob zwei Geldscheine unter ihre leere Bierflasche und erhob sich. Noch ehe jemand protestieren konnte, hatte sie die Bar verlassen.

Hollys Blick folgte ihr. Sie sah aus, als wollte sie am liebsten auch gehen … entweder, um Ashley zur Rede zu stellen, oder, um sich zu Hause die Wunden zu lecken. Aber sie tat nichts dergleichen. Sie ließ sich ins Hinterzimmer ziehen, wo sie den Billardtisch abräumte.

Leo lehnte sich auf ihren Queue und beobachtete Holly. Sie konnte nicht umhin, Holly zu bewundern, und das lag nicht nur daran, wie sich ihre Jeans über ihrem Hintern spannte, wenn sie sich über den Billardtisch beugte. Hätte sie es so gut weggesteckt, wenn sie und Ashley zusammengekommen wären und Ash sie dann in aller Öffentlichkeit verleugnet hätte?

»Erde an Leo«, rief Zack.

Leo riss den Blick von seiner Schwester los. »Hmm?«

»Du bist dran. Oder sind deine zierlichen kleinen Starfinger nur noch dazu gut, ein Mikrofon zu halten, aber keinen Billardqueue?«

Leo schritt zum Tisch und baute die Kugeln auf. »Du wirst gleich erleben, wie diese zierlichen kleinen Starfinger dir den Hintern versohlen, Drummond.«

»Fahr vorsichtig«, rief Zack, als er sein Auto aufschloss.

»Ich hatte lediglich ein Bier und außerdem muss ich nicht durch den halben Bundesstaat fahren, um nach Hause zu kommen.« Holly wusste seine Sorge um sie zu schätzen, aber manchmal war ihr sein Großer-Bruder-Gehabe zu viel. Vielleicht war ihr nach Ashs Verhalten auch einfach nur die Geduld ausgegangen.

Er hob beide Hände. »Schon gut.« Er stieg ein und fuhr davon.

Travis und Jenny winkten ihr zu und stiegen in ihren Pick-up.

Chris scharrte mit den Füßen und klimperte mit seinen Schlüsseln. »Schätze, wir sehen uns dann nächsten Samstag.«

Holly nickte, war aber zu müde, um Small Talk zu betreiben.

Als er in sein Auto stieg und davonfuhr, blieb nur noch Leo zurück.

»Komm, ich begleite dich zu deinem Wagen.«

»Musst du nicht«, sagte Holly. »Ich habe gleich hier gegenüber geparkt.«

»Dann haben wir ohnehin denselben Weg. Ich parke hinter dir.«

Schweigend überquerten sie die Straße. Holly schloss den Jeep auf und öffnete die Fahrertür, bevor sie sich wieder umdrehte.

Im Licht einer einzelnen Straßenlaterne wirkten die goldenen Strähnen in Leos Haaren wie Silber. Sie schob beide Hände in die Hosentaschen und neigte den Kopf zur Seite. »Du und Ashley also, hmm?«

Holly hatte gehofft, hier wegzukommen, ohne dass jemand das Thema anschnitt. Sie umklammerte ihren Autoschlüssel mit der Faust. »Leo, ich …«

»Mach dir nicht die Mühe, es abzustreiten. Es ist nicht fair von ihr, dich zu zwingen, für sie zu lügen.«

Hollys Abwehrhaltung fiel in sich zusammen. Nein, es war ganz und gar nicht fair. Sie war ein großes Risiko eingegangen, indem sie ihre sexuelle Orientierung so offen lebte, trotz der Kleinstadtmentalität ihrer Nachbarn gegenüber Menschen, die nicht heterosexuell waren. Zwar hatte Leos Coming-out vor Jahren ihr den Weg geebnet, aber leicht war es dennoch nicht gewesen. Erst jetzt, nach einigen unangenehmen Situationen, fühlte sie sich, als hätte sie das Schlimmste überstanden … und nun zwang Ashs Unsicherheit sie, sich erneut zu verstecken.

»Ja. Ich mag es nicht, aber wenn sie sich je outet, dann muss das von ihr kommen. Ich kann sie nicht dazu zwingen.«

»Ihr seid also immer noch zusammen?«

»Himmel, nein. Das ist längst vorbei. Wir waren nur ein paar Monate lang zusammen, nachdem ich von der Uni zurückkam. Ich weiß auch nicht, warum Travis jetzt davon angefangen hat.«

»Ich nehme an, eure Beziehung hat nicht das beste Ende gefunden?«

Holly verzog das Gesicht. »Kann man so sagen.«

»Kein Wunder. Ash versteckt ihre sexuelle Orientierung derart gründlich, dass sie einen Spürhund bräuchte, um sie jemals wiederzufinden.«

Trotz ihrer Anspannung musste Holly lachen. »Ja. Aber daran lag es nicht. Na ja, nicht nur. Natürlich war es nicht gerade hilfreich, dass sie sich nicht mal mit mir in der Öffentlichkeit sehen lassen wollte, aber wir hatten auch andere Probleme.«

Leo nickte, fragte aber nicht nach, woran es gelegen hatte, so als spürte sie, dass Holly nicht darüber reden wollte.

Für dieses stillschweigende Verständnis war Holly dankbar. »Du schienst nicht sehr überrascht, als Travis … Nun ja, du weißt ja, was er über Ash und mich gesagt hat.«

»Oh doch, ich war schon überrascht. Irgendwie kann ich mir euch beide nicht als Paar vorstellen.«

»Dann bist du klüger als ich«, sagte Holly und unterdrückte ein Seufzen. »Moment mal! Das ist alles, was dich überrascht hat? Dass Ash und ich ein Paar waren, aber nicht, dass wir auf Frauen stehen?«

»Ich hatte bei dir so ein Gefühl.«

»Und bei Ash auch?«

»Äh, ja, kann man so sagen.«

Da schwang irgendetwas in ihrer Stimme mit … in dieser Stimme, die in ihren Liedern mühelos ein breites Spektrum an Gefühlen ausdrücken konnte. Holly betrachtete sie aus zusammengekniffenen Augen. »Du meinst doch wohl nicht …?« Nein, das konnte sie nicht meinen, oder?

Leo seufzte. »Lass uns einfach sagen, dass wir beide mehr gemeinsam haben als nur unsere großartigen Billardspielkünste.«

»Du und Ash?« Hollys Stimme brach wie die eines pubertierenden Jungen. Sie räusperte sich. »Ihr wart mal zusammen?«

»Nein. So weit ist es nie gegangen. Alles, was passiert ist, war ein einziger Kuss am Abend des Abschlussballs … ein ziemlich heißer Kuss«, fügte sie mit einem schiefen Grinsen hinzu. »Hat sie es nie erwähnt, als ihr zusammen wart?«

»Nein. Sie hat überhaupt nicht über dich gesprochen. Ich dachte immer, ihr hättet euch irgendwie zerstritten, und wollte es nicht erzwingen.«

»Zerstritten«, murmelte Leo. »Ja, so kann man es auch nennen. Sie hatte nicht den Mut, sich dem zu stellen, was zwischen uns vorgefallen war. Nach jenem Abend habe ich sie nur noch ein einziges Mal gesehen. Ich habe sie gebeten, mit mir nach New York zu kommen, aber sie sagte, es sei nur ein Kuss gewesen und habe nichts bedeutet. Sie sei hetero. Sagte sie zumindest.«

Holly schnaubte. »Ja, klar.« Nur eine von ihnen beiden war erpicht darauf gewesen, Sex zu haben … und es war nicht Holly gewesen. Sie stützte sich auf die offene Autotür und musterte Leo. »Ich kann nicht glauben, dass wir dieselbe Frau geküsst haben.«

Leo schüttelte sich. »Ist ziemlich merkwürdig, oder? Aber so etwas passiert nun mal, wenn man in einer Kleinstadt mit nur drei Lesben aufwächst.«

Genau genommen waren es zwei Lesben und eine Asexuelle, die sich romantisch zu Frauen hingezogen fühlte, aber das spielte wohl im Moment keine Rolle. »Ja, es kann ziemlich vertrackt enden, wenn der Bewerberpool für die Partnersuche die Größe einer Pfütze hat.«

Leos Lachen erfüllte die Nacht. »Wohl eher die Größe eines Schnapsglases.«

Das erinnerte Holly daran, dass sie nach dem Vorfall mit Ash einen Drink gebrauchen könnte. Einen Moment lang fragte sie sich, ob sie Leo einladen sollte, mitzukommen. *Hast du denn gar nichts dazugelernt? Das ist keine gute Idee.* Eine Frau auf einen Drink zu sich nach Hause einzuladen, konnte schnell zu Missverständnissen führen. Für heute hatte es genug Dramen gegeben.

Sie hob einen Fuß, um in den Jeep zu steigen.

»Wir sehen uns am Montag«, sagte Leo. »Fahr vorsichtig.«

Irgendwie nervte es sie weniger, wenn Leo das sagte. »Mach ich.« Gerade als sie die Tür schließen wollte, fiel ihr etwas ein. »Oh, warte. Was willst du zum Frühstück essen?«

»Äh, Frühstück?«

»Ja, du weißt schon. Die Mahlzeit, die man gewöhnlich morgens isst.« Holly lächelte, um zu zeigen, dass sie Leo nur neckte.

»Danke für die professionelle Definition, Ms. Duden. Ich weiß, was ein Frühstück ist. Bringst du uns etwas mit?«

»Ja. Montags bringe ich immer das Frühstück, damit deine Mutter es nicht ständig machen muss. Also, was willst du? Bagels, Croissants, einen Blaubeermuffin …?«

»Gehst du zu *Ein Stück vom Himmel*?«

Holly nickte. Immerhin war das die einzige Bäckerei in der Stadt. »Meine Backkünste sind ein wenig … Lass uns einfach sagen, ich backe ungefähr so gut, wie ich singe.«

»Dann sollte ich dich also nicht als Backgroundsängerin anheuern?«, fragte Leo grinsend.

»Nur, wenn du deine Karriere beenden willst.«

Ein Schatten legte sich auf Leos Gesicht, verschwand aber wieder, bevor Holly erkennen konnte, worum es sich handelte. Vermutlich nur ein Effekt der Straßenlaterne.

»Wenn du bei *Ein Stück vom Himmel* vorbeifährst, dann hätte ich gern eines ihrer Aprikose-Orange-Teilchen. Das ist eines der wenigen Dinge, die ich in New York vermisse.«

»Lecker. Gute Wahl. Die habe ich auch am liebsten.« Holly lief das Wasser im Mund zusammen.

»Dann ist das hiermit geklärt. Wir sind Frauen mit vorzüglichem Geschmack. Nun ja, mit Ausnahme unseres Geschmacks, was Frauen angeht.«

Beide lachten und Holly staunte, dass sie darüber lachen konnte, besonders nachdem Ashley vorhin den Gedanken daran, sie beide könnten ein Paar sein, als lächerlich hingestellt hatte.

Nachdem sie Leo zugewinkt hatte, schloss sie die Tür und startete den Motor. Sie wartete, bis Leo in ihren Mietwagen gestiegen war, bevor sie losfuhr. *Leo und Ash.* Sie schüttelte den Kopf. *Wer hätte das gedacht?*

Kapitel 7

Als Holly am Montagmorgen *Ein Stück vom Himmel* betrat, stieg ihr der Geruch von frisch gebackenem Brot und süßem Gebäck in die Nase. Sie schnüffelte genüsslich.

Ihre Freundin Sasha kam um die Theke herum und beugte ihre eins fünfundachtzig herab, um sie zu umarmen. Wie immer roch sie nach Zimt. »Guten Morgen.«

»Morgen.« Holly sah sich in der Bäckerei um. »Hältst du heute allein die Stellung?«

»Nö. Tante Mae ist hinten und hat ein Auge auf meine Himbeerteilchen.«

Holly lachte. »Du kannst sie wohl immer noch nicht aus der Backstube fernhalten, oder?«

»Nein. Sie sagt immer, dass man sie eines Tages auf einer Bahre raustragen muss«, sagte Sasha mit einem liebevollen Lächeln. Sie kehrte hinter die Theke zurück. »Was darf's denn heute sein? Das Übliche?«

»Nein. Nicht heute.« Holly betrachtete die süßen Gebäckteilchen, die Kuchen, Torten und Brote in der Auslage. »Könntest du mir bitte zwei Zimtschnecken, zwei Miniquiches, zwei Blaubeer-Teilchen und drei Aprikose-Orange-Teilchen geben?«

Sasha stieß einen leisen Pfiff aus. »Dann isst Leo also wirklich mein Gebäck zum Frühstück?«

Holly grinste. »Du hast doch nicht wirklich gedacht, dass sie nur eine halbe Grapefruit frühstückt?«

»Äh, so ähnlich. Ich meine, sie ist so … dünn.« Sasha hielt ihre Hände ein paar Zentimeter weit auseinander, um Leos Körperumfang anzuzeigen.

Holly öffnete den Mund, schloss ihn dann aber abrupt wieder. Der Impuls, Leo zu verteidigen, überraschte sie. Zugegeben, im Vergleich zu Sashas solidem Körperbau wirkte Leo fast ein wenig dünn, aber Holly mochte ihre elegante, geschmeidige Gestalt. »Sie liebt deine Aprikose-Orange-Teilchen.«

»Im Ernst? Tante Mae wird sich freuen, das zu hören. Immerhin ist es ihr Rezept.«

Die meisten Menschen hätten jetzt wohl eine Bemerkung gemacht wie »oho, eine Frau ganz nach deinem Geschmack.« Ihre anderen Freundinnen, besonders diejenigen, die selbst verheiratet oder in einer Beziehung waren, fragten ständig nach ihrem Liebesleben und ermutigten sie, endlich die Richtige zu finden. Nicht jedoch Sasha.

Sasha war glücklicher Single und behauptete, viel zu beschäftigt für eine Beziehung zu sein. Mit ihr Zeit zu verbringen, war wie ein Kurzurlaub, auf dem sie sich von den Erwartungen und dem Druck ihrer wohlmeinenden Freunde und Familie erholen konnte.

Die Tatsache, dass sie beide single waren und oft nachts arbeiteten, hatte ihre Freundschaft gestärkt.

Sie vereinbarten, am Sonntag in eine der Frühvorstellungen im Kino in St. Joe zu gehen, während Sasha das Gebäck in einer weißen Schachtel mit dem Logo der Bäckerei verstaute. Dabei behandelte sie jedes Teilchen so vorsichtig, als wäre es ein wertvolles Kunstwerk.

Holly legte Geld auf die Theke und trug die Schachtel zur Tür. »Ich hole dich dann nach dem Mittagessen mit meiner Familie ab.«

Sasha versuchte nicht einmal, vorzuschlagen, dass sie fahren sollte. »Bis Sonntag.«

Eine Stunde später wünschte sich Holly fast, dass es schon Sonntag wäre. Obwohl Gil seine geliebten Miniquiches zum Frühstück gehabt hatte, war er schon den ganzen Morgen lang schlecht gelaunt.

Als sie sein Zimmer betrat, um ihm bei seinen Übungen zu helfen, sagte er »nein«. Es war das einzige Wort, das er klar und deutlich aussprechen konnte.

Einen Moment lang dachte Holly, Leo hätte ihren Eltern von Hollys Beziehung mit Ashley erzählt und das hätte ihn in diese schlechte Laune versetzt. Doch sie verwarf den Gedanken sofort wieder.

Niemand wusste, dass Leo und Ash sich vor vierzehn Jahren geküsst hatten. Leo konnte ein Geheimnis also offenbar für sich behalten. Außerdem war sie nicht der Typ, der über andere tratschte oder sie ohne Erlaubnis outete.

»Es war eine anstrengende Nacht«, sagte Sharon, als sie zu ihnen ins Zimmer kam. »Wir mussten dreimal aufstehen und das letzte Mal war ich ein bisschen zu langsam. Da hat er, ähm ...«

Ups. Holly sagte nichts, um Gil nicht noch weiter in Verlegenheit zu bringen. Er funkelte seine Frau auch so schon böse an.

Leo warf einen Blick in den Raum, ohne jedoch einzutreten. »Warum habt ihr mich nicht gerufen? Ich hätte euch helfen können.«

»War nicht so schlimm. Ich wollte dich nicht stören. Aber wenn du uns helfen möchtest, geh doch und spiel etwas für deinen Vater.« Sharon deutete zum Wohnzimmer, wo ein antik wirkender Flügel stand. »Du könntest etwas von Pachelbel spielen. Das heitert ihn immer auf.«

Leo lehnte im Türrahmen, sah genauso mürrisch drein wie ihr Vater und bewegte sich nicht vom Fleck. »Das habe ich seit Ewigkeiten nicht mehr gespielt. Sicher habe ich vergessen, wie das geht.«

Gil stieß ein Schnauben aus. »Sport«, brachte er schließlich hervor, während er sie alle wütend anstarrte. »Gehen. Äh … allein.«

Leos Blick glitt zu Holly, als wäre sie eine Übersetzerin.

»Er will, dass du uns allein lässt, damit wir seine Arm- und Beinübungen machen können.«

Kommentarlos wandte sich Leo ab und ging.

Holly lauschte in dem Glauben, sie würde vielleicht doch etwas für ihren Vater spielen, doch im Wohnzimmer blieb alles still.

Leo lag im Bett, die Arme hinter dem Kopf verschränkt, und lauschte dem, was ihr Vater immer als *Landlied* bezeichnet hatte: das Zirpen der Grillen und der Zikaden, das durch das geschlossene Fenster drang. Ab und zu erklang der Ruf einer Eule aus der Kiefer neben dem Haus.

Es war genauso beruhigend wie ein altes Lieblingslied, aber Leo konnte trotzdem nicht schlafen. Es war drei Uhr morgens und sie lag wach. Ihr Gehirn wollte einfach nicht abschalten. Gedanken an ihre Karriere, ihren Vater, Holly und Ash gingen ihr in einem chaotischen Strudel durch den Kopf.

Sie starrte zur gegenüberliegenden Seite des Raums, auf die schattenhaften Umrisse ihres Gitarrenkoffers in der Ecke.

Früher hatte es sie immer beruhigt, ihre Gitarre in der Hand zu haben und die vertrauten Saiten unter ihren Fingerkuppen zu spüren, doch nun hatte die Musik ihre beruhigende Wirkung auf sie verloren. Sie war nicht mehr die Konstante in ihrem Leben, auf die sie sich immer verlassen konnte. Stattdessen warf sie nur noch mehr Fragen auf, die Leo nicht beantworten konnte.

Die Eule rief erneut.

»Dir auch ein lautstarkes Schuuuhuuu«, murmelte Leo. Sie schwang die Beine aus dem Bett und ging barfuß und nur in Tanktop und Boxershorts bekleidet nach unten, um sich ein Glas Wasser zu holen. Da sie den Weg zur Küche noch immer genau kannte, hielt sie sich nicht damit auf, das Licht anzuknipsen.

Im Gang prallte sie gegen irgendetwas Weiches und Warmes.

Fluchend stolperte sie zurück und knallte gegen die Wand. *Autsch.* Sie rieb sich die Hüfte. Das würde sicher einen blauen Fleck geben. Sie tastete nach dem Lichtschalter und kniff die Augen zusammen, als das Licht anging.

Holly stand vor ihr. Sie hielt eine Hand gegen die Wand gepresst und beschattete mit der anderen ihre Augen.

Sie starrten einander an.

»Himmel!« Leos Herz trommelte gegen ihre Rippen. Sie atmete scharf aus und rieb sich die Hüfte. »Du hast mich zu Tode erschreckt.«

»Du mich auch.« Holly presste sich eine Hand auf die Brust. Im Gegensatz zu Leo war sie vollständig angezogen.

»Wieso bist du noch auf?«, fragten sie gleichzeitig.

»Dein Vater musste zur Toilette und ich wollte nicht das ganze Haus aufwecken, indem ich im Gang das Licht anknipse«, sagte Holly.

»Ich auch. Was das Licht betrifft, meine ich. Ich wollte mir ein Glas Wasser holen.«

»Klingt gut«, sagte Holly. »Könnte ich auch eines haben?«

»Natürlich. Du brauchst nicht zu fragen. Du lebst praktisch hier und ich bin nur auf Besuch.«

Sie schlichen sich in die Küche, auch wenn das nach all dem Krach, den sie veranstaltet hatten, nicht viel Sinn ergab. Ihr ständiges Zusammenprallen wurde wirklich langsam zur Gewohnheit, dachte Leo grinsend.

Statt Gläser mit Wasser aus dem Hahn zu füllen, nahm Leo spontan den Milchcontainer aus dem Kühlschrank. »Willst du lieber ein Glas Milch?«

»Ja, gern. Danke.«

Leo schenkte ihnen beiden ein Glas Milch ein. »Oh, ich glaube, wir haben auch noch Gebäckteilchen von heute Morgen übrig.«

»Gebäck? Jetzt?«

»Gibt es je eine unpassende Zeit für Gebäck?«, fragte Leo.

Ein Lächeln brachte die Grübchen in Hollys Wangen zum Vorschein. »Stimmt.«

Leo setzte sich auf einen Barhocker neben Holly. »Was ist das denn?« Sie nickte in Richtung eines schnurlosen Empfängers, den Holly auf den Küchentresen gelegt hatte.

»Ein Babyfon.«

Baby? Leo starrte sie an. »Sag nicht, du hast ein Kind!«

Holly lachte los und versuchte dann, ihr Gelächter hinter ihrer Hand zu ersticken. »Nein. Es ist für deinen Vater. Er hat den Sender in seinem Zimmer und deine

Mutter oder ich haben den Empfänger ständig bei uns. So wissen wir immer, wenn er uns braucht.«

Leo kam sich dumm vor, dass sie das nicht gewusst hatte. Aber warum sollte sie? Immerhin war sie nur auf Besuch.

Sie teilten sich ein Blaubeer-Teilchen und das letzte Aprikose-Orange-Teilchen, wobei sie überall um sich herum Krümel verteilten, als sie das Gebäck in zwei Hälften brachen.

Holly riss kleine Stückchen ab und steckte sie sich in den Mund.

Zum ersten Mal fiel Leo der schwarze Ring auf, den sie am Mittelfinger ihrer rechten Hand trug. Ist das etwa …? Sie hielt mitten im Kauen inne und starrte auf Hollys Hand. Einer ihrer Tänzer trug einen ähnlichen Ring. Danach gefragt, hatte er erklärt, der Ring verrate, dass er ein Swinger war. Hieß das, auch Holly war eine Swingerin?

Irgendwie konnte Leo sich das nicht vorstellen. Holly mochte vermutlich nur das Aussehen des Rings und hatte keine Ahnung, was er bedeutete. Sollte sie es ihr sagen? Doch dann entschied sie sich dagegen. In einer Kleinstadt wie Fair Oaks wusste niemand, was ein Swingerring war, es konnte also nicht zu Missverständnissen kommen.

Keine von beiden sagte mehr als »mmmh« und »lecker«, bis das Gebäck aufgegessen war.

Schließlich war nur noch ein letzter Krümel übrig, der an Hollys Unterlippe klebte. Leo sah zu, wie sie mit der Zunge über ihre Lippe fuhr und ihn wegleckte.

War es in der Küche plötzlich wärmer geworden? Sie widerstand dem Drang, das Glas eiskalter Milch an ihre Stirn zu pressen.

Zum Glück schien Holly nicht zu merken, woran Leo gerade dachte. Sie kaute auf ihrer vollen Lippe herum und sah zwischen dem Glas Milch und Leos Gesicht hin und her.

»Was ist?«, fragte Leo.

»Äh, ich würde dich gern um einen Gefallen bitten, bin mir aber nicht sicher, ob ich das tun sollte.«

Leo versteifte sich. *Na toll.* Gerade hatte sie begonnen, sich zu entspannen. Sie versuchte, sich ihre Enttäuschung nicht anmerken zu lassen. »Frag ruhig.«

»Ich fühle mich ziemlich albern, das zu fragen, aber …« Holly biss sich wieder auf die Lippe. »Wäre es in Ordnung, wenn ich dich um ein Autogramm bitte?«

Fast hätte Leo losgelacht. Ein Autogramm? Das war alles, was Holly wollte? Bei all dem Herumgestottere hatte Leo eher erwartet, dass Holly sie um Geld bitten würde oder darum, dass sie einen befreundeten Möchtegernmusiker den Chefs ihrer Plattenfirma vorstellte. Das war es, was die meisten Leute von ihr wollten.

»Wenn du das lieber nicht …«

»Nein, nein, ist schon okay. Ich bin nur … Es hat mich nur überrascht.«

Holly sah sie über den Rand ihres Glases hinweg an. »Es überrascht dich, um ein Autogramm gebeten zu werden? Komm schon. Ich habe mehrfach gesehen, wie dich Leute auf der Straße wegen eines Autogramms angesprochen haben. Diese Frage hörst du doch bestimmt ein Dutzend Mal am Tag.«

»Ja, aber … Ach, vergiss es einfach.« Sie wollte nicht zugeben, was sie über Holly gedacht hatte. Langsam wurde ihr klar, dass Holly anders war als die Schleimer, die sie um Geld oder andere Gefälligkeiten baten. Holly hätte eine zusätzliche Bezahlung für all die Dinge verlangen können, die sie für Leos Eltern tat, aber sie hatte das Thema Geld nie angesprochen. Obwohl Leo gelernt hatte, dem Anschein nicht zu trauen, begann sie doch langsam zu glauben, dass Holly genau das war, was sie zu sein schien: eine nette und anständige Person.

»Hast du etwas zu schreiben?« Leo grinste. »Oder soll ich wie bei manchen meiner Fans auf deinem Busen unterschreiben?«

Hollys Wangen färbten sich zartrosa. Sie lachte, vielleicht ein wenig zu laut, als machte sie der Gedanke daran nervös. »Nein, danke. Papier tut's auch. Sonst wird es ziemlich schwierig sein, das Autogramm meiner Freundin zu geben.«

»Oh, es ist also nicht für dich?«

»Äh, nein.«

»Du bist wohl kein Fan, oder?« Leo schaffte es, die Frage neckisch klingen zu lassen, aber sie musste zugeben, dass die Antwort ihr wichtig war.

»Ich mag dein erstes Album, insbesondere ›Odd One Out‹. Das habe ich, als es rauskam, eine Woche lang in Dauerschleife gehört.«

Das freute Leo sehr, vor allem, weil es nicht wie die übliche Schmeichelei klang. *Hmm, sie hat gesagt, sie mag mein erstes Album.* »Was ist mit meinen übrigen Alben?«

»Willst du eine ehrliche Antwort?«

»Autsch.« Leo verzog das Gesicht. »Ist es so schlimm?«

»Nein. Nein, bitte glaub das nicht. Es ist nur eben so, dass mir deine neueren Lieder nicht so gefallen. Ich meine, sie sind alle poppig und passen in ein, ähm, gewisses Format, aber …« Holly zögerte, als suchte sie nach den richtigen Worten. »Na ja, das klingt jetzt vielleicht albern, aber sie haben keine Seele.«

Wow. Leo verschlug es die Sprache. Noch nie hatte ihr jemand das ins Gesicht gesagt. Sie war es gewöhnt, dass man ihr schmeichelte. Für gewöhnlich sagten ihr die

Leute nur das, was sie hören wollte. Oder vielleicht mochten sie Leos neue Lieder auch aufrichtig.

Leo mochte sie nicht. Sie hatte ihrem Manager dasselbe gesagt, was Holly ihr eben gesagt hatte. Doch er bestand darauf, dass ihre Fans und die Plattenfirma genau diese Art von Musik haben wollten.

»Oh Mann.« Stöhnend verbarg Holly das Gesicht in ihren Händen. »Jetzt sitze ich mitten in der Nacht bei Milch und Gebäck in der Küche deiner Eltern und obendrein beleidige ich dich auch noch!«

»Nein«, sagte Leo mit Nachdruck. Ohne darüber nachzudenken, nahm sie eine von Hollys Händen, zog sie von ihrem Gesicht weg und drückte sie sanft. »Ich bin nicht beleidigt. Es kommt nur selten vor, dass mir jemand die Wahrheit ins Gesicht sagt.«

Holly ließ ihre andere Hand auf ihren Schoß fallen und sah sie an. »Tut mir leid. Ich …«

»Wage es nicht, dich dafür zu entschuldigen.« Sie merkte, dass sie immer noch Hollys Hand hielt, und ließ rasch los. »Ich mag es.«

Einen Moment lang saßen sie schweigend da. Nur der Kühlschrank brummte im Hintergrund. Doch die Stille war nicht unangenehm.

Leo erhob sich und durchsuchte die Küche ihrer Mutter nach etwas, auf dem sie schreiben konnte. Schließlich fand sie eine noch unbenutzte Grußkarte in einer Schublade voller Rezepte und Haushaltstipps, die ihre Mutter aus Zeitschriften ausgeschnitten hatte. »Geht das für das Autogramm?«

Holly lachte. »Da steht *herzlichen Glückwunsch zum Geburtstag* drauf.«

»Tja, vielleicht kannst du deiner Freundin das Autogramm ja zum Geburtstag schenken.«

»Gute Idee. Sie hat nächsten Monat Geburtstag.«

Leo kletterte zurück auf den Hocker, nahm sich einen Kugelschreiber und sah Holly fragend an. »Für wen soll das Autogramm sein?«

»Ihr Name ist Meg, aber kannst du Mordin schreiben? Wir haben uns auf Tumblr kennengelernt und das ist der Name, den sie online benutzt. Irgendwie ist es bei dem Spitznamen geblieben.«

»Mordin?«, wiederholte Leo. »Wie der Salarianer in *Mass Effect*?«

Holly starrte sie an, als wären ihr plötzlich ein Paar Hörner gewachsen, wie den Salarianern. »Du kennst *Mass Effect*? Heißt das, du magst Computerspiele?«

»Ich bin keine Hardcorezockerin, aber ich spiele ab und zu. Mein Bassist hat mich während unserer ersten Tour darauf gebracht, als wir jeden Tag stundenlang im Tourbus festsaßen und von Stadt zu Stadt fuhren.«

»Wow. Meg wird aus dem Häuschen sein, wenn ich ihr das erzähle.« Holly zögerte. »Ist es in Ordnung, wenn ich ihr das erzähle?«

Wann hatte jemand zuletzt so viel Rücksicht auf ihre Privatsphäre genommen? Leo konnte sich nicht daran erinnern. Selbst einige der Leute, die sie für Freunde gehalten hatte, hatten der Klatschpresse gegenüber Details aus ihrem Privatleben ausgeplaudert. »Klar, das geht in Ordnung. Deine Freundin ist also ein Fan von Computerspielen?«

»Und wie!« Hollys Augenwinkel kräuselten sich, als sie lachte. »Sie sagt, dass Yennefer aus *The Witcher 3* die einzige Person ist, in die sie je verschossen war.«

»Yen? Im Ernst? Klar, sie ist heiß, aber ich mag Triss lieber.« Mit einem schiefen Grinsen fügte Leo hinzu: »Schätze, ich stehe mehr auf ...« *Oh Mann.* Fast hätte sie sich um Kopf und Kragen geredet. Hätte sie den Satz beendet, hätte Holly womöglich geglaubt, sie wollte sie anmachen. So nett und attraktiv Holly auch war, sich mit einer Frau aus Fair Oaks einzulassen, kam nicht in Frage.

»Worauf stehst du mehr?«, fragte Holly.

Auf Rothaarige. »Äh, auf Heilerinnen.« Schon als sie es aussprach, hätte sie sich ohrfeigen können. Holly war Krankenschwester, konnte also auch als Heilerin betrachtet werden.

Zum Glück schien sich Holly nichts dabei zu denken. Sie trank weiter ihre Milch.

Nachdem sie heimlich aufatmete, nahm Leo den Kugelschreiber und schrieb *herzlichen Glückwunsch zum Geburtstag und ganz viele »butterfly kisses«* auf die Karte, bevor sie ihre Unterschrift hinzufügte. Dann fiel ihr etwas ein und sie fügte hinzu: *PS: Triss ist viel cooler als Yen.*

Als sie fertig war, hielt sie die Karte Holly hin, die sie vorsichtig nahm.

»Danke.« Sie las die Karte. »Warum hast du dir eigentlich einen Künstlernamen gegeben? Warum nicht einfach Leontyne Blake?«

»Das war die Idee meines Managers. Leona Lewis' erstes Album kam kurz vor meinem raus und er dachte, die Namen wären zu ähnlich. Also haben wir uns für Jenna, meinen zweiten Vornamen entschieden.«

»Zu dumm«, sagte Holly. »Ich habe immer gedacht, dass Leontyne ein wunderschöner Name ist.«

Leos Ohrläppchen begannen zu brennen. Mann, wurde sie etwa rot, nur weil Holly ihren Namen mochte? Sie ignorierte es. »Äh, ja. Als Kind mochte ich ihn nicht sonderlich, aber inzwischen weiß ich ihn zu schätzen.«

»Wirklich nicht?«

Leo schüttelte den Kopf. »Mein Name war nur eine weitere Sache, die mich von den Einheimischen unterschieden hat.«

»Ach so.« Holly nickte, als würde sie genau verstehen, was Leo meinte.

»Außerdem hat mich mein Vater nach seiner Lieblingsopernsängerin, Leontyne Price, benannt und ich habe mir nichts aus klassischer Musik gemacht.«

Ehe Holly antworten konnte, drang ein Grunzen aus dem Babyfon, das auf dem Küchentresen lag. »Bad«, rief Leos Vater.

Selbst Leo konnte unschwer erraten, was er damit meinte: Er musste vermutlich mal zur Toilette. Kurz überlegte sie, ob sie ihm helfen sollte, sodass Holly zurück ins Bett gehen konnte.

Aber Holly drückte ihren Arm, als wüsste sie genau, was Leo dachte. »Ist schon okay. Ich gehe.« Sie rutschte vom Hocker und ging zur Tür. »Gute Nacht. Und noch mal danke für das Autogramm.«

Leo sah ihr nach. »Gern geschehen«, sagte sie in den leeren Raum hinein.

Kapitel 8

Früher hatte der Steinway-Flügel ihres Vaters im Musikzimmer gestanden. Jetzt dominierte das Klavier das Wohnzimmer auf dieselbe Weise, wie ihr Vater immer das ganze Haus dominiert hatte. Sonnenstrahlen spiegelten sich auf der glänzenden Oberfläche. Ob ihre Mutter den Flügel wohl noch immer jeden Tag abstaubte?

Fast gegen ihren Willen fühlte sie sich von dem Flügel angezogen. Vorsichtig legte sie ihre Hand auf den Tastaturdeckel. Das Holz fühlte sich warm und glatt an. Sie zögerte, sah über ihre Schulter. Als sie niemanden entdeckte, setzte sie sich auf die Klavierbank. Als Kind hatte sie so viele Stunden darauf verbracht, dass die Bank vermutlich schon Kuhlen von ihrem Hintern hatte. Sie warf einen weiteren Blick über ihre Schulter, dann klappte sie den Deckel auf und legte die Finger auf die Tasten.

Lange saß sie da, ohne zu spielen. Dann schlug sie eine einzelne Note an und schließlich spielte sie eine D-Dur-Tonleiter, um ihre Finger zu lockern.

Das Klavier war gut gestimmt. Nicht, dass sie etwas anderes erwartet hatte.

Sie wusste, dass ihre Mutter sich wünschte, sie würde ein klassisches Stück spielen, aber sie war nicht in der Stimmung, sich nach den Erwartungen ihrer Eltern zu richten. Wenn ihre Eltern sie nicht so akzeptieren konnten, wie sie war, dann war das ihr Problem. Und das schloss ihre sexuelle Orientierung und ihren Musikgeschmack mit ein.

Fast ohne dass es ihr bewusst wurde, glitten ihre Finger über die Tasten und entlockten dem Instrument die ersten Töne von »Odd One Out«. Gott, es war schon eine Zeit lang her, seit sie zuletzt gespielt hatte. Keines der Lieder, die sie auf Konzerten spielte, erforderte es, dass sie sich ans Klavier setzte. »Wer glaubst du, wer du bist? Alicia Keys?«, hatte ihr Manager immer gesagt, wenn sie vorschlug, ein Klavierstück ins Programm aufzunehmen. Heutzutage waren ihre Gitarre und ihre Stimme ihre wichtigsten Instrumente.

Das und mein Körper, fügte sie in Gedanken hinzu und seufzte leise. Immer öfter ging es nur darum, wer die aufwendigste Bühnenshow, die heißesten Kostüme und die erotischsten Tanzeinlagen hatte.

Hier, in ihrem Elternhaus, war es stets nur um die Musik selbst gegangen. Leo musste zugeben, dass es befreiend war.

»Odd One Out« war keiner ihrer größten Hits gewesen und deshalb hatte sie das Lied seit Jahren nicht gespielt. Doch die Melodie und der Text fielen ihr rasch wieder ein. Mit jedem Ton bewegten sich ihre Finger kontrollierter und lockerer.

Holly hatte recht gehabt. Es war ein gutes Lied. Eines der letzten, die Leo ganz allein geschrieben hatte, ohne ihr Songwriter-Team.

Sie ließ die Gefühle durch sich hindurchfließen.

Als der letzte Ton verklang, saß sie noch minutenlang reglos da. Das war es. So wollte sie sich fühlen, wenn sie ihre Musik spielte. Zu dumm, dass es nicht immer so sein konnte.

Warum eigentlich nicht?, fragte eine Stimme in ihrem Kopf.

Doch bevor sie die Frage beantworten konnte, ließ das Knarren des Fußbodens sie aufsehen.

Ihre Mutter stand im Türrahmen. Die Schürze, die sie umgebunden hatte, verriet, dass sie am Kochen war. »Hör nicht auf. Das war wunderschön.«

Der Tastaturdeckel wäre ihr fast aus den Fingern geglitten. Ihre Mutter fand eines ihrer Lieder wunderschön? Doch ihre Mutter war immer der tolerantere Elternteil gewesen. »Für heute bin ich fertig. Ich wollte nur ein wenig meine Finger lockern.«

Sie stand auf und schob sich an ihr vorbei. Der enttäuschte Blick ihrer Mutter folgte ihr, doch Leo ignorierte ihn. Nach dreizehn Monaten auf der Bühne war sie nicht in der Stimmung, für ein Publikum zu spielen, selbst wenn es nur aus einer einzigen Person bestand.

Die Zimmertür ihres Vaters, die sonst immer geschlossen war, stand zur Abwechslung einmal offen. Als Leo daran vorbeigehen wollte, hielt ein Geräusch aus dem Raum sie zurück. Es war die Stimme ihres Vaters. Hatte er ihren Namen gerufen? Unsicher warf sie einen Blick in den Raum.

Er saß in seinem Rollstuhl und blickte aus dem Fenster.

»Brauchst du irgendetwas?«, fragte Leo.

»Alt«, sagte er.

Sie wünschte, Holly wäre hier und könnte übersetzen, aber soweit Leo wusste, war sie oben und legte vor dem Mittagessen eine kurze Pause ein. Zögernd trat sie um den Rollstuhl herum, sodass sie sein Gesicht sehen konnte. »Äh, wie bitte?«

Er drehte nicht den Kopf, um sie anzusehen, sondern starrte weiter aus dem Fenster. »Nein. Rost. Rostig.« Er hob seine gesunde Hand und zeigte über seine Schulter hinweg zum Wohnzimmer.

»Was meinst d...? Oh!« Es traf sie wie ein Eimer eiskaltes Wasser. »Du meinst, mein Klavierspiel ist ziemlich rostig?«

Er nickte.

Na toll. Jetzt sprach er zum ersten Mal seit einer Ewigkeit mit ihr und alles, was er sagte, war eine Kritik. Sie schüttelte den Kopf. *Warum hast du etwas anderes erwartet? So war es doch schon immer gewesen.*

»Hecken … ähm, sauber. Nein, äh, stutzen. Weißt du?«

Oh, ja. Leo erinnerte sich nur zu gut daran, was er ihr früher immer gesagt hatte: Klavierspielen war wie Heckenstutzen. Man musste es immer wieder, Stück für Stück machen. So hatte er sie dazu gebracht, jeden Tag zu üben.

»Wenn man in einer Kleinstadt lebt, in der es nichts zu tun gibt, dann hat man alle Zeit der Welt, jeden Tag seine Hecken zu stutzen. Aber wann soll ich das bitte tun? Wenn ich auf Tour bin, besteht mein Leben aus einem ständigen Wechsel aus dem Einstudieren von Tanzschritten, Proben, Soundchecks, Konzerten, Interviews und Afterpartys.«

Er drehte den Kopf in ihre Richtung und wedelte ungeduldig mit der linken Hand, vermutlich um sie zu unterbrechen, doch sie sprach weiter. Sie war schon viel zu lange stumm geblieben und nun brach es aus ihr heraus wie ein Wasserstrahl, der von einem Damm befreit worden war.

»Du verstehst mein Leben nicht. Das hast du nie getan. Du hast es nie auch nur versucht. Kannst du nicht zur Abwechslung mal ein kleines bisschen stolz sein, anstatt alles, was ich tue, zu kritisieren?«

Er starrte sie nur an. Entweder konnte er nicht antworten oder er wollte es nicht.

»Warum rede ich überhaupt mit dir?«, murmelte sie und marschierte zur Tür.

Hinter ihr kam kein Mucks. Sie merkte, dass sie angestrengt gelauscht hatte, so als wartete sie nur darauf, dass er sich entschuldigte oder etwas Positives sagte.

Zorn auf sich selbst stieg in ihr auf. Warum war sie hergekommen und hatte dafür ihre Karriere aufs Spiel gesetzt? Hatte sie wirklich erwartet, dass sich etwas ändern würde, dass er ihr sagen würde, wie stolz er auf sie war oder dass er sie liebte? Da konnte sie genauso gut erwarten, dass er aufstand und ohne Hilfe den Raum durchquerte.

Immer zwei Stufen auf einmal nehmend, rannte sie die Treppe hinauf, stürmte in ihr Zimmer und schlug die Tür hinter sich zu.

Die Tür zu Leos Zimmer schepperte in ihrem Rahmen.

Holly spähte aus ihrem Zimmer, doch außer der geschlossenen Tür gab es nichts zu sehen. Sie atmete aus, setzte sich aufs Bett und drehte die Lautstärke des Babyfons hoch, das auf ihrem Nachttisch lag.

Als Gil mit den ersten Wörtern gekämpft hatte, war Holly zur Tür geeilt, weil sie glaubte, dass er ihre Hilfe brauchte. Doch dann war ihr klar geworden, dass er nicht mit ihr sprach, sondern mit seiner Tochter.

Soweit sie wusste, hatten die beiden sich nicht unterhalten, seit Leo zurück war. Gern hätte sie gewusst, was sie zueinander sagten, aber sie wollte nicht respektlos sein, indem sie Vater und Tochter belauschte. Deshalb hatte sie die Lautstärke des Babyfons so weit heruntergedreht, bis sie nichts mehr verstehen konnte.

Doch die Art, wie Leo ihre Tür zugeschlagen hatte, verriet ihr, dass die Unterhaltung nicht gut gelaufen war.

Soll ich …?

Sie zögerte. Eigentlich hatte sie sich vorgenommen, sich Leo gegenüber vollkommen professionell zu verhalten. Doch ihr Mitgefühl ließ sie schließlich vom Bett aufstehen. Was immer auch zwischen Leo und ihrem Vater vorgefallen war, Holly wusste instinktiv, dass Leo nicht mit ihrer Mutter darüber sprechen würde.

Sie schob das Babyfon in die hintere Hosentasche, schlich über den Gang und blieb vor Leos Tür stehen.

Gerade als sie sich fragte, ob sie wirklich anklopfen sollte, ging die Tür auf und Leo stürmte aus dem Zimmer.

Wieder einmal prallten sie zusammen und hielten sich in einer Quasi-Umarmung aneinander fest, um nicht umzufallen.

»Alles in Ordnung?«, flüsterte Holly. Sie hielt Leo fest, die wiederum ihre Hände auf Hollys Hüften gelegt hatte. Leos Parfüm stieg ihr in die Nase. Es roch nach Orangenblüten, Mandeln und einer kaum wahrnehmbaren Moschusnote.

»Ja.« Bildete sie sich das nur ein oder war Leos Stimme rauer als sonst? Leo rang sich ein Lächeln ab. »Du bist ja schließlich kein zweihundert Kilo schwerer Footballspieler.«

»Nein, ich meine … Ich habe gehört, wie du die Tür zugeschlagen hast. Ist etwas passiert?«

Einen Moment lang sah Leo unglaublich verletzlich aus, bevor sie eine unlesbare Miene aufsetzte. Sie ließ Holly los und trat einen Schritt zurück. »Mir geht's gut. Ich brauche nur etwas frische Luft.« Leo ging an Holly vorbei, drehte sich aber noch einmal um, als sie die oberste Treppenstufe erreichte. »Willst du mitkommen?«

»Ich wünschte, ich könnte«, sagte Holly. Es war die Wahrheit. Nach ihrer Unterhaltung in der Küche gestern Nacht hatte sie das Gefühl, als könnten sie beide gut miteinander reden. »Aber im Moment arbeite ich noch.« Sie deutete nach unten, auf Gils Zimmer.

»Oh. Ja. Verstehe. Dann bis später.« Leo joggte die Treppe hinunter.

Holly lehnte sich auf das Treppengeländer und starrte ihr nach. Als die Haustür hinter Leo zufiel, brachte sie das Babyfon zurück in ihr Zimmer und ging, um Gil für seinen Termin mit dem Logopäden fertig zu machen.

Der Spaziergang hatte gutgetan und ein kurzer Einkauf in *Ein Stück vom Himmel* hatte sie zusätzlich aufgeheitert. Sie hatte ihr Aprikose-Orange-Teilchen schon auf dem Nachhauseweg gegessen und nun hielt sie die Papiertüte mit einem zweiten Teilchen umklammert wie eine Jägerin, die stolz ihre Beute nach Hause trug.

Als sie das Haus betrat, kam Hollys Stimme aus dem Zimmer ihres Vaters. Das versetzte ihrer guten Laune einen Dämpfer, denn es bedeutete, dass sie ihr das Gebäck nicht sofort geben konnte. Dann merkte sie, dass Holly nicht mit ihrem Vater redete, sondern sang.

Wenn man es überhaupt singen nennen kann. Klingt mehr wie eine Katze, der man auf den Schwanz tritt. Die schiefen Töne ließen Leo zusammenzucken, aber irgendwie war es auch niedlich. Was Holly an musikalischem Talent fehlte, machte sie durch Enthusiasmus wieder wett.

Lächelnd ging sie die Treppe hinauf, während sie weiterhin dem Gesang lauschte.

Auf halbem Weg erkannte sie das Lied. *Hey! Das ist eines von meinen!* Es war »Odd One Out«, das Lied, das sie heute Morgen gespielt hatte. Holly schien den Text auswendig zu kennen.

Leo grinste und summte das Lied vor sich hin.

Als sie oben ankam, konnte sie Holly noch immer singen hören, diesmal durch das Babyfon auf Hollys Nachttisch. Sie stand vor der offenen Tür zu Hollys Zimmer und lauschte. Welch herrliche Ironie, dass ihr Vater, der ihr Klavierspiel kritisiert hatte, nun zuhören musste, wie Holly eines ihrer Lieder sang.

Ihr Grinsen erstarb, als ihr eine Erkenntnis kam: Wenn sie Holly durch das Babyfon hören konnte, dann hatte Holly vermutlich auch jedes Wort gehört, das sie vorhin zu ihrem Vater gesagt hatte.

Verdammt noch mal! Sie hätte mich warnen sollen! Ihre Finger verkrampften sich um die Papiertüte herum. Doch statt sie zu warnen, hatte Holly getan, als hätte sie nichts gehört. Es war, als würde ihr in ihrem eigenen Elternhaus nachspioniert. Sie hatte gedacht, dass dies der einzige Ort auf der Welt war, wo sie nicht ständig auf der Hut vor der Presse und ihren Fans sein musste.

Na toll. Und ich habe ihr auch noch ein süßes Teilchen mitgebracht! Sie kam sich vor wie eine Idiotin. Wütend schleuderte sie die Papiertüte durch die offene Tür. Sie landete auf dem Bett, doch es verschaffte Leo keine Erleichterung.

Knurrend marschierte sie in ihr Zimmer und schloss die Tür hinter sich.

Nach einer Weile erklang ein Klopfen. Es war vermutlich ihre Mutter, die wissen wollte, wo sie gewesen war und warum sie das Mittagessen verpasst hatte. »Herein.«

Die Tür schwang auf. Statt ihrer Mutter spähte Holly ins Zimmer. Sie hatte ein breites Grinsen im Gesicht und die Papiertüte in der Hand. »Ist das von dir?«

»Hast du etwa gedacht, es war die gute Fee der Gebäckteilchen?« Es hätte eine lustige Bemerkung sein können, aber Leos Zorn verlieh dem Kommentar eine scharfe Note.

Ein Stirnrunzeln vertrieb Hollys Lächeln. Sie schob die Tür weiter auf und trat ein. »Ist alles in Ordnung? Du klingst irgendwie … ich weiß auch nicht … als wärst du wütend auf mich. Habe ich irgendetwas falsch gemacht?«

Holly war blass geworden und ihre klaren, blauen Augen blinzelten Leo verwundert an.

Mann, sie ist gut. Vermutlich sogar besser als Leos letzte Exfreundin, die Lügen und Manipulieren zur Kunstform erhoben hatte. Sie hatte es sogar fertiggebracht, beleidigt zu wirken, als Leo sie dabei erwischt hatte, wie sie ihr Geld stahl. »Ich dachte, du wärst anders und keiner dieser lügenden, intrigierenden Leute, die alles tun, um sich bei mir einzuschmeicheln, und dann für den richtigen Preis meine Privatsphäre verletzen.«

Holly blinzelte mehrfach. »Ich soll deine Privatsphäre verletzt haben?«

»Ach, komm schon.« Hollys gespielt unschuldige Miene ließ Zorn in ihr aufsteigen. Glaubte Holly wirklich, sie wäre so dumm, sie nicht zu durchschauen? »Tu doch nicht so, als hättest du durch dein kleines Spioniergerät nicht jedes Wort gehört, das ich zu meinem Vater gesagt habe!«

»Du glaubst, dass ich dich ausspioniere?« Hollys Stimme endete in einem ungläubigen Quieken.

Gott, sie war wirklich überzeugend. Leo hätte ihr gern geglaubt, aber sie kämpfte gegen den Drang an. So dumm war sie früher mal gewesen und es hatte nie ein gutes Ende genommen. »Woher solltest du sonst wissen, dass ich wütend war, als ich vorhin nach oben gegangen bin?«

»Vielleicht, weil du deine Tür zugeknallt hast wie ein trotziger Teenager. Genau so verhältst du dich jetzt auch mit deinen dummen Anschuldigungen.«

Sie standen einander gegenüber und sahen sich stumm in die Augen. Holly wich nicht zurück. Ihre blauen Augen, die sonst so voller Humor waren, wirkten jetzt wie das arktische Meer. Leo war an Schmeichler und Ja-Sager gewöhnt. Sie konnte nicht umhin, Holly dafür zu bewundern, dass sie nicht nachgab.

»Mein Ehrenwort mag dir nicht viel bedeuten, aber ich schwöre, dass ich eure Unterhaltung nicht belauscht habe«, sagte Holly. »Sobald ich gemerkt habe, dass ihr miteinander redet, habe ich die Lautstärke runtergedreht, bis ich nichts mehr hören konnte.«

In den vergangenen vierzehn Jahren hatte Leo gelernt, niemandem blind zu vertrauen. Zu oft hatten in ihrem Umfeld Menschen Versprechungen gemacht und geschworen, die Wahrheit zu sagen, obwohl sie logen, dass sich die Balken bogen.

Trotzdem glaubte sie Holly. Sie wollte ihr glauben, egal wie dumm das sein mochte.

Als Leo nicht antwortete, verließ Holly das Zimmer und schloss die Tür hinter sich, wobei sie diese demonstrativ leise zuzog, statt sie zuzuschlagen.

Leo zog den Kopf ein. *Die Botschaft ist angekommen.* Sie hatte sich heute wirklich nicht besonders gut benommen.

Hollys Schritte verklangen, während Leo mit sich rang. Vielleicht sollte sie Holly einfach gehen lassen. Es war doch egal, dass sie Holly fälschlicherweise beschuldigt hatte, oder? Irgendwann würde Holly sie auf irgendeine Weise hintergehen.

Doch ein Teil von ihr wollte nicht daran glauben.

Fluchend rannte sie zur Tür und riss diese auf. »Holly, warte!«

Holly war an ihrem Zimmer angekommen und hatte die Tür geöffnet. Jetzt drehte sie sich um und sah Leo vorsichtig an.

»Warte, bitte«, sagte Leo sanfter. »Ich will … Ich möchte …« Es war schwer, es zu sagen, denn es war lange her, seit sie es zuletzt ausgesprochen hatte. »Ich möchte mich entschuldigen.«

Hollys angespannte Haltung lockerte sich. »Ich habe euch wirklich nicht belauscht.«

»Ich glaube dir«, sagte Leo. Und das tat sie wirklich. Was für ein seltsames Gefühl. Es war, als stünde sie auf einem wackeligen Steg, der über eine tiefe Schlucht führte. »Ich … Zu wissen, dass du mich ohne mein Wissen hättest belauschen können … Das gab mir das Gefühl, verletzlich zu sein. Deshalb habe ich mich auch …«

»Wie ein Arschloch verhalten?«, warf Holly ein.

Leo zuckte zusammen. »Du lässt mir aber auch gar nichts durchgehen, oder?«

»Warum sollte ich? Nur weil du Jenna Blake bist?«

»Nein. Ich will nicht Jenna Blake sein.« Sie ließ sich den Satz noch einmal durch den Kopf gehen. Das entsprach mehr der Wahrheit, als sie sich selbst eingestehen wollte. »Na ja, zumindest nicht hier. Das ist das einzig Gute an Fair Oaks. Hier kann ich einfach nur Leontyne sein.«

»Na gut, Leontyne Blake. Ich nehme deine Entschuldigung an.« Holly lächelte und das humorvolle Funkeln trat wieder in ihre Augen. »Aber nur, weil du mir ein süßes Teilchen gebracht hast. Oder hast du es etwa vergiftet?«

»Wir könnten es uns ja teilen, nur um ganz sicherzugehen«, sagte Leo. »Ich esse die Hälfte, und falls ich nicht umfalle und mit dem Tod ringe, weißt du, dass du die andere Hälfte beruhigt essen kannst.«

Holly presste die Papiertüte gegen ihre Brust. »Oh, nein, mein Gebäck bekommst du nicht. Ich wette, du hattest schon eines.«

Einen Moment lang starrte Leo sie an. Kannte Holly sie wirklich schon so gut? »Okay, okay. Du kannst alles haben.«

»Du könntest mir aber beim Essen Gesellschaft leisten.« Holly wedelte mit der Papiertüte in Richtung ihres Zimmers. »Vielleicht erzählst du mir dann auch, was zwischen dir und deinem Vater los ist.«

»Für diese Unterhaltung brauche ich mehr als nur ein halbes Gebäckteilchen«, murmelte Leo.

Spielerisch hielt Holly die Tüte mit dem Teilchen außer Reichweite. »Hatten wir nicht vereinbart, dass du nichts von meinem Gebäck bekommst?«

»Na, du bist mir ja eine schöne Freundin, die mir in dieser schweren Zeit jegliches Gebäck verwehrt.«

Freundin … Das Wort schien zwischen ihnen nachzuhallen. Es war etwas zu früh, um sie so zu nennen, aber Leo wurde klar, dass sie Holly zur Freundin haben wollte. Schon seit langer Zeit hatte sie keine wahre Freundin mehr gehabt. Jemanden, der sie schätzte, so wie sie war, nicht wegen ihres Ruhms, ihres Geldes oder ihres Körpers. Sie hatte das Gefühl, dass Holly eine solche Freundin sein könnte.

Schließlich zuckte Holly mit den Schultern. »Ich bin eben eine hungrige Freundin.«

»Na schön. Du isst und ich erzähle dir meine traurige Lebensgeschichte.« Sie folgte Holly ins Gästezimmer.

Es sah anders aus als früher. Das Himmelbett und die Sonnenblumentapete waren modernen Möbeln und cremefarbenen Wänden gewichen. Entweder hatte Holly den Raum nach ihren Wünschen umgestaltet oder ihre Mutter hatte renoviert, um es Holly gemütlicher zu machen.

Sie setzten sich auf gegenüberliegende Enden des Bettes. Holly nahm das Aprikose-Orange-Teilchen aus der Tüte und riss ein Stück für Leo ab. Ihre Finger streiften sich, als sie es Leo gab.

Leo hatte immer gedacht, dass das Kribbeln im ganzen Körper nur in schnulzigen Liebesromanen geschah. Doch scheinbar hatte sie sich heute in vielen Dingen getäuscht.

Holly biss von ihrem Gebäck ab, als hätte sie nichts bemerkt. Leo beschloss, es ebenfalls zu ignorieren. Schließlich wollte sie ihre Freundschaft nicht zerstören, bevor sie überhaupt so richtig begonnen hatte.

»Also?«, fragte Holly mit vollem Mund. »Willst du mir jetzt erzählen, was heute Morgen zwischen dir und deinem Vater vorgefallen ist?«

»Nichts Außergewöhnliches. Ich habe Klavier gespielt. Er hat mich kritisiert.«

Holly leckte sich einen Krümel vom Mundwinkel und Leo musste den Blick abwenden.

Mann, mit Holly befreundet zu sein, wäre einfacher, wenn sie beim Essen nicht so verdammt sexy aussehen würde.

»Was gab es denn daran zu kritisieren?«, fragte Holly. »Ich habe es gehört. Es war wunderschön.«

Ihr Lob schmeckte süßer als das Gebäck. Es genügte fast, um sie die Reaktion ihres Vaters vergessen zu lassen. »Mein Vater findet das nicht. Er ist davon überzeugt, dass ich mein Leben und mein von Gott gegebenes Talent mit der Popmusik verschwende. Das sind seine Worte, nicht meine.«

»Vielleicht liegt es am Generationsunterschied. Meine Mutter mag die Musik, die ich höre, und die Filme, die ich mir ansehe, auch nicht.«

»Ich glaube, bei meinem Vater steckt mehr dahinter. Er hat nie irgendetwas, das ich gemacht habe, gut gefunden. Nichts wird je gut genug für ihn sein, außer wenn ich an der Juilliard angenommen werden würde, wo er Musik studiert hat. Als ich meinen ersten Grammy gewonnen habe und zu Hause anrief, um die frohe Kunde mit ihm zu teilen, hat er mir gesagt, dass meine Namensgenossin, Leontyne Price, neunzehn Grammys gewonnen hat. Einer wäre also kein Grund, stolz zu sein.«

Säure brannte in ihrer Magengrube. Nach all den Jahren und zwei weiteren Grammys, von denen sie ihrem Vater nichts gesagt hatte, hätte sie darüber hinweg sein sollen. Doch die alte Wunde schmerzte immer noch.

Holly starrte sie an. Das letzte Stück ihres süßen Teilchens lag vergessen in ihrer Hand. Bildete sie sich das nur ein oder hatte Holly tatsächlich feuchte Augen?

»Weißt du«, sagte Holly und hielt dann inne, um sich zu räuspern. »Auch auf die Gefahr hin, schon wieder unprofessionell zu klingen … Dein Vater mag ja ein talentierter Musiker und ein großartiger Lehrer sein, aber wenn es um dich geht, ist er ein Idiot.«

Ihre Unverblümtheit verblüffte Leo. Niemand hatte je so über ihren Vater geredet. Sie musste lachen und der alte Schmerz verblasste ein wenig. »Da kann ich dir nur zustimmen.« Spielerisch griff sie nach dem letzten Stück Gebäck.

Holly zog ihre Hand zurück, hielt Leo dann aber das letzte Stück hin.

»Bist du sicher?«, fragte Leo.

»Ja. Du kannst mir ja als Bezahlung ein Lied schreiben.«

»Ein Lied im Austausch für einen winzigen Krümel Gebäck?«

»Der *letzte* winzige Krümel«, sagte Holly.

»Einverstanden. Wie wäre es mit … *Gebäckfrau.*« Sie sang es zur Melodie von »Moon River.«

Holly knüllte die Papiertüte zusammen und warf sie nach ihr. »Breiter als eine Meile?«, zitierte sie aus dem Lied. »Ist das eine Anspielung auf meine, ähem, kurvige Figur?«

»Nein.« Leo wackelte mit den Augenbrauen, was vermutlich eher albern als verführerisch aussah. »Ich mag deine kurvige Figur.«

Holly schob sich das letzte Stück Gebäck in den Mund und kaute genüsslich.

»Hey! Ich dachte, wir hätten eine Vereinbarung?«

»Ich mochte deine Bezahlung nicht.« Holly leckte sich die Finger ab. »Außerdem brauche ich jede Kalorie, die ich kriegen kann, um meine kurvige Figur zu bewahren, die du so magst.«

Flirtete sie etwa?

Doch Holly wirkte völlig ahnungslos, vermutlich bildete sie sich das also nur ein.

Leo wischte sich ein paar Krümel von den Oberschenkeln. »Du hast eben von Filmen gesprochen. Was sind deine Lieblingsfilme?«

Einige Stunden später war Leo im Hinterhof, um dort für die neue Rampe Maß zu nehmen, die sie dort installieren lassen wollte.

Ihre Mutter öffnete die Fliegengittertür. »Hollys Jeep springt nicht an. Kannst du sie nach Hause fahren? Ich würde sie ja bringen, aber der Kuchen braucht noch fünfzehn Minuten, bevor ich ihn aus dem Ofen nehmen kann.«

Leo legte das Maßband weg und joggte die drei Stufen zur Küche hinauf. »Klar.«

Holly stand auf der anderen Seite des Küchentresens. »Das ist nicht nötig. Ich kann zu Fuß nach Hause gehen und Travis anrufen, damit er sich um meinen Jeep kümmert.«

»Ist kein Problem. Ich bin da draußen ohnehin gerade fertig.« Leo nahm ihre Schlüssel von der Arbeitsfläche. »Komm.«

»Äh, kann ich fahren?«, fragte Holly. »Sonst schlafe ich sofort ein.«

Leo schüttelte den Kopf. »Tut mir leid, aber die Versicherung meines Mietwagens lässt keine anderen Fahrer zu.« Sie konnte sich ohnehin nicht vorstellen, dass jemand auf einer so kurzen Fahrt einschlafen konnte.

»Ich weiß wirklich nicht, warum du weiterhin diesen Mietwagen fährst und nicht einfach das Auto deines Vaters nimmst«, sagte ihre Mutter. »Er kann ihn ohnehin nicht mehr fahren.«

»Papas alter Buick ist nicht gerade mein Traumwagen, Mama.« Das war nicht der wahre Grund, warum sie ihren Mietwagen behielt. So konnte sie die Stadt verlassen, wann immer sie wollte.

Ihre Mutter stand auf der Veranda und sah zu, wie sie ins Auto stiegen.

»Ich wohne in dem kleinen Haus gegenüber der Grundschule«, sagte Holly, als sie sich anschnallte.

Leo nickte, startete den Motor und fuhr in Richtung Schule. Einen Moment lang wurde sie von einem Lied im Radio abgelenkt. Als es endete, fragte sie: »Was stimmt denn nicht mit dem Jeep?«

Vom Beifahrersitz kam keine Antwort.

Leo sah nach rechts.

Hollys Kopf ruhte an der Rückenlehne. Ihre Augen waren geschlossen und ihre Lippen leicht geöffnet.

Leo lächelte in sich hinein. Es war also kein Scherz gewesen. Sie drehte die Lautstärke des Radios herunter und sah immer wieder zu Dornröschen hinüber, während sie durch die fast leeren Straßen fuhr.

Als sie das Haus gegenüber der Grundschule erreicht hatte, parkte sie am Straßenrand und schaltete den Motor aus.

Holly schlief immer noch.

Oh Mann. Sie ist süß. Am liebsten hätte Leo sie nicht aufgeweckt, aber was sollte sie sonst tun? Die ganze Nacht neben ihr im Auto sitzen?

Noch ehe sie eine Entscheidung treffen konnte, setzte sich Holly auf und rieb sich die Augen. Sie sah sich schlaftrunken um. »Oh. Wir sind schon da. Ich hatte dich ja gewarnt, dass ich einschlafen würde.«

»Ja, hast du. Ich habe nur nicht geglaubt, dass du es ernst meinst.«

»Oh doch. Mein Vater hat mich immer deswegen aufgezogen, dabei war es vermutlich seine Schuld. Als ich ein Baby war, hatte ich ständig Koliken und das Einzige, was mich beruhigt hat, war, wenn er mit mir herumfuhr.« Ihr Lächeln war wehmütig und förderte nicht ihre Grübchen zutage.

Leo grinste. »Ich wette, inzwischen versucht er, diese Technik auch bei Ethans und Zacks Kindern anzuwenden.«

Holly presste die Lippen aufeinander. »Schön wär's. Er ist vor fünf Jahren gestorben.« Sie löste den Sicherheitsgurt und stieg aus.

Mist. Leo folgte ihr.

Mit dem Rücken zu Leo fummelte Holly in der Tasche herum, die sie über ihre Schulter geschlungen hatte, und suchte nach ihrem Hausschlüssel.

Leo trat neben sie und legte ihr kurz die Hand auf den Arm. »Es tut mir leid, Holly. Ich wusste das nicht.«

Holly seufzte. »Es war ein Autounfall, nur wenige Monate nach der Beerdigung deiner Großmutter.« Sie schloss die Tür auf und betrat das Haus, als wollte sie die Erinnerungen hinter sich zurücklassen. »Willst du kurz reinkommen?«

»Äh, ja, klar.« Mit einem Kloß im Hals folgte Leo ihr nach drinnen. Jetzt verstand sie, warum Holly so wütend auf sie gewesen war, weil Leo nicht früher nach Hause gekommen oder ihre Eltern angerufen hatte. Wenigstens hatte Leo noch beide Elternteile.

»Wie wäre es mit einer kurzen Führung?«, fragte Holly.

»Tut mir leid, ich habe kein Geld dabei.« Leo drehte die Hosentaschen ihrer Shorts nach außen.

»Tja, die Führung ist auch kein Geld wert. Das Haus ist ziemlich klein.«

Das Wohnzimmer hatte eine winzige Essecke an einem Ende und ging in die Küche über, was das Haus größer erscheinen ließ, als es eigentlich war. Die Abendsonne spiegelte sich im Parkettboden. Warme Farben und bequem aussehende Möbelstücke gaben dem Wohnzimmer eine heimische Note: eine beigefarbene Couch, ein abgenutzter Sessel, ein weinroter Läufer und ein Bücherregal voller Bücher und Familienfotos. Ein Roman lag neben einer halb vollen Wasserflasche und einer Duftkerze auf dem Couchtisch. In einer Ecke war eine Xbox an den Flachbildfernseher angeschlossen, während in der gegenüberliegenden Zimmerecke eine Stereoanlage stand.

Leo durchquerte den Raum, um einen Blick auf Hollys CD-Regal zu werfen. Zwischen Alben von Etta James, Aretha Franklin, Ella Fitzgerald, Amy Winehouse und Tina Turner fand sie drei ihrer eigenen CDs.

»Findet meine Sammlung deine Zustimmung?«

Leo warf einen Blick über die Schulter und erhaschte den Hauch eines Lächelns auf Hollys Gesicht. »Oh, ja. Offenbar bist du eine Frau mit gutem Geschmack, was Musik angeht.«

Holly führte sie nach oben. Ein eins vierzig breites Bett nahm die gesamte Seite des Schlafzimmers ein, während sich an der anderen Wand ein begehbarer Kleiderschrank befand. Das Bett war gemacht und eine Patchworkdecke darüber ausgebreitet.

Die Führung endete im zweiten Schlafzimmer, das Holly als Büro benutzte.

Das ganze Haus wirkte gemütlich und sauber. Es war ein warmes Zuhause, nicht eines dieser Luxusvorführhäuser, in die Leo sonst eingeladen wurde.

»Schönes Haus. Richtig süß«, sagte Leo, als sie zurück zur unteren Etage gingen. »Passt zu dir.« *Mist.* Jetzt hatte sie Holly indirekt als süß bezeichnet. »Äh, ich meine, gehört es dir?«

Falls Holly ihren kleinen Ausrutscher bemerkt hatte, reagierte sie nicht darauf. »Nein, ich habe das Haus nur gemietet.«

An der Haustür blieben sie stehen.

»Soll ich dich morgen früh abholen?«, fragte Leo.

»Nein, danke. Mein Jeep braucht vermutlich nur eine neue Batterie. Falls Travis es nicht rechtzeitig reparieren kann, laufe ich einfach. Ich kann ein wenig Bewegung gut gebrauchen.«

Leo musterte sie skeptisch. Für sie sah Holly genau richtig aus. »Ich glaube kaum, dass du abnehmen musst. Aber wenn du willst, können wir mal zusammen joggen gehen.«

»Joggen?«

Leo hob spielerisch die Augenbrauen. »Ja. Oder denkst du, du kannst nicht mit mir mithalten?«

Holly schnaubte und gab ihr einen Klaps auf den Arm. »Das könnte dir so passen. Okay, die Wette gilt. Wir gehen übermorgen nach der Arbeit joggen.«

Sie grinsten sich herausfordernd an, dann verabschiedete sich Leo und ging winkend davon. Als sie in ihren Mietwagen stieg, fiel ihr Blick auf den Beifahrersitz, in dem Holly vorhin ihr kleines Nickerchen gehalten hatte. Lächelnd startete sie den Motor.

Kapitel 9

Kieselsteine knirschten unter ihren Laufschuhen, als sie am Bach entlangjoggten, der durch Fair Oaks' einzigen Park führte.

Leo rannte schneller und überholte Holly. »Komm schon, Trantüte!«

»Wir sind hier … nicht in … New York«, keuchte Holly hinter ihr. »Lauf langsamer … und … genieß … deine … Umgebung.«

Oh, ich genieße den Anblick meiner Umgebung ein bisschen zu sehr, wenn wir nebeneinander herlaufen.

Als die Sonne langsam tiefer sank, ließ die Hitze etwas nach, aber es war immer noch warm genug, um so richtig ins Schwitzen zu kommen. Vorhin hatte Hollys feuchtes Tanktop, das an ihrer Brust klebte, Leo über eine Wurzel stolpern lassen. Deshalb war es besser für ihre Gesundheit und für ihre neue Freundschaft, wenn sie vor Holly lief.

Soweit sie das beurteilen konnte, hatte Holly dieses Problem nicht. Zwar fühlte sie sich wohl zu Frauen hingezogen, aber entweder war sie besser darin, sich nicht beim Angaffen erwischen zu lassen, oder aber Leo war einfach nicht ihr Typ.

Einerseits war es eine erfrischende Abwechslung, Zeit mit einer Frau zu verbringen, der es egal war, wie sie aussah, aber andererseits war es ein Schlag für ihr Ego.

Vergiss dein Ego und genieße einfach ihre Gesellschaft. Leo machte sich ihre längeren Beine zunutze und lief schneller. »Wer zuletzt an der Brücke ist, muss die süßen Teilchen bezahlen!«

Sie rannten auf die Brücke zu. Holly war ihr dicht auf den Fersen. Kieselsteine spritzten nach links und rechts.

Als sie die Brücke erreichten, schnappten sie beide nach Luft. Leo hatte nicht einmal genug Atem, um damit zu prahlen, dass sie das Wettrennen gewonnen hatte. Nebeneinander lehnten sie sich gegen das hölzerne Geländer.

Hollys Gesicht war rot von der Anstrengung und ihr kurzes Haar klebte ihr in feuchten Strähnen im Gesicht. Trotzdem grinste sie, als hätte sie das Rennen gewonnen.

Schritte von der anderen Seite der Brücke ließen Leo aufsehen.

Ashley kam mit einem Golden Retriever an der Leine auf sie zu.

Leo verkniff sich ein Aufstöhnen. Ausgerechnet. Ash war so ziemlich die letzte Person, der sie im Moment begegnen wollte. Sie spürte, wie sich Holly neben ihr ebenfalls versteifte. Instinktiv streckte Leo eine Hand aus und legte sie auf Hollys unteren Rücken. Als ihre Finger den feuchten Stoff berührten, merkte sie, was sie getan hatte. Doch ihre Hand wegzuziehen, würde erst recht Aufmerksamkeit erregen, deshalb ließ Leo sie, wo sie war.

Als Ashley sie sah, ging sie langsamer, setzte aber ein Lächeln auf. »Ihr seid wohl joggen gegangen.«

Nein, wir sind auf dem Weg ins Theater. Deshalb tragen wir ja auch Joggingsachen. Leo hielt mit Mühe die sarkastische Antwort zurück und nickte.

Der Hund wedelte mit dem Schwanz, winselte und zog an der Leine, um zu Holly zu gelangen.

Als sich Holly hinabbeugte, um den Hund zu begrüßen, wurde der Kontakt zwischen ihrem Rücken und Leos Hand unterbrochen. Schließlich richtete sie sich wieder auf und kehrte an Leos Seite zurück.

Ashs Blick huschte zwischen ihnen hin und her. »Ihr beide seid also …?«

»Gemeinsam joggen gegangen, wie du eben sagtest«, beendete Holly mit einem zu breiten Grinsen den Satz.

»Tja, dann will ich euch mal nicht aufhalten. Ihr könntet euch eine Muskelzerrung zuziehen, wenn ihr zu sehr abkühlt.« Ashley zerrte an der Leine, um den Hund von Holly wegzuziehen, und ging weiter.

Leo sah ihr nach, bevor sie sich wieder Holly zuwandte. »Du weißt aber schon, dass sie denkt, dass wir nicht nur beim Joggen gemeinsam Kalorien verbrennen, oder?«

»Ach was. Ich glaube kaum, dass sie das denkt.«

Leo sah sie ungläubig an. »Natürlich denkt sie das.«

»Wäre das ein Problem?«, fragte Holly.

»Für mich nicht. Aber was ist mit dir? Die Klatschpresse war verdächtig ruhig, seit ich hier bin, aber was, wenn sie plötzlich irgendeinen Quatsch über eine angebliche Affäre mit einer Einheimischen schreiben?«

Holly zuckte mit den Schultern und Leo bemühte sich zu ignorieren, wie sich das feuchte T-Shirt dabei über ihren Brüsten spannte. »Gerüchte über eine heiße Affäre mit dir könnten meinem Ruf nur guttun. Manche Leute nennen mich einen kalten Fisch.«

Leo verschluckte sich fast an ihrer eigenen Spucke. »Wie bitte?« Holly war freundlich und mitfühlend. Warum zum Teufel würde irgendjemand sie einen kalten Fisch nennen? »Wer hat das gesagt?«

Holly trat nach einem Kiesel, der mit einem leisen Plopp im Bach landete. »Weißt du was? Lass uns diesen schönen Abend nicht damit verderben, indem wir darüber reden. Ich glaube, ich schulde dir ein Gebäckteilchen. Lass uns zur Bäckerei gehen.« Sie joggte über die Brücke, ohne eine Antwort abzuwarten.

Leo holte sie ein. »Hat *Ein Stück vom Himmel* nicht längst geschlossen?«

»Ja, aber irgendeinen Vorteil muss es ja haben, mit der Besitzerin befreundet zu sein. Sasha hat sicher noch ein paar Teilchen für uns übrig.«

Für eine Weile rannten sie Seite an Seite. Keine sagte etwas. Als sie den Rand des Parks erreichten, hielt Leo sie am Arm fest. »Nur für die Akten: Ich bin der Meinung, wer immer so etwas sagt, ist ein Idiot.«

Holly legte kurz ihre Hand auf Leos und drückte sanft ihre Finger. »Danke.«

Als sie bei *Ein Stück vom Himmel* ankamen, war die Tür abgeschlossen und ein Schild mit der Aufschrift *Geschlossen* baumelte auf Augenhöhe.

»Sieht so aus, als bekämen wir kein Gebäck.« Leos Magen knurrte vor Enttäuschung. Holly spähte durch die Scheibe.

Leo beugte sich vor und tat es ihr gleich, sodass ihre Köpfe sich fast berührten. Selbst nach dem Joggen roch Holly wundervoll.

Leo versuchte, es zu ignorieren, und wandte ihre Aufmerksamkeit der Bäckerei zu. Der Laden und die Auslage waren leer.

Holly klopfte an die Scheibe.

Es dauerte eine Weile, doch dann waren Schritte zu hören und jemand schloss die Tür auf. Als sie geöffnet wurde, stand Sasha Peterson im Türrahmen.

Nur selten musste Leo zu anderen Frauen aufsehen, aber sie erinnerte sich daran, dass Sasha und sie schon in der Schule gleich groß gewesen waren, obwohl Sasha zwei Klassen unter ihr gewesen war.

Das Bandana, das sie statt einer Bäckerhaube trug, hielt ihr geflochtenes Haar zurück und betonte ihre kräftigen Gesichtszüge. Als sie Holly sah, glitt ein warmes Lächeln über ihr Gesicht und ließ sie sofort weniger einschüchternd aussehen. »Hey. Lass mich raten. Du warst in der Gegend und hast dich gefragt, ob ich wohl noch süße Teilchen übrig habe.«

»Äh, ja, so ähnlich.« Holly umarmte sie, ohne sich an den Schokoladenflecken auf Sashas Schürze zu stören.

Leo staunte darüber, wie innig und liebevoll sie mit ihrer Freundin umging.

Sie selbst hatte keine solchen Freundinnen. Luftküsse und Schulterklopfen waren in ihren Kreisen üblicher.

Holly deutete auf Leo. »Sasha, erinnerst du dich noch an Leo?«

»Klar. Kommt doch rein.« Sasha machte eine einladende Handbewegung. Sie schien völlig unbeeindruckt davon zu sein, dass sie in der Gegenwart eines Weltstars war, und dafür war Leo dankbar. »Ich habe dich gesehen, als du vorgestern hier warst. Tut mir leid, dass ich keine Zeit hatte, mit dir zu reden.«

»Schon okay. Der Laden war ziemlich voll.«

»Sasha hat wirklich Erstaunliches geleistet, seit sie die Bäckerei übernommen hat.« Holly klang, als wäre sie sehr stolz auf ihre Freundin.

»Wenn ich nur meine Tante dazu bewegen könnte, der Bäckerei fernzubleiben und endlich ihren wohlverdienten Ruhestand zu genießen.«

Holly und Sasha lachten, als wäre es ein Dauerscherz zwischen ihnen.

Sasha führte sie in die hinteren Räume der Bäckerei, wo eine Brotmaschine lief und mehrere Öfen Hitze verströmten.

»Du arbeitest noch?« Holly musste lauter sprechen, um den Lärm der Maschinen zu übertönen.

»Ich probiere nur ein neues Rezept aus. Gib mir eine Minute, dann hole ich euch ein paar süße Teilchen.« Sasha streifte sich Ofenhandschuhe über, zog ein Blech mit etwas aus dem Ofen, das nach Schokoladenkeksen aussah, und ließ sie auf ein Abkühlgitter gleiten.

Die Hitze des Ofens zauberte eine attraktive Röte auf Hollys Wangen, als sie sich vorbeugte und einen Keks stibitzte. Sie blies darauf und nahm dann einen Bissen.

»Äh, Holly, das sind …«

Holly erstarrte mitten im Kauen. Geräuschvoll schluckte sie den Rest des Kekses hinunter. »Ich weiß nicht, wie ich es dir sagen soll, aber das Rezept solltest du noch mal überdenken. Deine normalen Cappuccino-Schoko-Kekse schmecken viel besser.«

Sashas Gelächter hallte durch die Küche. »Das liegt daran, dass das keine Cappuccino-Schoko-Kekse sind.«

»Ach nein?« Holly starrte auf die andere Hälfte des Kekses in ihrer Hand hinab. »Was ist das dann?«

»Ich nenne sie Beagle-Bissen.« Mit einem Blick zu Leo fügte Sasha hinzu: »Ich will meine Produktpalette erweitern und auch Leckerbissen für unsere vierbeinigen Freunde anbieten.«

»Du hast mir einen Hundekeks gegeben?«

Hollys weit aufgerissene Augen brachten auch Leo zum Lachen.

»Gegeben? Du hast ihn dir genommen, bevor ich dich davon abhalten konnte.« Noch immer lachend gab ihr Sasha eine Flasche Wasser. »Keine Sorge. Alle Zutaten sind auch für Menschen gesund.«

Holly trank die Flasche in einem Zug halb leer. »Bekomme ich davon glänzende Haare?«

»Falls ja, lass es mich wissen, dann verkaufe ich die Kekse als Schönheitsmittel an meine menschlichen Kunden. Ich geh mal die süßen Teilchen holen.«

Als Sasha den Raum verließ, wirkte die Küche plötzlich viel größer.

Holly verzog das Gesicht und trank ihr Wasser aus.

Leo lehnte sich gegen die Arbeitsplatte und betrachtete sie lächelnd.

»Was ist?«, fragte Holly.

»Nichts.« Leo versuchte, ihr Grinsen zu zügeln.

»So, bitte schön.« Sasha kehrte mit einer Papiertüte zurück.

»Was sind wir dir schuldig?« Leo zog einen Zehn-Dollar-Schein aus der Tasche ihrer Laufshorts.

Sasha schüttelte den Kopf. »Nichts. Eine Freundin von Holly ist auch meine Freundin.«

Als Hollys Freundin bezeichnet zu werden, wärmte Leo mehr als die Hitze der Öfen. Normalerweise nahm sie ungern Geschenke an, weil sie die Erfahrung gemacht hatte, dass immer irgendwelche Erwartungen damit verknüpft waren. Doch Sashas braune Augen schienen nichts zu verbergen. Sie steckte den Geldschein weg. »Danke.«

Als sie die Bäckerei verließen, schien die Luft draußen fast kühl im Vergleich zur Backstube. Leo fröstelte ein wenig. Sie nickte in Richtung der Bäckerei. »Sie scheint dir eine gute Freundin zu sein.«

»Ja«, sagte Holly. »Ich habe einen tollen Freundeskreis.«

Leo konnte nur darüber staunen, wie glücklich und zufrieden Holly mit dem schien, was sie hatte. Offenbar wusste sie genau, wer sie war und was sie vom Leben wollte. *Im Gegensatz zu mir.* Vielleicht war das einer der Gründe, warum sie es so genoss, Zeit mit Holly zu verbringen. Sie hatte eine beruhigende Wirkung auf sie.

Holly drückte ihr eines der süßen Teilchen in die Hand. »Komm. Lass uns zurückgehen, bevor deine Mutter uns als vermisst meldet.«

Ihre Schritte waren im Einklang, als sie mit dem Gebäck in der Hand durch den Park spazierten. Die untergehende Sonne verlieh Leos Gesicht einen orangefarbenen Glanz, der ihre sonst so verschlossenen Züge weicher erscheinen ließ. Oder vielleicht war sie einfach weniger zurückhaltend, nun da sie beide allein waren, weg von ihrem Elternhaus.

Woran es auch lag, Holly genoss den neuen, friedlichen Ausdruck auf Leos Gesicht. Es machte sie noch atemberaubender.

»Weißt du«, sagte Holly, als sie auf der Brücke anhielten, um das Schimmern der Sonne auf dem Wasser zu bewundern, »jedes Mal süße Teilchen zu kaufen, wenn wir Joggen gehen, führt das Ganze irgendwie ad absurdum.«

Leo grinste ihr zu. »Heißt das, du willst dein Teilchen nicht und ich kann den Rest haben?«

»Nö.« Holly nahm einen großen Bissen.

Sie streuten Krümel in den Bach und sahen zu, wie sich ein Schwarm kleiner Fische darüber hermachte.

Das Klingeln von Leos Handy durchbrach die friedliche Stille.

Holly musste grinsen, als sie feststellte, dass auch Leo ein Lied von Aretha Franklin als Klingelton verwendete, allerdings nicht »A Natural Woman«, wie sie selbst, sondern »Call Me«.

Leo knurrte leise vor sich hin, während sie das Handy vom Bund ihrer Laufshorts zog.

Holly wollte sie nicht belauschen, vor allem, weil sie wusste, wie empfindlich Leo reagierte, wenn ihre Privatsphäre verletzt wurde. Doch als sie weggehen wollte, legte Leo ihre freie Hand auf ihren Arm und bedeutete ihr zu bleiben.

Dieses Vertrauenszeichen wärmte Holly mehr als die Strahlen der untergehenden Sonne.

»Hallo, Saul«, sagte Leo ins Handy. »Ja, ich weiß. Sag ihnen, ich arbeite an Material für ein neues Album. Das wird sie eine Weile hinhalten.« Sie fuhr sich mit der freien Hand durch ihre Haare, während sie der Antwort zuhörte. »Ja, irgendwie schon. Du weißt doch, dass man Kreativität nicht erzwingen kann.« Sie stieß ein genervtes Stöhnen aus. »Glaubst du, das weiß ich nicht? Das hast du mir schon eine Million…

Mensch, Saul! Jetzt hör aber auf! Manchmal glaube ich, du und die Plattenfirma denken, ich hätte die Intelligenz einer Kokosnuss!«

Hollys Mundwinkel zuckten, aber sie verkniff sich ein Lächeln, denn sie wollte Leo nicht verärgern oder verletzen. Es klang, als wäre das Gespräch für sie alles andere als lustig.

»Wie bitte? Saul, die Verbindung ist ziemlich schlecht. Ich rufe dich an, wenn ich was zu berichten habe.« Sie legte auf, ohne sich zu verabschieden, und warf den Rest des süßen Teilchens in den Bach. Ihr Gesichtsausdruck verriet, dass sie am liebsten stattdessen das Handy geworfen hätte.

Sie sahen zu, wie das Stück Gebäck stromabwärts trieb. Es schaukelte ein paarmal auf und ab, bevor es sich teils auflöste, teils von Fischen nach unten gezogen wurde.

Der friedliche Ausdruck auf Leos Gesicht war verschwunden.

»Du hast ziemlich sauer geklungen«, sagte Holly leise. »Kann ich irgendwie helfen?«

»Nein. Es sei denn, du hast einen Zweitjob als Auftragskillerin.«

Holly rieb sich das Kinn, als zöge sie es in Betracht. »Hmm, vielleicht sollte ich eine Zweitkarriere starten. Auftragsmorde werden sicher besser bezahlt als Krankenpflege. Wen soll ich denn umbringen?«

»Meinen Manager.« Leo stützte sich mit den Ellbogen auf das Geländer und starrte aufs Wasser hinab. »Er kann es nicht ausstehen, dass ich einfach so verschwunden bin.«

»Aber er weiß doch, wo du bist, oder? Da kann man wohl kaum davon sprechen, dass du einfach so verschwunden bist.«

»Sag ihm das mal. Er will mich in einem Aufnahmestudio in New York sehen, nicht in einem am Arsch der Welt liegenden Nest in Missouri.« Als Holly zusammenzuckte, fügte Leo hinzu: »Das hat er so gesagt, nicht ich. Der einzige Grund, warum er mich noch nicht zurück nach New York geschleppt hat, ist, dass ich ihm gesagt habe, ich arbeite an neuen Liedern, während ich hier bin.«

»Und? Tust du's?«, fragte Holly, obwohl sie die Antwort bereits zu kennen glaubte. Soweit sie wusste, hatte Leo ihren Gitarrenkoffer nicht geöffnet, seit sie zu Hause war, und hatte nur einmal Klavier gespielt.

Ein schiefes Lächeln huschte über Leos Gesicht. »Na ja, wenn man ›Gebäckfrau‹ mitzählt schon.«

Holly musste lachen. »Äh, ich kann mir nicht vorstellen, dass sich das gut verkaufen würde.«

»Vermutlich nicht.« Leo seufzte. »Und das ist alles, was für meinen Manager und für die Plattenfirma zählt: wie viel Geld sie mit meiner Musik verdienen können.«

»Und du? Was ist dir wichtig?«

Leo trat nach einem Kiesel, der im Bach landete. Ein Schwarm Fische schwamm darauf zu, wohl weil sie auf weitere Gebäckkrümel hofften. Als ihre Hoffnung nicht erfüllt wurde, stieben sie rasch auseinander. »Ich bin mir nicht sicher, ob ich das überhaupt noch weiß.«

Holly drehte sich zu ihr um und lehnte sich mit der Hüfte gegen das Brückengeländer. Statt Leo mit Fragen zu überhäufen, wartete sie, denn sie ahnte, dass Leo Zeit brauchte, um darüber nachzudenken.

»Anfangs lief alles großartig. Ich hatte endlich, was ich mir schon immer gewünscht habe. Wenn ich auf der Bühne war und die Fans wegen meiner Musik ausflippten … Das war elektrisierend.« Sie grinste ein wenig. »Besser als Sex.«

»Das ist nicht schwer zu toppen«, murmelte Holly leise. Als Leo sie fragend ansah, schüttelte sie den Kopf. »Ach, nichts. Was hat sich in der Zwischenzeit geändert?«

»Ich glaube, ich habe mich mitreißen lassen von all dem Geld, dem Ruhm und den Fans, die meinen Namen riefen.« Leo drehte sich ein wenig mehr, sodass sie einander nun ins Gesicht sehen konnten. »Aber nach einer Weile hatte ich das Gefühl, dass ich meine Musik verliere … dass ich mich selbst verliere.«

»Aber du schreibst doch noch immer selbst deine Lieder, oder?«

»Theoretisch schon.« Leo schlang die Arme um sich, als wäre ihr kalt. »Aber in der Praxis erledigen das oft meine Songwriter. Ich habe einfach nicht mehr die Zeit zum Komponieren. Je berühmter ich wurde, desto mehr Zeit verbrachte ich damit, meine Musik zu promoten.«

Holly zögerte. Sie war Krankenschwester in einer Kleinstadt. Es fühlte sich seltsam an, einem Superstar Ratschläge zu geben, aber sie wollte Leo helfen, deshalb sagte sie: »Ich weiß nicht viel über die Musikindustrie, also sag mir ruhig, wenn ich mich irre, aber kannst du nicht einfach ein paar Interviews absagen, damit du mehr Zeit hast, um neue Lieder zu schreiben?«

»Ja, vielleicht. Aber es liegt nicht nur daran. Mein Manager Saul denkt, dass ich mich lieber aufs Singen konzentrieren und das Liederschreiben meinem Team überlassen sollte. Er sagt, er weiß genau, was meine Fans wollen.«

»Und das wäre?«, fragte Holly.

»Im Grunde ist sein Konzept nichts anderes als *Sex sells*, genau wie bei jeder anderen Popsängerin auch. Also bleibt mir nichts anderes übrig, als sexy Musikvideos zu drehen und täglich aufreizende Tanzschritte zu üben, während meine Songwriter ein Lied nach dem anderen über Herzschmerz und Versöhnung schreiben.«

»Vermutlich bin ich nicht gerade repräsentativ für deine treusten Fans, aber willst du wissen, was ich davon halte?«

»Was denn?«, fragte Leo.

Holly tat so, als steckte sie sich den Finger in den Hals, und gab würgende Geräusche von sich.

Gelächter platzte aus Leo heraus und vertrieb die Schatten aus ihrem Gesicht.

Automatisch lächelte Holly zurück. Es fühlte sich unerwartet gut an, Leo aufheitern zu können.

»Danke. Das habe ich wirklich gebraucht.«

Sie überquerten die Brücke und machten sich auf den Rückweg. Gemächlich gingen sie nebeneinander her.

»Was ist mit dir?«, fragte Leo nach einer Weile. »Bist du zufrieden mit deinem Job?«

Holly nickte, ohne zu zögern. »Oh ja. Ich würde nichts anderes tun wollen.«

»Im Ernst?« Leo hob beide Brauen. »Patienten wie mein Vater machen es dir nicht gerade leicht. Würdest du nicht lieber in einem Krankenhaus arbeiten wollen, wo andere Krankenschwestern dir einen Teil der Arbeit abnehmen können?«

»Ich habe zwei Jahre lang in einem Krankenhaus gearbeitet. Häusliche Pflege liegt mir mehr. Da muss ich nicht ständig von Patient zu Patient eilen, sondern habe genug Zeit, um mich um einen oder einige wenige Patienten zu kümmern und eine Beziehung zu ihnen aufzubauen.«

»Aber macht es das nicht schwieriger, wenn einer von ihnen … ähm, stirbt?«, fragte Leo.

Holly atmete geräuschvoll durch die Nase aus. »Ja, schon. Aber das ist es wert. Es ist schön zu wissen, dass man einem Patienten oder einer Patientin ermöglichen kann, zu Hause statt im Krankenhaus zu bleiben. Für sie macht es einen großen Unterschied.«

Leo streckte die Hand aus und berührte leicht Hollys Arm. Ein Kribbeln breitete sich überall auf Hollys Haut aus. »Ich glaube, du machst einen gewaltigen Unterschied für meinen Vater. Ich könnte nicht tun, was du für ihn tust.«

Das Lob brachte Hollys Wangen zum Glühen. »Danke.«

Leo seufzte. »Im Vergleich dazu kommt mir mein Job noch bedeutungsloser vor. Ich habe es bisher nie zugegeben, nicht mal vor mir selbst, aber vielleicht hat mein Vater recht.«

»Womit?«, fragte Holly.

»Damit, dass ich mir selbst untreu geworden bin. Die Frau auf der Bühne, das bin ich nicht. Ich tue nur so, um meiner Rolle gerecht zu werden. Aber inzwischen will ich meine Gitarre nicht mal mehr in die Hand nehmen.«

»Warum besinnst du dich dann nicht wieder auf deine Wurzeln? Konzentriere dich ganz auf dich und deine Musik, nicht auf den nebensächlichen Kram.« Holly erinnerte sich daran, wie sie Leo vor fünfzehn Jahren bei Schulkonzerten und Sommerfesten spielen gehört hatte. Es hatte ihr immer eine Gänsehaut verursacht.

Leo schüttelte den Kopf. »So einfach ist das nicht.«

»Nein, vermutlich nicht.«

Eine Weile gingen sie schweigend nebeneinander her. Als sie in die Jefferson Street einbogen, fragte Leo: »Hast du heute Nacht Babyfon-Dienst?«

»Nein. Deine Mutter ist dran.«

»Oh.« Leo ging etwas schneller, als wollte sie nicht, dass Holly ihren Gesichtsausdruck sehen konnte.

Doch Holly schloss zu ihr auf. War das Enttäuschung, die in Leos Stimme mitschwang? Ein Lächeln schlich sich auf Hollys Gesicht. »Äh, wolltest du heute Abend gern etwas mit mir zusammen unternehmen?«

»Nein, nein, ist schon okay. Ich hatte nur … Na ja, ich hätte dir Gesellschaft leisten können, aber natürlich hast du an deinem freien Abend vermutlich etwas anderes vor.«

Aha. Leo war eindeutig enttäuscht und verbarg es nicht sonderlich gut. Sie schmollte beinahe. *Gott, sie ist süß.* Holly wäre fast stehen geblieben. *Hör auf damit. Du hast noch nie irgendwelche Stars angehimmelt und jetzt solltest du auf keinen Fall damit anfangen.* Aber insgeheim wusste sie genau, dass sie nicht Jenna Blake bewunderte, sondern Leo.

»Ja. Ich habe heute Abend tatsächlich etwas ganz Besonderes vor.«

»Na, dann viel Spaß«, sagte Leo in einem angestrengt neutralen Tonfall. Sie machte zwei Schritte, bevor sie zu Holly zurückschielte. »Heiße Verabredung?«

Holly lächelte mysteriös. »So ähnlich. Willst du mitkommen?«

Leo blieb an der Straßenecke stehen, wo sie sich nach rechts wenden musste, während Holly nach links abbiegen würde. »Du willst, dass ich mit zu deiner Verabredung komme?«

»Du wirst schon sehen. Ich hole dich in einer Stunde ab.« Holly joggte die Straße entlang. Sie konnte Leos Blick in ihrem Rücken spüren. Ohne den Kopf zu drehen, rief sie ihr zu: »Zieh etwas an, bei dem es dir nichts ausmacht, wenn es vollgesabbert wird.«

»Vollgesabbert?«, rief Leo zurück. »Mit wem zum Teufel gehst du denn aus?«

Holly lachte nur und winkte ihr zu. Schon jetzt freute sie sich darauf, Leo ihrer Verabredung vorzustellen … oder vielmehr: ihren Verabredungen.

»Bekomme ich nicht wenigstens einen kleinen Hinweis?«, fragte Leo zum dritten Mal, seit Holly sie abgeholt hatte.

»Hör auf zu jammern. Keine Hinweise.« Holly winkte einem Paar zu, das eben die Tankstelle am Stadtrand verlassen hatte, und bog rechts auf den Highway ein.

Als sie am Supermarkt vorbeifuhren, kam Leo ein Verdacht, wohin sie unterwegs waren. »Aha! Wir fahren zum Feinkostladen in der Maple Street, um dort einen Burger zu essen, richtig?« Ihr lief das Wasser im Mund zusammen. »Hast du deswegen was von vollsabbern gesagt?«

Holly lachte. »Nein.«

»Mist«, murmelte Leo. »Ich hatte mich schon auf einen Cheeseburger mit doppelt Speck gefreut, jetzt, da meine Ernährungsberaterin und mein Fitnesstrainer mich nicht auf Schritt und Tritt überwachen.«

»Mensch, das muss schwer sein.«

»Es ist nicht der angenehme Teil des Ruhms, das steht mal fest. Aber *Sex sells*, wie mir mein Manager immer wieder versichert, deshalb muss ich in Form bleiben.« Leo tätschelte sich den Bauch. »Aber das hält mich nicht davon ab, nach einem Burger zu lechzen.«

»Wenn du willst, können wir einen Burger essen gehen, bevor ich dich nach Hause fahre. Aber erst habe ich etwas anderes vor.«

»Was denn?«

»Wirst du gleich sehen.« Holly bog auf einen Schotterpfad ein und parkte vor einem einstöckigen Gebäude, dessen Schild *Kleintierklinik* verkündete. Sie stellte den Motor ab und deutete vielsagend auf das Haus.

»Äh, das ist Beths Tierarztpraxis. Ist es nicht ein wenig zu früh in unserer Beziehung, um mich schon deiner Mutter vorzustellen?«

Holly blinzelte. »Was? Nein, ich …« Sie knurrte und schlug Leo mit dem Handrücken auf die Schulter.

Es war schon eine Weile her, seit zuletzt jemand so ungezwungen mit Leo umgegangen war. Die meisten schlichen um sie herum wie auf Eierschalen, als wäre sie zerbrechlich oder müsste verehrt werden. Sie mochte es, dass Holly sie nicht als Superstar behandelte, sondern als Gleichberechtigte.

»Du kennst meine Mutter bereits«, sagte Holly. »Außerdem ist sie vermutlich längst nach Hause gegangen.«

»Warum sind wir dann hier?«

»Himmel, du bist aber ungeduldig.« Holly löste den Sicherheitsgurt und stieg aus. »Komm mit und find's raus.«

Leo folgte ihr.

Holly schloss die Tierarztpraxis auf und hielt ihr die Tür auf.

»Du hast einen Schlüssel?«, fragte Leo, als sie sich an ihr vorbeischob.

»Manchmal helfe ich aus, indem ich nach den Tieren sehe, die über Nacht bleiben müssen, oder indem ich die Käfige reinige.«

Ihre Schritte hallten über die Fliesen. Ohne Haustiere und wartende Menschen wirkte der Empfangsbereich ziemlich leer, trotz der Futterdosen, Flohhalsbänder und Hundeshampoos, die dort aufgereiht standen.

»Ich muss schon sagen, du hast seltsame Vorstellungen von einem schönen Abend«, sagte Leo. »Muss wohl daran liegen, dass du schon zu lange in Fair Oaks lebst.«

Holly stieß sie mit der Hüfte an. »Wollen wir doch mal sehen, ob du das in einer Minute auch noch sagst.« Sie führte Leo in den hinteren Teil des Gebäudes. »Äh, die Frage mag etwas spät kommen, aber ... du bist nicht allergisch, oder?«

»Allergisch wogegen?«

»Gegen sie.« Holly öffnete eine Tür und deutete auf das andere Ende des Raums.

Ein leises Winseln begrüßte die beiden, als sie eintraten.

Käfige waren an der Wand entlang aufgestapelt, aber was Leos Aufmerksamkeit auf sich zog, war eine große, hölzerne Box, die eine Ecke des Zimmers komplett einnahm. Eine Decke war darin ausgebreitet und darauf lag eine goldfarbene Labradorhündin, die einen Wurf zappelnder, winselnder Welpen säugte.

Leos Herz zerfloss förmlich. »Welpen!«

»Sieh genauer hin«, flüsterte Holly, als wollte sie die Hunde nicht stören, und führte Leo mit einer Hand auf ihrem Rücken näher heran.

Die warme Berührung lenkte Leo ab, sodass sie einen Moment brauchte, um zu entdecken, was Holly ihr zeigen wollte. Fünf der pelzigen Babys waren tatsächlich Labrador Retriever, drei goldfarbene und zwei braune. Doch zwischen ihnen befanden sich auch drei winzige Kätzchen, die ebenfalls gesäugt wurden. Alle waren wohlgenährt und hatten kleine Kugelbäuche.

»Oh wow. Das ist unglaublich. Wo ist denn die Katzenmama?«

»Wir wissen es nicht. Tom Gaines hat die Kätzchen in seiner Scheune gefunden, verlassen und halb verhungert. Deshalb hat er sie uns gebracht. Wir haben gehofft, dass das Tierheim eine säugende Katze hat, die sie adoptieren würde, aber Happy hat nur einen einzigen Blick auf sie geworfen und sofort entschieden, dass sie ihr gehören.«

»Happy?« Leo hob eine Braue.

Holly zeigte auf die Hundemama, die tatsächlich ziemlich glücklich dreinschaute. Ihr Schwanz peitschte gegen die Seite der Box. »Sie brauchte einen Kaiserschnitt. Deshalb ist sie hier. Sie und ihre Welpen werden bald nach Hause können.«

»Und die Kätzchen?«

»Die werden mitgehen, bis sie alt genug sind, dass wir sie an neue Familien vermitteln können.«

Leo sah zu, wie die Hündin sich hinabbeugte und über pelzige Hinterteile leckte, ohne einen Unterschied zwischen Welpen und Kätzchen zu machen. »Erstaunlich. Sie hat sie einfach so adoptiert?«

»Ja. Ich weiß nicht, ob sie glaubt, es wären einfach nur seltsame Hunde. Vielleicht ist es ihr aber auch egal, was sie sind.«

Leo seufzte. »Wäre es nicht toll, wenn Menschen genauso wären?«

Ein wehmütiges Lächeln kräuselte Hollys Lippen. »Ja.«

Sie sahen einander an und ein stillschweigendes Einvernehmen entstand zwischen ihnen.

Einer der Welpen hörte auf zu saugen, befreite sich aus dem Knäuel seiner Wurfgenossen und wackelte auf zu großen Welpenpfoten auf Leo und Holly zu. Eines der Kätzchen folgte ihm.

Ihre Mutter gab ein besorgtes Winseln von sich, aber Holly holte einen Hundekeks aus der Tasche und streichelte sie, bis die Hündin sich wieder hinlegte und weiter ihre Jungen säugte.

Der Welpe fiel aus der hölzernen Box und kam dicht vor Leos Füßen zum Stehen. Sie bückte sich, zögerte dann und sah zu Holly. »Darf ich?«

»Mach nur. Ich habe dich nicht nur hergebracht, um sie anzusehen.«

Es war Leo egal, wie kalt der Boden war. Sie setzte sich und hielt dem Welpen ihre Hand hin.

Er jaulte kurz, beschnüffelte sie dann und leckte ihre Finger.

Lachend kraulte sie ihn hinter seinen seidenweichen Ohren. Als der Welpe sich an eines ihrer Beine kuschelte und begann, an ihren Schnürsenkeln zu kauen, nahm sie das Kätzchen auf den Arm.

Es gab ein quiekendes Miau von sich, das Holly und Leo zum Lachen brachte.

Leo nahm das Kätzchen in beide Hände und berührte mit ihrer Nase die der Katze. Die winzigen Schnurrhaare zitterten. Es kitzelte und brachte sie zum Lächeln. Sie verbarg das Gesicht in dem Fell, das warm und weich war. Ihre Augen fielen zu. Sie fühlte Hollys Blick auf sich ruhen, doch zur Abwechslung scheute sie sich nicht, ganz sie selbst zu sein. Nicht hier und jetzt, wo Holly und sie unter sich waren, umgeben von einem Wurf Welpen und Kätzchen.

Sie fühlte und hörte, wie Holly sich neben sie auf den Boden setzte.

»Meins«, murmelte Leo, ohne das Gesicht aus dem Fellknäuel zu nehmen. »Hol dir dein eigenes Kätzchen.«

Hollys Lachen mischte sich mit dem sanften Schnurren der winzigen Katze.

Leos Lächeln fühlte sich an, als würde es gleich ihr Gesicht sprengen. »Na schön«, murmelte sie ins Fell der Katze. »Ich gebe zu, dass das hier besser ist als ein Burger.«

»Sogar besser als ein Cheeseburger mit doppelt Speck?« Holly streckte die Hand aus, um das Kätzchen zu streicheln.

Ihre Finger berührten einander, was Leo mindestens ebenso sehr genoss wie das Kätzchen zu streicheln. Sie öffnete die Augen. »Ja.« Ihre Stimme klang ein wenig rau, deshalb räusperte sie sich, bevor sie hinzufügte: »Viel besser.« Sie kuschelte das Kätzchen gegen ihre Brust. »Stimmt's, Katze?«

Als Antwort begann das Kätzchen, ihre Brust mit den Pfoten zu kneten.

»Autsch!« Offenbar hatten Katzenbabys in diesem Alter schon Krallen … und sie waren rasiermesserscharf. »Vorsicht, das ist mein Busen.« Sie versuchte, das Kätzchen von ihrer Brust wegzuziehen, aber die Krallen hatten sich im Stoff ihres T-Shirts verfangen.

Holly streckte die Hand aus und befreite die Pfote. Dabei streiften ihre Finger Leos Brust.

Ihr Nippel wurde sofort hart und ihr ganzer Körper begann zu kribbeln. Sie hob das Kätzchen etwas höher, um ihre Brust dahinter zu verstecken, und versuchte, ihren wilden Herzschlag zu beruhigen. Als sie zu Holly hinüberschielte, schien sie die unabsichtliche Berührung nicht bemerkt zu haben. Leos Brust kribbelte jedoch noch immer.

Sie saßen so dicht beieinander am Boden, dass ihre Beine sich berührten.

»Bist du bereit zu gehen?«, fragte Holly nach einer Weile.

»Nein.« Leo wollte nicht, dass diese Erfahrung so schnell schon endete, und das lag nicht nur an den Kätzchen und den Welpen.

Holly lachte. Ein weiterer Welpe kam zu ihnen herüber gewackelt und Holly nahm ihn auf den Schoß. »Dann lass uns noch ein wenig bleiben.«

Als sie den Feinkostladen in der Maple Street verließen und in den Jeep stiegen, sah Holly zu Leo hinüber.

Seit sie die Tierarztpraxis verlassen hatten, sprach Leo ununterbrochen über die Kätzchen und Welpen. Noch immer grinste sie von einem Ohr zum anderen. Die Welpen hatten ihre Sportschuhe vollgesabbert und Katzenhaare klebten an ihrem T-Shirt, doch für Holly war sie weitaus schöner als in ihren Musikvideos.

Dies war nicht mehr die zurückhaltende Frau, die vor zwei Wochen in Fair Oaks angekommen war, oder die berühmte Sängerin, die sie aus dem Fernsehen kannte. Sie mochte diese Seite an Leo. Zeit mit den Welpen und Kätzchen zu verbringen, gehörte immer zu den Höhepunkten ihres Tages, doch sie mit Leo zu teilen, war etwas ganz Besonderes gewesen.

»Ich weiß nicht, ob mir die Welpen oder die Kätzchen besser gefallen haben«, sagte Leo, als Holly den Wagen zurück auf den Highway lenkte.

»Warum sich entscheiden?«

»Stimmt. Sie waren beide unheimlich süß.« Mit nachdenklicher Miene starrte Leo durch die Windschutzscheibe. »Wenn man bedenkt, wie viel von der Welt ich gesehen und was ich schon so alles gemacht habe, ist es schwer zu glauben, dass ich noch nie einen Welpen oder ein Kätzchen gestreichelt habe.«

»Noch nie? Hast du als Kind kein Haustier gehabt?«

»Nein, noch nie. Ich wollte immer eines, aber mein Vater hat geglaubt, das würde mich zu sehr vom Üben ablenken.«

»Vom Üben?«

»Na ja, vom Klavier- und Geigespielen«, sagte Leo.

Gil hatte ihr die Erfahrung verwehrt, wie es war, mit einem Tier aufzuwachsen, nur damit es sie nicht davon ablenkte, seine bevorzugten Instrumente zu spielen? *Oh Mann.* Holly begann langsam, ihm das zu verübeln. Das war nicht gut. Immerhin war er ihr Patient. Sie war für sein Wohlergehen verantwortlich, nicht für Leos. Aber sie konnte nicht anders.

»Tja, du könntest dir jetzt ein Haustier anschaffen«, sagte sie schließlich. »In fünf oder sechs Wochen sind Happys Welpen und Kätzchen alt genug, um weggegeben zu werden.«

Leo wischte sich ein paar Katzenhaare vom T-Shirt und sah zu, wie sie durch den Innenraum des Jeeps wirbelten. »Bis dahin bin ich längst wieder in New York. Außerdem bin ich ständig auf Tournee und reise für Interviews herum. Das wäre dem armen Tier gegenüber nicht fair.«

Beide schwiegen den Rest der Fahrt. Ihre gute Laune war getrübt.

Als Leo zurück nach Fair Oaks gekommen war, hatte Holly es gar nicht abwarten können, bis sie wieder ging. Aber jetzt hasste sie jeden Gedanken daran, dass Leo nicht bleiben würde. Sie würde es vermissen, jemanden zu haben, mit dem sie reden und Gebäck teilen konnte. Zwar hatte sie andere Freundinnen in der Stadt, aber irgendwie war es etwas anderes, mit Leo Zeit zu verbringen.

Nur zu bald hielt sie den Wagen vor Leos Elternhaus an und schaltete den Motor aus.

Statt sofort auszusteigen, starrte Leo weiter durch die Windschutzscheibe. Schließlich drehte sie den Kopf und der Hauch des sorglosen Lächelns von vorhin glitt über ihr Gesicht. »Danke für den Burger und besonders dafür, dass du mich mit zu den Welpen und Kätzchen genommen hast. Es war nicht das, was ich erwartet hatte, aber es ist um Längen besser als meine üblichen Verabredungen.«

Holly begann zu lächeln, aber dann erfasste sie die Bedeutung von Leos Worten. *Moment mal! Übliche Verabredungen?* Sollte das heißen, dass Leo ihren kleinen Ausflug für ein Date hielt? Sie wusste, dass sie die Sache klarstellen und Leo sagen sollte, dass es kein Date gewesen war und dass eine Beziehung für sie nicht in Frage kam, nur für den Fall, dass Leo in diese Richtung dachte. So hatte sie das in den letzten Jahren in allen Freundschaften mit Frauen gemacht. Es war langfristig gesehen immer besser, klare Grenzen zu setzen.

Warum saß sie dann immer noch hinter dem Steuer und gaffte Leo an, ohne etwas zu sagen?

Bevor sie ihre Stimmbänder zum Funktionieren bringen konnte, sagte Leo Gute Nacht und stieg aus. Erst das Zufallen der Autotür ließ Holly aus ihrer Erstarrung erwachen.

»Leo, warte!«

Doch scheinbar hatte Leo sie nicht gehört. Sie ging bereits auf das Haus zu und ihre langen Beine vergrößerten rasch die Distanz zwischen ihnen.

Holly ließ die Stirn auf das Lenkrad sinken, schloss die Augen und stieß ein lang gezogenes Seufzen aus.

Kapitel 10

Wieder lag Leo im Bett und lauschte dem Konzert der Grillen, das durch das geschlossene Fenster drang. Die Poster aus ihrer Kindheit anzustarren, wurde langsam zur Gewohnheit. Doch diesmal waren es nicht Gedanken an ihren Vater oder ihre Karriere, die sie wachhielten.

Sie ging immer wieder jede Sekunde ihres Abends mit Holly durch, insbesondere jedes Lächeln und jede noch so kleine Berührung: Hollys Hand auf ihrem Rücken, als sie Leo in den Raum mit den Welpen und Kätzchen geführt hatte, die Berührung ihrer Finger, die Wärme von Hollys Bein an ihrem, das unabsichtliche Streifen ihrer Brust.

Jede Berührung schickte sofort ein Kribbeln durch ihren gesamten Körper. Sie konnte es nicht länger abstreiten: Sie fühlte sich zu Holly hingezogen und zwar nicht nur sexuell. Auch das schelmische Funkeln in Hollys Augen und ihre aufrichtige Wärme hatten es ihr angetan sowie die Tatsache, dass sie Leo nichts durchgehen ließ. Holly schien nichts von ihr zu wollen, weder ihr Geld, noch ihren Einfluss oder ihren Körper. Doch selbst das machte sie für Leo nur noch interessanter.

Meinte sie ernst, was ihr vorhin im Jeep herausgerutscht war? Sie hatte nicht nachgedacht, bevor sie das mit den üblichen Verabredungen gesagt hatte. Bisher hatte sie es nicht bewusst als ein Date eingestuft. Immerhin lebte Holly in Fair Oaks, der Stadt, der Leo entkommen wollte. Außerdem hatte Leo ohnehin keine Zeit für eine Beziehung.

Beziehung? Mach mal halblang! Eben hatte sie nur an eine einzige Verabredung gedacht und jetzt war sie schon bei einer vollwertigen Beziehung? Das ging alles viel zu schnell. Vielleicht sollte sie besser einen Schritt nach dem anderen machen.

Eine Verabredung war schließlich kein Heiratsantrag, nicht einmal in einer Kleinstadt in Missouri. Hollys Brüder würden nicht gleich die Schrotflinte aus dem Schrank holen und sie vor einen Pfarrer zerren, nur weil sie einmal mit ihrer Schwester ausging.

Es war nur ein Zeitvertreib, während sie hier in Fair Oaks war, nicht mehr und nicht weniger. Richtig?

Richtig. Sie nickte in die Dunkelheit. Das wäre dann also beschlossen. Sie würde Holly um eine Verabredung bitten. Da war doch nichts dabei.

Warum gingen ihr dann noch immer so viele chaotische Gedanken durch den Kopf, sodass sie nicht schlafen konnte?

Ein paar Tage später, am Montagnachmittag, gingen sie wieder zusammen joggen. Aber zugegebenermaßen fand nicht gerade viel Jogging statt. Holly lehnte sich auf den Ellbogen zurück. Der flache Fels unter ihr war noch warm von der Hitze des Tages und das Gurgeln des Baches versetzte sie in einen tranceartigen Zustand.

Obwohl ihr Job nicht immer einfach war, fühlte sich dieser Sommer wie einer der endlosen Sommer ihrer Kindheit an, als es noch keine Verantwortung und keinen Druck gegeben hatte und hinter jeder Ecke ein neues Abenteuer wartete.

Doch diesmal verbrachte sie den Sommer nicht allein oder als Anhängsel ihrer älteren Brüder.

Sie schielte zu Leo hinüber, die neben ihr lag. Sie hatte die Schuhe und Socken ausgezogen und ließ die Füße in den Bach baumeln.

Ab und zu wackelte sie mit den Zehen oder verjagte mit einer Handbewegung die Bienen, die ihre Eiscreme umschwirrten. Weil sie mehr Zeit als sonst in der Sonne verbrachte, wurde sie langsam braun und die goldenen Strähnen in ihren vom Wind zerzausten Haaren waren mittlerweile echt, nicht mehr aus der Packung. Es stand ihr gut, fand Holly.

Etwas Kaltes tropfte auf Hollys Finger. Sie riss den Blick von Leo los und wandte ihre Aufmerksamkeit wieder ihrer eigenen Eiscremewaffel zu, die sie ganz vergessen hatte. Rasch leckte sie sich ein paar Tropfen Schokoeiscreme von den Fingern.

»Weißt du«, sagte Leo, ohne die Augen zu öffnen, »du hast wirklich einen schlechten Einfluss auf mich.«

»Ich?«

»Ja, du. Erst machst du mich süchtig nach Aprikose-Orange-Teilchen. Und jetzt kaufst du mir Eiscreme. Mein Manager, mein Fitnesstrainer und meine Ernährungsberaterin werden dich hassen.«

Holly zuckte mit den Schultern und leckte an ihrer Eiscreme. »Aber sie sind jetzt nicht hier, oder?«

»Nein. Nur wir beide.«

Irgendetwas in ihrem Tonfall ließ Holly ein zweites Mal hinsehen, aber sie konnte den Ausdruck auf Leos Gesicht nicht deuten.

Leo öffnete die Augen und zog einen Fuß aus dem Wasser, sodass sie sich umdrehen und Holly anschauen konnte. »Ähm, wo wir gerade über Essen und uns beide reden ...« Sie senkte den Blick und pflückte ein Stück Klee, das zwischen den Felsen wuchs, ehe sie wieder aufsah. »Würdest du irgendwann diese Woche mit mir zu Abend essen?«

Hollys Herz schlug schneller. »Abendessen?«, wiederholte sie, um mehr Zeit zum Nachdenken zu haben.

»Ja, du weißt schon. Die Mahlzeit, die man gewöhnlich abends isst.« Leos Lippen deuteten ein Lächeln an.

Mit fast genau diesen Worten hatte Holly sie vor zwei Wochen geneckt, als es um das Frühstück gegangen war, das sie montags immer mitbrachte. Nun antwortete Holly ebenfalls mit denselben Worten.

»Danke für die professionelle Definition, Ms. Duden. Ich weiß, was ein Abendessen ist. Aber von welcher Art Essen reden wir hier?«

Bat Leo sie um ein Date oder war es nur ein Essen unter Freundinnen? Zum tausendsten Mal in ihrem Leben wünschte sie sich, sie wäre besser darin, potenziell romantische Situationen abzuschätzen.

»Tja«, sagte Leo, »viel Auswahl gibt es nicht in Fair Oaks, aber wie wäre es mit der Tasty Barn? Bieten die immer noch mexikanisches Essen an?«

»Äh, ja, aber das habe ich nicht gemeint.« Tat Leo absichtlich, als würde sie Hollys Frage nicht verstehen? »Ist das ein Essen unter Freundinnen oder ...?«

Leo zog auch ihren anderen Fuß aus dem Wasser und musterte Hollys Gesicht. »Wäre es okay, wenn es ein Date wäre?«

Sie sah so süß aus, so ernst und verletzlich, dass Holly antwortete, ohne darüber nachzudenken. »Ja. Ich meine, nein. Nein. Leo, ich ...«

Sie verstummte, setzte sich auf und versuchte, ganz ruhig zu atmen. Himmel, wie konnte eine einfache Frage sie nur so aus der Fassung bringen? Schließlich war das nicht das erste Mal, dass sie jemandem einen Korb gab. Sie versuchte, sich einzureden, dass es langfristig gesehen für sie beide besser war, aber es war trotzdem schwer, es auszusprechen. »Tut mir leid. Ich kann nicht mit dir ausgehen.«

Einen Moment lang sah Leo so verletzt aus, als hätte Holly sie geohrfeigt, doch dann legte sich die Maske über ihr Gesicht, die Holly anfangs öfter gesehen hatte. »Du kannst nicht?« Sie klang, als spräche sie durch zusammengebissene Zähne. »Oder du willst nicht?«

Das war eine Frage, mit der Holly sich nicht befassen wollte. »Tut mir leid«, wiederholte sie. »Ich weiß, es mag abgedroschen klingen, aber es liegt nicht an dir. Es liegt an mir.«

Leo stöhnte. »Das klingt tatsächlich abgedroschen. Das sagen für gewöhnlich Frauen, die mich für eine eingebildete, oberflächliche Prominente halten. Ein Superstar, den man aus der Ferne anhimmelt, aber mit dem man im wahren Leben nie ausgehen würde.«

Ihre Stimme wurde mit jedem Wort rauer.

Impulsiv streckte Holly die Hand aus, um ihre Finger zu drücken oder Leos Knie zu streicheln, doch dann wurde ihr bewusst, dass sie damit widersprüchliche Signale senden würde. Sie ließ ihre Hand auf ihren eigenen Schoß fallen. »So denke ich nicht von dir. Das weißt du doch, oder?«

»Aber du bist nicht hetero. Du gehst doch mit Frauen aus.«

»Ich gehe mit niemandem aus. Das versuche ich ja, dir die ganze Zeit zu sagen.«

Leos Stirn legte sich in Falten. »Sag nicht, du trauerst immer noch Ashley hinterher.«

Holly lachte nervös. »Nein. Definitiv nicht.«

»Dann liegt es also an mir.« Leo starrte hinab auf ein Büschel Klee. »Ich bin nicht dein Typ.«

»Das ist es ja gerade, Leo. Ich habe keinen Typ. Zumindest nicht so, wie du denkst.«

»Okay.« Leo zog das Wort in die Länge. Es war klar, dass sie keine Ahnung hatte, was Holly damit meinte.

Holly seufzte. Sich als asexuell zu outen, hatte nicht auf ihrer To-do-Liste für ihren freien Nachmittag gestanden, doch sie wollte nicht, dass ihre Weigerung, mit Leo auszugehen, zwischen ihnen stehen würde. Sie schätzte ihre Freundschaft zu sehr, um Leo anzulügen oder ihr diese wichtige Sache weiter zu verschweigen.

Sie aß den Rest ihrer Eiscreme, um sich einen Moment lang sammeln zu können. Als der letzte Krümel aufgegessen war, umschlang sie mit beiden Armen ihre nackten Beine und sah Leo über ihre Knie hinweg an. Himmel, warum war das hier so viel schwieriger als ein Coming-out als Lesbe?

Schließlich platzte es aus ihr heraus: »Ich bin ein Ass.«

Sie war nicht sicher, mit welcher Reaktion sie gerechnet hatte, aber bestimmt nicht mit dem Grinsen, das sich jetzt auf Leos Gesicht ausbreitete.

»Oh ja«, sagte Leo mit der rauchigen Stimme, die ihr drei Grammys eingebracht hatte. »Das bist du. Ein totales Ass.«

»Nein, so habe ich das nicht gemeint. Ass ist die Bezeichnung für asexuell.«

»Asexuell?« Leo wiederholte es Silbe für Silbe. »Was bedeutet das?«

Oh Mann. Vielleicht war es das, was das Coming-out als asexuell um so vieles schwerer machte. Wenn sie jemandem sagte, dass sie lesbisch war, erforderte das keine halbstündige Erklärung.

»Es bedeutet …« Sie senkte den Blick auf ihre Hand und betrachtete den schwarzen Ring, während sie ihn um ihren rechten Mittelfinger drehte. »Es bedeutet, dass ich mich sexuell zu niemandem hingezogen fühle.«

Leo starrte sie an. Ihre Eiswaffel hing vergessen in ihrer Hand. »Moment mal. Soll das heißen, du magst keinen Sex?«

»Fast. Es soll heißen, ich *will* keinen Sex.«

Leo schnappte hörbar nach Luft. »Du willst keinen Sex? Nie? Mit niemandem?«

Der ungläubige Ausdruck auf ihrem Gesicht brachte Holly zum Lachen. »Es gibt Wichtigeres im Leben, weißt du?«

»Ja, schon. Aber Sex kann manchmal atemberaubend gut sein.« Sie verdrehte die Augen und fächelte sich mit beiden Händen Luft zu.

»Das muss ich dir wohl einfach glauben.«

Langsam schüttelte Leo den Kopf. »Warst du schon immer so? Ich meine, das hat nichts damit zu tun, dass … dass dir etwas zugestoßen ist, oder?«

Der Gedanke schien ihr so zuzusetzen, dass Holly einen Moment lang ihre Hand drückte. »Nein. Das traumatischste Erlebnis, das ich als Kind hatte, war, als meine Brüder einen Frosch in meine Hausschuhe gesteckt haben.«

Ihr übertriebenes Schaudern ließ die Anspannung zwischen ihnen etwas abflauen und sie lachten gemeinsam.

»Wie dem auch sei«, sagte Holly, als das Lachen verklang, »so funktioniert das nicht. Man wird nicht durch irgendein Trauma asexuell. Es ist eine sexuelle Orientierung, genau wie das Lesbischsein.«

Leo sah aus, als hätte sie es immer noch nicht so ganz begriffen. Vielleicht würde eine Analogie helfen.

»Es ist ein bisschen wie Schokolade«, sagte Holly.

»Schokolade?«, wiederholte Leo skeptisch.

»Hab einen Moment Geduld. Manche Menschen mögen dunkle Schokolade. Manche mögen Milchschokolade. Und wieder andere mögen weiße Schokolade.«

Leo verzog das Gesicht. »Das weiße Zeug verdient eigentlich nicht den Namen Schokolade.«

»Finde ich auch, aber du zerstörst gerade meine schöne Analogie.«

»Entschuldige. Was wolltest du sagen?«

»Es gibt auch Leute, die mögen alle Sorten Schokolade.«

»Leute mit schlechtem Geschmack«, murmelte Leo. Als Holly ihr einen gespielt bösen Blick zuwarf, tat Leo so, als würde sie ihren Mund mit einem Reißverschluss verschließen.

»Und schließlich gibt es auch einige Menschen, die überhaupt keine Schokolade mögen.«

Leo schnaubte. »Komm schon. Wer mag denn Schokolade nicht?«

»Ich«, sagte Holly leise und hielt ihrem Blick stand.

»Du magst keine Schokolade? Ähm, und was ist dann das hier?« Leo deutete auf Hollys Wange, die vermutlich vom Schokoladeneis verschmiert war, das sie eben gegessen hatte.

»Nein. Ich meine, doch, schon. Ich mag Schokolade, aber …« Sie rieb sich die Augen. Irgendwie machte sie alles noch komplizierter und verwirrte Leo nur noch mehr. »Alles, was ich sagen will, ist, dass ich so geboren wurde: rothaarig, mit krummen Zehen und asexuell.«

Leo schien für eine Weile darüber nachzudenken. »Deine Zehen sind niedlich«, sagte sie schließlich.

Holly starrte darauf hinab. »Sie sind krumm.«

»Aber auf eine niedliche Weise.« Platschend landeten Leos Füße wieder im Bach. Sie bewegte sie im Wasser auf und ab, während sie sich auf den Rücken sinken ließ und zum Himmel hinaufsah. Ihre Stirn legte sich in Falten, als würde sie angestrengt nachdenken. »Wenn du dich zu niemandem hingezogen fühlst, warum warst du dann mit Ash zusammen?«

»Ich sagte, dass ich mich zu niemandem *sexuell* hingezogen fühle. Es gibt auch noch andere Formen der Anziehung. Für dich und die meisten anderen Menschen bilden sie vermutlich eine Einheit, aber ich kann mich verlieben oder die Schönheit einer Frau bewundern, ohne mit ihr ins Bett zu wollen.«

Leo verschränkte die Arme hinter dem Kopf. »Hmm, das ergibt Sinn. Irgendwie. Bezeichnest du dich aus diesem Grund trotzdem als lesbisch? Weil du dich zu Frauen hingezogen fühlst, nur nicht auf sexueller Ebene?«

»Ja.« Holly rang sich ein Lächeln ab. »Und weil es mir bloß verwirrte Blicke einbringt, wenn ich mich als homoromantische Asexuelle bezeichne.« Ungefähr so wie der Blick, den Leo ihr nun zuwarf. *Die Ärmste.*

»Tut mir leid, dass ich dir weiter dumme Fragen stelle, aber …«

»Ist schon okay«, sagte Holly. »Es macht mir nichts aus, darüber zu reden.« Zu ihrer Überraschung stellte sie fest, dass es ihr wirklich nichts ausmachte, zumindest nicht, wenn es um Leo ging. Zwar schien Leo das Thema neu und verwirrend zu finden, aber sie gab Holly nicht das Gefühl, als müsste sie ihre sexuelle Orientierung verteidigen. Was für eine Erleichterung, nachdem andere lesbische Bekannte so ablehnend reagiert hatten.

»Danke.« Leo planschte mit dem Fuß im Wasser. Tropfen glitzerten in der Nachmittagssonne, als sie auf Leo herabregneten. »Du hast gesagt, dass du dich sehr wohl in eine Frau verlieben oder ihre Schönheit bewundern kannst, richtig?«

Holly nickte.

»Warum willst du dann nicht mit mir ausgehen … oder mit anderen Frauen?«

Das war die alles entscheidende Frage. »Weil Frauen bestimmte Erwartungen haben, wenn ich mit ihnen ausgehe. Ein Gutenachtkuss nach dem ersten Date oder vielleicht nach dem zweiten. Dann Sex beim dritten Date oder beim fünften oder welche Datingregel man auch immer anwendet.« Sie schüttelte den Kopf. »Das funktioniert für mich nicht, also halte ich mich lieber von diesem Minenfeld der Erwartungen fern.«

»Selbst wenn das bedeutet, dass du dein ganzes Leben allein bleiben wirst?«, fragte Leo leise.

Holly stellte sich diese Frage oft selbst, hatte aber noch keine Antwort gefunden. »Ich weiß es nicht.«

Eine Weile lagen sie Seite an Seite da. Nur das Gurgeln des Baches und das Rascheln der Blätter im Wind unterbrach die Stille.

Schließlich setzte sich Holly auf und schob die Füße in ihre Sandalen. »Komm. Wir müssen zurück, sonst komme ich zu spät zu meiner Schicht.«

Leo zog sich ihre Socken und Schuhe an, stand auf und folgte ihr den Pfad entlang. »Holly?«, fragte sie nach ein paar Schritten.

Jeder Muskel in Hollys Körper spannte sich an. Zwar vertraute sie Leo, aber meistens hatte es kein gutes Ende genommen, wenn sie jemandem von ihrer sexuellen Orientierung erzählt hatte, selbst wenn ihr Gegenüber anfänglich ihre Asexualität zu akzeptieren schien. »Hmm?«

»Danke, dass du es mir erzählt hast«, sagte Leo. »Das war ganz schön mutig.«

Holly hatte mit einer negativen Reaktion gerechnet und so brauchte sie eine Sekunde, um zu verstehen, was Leo meinte. Sobald sie es begriff, wurde ihr ganz warm. Ihre Anspannung ließ nach. »Ich danke *dir*« war alles, was sie herausbekam.

Leos ernste Miene wich einem Lächeln. »Und nur, damit du es weißt: Ich denke immer noch, dass du ein Ass bist … eine richtig tolle Person.«

Hollys Lachen hallte von den Hügeln wider. »Danke. Du bist auch ein Ass.« Sie zwinkerte Leo zu. »Zumindest in einer Hinsicht.«

Kapitel 11

Am nächsten Morgen gähnte Leo so herzhaft, dass ihr Kiefer knackte. Gott, sie wurde langsam alt. Scheinbar waren die Tage vorbei, als sie noch die ganze Nacht wach bleiben und trotzdem frühmorgens in den Tourbus klettern konnte.

Sie stolperte die Treppe hinab und ging auf der Suche nach Kaffee in die Küche. So musste sich ein Zombie fühlen, nur dass sie auf der Jagd nach Koffein war, nicht nach Gehirnen.

Ihre Mutter stellte gerade das Frühstück auf den Tisch. Es gab Biskuits und Béchamelsoße, Hollys Lieblingsgericht.

Wie von diesem Gedanken herbeigezaubert, erschien Holly im Türrahmen. Sie schob Leos Vater in seinem Rollstuhl zum Tisch. »Guten Morgen«, sagte sie mit einem fast schüchternen Blick in Leos Richtung.

Fühlte sie sich ein wenig verletzlich nach ihrem gestrigen Coming-out? Es hätte Leo nicht gewundert. Gestern Nacht hatte sie Dutzende von Coming-out-Geschichten anderer asexueller Personen im Internet gelesen. Viele waren mit aufdringlichen Fragen über ihr Sexleben bombardiert worden oder hatten sich Erklärungen zu möglichen »Ursachen« ihrer Asexualität anhören müssen: schlechte Erfahrungen, ein hormonelles Ungleichgewicht, psychische Störungen, noch nicht den oder die Richtige gefunden zu haben oder einfach nur eine Phase durchzumachen.

Denselben dummen Kram, mit dem die Leute Leo gekommen waren, als sie sich als lesbisch geoutet hatte.

Hoffentlich hatte sie nichts derart Dämliches gesagt. Okay, vermutlich fiel es in die Kategorie der dummen Fragen, dass sie Holly gefragt hatte, ob sie missbraucht worden sei, aber das konnte sie sich nachsehen. Immerhin war das alles noch sehr neu und verwirrend für sie.

Das Internet half einerseits, machte die Sache andererseits aber noch komplizierter. Als sie *Asexualität* in eine Suchmaschine eingegeben hatte, war sie mit einer Million Links zu Webseiten, Foren, Tumblr-Seiten und YouTube-Videos konfrontiert worden. Jeder Klick hatte sie zu neuen Begriffen und Konzepten geführt, von denen sie im Biounterricht nie etwas gehört hatte: grau-asexuell, demisexuell, cupiosexuell, aromantisch, queerplatonisch …

Ihr schwirrte der Kopf. Es gab ein gesamtes, komplexes Spektrum. Warum hatte sie nie zuvor davon gehört?

»… Leontyne?«

Die Stimme ihrer Mutter riss sie aus ihren Gedanken.

»Äh, wie bitte?«

»Ich sagte, warum setzt du dich nicht? Du siehst aus, als hättest du die ganze Nacht kein Auge zugetan. Hast du an einem neuen Lied gearbeitet?«

Leo setzte sich Holly gegenüber an den Tisch und nahm sich einen Biskuit. »Äh, nein, nicht so richtig. Ich habe nur im Internet etwas nachgelesen und dabei die Zeit aus den Augen verloren.«

»Irgendetwas Interessantes?«, fragte Holly, während sie etwas Soße über ihren Biskuit goss.

»Oh ja. Dieselbe interessante Sache, über die wir gestern gesprochen haben.«

Die Soßenkelle verharrte auf halbem Weg zurück zur Schüssel. »Du hast es gegoogelt?«

Leo nickte.

Ihre Mutter sah zwischen ihnen hin und her, als beobachtete sie ein Tennisspiel. Ihre Stirn legte sich in Falten.

»Ich versuche immer noch, das alles zu begreifen. Aber es ist sehr interessant. Wusstest du, dass …« Leo schielte zu ihrer Mutter, die sie immer noch beobachtete. »… dass, äh, Leute mit krummen Zehen ein Prozent der Bevölkerung ausmachen?«

Hollys Mundwinkel hoben sich zu einem amüsierten Lächeln. Sie nahm einen Bissen Biskuit und nickte, während sie kaute. Als sie geschluckt hatte, deutete sie auf ihre Haare. »Genau derselbe Prozentsatz wie Rothaarige.«

Leos Mutter stützte beide Hände auf den Tisch und beugte sich vor, um sie beide mit Blicken zu durchbohren. »Warum unterhalten wir uns über krumme Zehen?«

Irgendwie schaffte es Leo, keine Miene zu verziehen. »Weil Holly krumme Zehen hat.«

Ihre Mutter schielte unter den Tisch. »Ach ja?«

Scharrende Geräusche waren zu hören, vermutlich als Holly ihre Zehen aus dem Blickfeld zog. Röte schoss ihr in die Wangen. »Äh, ja.«

»Ach, Liebes. Ich hatte keine Ahnung. Stört dich das?« Leos Mutter tätschelte Hollys Hand.

Holly warf Leo einen bösen Blick zu, aber Leo setzte ihre Unschuldsmiene auf. »Anfangs schon. Es ist nicht leicht, die einzige Person mit krummen Zehen zu sein, während alle anderen, ähm, kerzengerade Zehen haben.«

»Kann ein Orthopäde da nicht helfen?«, fragte Leos Mutter.

Oh Gott. Leos Nasenflügel bebten, als sie sich bemühte, nicht loszulachen.

»Ach was«, sagte Holly. »Das ist kein medizinisches Problem. Es hat ein paar Jahre gedauert, aber inzwischen kann ich meine, äh, Zehen als Teil von mir akzeptieren.«

»Das ist schön, Liebes.« Leos Mutter tätschelte wieder ihre Hand. »Es hilft ja nichts, sich den Kopf über etwas zu zerbrechen, das man nicht ändern kann. Als ich jung war, habe ich gedacht, meine Nase wäre zu groß.« Sie rieb sich den genannten Körperteil. »Aber jetzt glaube ich, dass sie genau richtig ist. Oder nicht?«

Leos Vater stieß ein Knurren aus. »Das«, er trommelte mit der gesunden Hand auf seinen gelähmten Arm, »Problem. Zehen und, äh, Mund … nein, ähm, *Nase …* Pah!«

Holly legte ihre Hand auf seine und lächelte ihn an. »Du hast absolut recht, Gil. Meine Zehen sind kein Problem.«

Das Gespräch wandte sich anderen Themen zu: dem Kuchen, den ihre Mutter backen wollte, und dem Artikel über Leos Rückkehr, den die Lokalzeitung drucken wollte. Doch Leo hörte nicht richtig zu. Ihr Gehirn war immer noch mit all den Informationen beschäftigt, die sie über Asexualität herausgefunden hatte. Was bedeutete all das wohl für Holly?

Na, zum einen bedeutet es, dass sie für dich tabu ist … und dass sie keine Swingerin ist. Der Gedanke ließ sie erneut gegen einen Lachanfall ankämpfen.

Scheinbar zeigte ein schwarzer Ring am Mittelfinger der rechten Hand an, dass der Träger asexuell war. Leos Tänzer hingegen trug den Ring am rechten Ringfinger, was andeutete, dass er Swinger war.

Als Holly und sie den Tisch abräumten und das Geschirr in die Spülmaschine luden, so wie sie es nach jedem Essen taten, zwickte Holly sie in die Hüfte.

Leo zuckte zusammen und schlug sich den Kopf am Küchenschrank an. »Hey!« Sie rieb sich den Kopf.

»Geschieht dir recht!«

Aber Hollys Tonfall fehlte jede Schärfe.

Als sie den letzten Teller in den Geschirrspüler stellte und ihn schloss, sagte Leo: »Da du dich also weigerst, mit mir auszugehen, würdest du wenigstens heute Abend einen Film mit mir schauen, nachdem mein Vater im Bett ist?«

»Unter einer Bedingung«, sagte Holly.

»Keine Sorge. Ich weiß, dass wir nicht beim Popcornessen herumknutschen werden.«

Holly kniff sie noch einmal. Diesmal schaffte es Leo, sich nicht erneut den Kopf zu stoßen. »Es wird kein Popcorn geben. Das ist meine Bedingung. Für einen richtigen Filmeabend brauchen wir Pizza.«

Oh Gott. Wenn das so weiterging, würde sie bald nicht mehr in ihre Kostüme passen. Aber das war ein Preis, den sie gern bezahlen würde, wenn sie dafür mehr Zeit mit Holly verbringen konnte. »Einverstanden. Dann bestellen wir also Pizza.«

Ein himmlischer Duft folgte ihnen, als Leo den Pizzakarton nach oben brachte, während Holly einen Stapel DVDs trug. Die Pizza von Casey's war noch so eine Sache, die sie in New York nicht bekommen konnte. Sie hatte nicht gedacht, dass sie irgendetwas aus Fair Oaks vermissen würde, aber je länger sie hierblieb, desto mehr erinnerte sie sich an die guten Dinge.

Oder vielleicht lag es daran, dass sie diese Dinge nun mit Holly teilen konnte.

Sie grinste, als Holly die Nase in die Luft hielt wie ein Beagle, der einer Geruchsspur folgte. Erst als sie ihr Zimmer betraten, fiel ihr auf, dass es außer dem Bett keine Sitzgelegenheiten gab. Da war zwar ihr alter Schreibtischstuhl, aber der war nicht gerade dazu geeignet, um sich gemütlich einen Film anzusehen.

»Äh, würde es dir etwas ausmachen, wenn wir uns beide aufs Bett setzen?«

Holly legte die DVDs auf den Nachttisch und drehte sich zu ihr um. »Ich finde es irgendwie niedlich, wie besorgt du bist. Ich weiß es zu schätzen, aber lass uns das ein für alle Mal klären: Nur weil ich asexuell bin, heißt das nicht, dass ich keinen Körperkontakt mag. Unter den richtigen Umständen kann ich sogar ein Kuschelmonster sein.«

Sofort entstand ein Bild vor Leos innerem Auge. Sie sah, wie sie mit Holly kuschelte, sie in den Armen hielt, während sie ihr Gesicht gegen die warme Rundung ihres Halses drückte. *Hör auf damit! Sie hat nur gesagt, dass ihr Körperkontakt nichts ausmacht, nicht dass sie mit dir kuscheln will.*

»Na gut.« Sie versuchte, ganz normal zu klingen, aber ihre Stimme war ein wenig rau. »Dann machen wir es uns mal gemütlich, sonst wird die Pizza kalt.«

Sie setzten sich auf das Bett, lehnten sich gegen das Kopfende und Leo stellte die Pizzaschachtel halb auf ihren und halb auf Hollys Schoß. Sie schaltete den Fernseher ein und öffnete den Karton.

Das Aroma von Salami und geschmolzenem Käse stieg auf. Leo lief das Wasser im Mund zusammen.

»Mmm, lecker«, sagten sie beide gleichzeitig und grinsten einander an.

»Ich hätte nie gedacht, dass ich mal jemanden finde, der wie ich Salami und Ananas auf der Pizza mag. Ray, mein Schlagzeuger, behauptet immer, das gehöre auf die Liste der verbotenen Kombinationen.«

Holly schnaubte. »Hat er nie davon gehört, dass man kein Urteil fällen sollte, bevor man etwas nicht selbst ausprobiert hat?«

Traf das auch auf Sex zu? Leo musste zugeben, dass sie neugierig war. Seit sie gestern erfahren hatte, dass Holly asexuell war, konnte sie nicht aufhören, darüber nachzudenken. Doch auf keinen Fall würde sie Holly über ihr Sexleben ausfragen … wenn sie denn eines hatte.

»Scheinbar nicht«, sagte sie.

Beide griffen gleichzeitig nach demselben Stück Pizza und ihre Finger berührten sich.

Eine Wärme, die nichts mit der heißen Pizza zu tun hatte, schoss durch Leos Körper. Der Gedanke daran, dass Holly so etwas noch nie empfunden hatte, war unglaublich, doch zugleich half er Leo, ihre eigene Anziehung unter Kontrolle zu halten.

Sie überließ Holly das Stück Pizza, wählte ein anderes und nahm einen großen Bissen.

Der Käse schien in ihrem Mund zu schmelzen und die perfekte Kombination aus süßer Ananas und würziger Salami vermischte sich auf ihrer Zunge.

Beide stöhnten genießerisch. Der sinnliche Laut ließ Leos Körpertemperatur noch mehr ansteigen, doch Holly aß weiter, als hätte sie nichts davon bemerkt. Leo wusste nicht, ob sie Holly bedauern oder beneiden sollte.

Eine vertraute Melodie half, sie von den leisen Stöhnlauten abzulenken, die Holly beim Essen von sich gab. »Oh! Ich wusste gar nicht, dass *Central Precinct* jetzt läuft. Ich liebe diese Serie.«

Holly blinzelte sie an. »Im Ernst? Ich auch. Ich bin seit der allerersten Episode ein riesen Fan.«

»Ich habe ein paar Folgen verpasst, aber jetzt hole ich alles nach.« Hätte sie nicht so viel Zeit damit verbracht, mit Holly joggen zu gehen oder abends in der Küche zu quatschen, hätte sie vermutlich längst alle fünf Staffeln gesehen.

»Kennst du die Episode schon?« Holly wedelte mit ihrem halb aufgegessenen Stück Pizza in Richtung Fernseher.

Leo wandte ihre Aufmerksamkeit dem Bildschirm zu und sah zu, wie die beiden Ermittler zu einem Tatort gerufen wurden. »Ach, das ist die Folge, in der Detective Hallidays Vater ermordet wird. Ja, die kenne ich. Das ist eine gute Episode.«

»Ja. Ich glaube, Amanda Clark hat dafür sogar einen Emmy gewonnen. Willst du dir die Folge ansehen?«

»Klar.« Die DVDs, die Holly mitgebracht hatte, konnten sie auch ein anderes Mal sehen. Dann merkte Leo, was sie da eben gedacht hatte. Interessant, wie selbstverständlich es geworden war, dass sie mehr Zeit miteinander verbringen würden. Noch nie hatte sie so viel Zeit mit jemandem verbringen wollen, zumindest nicht seit ihrer Schulzeit mit Ashley.

Sie verschlangen die Pizza, während sie *Central Precinct* schauten. Der letzte Krümel war aufgegessen, schon lange bevor die Folge mit einem Kuss zwischen der Kommissarin und der Gerichtsmedizinerin endete. Das war einer der Gründe, warum es Leos Lieblingsfolge war.

Sie ließ die leere Pizzaschachtel zu Boden gleiten und drehte sich ein wenig, sodass sie Holly beobachten konnte. Da ihr Bett schmal war, berührte ihr Knie nun Hollys Oberschenkel. »Kann ich dich was fragen?«

Das Lächeln auf Hollys Gesicht verriet, dass sie bereits mit weiteren Fragen gerechnet hatte. »Klar.«

Eine Sekunde lang nagte Leo an ihrer Lippe, bevor sie beschloss, einfach damit rauszurücken. »Das da …« Sie zeigte zum Fernseher. »Der Anblick von zwei heißen Frauen, die sich küssen … Das lässt dich also völlig kalt?«

Holly zuckte mit den Schultern. »Sie sind beide wunderschön und ich finde es toll, ein lesbisches Paar in einer meiner Lieblingsserien zu sehen, aber ich fand die Szene, als sie in der Gerichtsmedizin miteinander geredet haben, viel intimer als jede Bettszene.«

Leo dachte einen Moment lang darüber nach, während sie sich sehr bewusst war, dass ihr Knie noch immer auf Hollys Schenkel ruhte. Das war die Szene gewesen, nachdem Hallidays Vater ermordet worden und auf Dr. Castellanos Obduktionstisch gelandet war. Die beiden Frauen hatten sich einander zum ersten Mal geöffnet und sich sehr persönliche und schmerzhafte Dinge anvertraut. Leo hatte das in keiner ihrer Beziehungen getan. Wenn sie davon sprach, mit jemandem intim zu sein, dann meinte sie Sex, nicht den Austausch persönlicher Gedanken. Sie sprach nie über ihren Vater, ihre Kindheit oder über ihre wahren Gefühle, was ihre Karriere anging.

Das stimmt nicht. Du hast mit Holly darüber gesprochen.

Konnte es sein, dass sie mit Holly schon jetzt viel intimer war als mit ihren Exfreundinnen, obwohl sie Holly noch nicht einmal geküsst hatte?

»Was ist?« Hollys Lippen formten sich zu einem Lächeln. »Du machst ein Gesicht, als hättest du gerade einen Frosch in deinen Hausschuhen gefunden.«

»Nein. Ich habe nur … Ich denke, du hast recht. Die Szene in der Gerichtsmedizin war intimer. Aber«, fügte sie hinzu, als sie Hollys triumphierende Miene sah, »dieser Kuss war trotzdem verdammt heiß.«

»Dann findest du das da also auch heiß?« Holly deutete zum Fernseher.

Leo drehte den Kopf. Sie war so auf die Unterhaltung konzentriert gewesen, dass sie nicht bemerkt hatte, was über den Bildschirm flackerte. Im Moment lief gerade ein Werbespot. Eine attraktive Frau im Bikini fuhr mit der Zunge über einen Hotdog. Sonnenöl glänzte auf ihrer nackten Haut und Leo brauchte eine Sekunde, um zu begreifen, dass es eine Werbung für Hotdogs war, nicht für Sonnencreme oder Bikinis. »Du etwa nicht?«

Holly rümpfte die Nase. »Nein. Ich finde das ziemlich albern. Ein Würstchen zu lecken … Igitt. Was soll daran denn heiß sein?«

Nur mit Mühe hielt Leo das Lachen zurück, das aus ihr herausplatzen wollte. Hatte Holly bemerkt, wie zweideutig das war, was sie eben gesagt hatte? Sie biss sich auf die Lippe und verkniff sich einen anzüglichen Witz.

Ein niedliches Zartrosa stieg Hollys Hals hinauf. Einen Moment lang bedeckte sie ihr Gesicht mit Leos Kissen. Dann ließ sie es sinken und lachte. Ihre blauen Augen funkelten. »Okay, okay. Offenbar frage ich das die falsche Person. An einem Würstchen zu lecken, macht dich vermutlich auch nicht heiß.«

Leo starrte sie an.

Holly lachte. »Was ist?«

»Ach nichts. Ich habe nur nicht erwartet …« Leo schüttelte den Kopf. »Vergiss es. Willst du dir noch eine Folge ansehen? Ich habe Netflix auf dem Laptop.«

Holly warf einen Blick auf den Radiowecker und überprüfte dann das Babyfon, um sicherzugehen, dass sie hören konnte, falls Leos Vater etwas brauchte. »Warum nicht? Es ist ohnehin schon zu spät für einen Film.«

»Wie wäre es mit der Episode, in der sie die Flitterwochen in Las Vegas verbringen und in einen Mordfall im Casino verwickelt werden?«

»Das ist die Folge, in der Grace Durand die Tochter des Casinobesitzers spielt, nicht?«

»Genau.«

»Ach so. Schon verstanden, was du an der Folge so toll findest. Du willst dir Grace Durand ansehen.« Holly stupste sie neckisch mit dem Ellbogen an.

Was Leo wirklich wollte, war, noch eine Weile neben Holly zu sitzen. »Ertappt. Übrigens habe ich sie persönlich kennengelernt und sie sieht in Wirklichkeit noch besser aus als im Fernsehen. Außerdem ist sie richtig nett.«

»Du hast Grace Durand kennengelernt?«

Leo nickte. »Grace ist mit meiner früheren PR-Beraterin, Lauren, verheiratet. Sie ist diejenige, die mir geholfen hat, mich öffentlich zu outen und dabei meine Fans nicht zu verlieren.«

»Tja, wenn man bedenkt, dass du immer noch ein Superstar bist, hat sie ihre Sache wohl richtig gut gemacht.«

»Ja, das hat sie, auch wenn mein Manager anderer Meinung ist. Meine Plattenverkäufe sind um zwanzig Prozent zurückgegangen, aber das war es mir wert.«

Holly berührte Leo kurz am Knie. »Ich freue mich für dich. Das hat jede Menge Mut erfordert.«

»Mich ständig verstecken zu müssen, wäre schlimmer gewesen.« Leo stand vom Bett auf und holte ihren Laptop. »Ist die Folge mit Grace in Ordnung für dich oder würdest du lieber eine Episode sehen, die weniger, ähm, beziehungslastig ist?«

Hollys Grübchen kamen zum Vorschein. »Solange wir uns keinen Porno ansehen, ist mir alles recht.«

Leo lachte schallend. »Kein Porno. Versprochen.«

Durch den kleinen Laptopbildschirm mussten sie noch enger nebeneinandersitzen. Nun kuschelten sie beinahe wirklich. Ihre Beine berührten sich von der Hüfte bis zum Knöchel und Leos Arm ruhte auf dem Kopfende des Bettes, sodass er praktisch um Hollys Schultern lag.

Erstaunlich, wie gut es sich anfühlte, so dazusitzen.

Leo lachte in sich hinein. *Wer ist noch mal Grace Durand?*

Kapitel 12

Holly schloss Gils Zimmertür hinter sich. Die Physiotherapie war auch ohne Zuschauer schon frustrierend genug für ihn. Falls der Physiotherapeut ihre Hilfe brauchte, würde er sie holen.

Sie ging zur Küche, wo Sharon eine Schublade durchwühlte.

»Kann ich dir bei irgendetwas helfen?«, fragte Holly.

»Nein, Danke. Ich suche nur nach einem Rezept von meiner Schwiegermutter. Das Mittagessen bereite ich erst in einer Stunde zu.« Sharon warf einen Blick über ihre Schulter. »Leontyne ist im Wohnzimmer. Ich glaube, ihr ist auch ein wenig langweilig. Warum geht ihr Mädels nicht rauf in ihr Zimmer und seht euch eine Folge von dieser Serie an, die ihr so mögt?«

Hätte sie es nicht besser gewusst, hätte sie meinen können, Leos Mutter wollte sie verkuppeln. Bei jeder Gelegenheit ermutigte sie die beiden, mehr Zeit miteinander zu verbringen. Nicht dass Holly etwas dagegen hatte, aber es hätte sich falsch angefühlt, während ihrer Tagschicht Serien zu schauen. »Nein, danke. Ich möchte lieber hier unten bleiben, falls Gil und Reid mich brauchen.«

»Na schön.« Sharon setzte ihre Suche nach dem Rezept fort.

Holly ging hinüber ins Wohnzimmer.

Leo saß im Sessel ihres Vaters. Ihre Augen waren geschlossen und ihre Finger bewegten sich im Takt einer Musik, die nur sie hören konnte. Einen Moment lang glaubte Holly, sie arbeitete an einem neuen Lied, aber es lagen weder Papier und Stift, noch ein Aufnahmegerät neben ihr. Gerade als sie sich aus dem Raum schleichen wollte, öffnete Leo die Augen.

Sofort formten ihre Lippen ein Lächeln. »Hey. Hast du die Erwachsenenarbeit für heute hinter dir?«

Holly lachte. »Nein, ich mache nur gerade Pause. Der Physiotherapeut ist mit deinem Vater zu Gange.« Sie ging zur Klavierbank, die Leos Sessel am nächsten war, und setzte sich.

Leo neigte den Kopf zur Seite und musterte sie. »Du siehst gut auf der Bank aus. Spielst du Klavier?«

»Oh Gott, nein. So würde ich das nicht nennen.«

»Du spielst also? Warum hast du das nicht gleich gesagt?«

Holly verzog das Gesicht. »Weil es mir peinlich ist. Ich kann nur ein einziges Stück spielen.«

»Welches denn?«

Holly summte es.

»Ah. Czernys Etüde C-Dur«, sagte Leo. »Okay, dann lass uns das spielen.«

»Äh, ich dachte, du willst keine klassische Musik spielen?«

Leo lächelte. »Dafür mache ich eine Ausnahme.« Sie kam zu Holly hinüber und bedeutete ihr, zur Seite zu rutschen, damit sie sich neben sie setzen konnte.

Es fühlte sich warm und angenehm an, sie so dicht bei sich zu haben, doch mit ihr Klavier zu spielen war ungefähr so, als sollte man vor Pablo Picasso zeichnen, obwohl man kaum eine Strichfigur hinbekam. »Ich weiß nicht so recht.«

»Komm schon.« Leo stieß sie sanft mit der Schulter an, sodass sich ihre Körper noch näher kamen. »Mein Vater ist mit der Physiotherapie beschäftigt. Nur wir beide werden es hören.«

»Ja, aber eine von uns beiden ist das musikalische Genie Jenna Blake.«

»Nein«, sagte Leo sehr ernst und drehte sich ein wenig auf der Bank, um ihr in die Augen zu sehen. »Eine von uns beiden ist Leo, nicht Jenna.«

»Stimmt. Du weißt, dass du für mich Leo bist.«

Statt zu antworten, starrte Leo nach unten.

Als Holly ihrem Blick folgte, merkte sie, dass sie eine Hand auf Leos Bein gelegt hatte, vermutlich um sie zu beruhigen. Es fühlte sich so normal und selbstverständlich an. *Aber es sendet ihr widersprüchliche Signale.*

Bevor sie die Hand wegziehen konnte, legte Leo ihre Hand auf Hollys und drückte sie sanft. »Bist du so weit?«

Holly schluckte. »Na schön. Dann lass uns spielen.«

Mit ihrer freien Hand öffnete Leo den Tastaturdeckel. »Wie wäre es, wenn ich mit der linken Hand spiele und du mit der rechten?«

»Okay.«

»Weißt du noch, wo du die Finger hinlegen musst?«

»Ich glaube schon.« Sie legte die Finger auf die Tasten.

Nun nahm Leo ihre Hand von Hollys und streichelte mit den Fingerkuppen vom Handgelenk bis zu den Fingerknöcheln über die Hand, die auf dem Klavier lag. »Entspann dich«, sagte sie leise. »Konzentriere dich darauf, wie sich die Tasten unter deinen Fingern anfühlen.«

Das Klavier war so ziemlich das Letzte, worauf sich Holly im Moment konzentrieren konnte. So dicht an Leo gepresst zu sitzen, war zu verwirrend. Da war etwas zwischen ihnen, das konnte sie nicht bestreiten. Sie fühlte sich auf eine Weise zu Leo hingezogen, die auf andere vielleicht sexuell gewirkt hätte, doch für sie ging es nicht um Sex. Es ging um Gefühle.

Leo durchsuchte die Notenblätter ihres Vaters, fand das richtige und platzierte es so, dass sie beide die Noten lesen konnten.

Holly atmete tief durch und begann zögerlich, die ersten Noten zu spielen. Sie stolperte mehr schlecht als recht durch das ganze Stück. Himmel, das war erbärmlich. Ihr Tempo war falsch und sie hatte die Dynamik eines Roboters.

Neben ihr glitten Leos Finger elegant und mühelos über die Tasten. Es wirkte, als fiele es ihr so leicht wie das Atmen. *Wow.* Kein Wunder, dass Frauen fast in Ohnmacht fielen, wenn sie während ihrer Konzerte zusahen, wie Leos lange Finger die Saiten ihrer Gitarre streichelten. Wäre sie nicht asexuell gewesen, wäre es ihr vermutlich genauso ergangen. Doch ihre Fantasien endeten höchstens damit, dass diese talentierten Finger ihr eine Massage gaben oder sie zärtlich streichelten. Für andere wäre das Teil des Vorspiels gewesen, aber für sie war das der Hauptgang … eine Erfahrung, die sinnlich statt sexuell war.

Holly war so darauf konzentriert, Leo zu beobachten, dass sie darüber das Spielen vergaß.

Leo hielt ebenfalls inne und sah sie an.

»Entschuldige«, sagte Holly. »Ich habe dir ja gleich gesagt, dass ich nicht gut im Klavierspielen bin.«

»Dann lass uns langsamer spielen. Willst du mal die linke Hand spielen und ich übernehme die Melodie?«

Holly nickte und wollte aufstehen, um die Seite zu wechseln, doch Leo führte ihre Hand zu den richtigen Tasten und griff dann unter Hollys Arm hindurch, sodass sie die rechte Seite des Klaviers erreichen konnte. Ihre Unterarme berührten einander. Trotzdem fühlte Holly sich nicht beengt. Es fühlte sich gut an.

Sie begannen das Stück von vorn und diesmal spielte Holly ohne Unterbrechung. Sie musste zugeben, dass es sich nicht schlecht anhörte.

Als die letzten Töne verklangen, ließen sie beide ihre Hände noch ein wenig länger auf den Tasten liegen.

»Wer hat dir das Klavierspielen beigebracht?«, fragte Leo, als sie schließlich ihre Hände in ihren Schoß legte.

Holly zog ihre Hände ebenfalls zurück. »Dein Vater.«

Leos Kopf schnellte herum. »Mein Vater?«

»Ja. Man sollte meinen, mit ihm als meinem Lehrer sollte ich besser spielen können, nicht?« Holly lachte. »Er hat versucht, mir das Spielen beizubringen, während er sich von seinem ersten Schlaganfall erholt hat, aber ich bin ein hoffnungsloser Fall. Ganz egal, wie viel ich auch übe, ich bekomme es einfach nicht hin, gleichzeitig mit beiden Händen zu spielen und das Pedal zu betätigen.«

»Ich wette, das hat er nicht gut aufgenommen. Wenn du keine perfekte Studentin bist, dann heißt das, er ist auch nicht der perfekte Lehrer, für den er sich hält.«

»Ach, eigentlich hat er es ziemlich gut aufgenommen.«

»Reden wir hier über denselben Mann?«, fragte Leo. »Als ich acht war, musste meine Mutter eingreifen, weil er darauf bestanden hat, dass ich so lange übe, bis ich eines von Liszts Stücken perfekt hinkriege.«

»Ich schätze, bei dir ist er da anders.«

»Ja.« Dieses eine Wort triefte vor Bitterkeit.

»Vielleicht liegt es daran, dass du seine Tochter bist und ihm viel an dir liegt«, sagte Holly sanft.

Leo schnaubte. »Er hat eine seltsame Art, mir das zu zeigen.«

Holly wusste nicht, was sie dazu sagen sollte. Sie rutschte auf der Bank an Leo heran und schlang einen Arm um ihre Hüfte. »Vermutlich hat er nie gelernt, dir seine Gefühle zu zeigen. Aber das ist sein Fehler, nicht deiner. Das bedeutet nicht, dass du nicht liebenswert bist.«

Das Wort *liebenswert* hing noch in der Luft, als Leo langsam den Kopf drehte und sie ansah.

Ihre Nähe machte Holly plötzlich ein wenig nervös, doch gleichzeitig wollte sie nicht von Leos Wärme wegrücken. Aus nächster Nähe konnte sie die braunen Sprenkel in ihren olivgrünen Augen erkennen. Die Bitterkeit, die sie eben noch in diesen Augen gelesen hatte, war nun verschwunden und stattdessen …

Ein diskretes Räuspern ließ sie beide zusammenzucken.

Reid, Gils Physiotherapeut, stand im Türrahmen. »Äh, entschuldige bitte die Störung, aber ich könnte eine zweite Person für eine der Übungen gebrauchen. Hast du kurz Zeit?«

»Selbstverständlich.« Rasch zog Holly ihren Arm weg und stand auf. In dem beengten Raum zwischen Klavier und Bank verhedderten sich ihre Füße mit Leos, sodass sie stolperte.

Leo fing sie auf, bevor sie gegen den Flügel prallen konnte. »Alles okay?«, fragte Leo leise.

Gott, sie benahm sich wie eine ungeschickte Idiotin, sobald sie in Leos Nähe kam. »Ja, klar. Danke.«

Langsam nahm Leo die Hände von Hollys Hüften und rückte die Bank beiseite, damit Holly mehr Platz hatte.

Holly schob sich an ihr vorbei. An der Tür drehte sie sich noch einmal um. »Danke, dass du mit mir gespielt hast. Äh, ich meine …«

Leo lachte. »Ich weiß schon, was du meinst. Gern geschehen.«

Einige Tage später stand Leo am Mansardenfenster in ihrem Jugendzimmer. Die Sterne funkelten durch die Scheibe auf sie herab. Als Kind war sie oft aus dem Fenster aufs Dach geklettert, wann immer sie ihrem Alltag entkommen musste. Sie öffnete das Fenster und zögerte. *Soll ich …?* Sie zuckte mit den Schultern. *Warum eigentlich nicht?* Schließlich würden ihre Eltern ihr kaum Hausarrest geben, selbst wenn sie Leo erwischten.

Sie stieg auf den Schreibtischstuhl, hielt sich mit beiden Händen am Fensterrahmen fest und hatte gerade ein Bein über das Fensterbrett geschwungen, als es an der Tür klopfte.

Schnell zog sie das Bein zurück und sprang zu Boden, um ihren geheimen Ort nicht zu verraten.

»Herein«, rief sie und drehte sich um.

Die Tür schwang auf und Holly spähte ins Zimmer. »Hallo. Dein Vater schläft schon. Ich wollte fragen, ob du Lust hast, einen der Filme anzuschauen, zu denen wir letztens nicht mehr gekommen sind.«

Leo zögerte. Ihr Blick glitt zum offenen Fenster. Noch nie hatte sie irgendjemandem von ihrem geheimen Fleckchen oben auf dem Dach erzählt, nicht einmal Ashley. Aber jetzt hatte sie den Drang, ihren Lieblingsort mit Holly zu teilen. Immerhin hatte Holly sie vorletzte Woche auch mitgenommen zu ihrem Wohlfühlort, dem Raum mit den Welpen und Kätzchen.

»Vergiss es«, sagte Holly, als Leo nicht sofort antwortete. »Wenn du keine Lust hast, können wir das auch ein anderes Mal …«

»Nein. Ich meine, ja. Lass uns den Film ein anderes Mal schauen. Heute will ich dir lieber etwas anderes zeigen.«

Holly trat näher und schloss die Tür hinter sich. Neugierde leuchtete in ihren Augen.

»Du hast keine Höhenangst, oder?«, fragte Leo.

»Äh, nein, ich glaube nicht. Was hast du vor? Gehen wir mitten in der Nacht Fallschirmspringen?« Ihr Lächeln wirkte etwas zaghaft.

Leo lachte. »Nein, nichts derart Spektakuläres. Ich möchte dir nur meinen Lieblingsort hier in Fair Oaks zeigen.«

»Die Stelle am Bach, wo wir immer Pause machen, wenn wir laufen gehen?«

»Nein. Das ist meine zweitliebste Stelle.« Scheinbar hatte Holly erahnt, wie sehr sie diesen Ort mochte, ohne dass sie es ihr gesagt hatte.

»Und wo ist dein Lieblingsort?«, fragte Holly.

Grinsend zeigte Leo auf das Fenster hinter ihr.

Holly starrte an ihr vorbei. »Die Schule auf der anderen Straßenseite? Ich dachte, du mochtest die Schule genauso wenig wie ich.«

»Hab ich auch nicht. Ich meine nicht die Schule. Komm. Es ist einfacher, wenn ich es dir zeige. Folge mir und sei vorsichtig. Ich will deinem Arbeitgeber nicht erklären müssen, warum du mitten in der Nacht von unserem Dach gefallen bist.«

»Wir klettern aufs Dach?«, quiekte Holly.

»Ja.« Sie stieg auf den Schreibtischstuhl, hielt sich am Fensterrahmen fest und schwang erst das eine, dann das andere Bein über das Fensterbrett. Als sie zwei Schritte aufs Dach gemacht hatte, blieb sie stehen und drehte sich zu Holly, um ihr zu helfen. »Am einfachsten geht es, wenn du eine Hand hier…«

Bevor sie aussprechen konnte, war Holly bereits aus dem Fenster geklettert und stand neben ihr.

Eine sanfte Brise zupfte an ihren T-Shirts, als sie Seite an Seite höher kletterten.

Leo grinste sie an.

»Was ist?« Holly erwiderte das Grinsen. »Hast du etwa gedacht, ich hätte nicht den Mut, dir zu folgen, Stadtkind?«

»Ich bin kein Stadtkind«, sagte Leo automatisch.

»Ach nein?«

Normalerweise bestand Leo immer darauf, New Yorkerin zu sein, aber hier, hoch oben auf dem Dach mit Holly, war sie seltsamerweise glücklich und zufrieden, da wo sie gerade war. Sie zuckte mit den Schultern und stieg den Giebel hinauf, ohne zu antworten.

Sie umrundeten das Mansardenfenster, wobei sie ihre Arme zu beiden Seiten wegstreckten, um die Balance nicht zu verlieren.

»Da ist es«, sagte Leo, als sie den gemauerten Schornstein erreichten. »Als Kind habe ich mich immer hinter den Schornstein gesetzt, damit man mich von der Straße aus nicht sehen konnte.«

Sie setzten sich nebeneinander und lehnten sich gegen die Backsteine. Die Ziegel unter Leo waren noch warm, obwohl die Sonne schon vor zwei Stunden untergegangen war, und Hollys Körper wärmte sie von einer Seite.

Die Straße unter ihnen lag ausgestorben da, denn in Fair Oaks gingen die meisten Leute schon um zehn ins Bett. Der sichelförmige Mond zauberte einen silbernen Pfad auf die Ziegel. Glühwürmchen und Sterne formten ein Netzwerk aus Licht um sie herum.

Wunderschön. Leo starrte zum Himmel hinauf. Auch das hatte sie vermisst. In der Stadt sah man nie so viele Sterne.

Hier gab es keinen Verkehrslärm, keine hupenden Autos, keine Sirenen und keine Radios, die die friedliche Atmosphäre störten. Grillen zirpten und der lautere Gesang einer Zikade drang von den Bäumen am Stadtrand zu ihnen herüber. Der Geruch von Geißblatt und frisch gemähtem Gras lag in der Luft.

Es war alles so unglaublich schön, dass es fast surreal wirkte, und Hollys Anwesenheit machte alles noch besser.

Mehrere Minuten lang schwiegen sie beide.

Schließlich durchbrach der Ruf einer Eule die Stille.

»Hierhin bist du also geflüchtet, wenn du allem entkommen wolltest«, flüsterte Holly, als wollte sie die friedliche Atmosphäre nicht stören.

Leo nickte. »Meine Eltern haben mich nie gefunden. Ich habe stundenlang auf dem Dach gesessen, die Sterne betrachtet und davon geträumt, eine berühmte Popsängerin zu sein.«

»Und jetzt bist du es.« Der sanfte Klang von Hollys Stimme verriet, dass sie lächelte.

»Jetzt bin ich es.« Leo seufzte. Es war längst nicht so erfüllend, wie sie früher geglaubt hatte, aber sie wollte diese wunderschöne Nacht nicht damit verderben, dass sie wieder davon anfing.

Holly legte eine Hand auf Leos Bein. Da Leo eine kurze Hose trug, berührten ihre Finger nackte Haut.

Ein Kribbeln breitete sich auf ihrem Bein aus. *Oh Mann.* Holly hatte keine Ahnung, was sie in ihr auslöste. Sie wollte Leo nur trösten.

Leo räusperte sich und konzentrierte sich auf die Unterhaltung. »Manchmal, wenn ich unbedingt hier wegwollte, nahm ich eine Karte und eine Taschenlampe mit hier hoch und sah nach, welche Straßen nach New York führen.«

»Ist es hier wirklich so schlimm?«, fragte Holly leise.

Nun, da Leos Augen sich an das Mondlicht angepasst hatten, konnte sie Hollys Gesicht erkennen. Sie sah Leo mit fast verletzter Miene an, als hätte Leos abfällige Meinung über ihre Heimatstadt ihr wehgetan.

»Nein«, hörte Leo sich selbst sagen. »Diesmal ist es nicht so schlimm.«

Ihre Blicke trafen sich. Ein Lächeln machte sich langsam auf Hollys Gesicht breit. Im fahlen Licht des Mondes wirkten ihre blauen Augen silbergrau und Leo stellte sich vor, dass sie vor Erleichterung oder Glück strahlten.

Für eine Weile herrschte Schweigen.

Leo ließ ihre Gedanken treiben, teilweise zur Vergangenheit, zum Teil aber auch zur Gegenwart. Sie genoss diesen Moment mit Holly. *Das ist fast schon lächerlich romantisch. Jemand sollte ein Lied darüber schreiben.* Sie lachte.

»Was ist?«, fragte Holly.

»Nichts.«

Holly stupste sie an. »Sag's mir.«

»Hey. Wehe, du bringst mich dazu, dass ich Hals über Kopf …«

Sie hielten inne und starrten einander an.

»Vom Dach falle, wollte ich sagen«, fügte Leo hastig hinzu.

»Schon klar. Also, warum hast du gelacht?«

»Ach, ich musste nur gerade daran denken, wie ich mir einmal böse den Hintern zerschrammt habe, als ich mich nachts aus dem Haus geschlichen habe und das Dach hinabgerutscht bin, um mit Ash zum Nacktbaden zu gehen.« Sie musterte Holly. »Und du? Hast du je so etwas Dummes getan?«

»Nein. Wie du dir vorstellen kannst, habe ich mir nichts aus Nacktbaden mit Mädchen … oder Jungs gemacht.«

»Dann hast du damals schon gewusst, dass du asexuell bist?«, fragte Leo.

»Ich wusste schon immer, dass ich irgendwie anders bin, aber ich hätte nicht sagen können, was mich anders machte. Dafür fehlte mir lange das richtige Wort. Ich wusste nur, dass ich nicht wie die anderen bin.«

»So war das bei mir auch.«

»Ja, aber ich glaube, du hast ein bisschen schneller herausgefunden, was dich von den anderen unterscheidet.«

»Stimmt. Meine Schwärmerei für Ash war ein deutlicher Hinweis.«

Holly stöhnte ein wenig. »Himmel, all diese Schwärmereien ... Meine Klassenkameraden haben plötzlich angefangen, für irgendjemanden zu schwärmen, und wollten nur noch über oder mit den Jungs reden.« Sie schüttelte sich. »Ich fand das so albern. Es kam mir so vor, als ob ich die einzig Normale wäre. Erst nach einer Weile habe ich festgestellt, dass es umgekehrt ist. Alle anderen waren normal. Ich war die Seltsame.«

»Hey.« Leo nahm ihre Hand. »Du bist nicht seltsam.«

»Das weiß ich inzwischen, aber damals ... Ich war die Einzige in meiner Klasse, die während der gesamten Schulzeit nicht eine einzige Verabredung hatte.«

Leo verflocht ihre Finger mit Hollys. »Ich hatte auch keine Verabredung, während ich zur Schule ging.« Dazu war sie zu hoffnungslos in Ashley verliebt gewesen. »Aber als ich nach New York gezogen bin, habe ich dann alles nachgeholt. Ich nehme mal an, bei dir war das anders?«

»Allerdings. Ich hatte nie das Gefühl, irgendetwas nachholen zu müssen. Ich war zu sehr mit der Schule, meinem Freundeskreis und meinen Hobbys beschäftigt.«

»Dann war Ash deine erste Freundin?« Leo musterte ihre miteinander verflochtenen Hände. Irgendwie konnte sie sich Ash und Holly einfach nicht als Paar vorstellen.

»Nein. Ich hatte schon vor ihr eine Freundin ... und im ersten Jahr an der Uni hatte ich einen Freund.«

Leo starrte sie an. »Einen Freund? Du?« Das konnte sie sich noch viel weniger vorstellen. Um ehrlich zu sein, wollte sie sich das gar nicht vorstellen.

»Unsere Beziehung hat nicht lange gehalten und wir haben nur ein einziges Mal miteinander geschlafen.« Holly zog die Knie an die Brust und stützte ihr Kinn darauf.

Ein Gefühl wie ein elektrischer Schlag durchfuhr Leo und ihre Hand zuckte um Hollys Finger herum. »Du hast also ...? Ich dachte ... Du hattest also Sex?«

Holly nickte und legte die Wange auf ihr Knie, um Leo ansehen zu können, während sie sich unterhielten. »Das ist es doch, was man tut, wenn man in einer Beziehung ist, oder?«

»Nur, wenn beide es wollen.«

»Ich wünschte, ich hätte damals eine Freundin gehabt, die mir das gesagt hätte. Die Studienkollegin, mit der ich darüber geredet habe, hat mich gefragt, woher ich wissen will, dass ich Sex nicht mag, wenn ich es noch nie versucht habe.«

»Himmel«, flüsterte Leo zwischen zusammengebissenen Zähnen. »So ein Quatsch. Ich wusste, dass ich nicht mit Männern schlafen wollte, ohne es erst ausprobieren zu müssen.«

»Ja. Ich hätte auf mein Bauchgefühl hören sollen. Es war keine besonders gute Erfahrung. Ich konnte kaum glauben, dass das diese überwältigende Sache sein sollte, von der alle kaum genug bekommen konnten.«

Das konnte Leo nachvollziehen. »Mein erstes Mal war auch nicht gerade spektakulär. Ich hatte keine Ahnung, was ich da tat.«

»Und beim zweiten, dritten und vierten Mal?«

»Tja.« Leo zwinkerte ihr zu. »Lass uns einfach sagen, dass mein Vater mit einer Sache recht hatte: Übung macht tatsächlich den Meister.«

Der Klang ihres Lachens durchdrang die Stille der Nacht.

»Für mich nicht«, sagte Holly nach einer Weile. »Als ich während meines letzten Studienjahres Dana kennenlernte, habe ich mich Hals über Kopf in sie verliebt und geglaubt, ich hätte jetzt endlich den Grund gefunden, warum ich mich nie zu jemandem hingezogen gefühlt hatte. Offenbar war ich lesbisch und hatte nach einem Partner des falschen Geschlechts gesucht.«

»Aber?«, hakte Leo nach, als Holly nicht weitersprach.

»Es hat sich herausgestellt, dass ich sexuelle und romantische Anziehung verwechselt habe. Ich habe Dana wirklich geliebt, aber der Sex … na ja.«

Na ja. Für Leo war es immer noch schwer zu glauben, wie jemand so gar keinen Gefallen an Sex finden konnte, vor allem wenn es um Sex mit einem geliebten Menschen ging. »Hast du mit ihr darüber gesprochen?«

»Oh ja. Die meiste Zeit unserer Beziehung haben wir nichts anderes getan, als darüber zu sprechen … oder zu streiten. Ich habe sogar eine Therapie gemacht, weil ich dachte, mit mir stimmt etwas nicht.«

»Und dein Therapeut hat dir nicht gesagt, dass dem nicht so ist?«

»Nein. Sie hatte ja selbst auch noch nie von Asexualität gehört. Das ist das Schwerste daran, asexuell zu sein. Die meisten Leute wissen nicht, dass es so etwas überhaupt gibt. Deshalb habe ich mich die ganze Zeit gefühlt, als wäre ich irgendwie … defekt.«

Oh Mann. Und sie hatte immer gedacht, sie wäre als Kind und Jugendliche einsam gewesen! Verglichen mit Holly hatte sie es leicht gehabt. Wenigstens hatte sie gewusst, dass noch andere homosexuelle Menschen existierten. Leo hielt ihre Hand etwas fester.

»Irgendwann haben Dana und ich dann Schluss gemacht. Oder vielmehr hat sie mit mir Schluss gemacht. Sie war überzeugt, dass wenn ich sie aufrichtig lieben würde, ich sie genauso sehr begehren würde wie sie mich.«

Leo umfasste Hollys Hand mit beiden Händen und konnte sich gerade noch davon abhalten, sie zum Mund zu führen und zu küssen. Noch nie hatte sie ein solches Bedürfnis gehabt, jemanden zu trösten. »Das tut mir sehr leid.«

»Ist schon okay. Wenigstens habe ich schlussendlich herausgefunden, was mit mir los war. Eines Nachts bin ich online gegangen, habe so etwas wie ›Hilfe, ich habe kein Interesse an Sex‹ in eine Suchmaschine eingegeben und bin über eine Beschreibung von Asexualität gestolpert. Plötzlich hat alles Sinn ergeben. Es war eine unglaubliche Erleichterung, als ich endlich aufhören konnte, so zu tun, als wäre ich jemand, der ich nicht bin.«

»Kann ich mir vorstellen.« Ihr schwirrte der Kopf und es lag nicht daran, dass sie hoch oben auf dem Dach waren. Eine Weile saß sie nur da, versuchte, das Gehörte zu verdauen, und hörte dem Konzert der Grillen und dem gelegentlichen Ruf der Eule zu.

Keine von beiden ließ die Hand der anderen los oder machte eine Bemerkung darüber, dass sie Händchen hielten.

»Als du es dann gewusst hast«, sagte Leo nach einer Weile, »hast du dich dann als asexuell geoutet?«

»Nicht vor allen. Die meisten Menschen lasse ich lieber in dem Glauben, ich wäre lesbisch. Was ich irgendwie ja tatsächlich bin. Ich möchte nicht mit jedem über die Einzelheiten sprechen. Aber natürlich habe ich es den Frauen erklärt, mit denen ich ausgegangen bin.« Sie seufzte. »Meistens hat die Verabredung dann ein jähes Ende gefunden.«

»War das bei Ash auch so?«, fragte Leo schließlich, was sie schon länger hatte wissen wollen.

»Nein. Bei ihr war das anders. Ihr hat es nichts ausgemacht, dass ich asexuell bin. Sagte sie zumindest. Aber es hat sich herausgestellt, dass dem nicht so war.«

Eine Welle des Zorns erfasste Leo mit solcher Heftigkeit, dass sie zu zittern begann. »Hat sie …?«

»Nein«, sagte Holly rasch. »Sie hat mich nie offen unter Druck gesetzt, aber …« Ein Seufzen entfuhr ihr. »Sie war nicht glücklich ohne Sex und ich fühlte mich, als wäre ich es ihr schuldig.«

»Schuldig?« Leos Stimme überschlug sich fast in ihrer Hast, das Wort auszuspucken. »Du schuldest niemandem irgendetwas, das dich traumatisiert oder vor dem du dich ekelst!«

Jetzt war es Holly, die Leos Hand in ihre nahm, sodass nun alle vier Hände einander umklammerten. »So ist das nicht für mich, Leo.«

»Aber die Leute im Forum haben gesagt …«

»Jede Person aus dem asexuellen Spektrum ist verschieden, genau wie alle Lesben verschieden sind. Einige asexuelle Menschen fühlen sich angewidert beim bloßen Gedanken an Sex oder auch nur ans Küssen, während es anderen nichts ausmachen würde, ihrer Partnerin oder ihrem Partner zuliebe Sex zu haben, auch wenn sie es selbst nicht sonderlich genießen.«

»Oh.« Jedes Mal, wenn Leo dachte, dass sie nun verstanden hatte, was Asexualität bedeutete, erfuhr sie etwas Neues. »Und du gehörst zu denjenigen?«

»Ich ekele mich nicht vor Sex. Ich denke nur nie daran oder sehne mich danach. Wenn ich Menschen darüber klagen höre, wie lange es bei ihnen schon her ist, dass sie Sex hatten, dann kann ich darüber nur lachen. Wenn ich nie wieder im Leben Sex hätte, dann wäre das absolut okay für mich. Aber das heißt nicht, dass ich Sex traumatisierend finde.«

Leo kratzte sich am Kopf, als sie versuchte, alle Puzzlestücke zusammenzusetzen. Irgendwie schienen sie nicht so recht zueinander zu passen. »Das klingt, als wäre Sex für dich eine Sache, die du tun oder auch lassen kannst.« Als Holly nickte, fragte sie: »Wenn es so ist, warum bist du dann bereit, Beziehungen aufzugeben, nur um keinen Sex haben zu müssen?«

Holly sah auf ihre miteinander verschlungenen Hände hinab, als versuchte sie, herauszufinden, welche Finger Leo gehörten und welche ihr selbst. Vielleicht suchte sie aber auch nur nach den richtigen Worten. »Es ist nicht der Sex, den ich meiden will. Wenn ich mit einer Frau zusammen bin, die ich liebe, würde es mir nichts ausmachen, ab und zu mit ihr zu schlafen. Aber was ich ihr nicht geben kann, ist eine wirklich leidenschaftliche Reaktion. Frauen wollen begehrt werden. Sie möchten mich mit nur einem Blick oder einer einzigen Berührung antörnen können. Sie wollen, dass ich sie gegen die Wand presse oder sie auf dem Küchentisch nehme, weil ich nicht warten kann, bis wir es ins Schlafzimmer schaffen.«

Himmel, war es hier oben auf dem Dach plötzlich heiß geworden? Leo befreite eine Hand aus dem Gewirr ihrer Finger und zupfte diskret am Ausschnitt ihres T-Shirts.

»Das ist etwas, was ich ihnen nie geben kann, selbst wenn ich Sex mit ihnen habe.«

Die Traurigkeit in ihrer Stimme ließ Leos Erregung schlagartig dahinschwinden. Ihr Magen formte sich zu einem Knoten und sie drückte ihre miteinander verflochtenen Hände dagegen, um das fast schmerzhafte Gefühl zu lindern. »Okay«, brachte sie heraus. »Jetzt verstehe ich es. Denke ich.«

»Ist nicht schlimm, wenn du eine Weile brauchst, um es zu verstehen. Mein Bruder Ethan hat Jahre gebraucht, um es zu begreifen. Er war der Erste, dem ich davon erzählt habe, und er hat prompt gesagt, es sei nur eine Phase, die sich schon wieder geben würde.«

Leo winkte mit der freien Hand auf und ab. »Hallo? Du bist wie alt? Neunundzwanzig?«

Holly nickte.

»Das wäre aber eine ganz schön lange Phase. Meine Mutter hat dasselbe gesagt, als ich ihr gesagt habe, dass ich lesbisch bin. Aber selbst sie hat jetzt verstanden, dass man da nicht einfach rauswächst.«

»Tja, mein Bruder ist manchmal nicht der hellste. Jetzt begreift er es größtenteils, aber nach seiner Reaktion und nachdem mir eine lesbische Freundin gesagt hat, ich müsse einfach nur Sex mit der richtigen Frau haben, da habe ich es eine Weile für mich behalten.«

Leo schüttelte den Kopf. »Mann, manchmal können Menschen richtige Arschlöcher sein.«

Holly lächelte gequält. »Traurig, aber wahr. Wie haben deine Eltern reagiert, als du dich geoutet hast?«

»Meine Mutter hat größtenteils überhaupt nicht reagiert. Wie ich schon erwähnt habe, dachte sie wohl, es wäre eine Phase, und hat es nicht ernst genommen. Mein Vater sagte, dass er diesen Lebensstil nicht in seinem Haus dulden würde. Danach haben wir kein Wort mehr miteinander gewechselt. Die Woche darauf bin ich ausgezogen.«

Sie hatte nicht erwartet, darüber zu sprechen, aber sich Holly zu öffnen, fühlte sich unerwartet gut an. Holly war eine fantastische Zuhörerin. Warum zum Teufel waren sie als Jugendliche nicht befreundet gewesen? Warum hatte sie ihre Zeit mit Ash verschwendet, statt ihre Zeit mit Holly zu verbringen?

Holly sah sie aufrichtig an. »Es tut mir so leid, dass er nicht versucht hat, dich zu verstehen, und auch, dass ich dich dafür verurteilt habe, dass du nicht früher nach Hause gekommen bist.«

»Vielleicht hätte ich es tun sollen. Früher zurückkommen, meine ich.« Zumindest hätte sie Holly dann früher kennengelernt. Sie sah auf ihre Hände hinab, die einander immer noch fest umschlungen hielten. Die Verbindung zwischen ihnen ging jedoch weit über das sichtbare Geflecht ihrer Finger hinaus.

Unter anderen Umständen hätte Leo angenommen, dass sie sich zueinander hingezogen fühlten. Und vielleicht war es auch so, nur dass es sich um eine der anderen Formen der Anziehung handelte, die Holly erwähnt hatte. Sie hatte den Eindruck, dass auch Holly es spürte. Etwas Einseitiges konnte sich nicht so stark anfühlen, oder?

»Holly, ich …« Sie hielt Hollys Finger noch fester, während sie um die richtigen Worte kämpfte, bis Holly ein leises Stöhnen von sich gab. Sofort lockerte Leo ihren Griff. »Tut mir leid. K-kann ich dich etwas fragen?« *Na toll.* Als Fans ihre BHs auf die Bühne geworfen hatten, war Leo ganz cool geblieben, doch jetzt stotterte sie herum wie ein Teenager.

Holly nickte. Das Weiße ihrer Augen schimmerte im Mondlicht, als sie Leo anstarrte.

»Wenn es keinen Druck und keinerlei Erwartungen von wegen Sex und Leidenschaft gäbe, würdest du dann wieder mit Frauen ausgehen?«

»Es gibt immer …«

»Würdest du?«, fragte Leo, diesmal lauter. Es kam ihr vor, als könnte sie nicht atmen, bis sie eine Antwort hatte. »Denn das würde ich wirklich gern tun. Mit dir ausgehen. Keinen Sex. Keine langfristige Bindung. Lass uns einfach nur eine schöne Zeit miteinander verbringen, während ich hier bin. Und, na ja, vielleicht könnten wir uns ja auch küssen.«

Ein Schatten legte sich auf Hollys Gesicht. Sie senkte die Brauen, als ob ihr irgendetwas von dem, was Leo gesagt hatte, nicht gefiel.

»Falls du so etwas magst«, fügte Leo eilig hinzu. »Wenn nicht, dann ist das natürlich auch okay.«

Holly fuhr sich mit der Zunge über ihre Unterlippe. »Ich mag Küsse, aber … Leo, wir können auch so eine schöne Zeit miteinander haben, als Freundinnen.«

Leo wandte nicht den Blick ab. »Dann ist das alles, was du für mich empfindest? Freundschaftliche Gefühle?«

Hollys Augen sagten etwas anderes. Sie senkte die Lider, als wollte sie nicht, dass Leo es sah. »Nein, aber …«

»Dann küss mich. Hier und jetzt, unter den Sternen.«

Ein unerwartetes Lächeln huschte über Hollys Gesicht. Die Anspannung ließ etwas nach. Sie öffnete die Augen. »Wirst du jetzt poetisch, Frau Sängerin?«

»Was soll ich sagen? Du inspirierst mich«, sagte Leo und es war nicht nur ein blöder Spruch.

»Leontyne?«, rief Leos Mutter vom Fenster. »Holly? Wo seid ihr um Himmels willen?«

Verdammt. Leo stöhnte unterdrückt. Ihre Mutter hatte das schlechteste Timing im Universum.

»Oh Mist«, flüsterte Holly und drückte sich an sie.

Leo gestattete sich, das Gefühl von Hollys Körper an ihrem zu genießen. Sie flüsterte zurück: »Keine Sorge. Sie kann uns nicht sehen.«

Und sie hatte recht. Nachdem ihre Mutter etwas vor sich hin murmelte, das sie nicht verstehen konnten, schloss sie das Fenster.

»Oh nein.« Holly riss die Augen auf. »Jetzt sind wir ausgesperrt.«

»Nein. Wie ich schon sagte, ich kenne eine Stelle, an der wir vom Dach direkt auf die Veranda rutschen können.«

»Dieselbe Stelle, an der du dir als Jugendliche den Hintern zerkratzt hast?«, fragte Holly.

Ups. Leo grinste verlegen. »Äh, ja.«

Holly seufzte. »Yippie-ya-yeah! Okay, dann geh mal vor. Wir sollten jetzt reingehen, um nachzusehen, ob mit deinen Eltern alles in Ordnung ist.«

»Na, dann wollen wir uns mal die Hintern zerkratzen«, murmelte Leo und ließ Hollys Hände los, um bis zum Giebel zu klettern und auf der anderen Seite nach unten zu rutschen.

Doch Holly hielt sie mit einer kurzen Berührung an der Schulter zurück. »Leo?«

»Hmm?« Sie drehte sich wieder um.

Holly atmete hörbar ein. »Ich …« Sie schüttelte den Kopf, als würde sie die Suche nach Worten aufgeben, und richtete sich stattdessen auf den Knien auf.

Leo wagte es nicht, sich zu bewegen oder auch nur zu atmen oder zu blinzeln, weil sie Angst hatte, Holly zu erschrecken und diesen Augenblick zu verlieren.

Holly nahm ihr Gesicht in beide Hände und sah ihr in die Augen. Sie beugte sich vor, bis ihr warmer Atem Leos Mund streifte.

Oh Gott, bitte.

Dann wurde ihr stilles Gebet erhört. Hollys Lippen berührten ihre in einem Kuss, der fast unschuldig war: keine Zunge, keine wandernden Hände, nichts außer ihren Lippen, die einander streichelten. Es war langsam und sanft, voller Zärtlichkeit und Harmonie … und es war der beste Kuss, den Leo je erlebt hatte.

Endlich fühlte es sich an, als ob jemand wirklich sie küsste, nicht ihre Grammys oder ihr Geld oder ihren Körper, der so oft in Musikvideos zur Schau gestellt worden war.

Alles um sie herum verschwand, mit Ausnahme von Hollys weichem Mund und ihren sanften Händen, die ihr Gesicht umfassten und sie festhielten.

Der Kuss endete, aber sie verharrten, ihre Lippen nur einen Zentimeter voneinander entfernt. Als sie schließlich zurückwichen, starrten sie einander an.

Ein Lächeln breitete sich auf Hollys Gesicht aus und Leo lächelte sofort zurück. Sie wollte so vieles sagen, aber dieser eine Kuss schien sie der Fähigkeit zu sprechen beraubt zu haben. Alles, was sie tun konnte, war, im Mondlicht in Hollys silberblaue Augen zu sehen.

Holly atmete aus und nahm langsam ihre Hände von Leos Wangen. Ihre Finger glitten über Leos Haut, bis nur noch die Fingerkuppen sie berührten, bevor sich auch diese lösten. »Ich weiß, das war nicht gerade …«

Leo senkte den Kopf und berührte ein zweites Mal Hollys Lippen mit ihren eigenen, nur ganz kurz, um sie davon abzuhalten zu sagen, was immer sie auch geplant hatte zu sagen. »Es war perfekt.« Ihre Stimme war heiser. »Danke.«

Hollys Lächeln wurde noch strahlender, falls das überhaupt möglich war.

Sie knieten auf dem Dach und sahen sich an, bis Leo einfiel, dass sie eigentlich gerade dabei gewesen waren, nach unten zu klettern. Noch immer spürte sie die Wärme von Hollys Lippen, als sie Holly zum Rand des Daches führte. Ihre Arme und Beine zitterten ein wenig. *Himmel, das ist jetzt nicht der richtige Zeitpunkt für wackelige Knie!* Sie konnte sich die Schlagzeilen vorstellen, falls sie vom Dach fiel und sich ein paar Knochen brach.

Als sie den Rand des Daches erreichten, drehte sie sich um. »Es gibt einen Trick. Wenn du dich an der Dachrinne festhältst und die Beine nach innen schwingst, kannst du mit den Füßen das Geländer der Veranda berühren. Dann musst du nicht mal springen.«

Holly schluckte hörbar. »Äh, du weißt aber schon, dass ich Krankenschwester bin und keine Zirkusartistin, oder?«

Du bist eine Magierin, wollte Leo sagen. Sie hatte schon viele Frauen geküsst, die meisten sogar leidenschaftlicher, aber irgendwie hatte Hollys kurzer, zärtlicher Kuss sie auf eine Weise berührt wie keiner zuvor. Aber sie sprach es nicht aus. Seit wann war sie denn so kitschig?

»Du schaffst das schon. Ich verspreche es. Es ist nicht so schwer, wie es vielleicht klingt.«

»Okay«, krächzte Holly.

»Keine Sorge. Ich gehe vor und helfe dir.« Sie drehte sich, sodass sie bäuchlings auf dem Dach lag. »Wenn du es so machst, zerkratzt du dir nicht den Hintern.«

Vorsichtig glitt sie nach unten, bis ihre Füße auf der Dachrinne standen. Irgendetwas kratzte über ihr Schienbein. *Autsch.* Sie holte tief Luft und ließ ein Bein über die Dachkante baumeln. Jetzt kam der Moment, in dem sie mit den Händen loslassen und nach unten rutschen musste, damit sie die Dachrinne umklammern konnte. Das letzte Mal, als sie diese Aktion gewagt hatte, hatte sie ewig gezögert, aber sie wollte nicht, dass Holly sie für einen Feigling hielt, also ließ sie los.

»Leo!«

Sie packte mit beiden Händen die Dachrinne. »Ich hab's geschafft!« Langsam ließ sie sich nach unten sinken. *Uff.* Gut, dass ihr Fitnesstrainer Klimmzüge ins Programm aufgenommen hatte. Ihre nackten Füße fanden die Brüstung der Veranda und sie glitt nach unten, bis sie auf die Veranda springen konnte.

Dort stand sie dann und presste sich eine zitternde Hand auf die Brust. *Ich bin zu alt für so etwas.* Aber mit Holly auf dem Dach zu sitzen, war es definitiv wert gewesen.

»Okay, ich bin unten«, rief sie zu Holly hinauf. »Jetzt bist du dran.«

Etwas schabte über die Ziegel.

Leo hielt den Atem an. Auf Holly zu warten, war noch nervenaufreibender, als selbst das Dach hinabzurutschen. »Äh, vielleicht sollte ich in mein Zimmer gehen und dir das Fenster öffnen.«

Aber Hollys weiße Turnschuhe baumelten bereits über die Dachkante, gefolgt von ihren nackten Beinen.

Leo hielt sie fest und half ihr auf die Veranda.

Mit einem dumpfen Geräusch landete Holly in Leos Armen. Leos Augen fielen zu. Der Geruch von Sommer, Vanille-Kokos-Shampoo und Hollys einzigartiger Duft reizten ihre Sinne. Gott, noch nie hatte sie jemanden so sehr küssen wollen.

Nein. Verdirb es nicht. Warte, bis sie dir sagt, was sie will.

Holly kuschelte sich einen Moment lang an sie und drückte dann kurz Leos Hüften, bevor sie losließ und zurücktrat. »Puh. Okay. Wir sind unten.« Sie warf einen Blick auf das Babyfon in ihrer hinteren Hosentasche. »Wie kommen wir jetzt zurück ins Haus?«

»Nichts einfacher als das. Meine Mutter bewahrt einen Ersatzschlüssel unter einem der Blumentöpfe auf. Zumindest war es vor vierzehn Jahren so.« Sie hob einen der Töpfe an und spähte darunter. Nichts. Mit gerunzelter Stirn versuchte sie es mit dem nächsten Topf und diesmal fand sie, wonach sie gesucht hatte. »Tatatata!« Triumphierend hielt sie den Schlüssel hoch.

Scheinbar hatten ihre Eltern noch immer kein Verandalicht mit Bewegungssensor gekauft, aber das stellte sich jetzt als vorteilhaft heraus. Kein Licht flammte auf, als sie die Veranda überquerten. So leise wie möglich schob Leo den Schlüssel ins Schloss.

Holly wartete hinter ihr, eine Hand auf Leos Hüfte gelegt. Ihre Finger strahlten eine Wärme aus, die nicht nur körperlich zu sein schien.

Gerade als Leo den Schlüssel im Schloss drehen wollte, wurde die Tür von innen geöffnet.

Beide stolperten zurück.

Leo hob die Hand, um ihre Augen vor dem grellen Licht abzuschirmen, und sah ihre Mutter im Türrahmen stehen. *Mist.*

»Grundgütiger, Leontyne! Holly! Was macht ihr denn hier draußen?«

»Äh …« Sie sahen einander an, blickten dann zurück zu Leos Mutter und zogen die Köpfe ein wie zwei Teenager, die beim Rauchen erwischt worden waren. »Äh, wir schnappen nur ein wenig frische Luft, bevor wir ins Bett gehen«, stotterte Leo.

Ihre Mutter kniff die Augen zusammen.

Bevor sie eine weitere Frage stellen konnte, kam Leo ihr zuvor. »Was machst du denn noch auf?«

»Ich habe Geräusche vom Dach gehört und wollte nachsehen gehen. Jetzt, wo dein Vater … wo er nicht mehr nachsehen gehen kann, bin ich diejenige, die ungewöhnlichen Geräuschen auf den Grund geht.« Mit einem tapferen Lächeln hob sie die Taschenlampe in ihrer Hand in die Höhe.

»Äh, ich glaube, das wird nicht nötig sein, Mama. Es war sicher nur ein Eichhörnchen oder so.«

»Ein Eichhörnchen?« Ihre Mutter sah sie skeptisch an.

»Oh ja«, sagte Holly. »Die können einen ganz schönen Lärm veranstalten, besonders, wenn sie zu zweit sind.«

Leos Mutter wirkte noch immer nicht überzeugt, aber sie drehte sich um und ging ins Haus zurück.

Rasch legte Leo den Schlüssel zurück unter den Blumentopf und zog Holly nach drinnen.

Ihre Mutter schloss die Tür und stellte die Taschenlampe auf das Tischchen im Gang. »Gute Nacht, ihr beiden. Bleibt nicht zu lange wach.«

»Werden wir nicht«, sagte Leo. »Gute Nacht.«

Als ihre Mutter die Treppe zu ihrem Schlafzimmer hinaufging, hörte Leo, wie sie murmelte: »Das muss aber ein schrecklich großes Eichhörnchen gewesen sein.«

Leo hielt sich eine Hand vor den Mund, um nicht laut loszulachen.

Die Schlafzimmertür schloss sich hinter ihrer Mutter.

»Ein Eichhörnchen also?« Die Grübchen in Hollys Wangen kamen zum Vorschein, als sie Leo ein liebevolles Lächeln schenkte.

Leo zuckte mit den Schultern. »Das war das Erste, was mir einfiel. Wie ich schon sagte, ich bin nie ertappt worden, deshalb bin ich nicht daran gewöhnt, mir Ausreden ausdenken zu müssen.«

»Dann sollte unsere zweite Verabredung vielleicht an einem weniger abenteuerlichen Ort stattfinden«, sagte Holly.

»Dann tun wir es also wirklich?«, fragte Leo und musterte sie eindringlich. »Wir gehen auf ein Date?«

Hollys Lächeln wich einem ernsten Gesichtsausdruck. »Wenn ich morgen früh alles bei Tageslicht betrachte und genauer darüber nachdenke, dann werde ich das hier«, sie wedelte zwischen ihnen hin und her, »vermutlich für eine schlechte Idee halten.«

»Dann lass uns das nicht tun. Zu viel darüber nachdenken, meine ich.« Zur Abwechslung würde sie ihrem Bauchgefühl folgen. »Lass uns einfach jeden Tag nehmen, wie er kommt.«

Holly atmete geräuschvoll aus. »Einverstanden.«

Leo hielt ihr den Arm hin. »Komm. Ich bringe dich nach Hause.« Sie nickte in Richtung des Gästezimmers.

Ein weiteres Lächeln verscheuchte den zögerlichen Ausdruck auf Hollys Gesicht. Sie legte ihre Hand auf Leos Arm und sie gingen die Treppe hinauf, wobei sie beide die Stufen mieden, die knarren würden. Vor Hollys Schlafzimmer blieben sie Seite an Seite stehen und sahen einander an.

Bei jeder anderen Frau hätte Leo den Abend mit einem Kuss beendet, doch Holly war nicht wie die anderen. Und obwohl Leo es kaum abwarten konnte, sie erneut zu küssen, entschied sie, dass das gut so war. »Gute Nacht. Schlaf gut.«

»Gute Nacht.« Holly legte ihre freie Hand auf den Türknauf, blickte dann aber noch einmal zu Leo. »Danke.«

»Wofür?«

»Dafür, dass du mir deinen Lieblingsort gezeigt hast.«

Leos erster Impuls war, zu sagen: Halte dich nur an mich, dann zeige ich dir noch viel mehr. Doch ihr sexy Popstar-Grinsen und Sprüche wie dieser würden ihr bei Holly nicht weiterhelfen. »Ich bin froh, dass ich es getan habe.«

»Ich auch.« Hollys Hand verweilte noch einen Moment auf Leos Arm, dann öffnete sie die Tür, lächelte ihr noch ein letztes Mal zu und war verschwunden.

Allein stand Leo im Gang und starrte auf die geschlossene Tür. Nach einer Weile gab sie sich einen Ruck und ging in ihr Zimmer. Sie sank auf das Bett, wusste aber, dass sie nicht würde schlafen können. Nicht nach diesem Kuss und nach ihrer Unterhaltung.

Hatte sie wirklich vor, sich mit einer asexuellen Frau einzulassen? Mit einer Frau aus Fair Oaks? Es war vollkommen verrückt. Sie rieb sich mit beiden Händen das Gesicht. *Du wolltest jeden Tag nehmen, wie er kommt, und nicht zu viel nachdenken, schon vergessen?*

Sie ließ eine Hand über die Bettkante baumeln und angelte nach ihrem Laptop, den sie vorhin auf den Boden gelegt hatte. Es war an der Zeit, weitere Recherchen zum Thema Asexualität zu betreiben.

Kapitel 13

Beklommen betrat Holly die Küche. Hatte sie Leo gestern Nacht wirklich geküsst und sogar zugestimmt, mit ihr auszugehen? *Was zum Teufel hast du dir dabei gedacht? Du weißt doch, dass das kein gutes Ende nehmen wird.*

Aber irgendwie konnte sie es nicht so recht bereuen. Die Stunde, die sie mit Leo auf dem Dach verbracht hatte, war magisch gewesen. Endlich hatte sie über die Vergangenheit sprechen können, ohne dass es wehtat oder sie sich dabei minderwertig fühlte. Leo war so leidenschaftlich gewesen, als sie Holly verteidigt hatte ... und so zärtlich, als sie Holly geküsst hatte. Sie hatte es nicht verdorben, indem sie mehr verlangte. Es hatte keinerlei Druck und kein Verlangen nach mehr gegeben, so als hätte Leo den Kuss um seiner selbst willen genossen und ihn nicht nur als Vorspeise angesehen.

Bei dem Gedanken daran wollte sie Leo erneut küssen und das war früher nur selten vorgekommen.

»Morgen, Holly«, sagte Sharon vom Herd aus. »Stimmt etwas nicht mit deinem Mund?«

»Hmm?«

»Du fasst ihn ständig an.«

Holly riss die Hand weg und starrte auf ihre verräterischen Finger, die in der Tat ihre Lippen berührt hatten. »Äh, nein, nur etwas ... äh, Zahnpasta.« Gott, sie war eine genauso schlechte Lügnerin wie Leo mit ihrer Eichhörnchen-Ausrede.

Apropos Leo ... Sie sah sich um.

Vorhin hatte Holly Gil angezogen und nun saß er am Tisch und wartete auf sein Frühstück, doch von Leo war weit und breit nichts zu sehen.

»Wo ist Leo?«, fragte sie, bevor sie sich zurückhalten konnte.

Sharon schaltete den Herd aus und trug den Stapel Pfannkuchen zum Tisch. Sie setzten sich beide. »Sie schläft noch.«

»Soll ich hochgehen und sie wecken?« Dann hätte sie einen Moment allein mit ihr gehabt, auch wenn sie nicht wusste, was sie zu Leo sagen sollte.

»Ach, nein. Lass sie schlafen. Ich mache ihr später frische Pfannkuchen. Als ich vorhin bei ihr reingesehen habe, hat sie tief und fest geschlafen.« Sharon schenkte ihnen Kaffee ein und schob Holly ihre Tasse hin. »Vermutlich hat dieses Eichhörnchen auf dem Dach sie die ganze Nacht wach gehalten.«

Holly verschluckte sich an ihrem ersten Schluck Kaffee. Hustend und keuchend schnappte sie nach Luft.

Gil legte seine Gabel weg und klopfte ihr mit seiner gesunden Hand auf den Rücken. »Okay?«

»Ja«, brachte Holly heraus. »Alles okay. Danke.«

Er klopfte ihr noch einmal auf den Rücken, bevor er sich wieder seinem Essen zuwandte.

Holly atmete tief durch und nahm vorsichtig einen Schluck Kaffee, in der Hoffnung, dass niemand mehr die Eichhörnchen erwähnen würde.

Als das Frühstück zu Ende war und sie den Tisch abgeräumt hatten, war Leo immer noch nicht aufgetaucht. Holly wusste nicht, ob sie erleichtert oder enttäuscht sein sollte. Vielleicht war es besser so. Sie brauchte Zeit, um nachzudenken. Zum Glück hatte sie den Rest des Tages frei und so verabschiedete sie sich von Gil und Sharon und machte sich auf den Heimweg.

Doch stattdessen fand sie sich vor der Tierarztpraxis ihrer Mutter wieder, um sich ihre täglichen Kuscheleinheiten abzuholen. Natürlich ließ sie das sofort an Leo denken und daran, wie sie sich gestern Nacht hinter dem Schornstein aneinandergekuschelt hatten.

Gerade als sie sich neben die Wurfbox gesetzt hatte und von der Hüfte bis zu den Zehenspitzen mit Welpen und Kätzchen bedeckt war, ging die Tür auf und ihre Mutter betrat den Raum.

»Hallo, Schatz.« Sie drückte Holly einen Kuss auf den Kopf und hob einen der Welpen hoch. »Susan hat mir eben gesagt, dass du bei Happys Kleinen bist. Was machst du denn hier? Ich dachte, du hättest Nachtschicht gehabt.«

»Hatte ich auch.«

»Warum bist du dann nicht zu Hause im Bett?«

Holly rieb mit ihrer Wange über das weiche Fell des orangefarbenen Kätzchens. »Gil hatte eine gute Nacht. Ich musste nur zweimal aufstehen und konnte etwas schlafen.« Oder vielmehr: Sie hätte es gekonnt, wenn sie nicht wach gelegen und immerzu an diesen wundervollen Kuss gedacht hätte und nicht jedes Wort durchgegangen wäre, das sie auf dem Dach zueinander gesagt hatten. Sie konnte einfach nicht aufhören, sich Sorgen darüber zu machen, wohin es führen würde … und wohin nicht.

Nur weil Leo bereit war, eine Weile auf Sex zu verzichten, bedeutete das nicht, dass sie Holly auf Dauer treu bleiben würde. Sie hatte nie ein Geheimnis daraus gemacht, dass sie vorhatte, nach New York zurückzukehren. Deshalb fiel es ihr so leicht, einer Beziehung ohne Sex zuzustimmen. Leo wusste genau, dass sie bald zu ihren mehr als willigen Groupies zurückkehren würde.

Für sie beide konnte es kein Happy End geben. Falls sie an diesem Wunschgedanken festhielt, würde sie am Ende nur verletzt werden.

Ihre Mutter beobachtete sie mit besorgter Miene. »Du könntest selbst auch eines haben.«

Holly blinzelte zu ihr auf. »Ein Happy End?«

»Wie bitte?«

Hitze schoss ihr in die Wangen und sie verbarg ihr Gesicht im Fell des Kätzchens. »Äh, nichts. Ich dachte nur gerade an … ähm, Märchen.«

Die Lachfalten um Mund und Augen ihrer Mutter vertieften sich. »Ich habe von einem Kätzchen gesprochen. Oder von einem Welpen. Aber ich bin voll und ganz dafür, dass du auch ein Happy End haben solltest.«

Holly schüttelte den Kopf. »Ich bin die meiste Zeit über nicht zu Hause. Es wäre nicht fair dem kleinen Kerlchen gegenüber.«

»Wohl eher dem kleinen Mädel«, fügte ihre Mutter hinzu.

Genau das hatte Holly stets gesagt, wann immer ihre Mutter sie dazu ermutigt hatte, mit jemandem auszugehen.

Sie lächelten einander an.

»Wohl eher dem kleinen Mädel«, wiederholte Holly und seufzte unterdrückt. War es nicht ironisch? Endlich hatte ihre Mutter akzeptiert, dass ihre Tochter vermutlich irgendwann mit einer Frau zusammen sein würde. Doch nun hatte Holly beschlossen, dass es nicht passieren würde, zumindest nicht auf lange Sicht gesehen und ganz bestimmt nicht mit Leo.

Zwei Tage später begab sich Leo auf eine Mission. Sie wollte mit Holly auf ein Date gehen, aber wenn sie Holly in ein Restaurant ausführte, würden sie ständig von Leuten unterbrochen werden, die ein Autogramm wollten. Außerdem würden sie noch nicht einmal bis zur Vorspeise kommen, bevor die ganze Stadt von ihrer Verabredung wusste. Schon jetzt waren sie vermutlich Stadtgespräch, weil sie letzte Woche zusammen einen Burger gegessen hatten.

Natürlich schämte sie sich nicht dafür, mit Holly auszugehen, aber für den Moment ging das nur sie beide etwas an. Deshalb schien ein Picknick am Bach die perfekte Lösung zu sein.

Nachdem sie alles, was sie brauchte, in den Einkaufswagen geladen hatte, schob sie diesen um die Ecke herum auf die Kasse zu. Sie hoffte, dass Jenny freihatte, aber natürlich hatte sie dieses Glück nicht.

Ihre ehemalige Klassenkameradin winkte ihr von ihrem Platz hinter der Kasse vergnügt zu. »Hallo, Leo.«

»Hallo, Jenny.« Leo konzentrierte sich darauf, ihre Einkäufe aufs Band zu legen, um dem Small Talk zu entgehen.

»Wir haben dich zwei Samstage in Folge vermisst«, sagte Jenny. »Du solltest dich wirklich mal wieder mit der alten Clique treffen.«

»Äh, ja. Ich war ziemlich beschäftigt.« *Vor allem damit, Zeit mit Holly zu verbringen.*

»Das verstehe ich. Als meine Mutter krank wurde, hatte ich auch kaum noch Zeit zum Weggehen. Wie geht es deinen Eltern?«

»Ganz gut, wenn man die Umstände bedenkt«, sagte Leo.

»Deinem Vater schien es ein wenig besser zu gehen, als ich letzte Woche bei ihm vorbeigeschaut habe.«

Leo sah auf. Jenny hatte ihn besucht? Das musste an einem Tag gewesen sein, als Leo mit Holly joggen gegangen oder beim Bäcker gewesen war.

Apropos Bäcker … Sie nahm sich vor, ein paar süße Teilchen für ihr Picknick zu kaufen.

»Ich wette, er ist froh, dass du nach Hause gekommen bist«, sagte Jenny.

Leo brummte etwas Unverbindliches.

Jenny griff nach dem ersten Gegenstand, suchte nach dem Barcode und zog ihn umständlich über den Scanner.

Na toll. Leo widerstand nur mit Mühe dem Drang, mit dem Fuß zu wippen. Bis Jenny endlich alle Einkäufe gescannt hatte, begannen diese vermutlich schon zu schimmeln.

»Hast du dich zu Hause wieder eingelebt?«, fragte Jenny, als sie nach einer Flasche Rotwein griff.

»Äh, da gibt es nicht viel einzuleben. Ich bin nur für ein paar Wochen hier.«

Jenny scannte den Wein, nickte auf den Rest der Einkäufe hinab und kicherte. »Na, das sollte dir bis dahin reichen.«

Leo musterte ihren Berg Lebensmittel. Zugegeben, man hätte damit eine ganze Armee satt bekommen können, nicht nur zwei Personen. Vielleicht war sie ein wenig übers Ziel hinausgeschossen, aber sie wollte unbedingt alles kaufen, was Holly womöglich mochte. »Es ist für, ähm, ein Picknick.«

»Oh, das ist eine tolle Idee!« Jenny klatschte in die Hände. »Das Wetter ist perfekt dafür.«

Hoffentlich würde Holly das auch so sehen.

»Aber du hast den Käse vergessen«, sagte Jenny.

»Wie bitte?«

Jenny deutete auf die Tüte Trauben, die sie gerade über den Scanner zog. »Du hast Trauben gekauft, aber keinen Käse. Die passen prima zusammen.«

Mist, sie hatte recht. »Kann ich schnell zurückgehen und welchen holen?«

»Klar. Ich scanne dann schon mal den Rest.«

Leo ließ ihren Einkaufswagen stehen und joggte zum Gang mit den Milchprodukten.

»Nimm am besten den geräucherten Gouda«, rief Jenny ihr nach. »Den mag Holly am liebsten.«

Vor dem Kühlregal kam Leo zum Stehen. Hatte Jenny etwa gerade gesagt …? Sie fand den geräucherten Gouda, nahm auch noch einen Camembert und Mozzarellabällchen und ging damit zur Kasse zurück. »Wer sagt, dass ich mit Holly zum Picknick gehe?«

»Na ja.« Jenny zuckte mit den Schultern. »Ihr beiden seid die einzigen, ähm, Lesben in der Stadt, deshalb dachte ich …«

Ja, wenn man Ash nicht mitrechnet und vielleicht noch ein paar andere, die Angst haben, sich zu outen.

»Außerdem hast du den geräucherten Gouda gekauft«, beendete Jenny ihre Argumentation. Ihr Lächeln zeigte, dass sie stolz auf ihre detektivischen Fähigkeiten war. »Seid ihr zwei … du weißt schon … zusammen?«

Was sollte sie dazu sagen? Leo hatte sich immer bemüht, ihr Privatleben privat zu halten. Ganz sicher würde sie ihre nagelneue Beziehung nicht der Klatschtante vom Dienst auf die Nase binden. Holly und sie hatten noch nicht darüber gesprochen, ob sie jemandem von ihnen erzählen sollten. Es war alles noch so neu und zerbrechlich, dass sie selbst kaum damit umgehen konnten.

Aber nach dem, was Ash Holly angetan hatte, wollte Leo auch nicht abstreiten, mit ihr zusammen zu sein. Holly hatte etwas Besseres verdient.

»Das geht nur Holly und mich etwas an«, sagte sie schließlich.

Jenny stieß einen Freudenschrei aus. »Ich freue mich ja so für euch!«

Leo blinzelte. »Hey, ich habe nicht gesagt, dass wir ein Paar sind, und schon gar nicht, dass du gleich Einladungen zur Hochzeit drucken lassen sollst, also hör mit dem Freudentanz auf!« Sie sah nach links und rechts, um zu sehen, ob sie bereits Aufmerksamkeit auf sich gezogen hatten, doch zum Glück waren sie im Moment allein im Laden.

»Ach, komm schon, Leo. Mir kannst du es doch sagen. Ich bin nicht deine Feindin.«

Das stimmte immerhin. Ihr war Jenny immer wie das typische Mädchen aus der Kleinstadt vorgekommen. Der Horizont ihrer Erfahrungen endete an der Stadtgrenze. Doch der Gedanke daran, dass Holly und Leo ein Paar sein könnten, schien sie nicht zu stören. Sie schien sich sogar darüber zu freuen und das hatte Leo nicht erwartet.

Sie rieb sich den Nacken. »Ich weiß. Nimm's bitte nicht persönlich, aber wenn man so wie ich ständig im Rampenlicht steht, lernt man, sein Privatleben für sich zu behalten.«

»Keine Sorge.« Jenny wedelte mit einer Packung Kekse. »Ich sage kein Wort. Ich bin nur froh, dass Holly endlich jemanden gefunden hat.«

Leo schluckte den Kloß herunter, der plötzlich in ihrem Hals festsaß. Sie wusste nicht, was sie sagen sollte, deshalb sah sie stumm zu, wie Jenny den Rest ihrer Einkäufe scannte.

Zur Abwechslung war sie froh, als ein Kunde den Laden betrat und sie um ein Autogramm und ein Foto mit ihr bat.

Als er dann damit beschäftigt war, sich das Bild anzusehen, das Jenny mit seinem Handy gemacht hatte, lud sie schnell ihre Einkäufe in den Wagen und schob ihn zum Ausgang.

»Viel Spaß beim Picknick!«, rief Jenny ihr nach.

»Äh, danke.« Leo stolperte zu ihrem Mietwagen und schüttelte den Kopf, um wieder klar denken zu können. Was für eine surreale Begegnung. Sie fühlte sich, als wäre sie in einem Paralleluniversum gelandet.

Vielleicht hatte Holly recht gehabt und die Einwohner von Fair Oaks konnten sich doch ändern. Zumindest manche von ihnen. Zu dumm, dass ihr Vater nicht zu ihnen gehörte.

Als Leo nach Hause kam, waren ihre Eltern im Wohnzimmer. Ihre Mutter half ihrem Vater bei einem Puzzle, das scheinbar eine Geige mit einer Rose auf den Saiten werden würde.

Jedes Mal, wenn Leo ihren Vater so hilflos sah, musste sie den Blick abwenden. Unangenehme Gefühle kamen in ihr auf, aber sie wollte sich nicht lange genug auf sie konzentrieren, um herauszufinden, was genau sie empfand. »Mama? Macht es dir etwas aus, wenn ich eine Weile deine Küche in Beschlag nehme?«

Ihre Mutter sah sie mit großen Augen an. »Du willst kochen?«

»Hey, ich habe schon mehrfach Frühstück gemacht, seit ich hier bin. So schlecht koche ich auch wieder nicht. Außerdem will ich nur ein paar, ähm, Snacks zubereiten.«

»Selbstverständlich kannst du die Küche benutzen. Lass mich wissen, wenn du Hilfe brauchst.«

»Das schaffe ich schon allein, danke.« Wenigstens hoffte sie das. Ihr Metier war nun einmal die Konzertbühne, nicht die Küche, aber sie war entschlossen, ihr Bestes zu geben.

Als Leo eine Stunde später gerade den Deckel der Schüssel Kartoffelsalat schloss, spähte ihre Mutter so vorsichtig in die Küche, als erwartete sie, ein Schlachtfeld vorzufinden.

Aber Leo hatte nach jedem Handgriff aufgeräumt, weil sie ihrer bereits gestressten Mutter nicht noch mehr Arbeit machen wollte.

»Oh. Das sieht toll aus.« Ihre Mutter betrat die Küche und sah zu, wie Leo Mozzarellabällchen und Cocktailtomaten abwechselnd auf ein Spießchen schob. »Ist das ... ähm ... für dich und ... und für Holly?«

Wow. Leo legte die Spießchen beiseite und drehte sich um. Hatte sich ihre Beziehung bereits in Fair Oaks herumgesprochen oder hatte ihre Mutter es bereits geahnt? Oder glaubte sie vielleicht, dass es sich nur um ein Picknick unter Freundinnen handelte? Ihre Mutter war schon immer unglaublich gut im Verdrängen gewesen. Wenn sie sich nicht mit etwas befassen wollte, dann ignorierte sie es so komplett, dass es aufhörte zu existieren.

»Ja«, sagte Leo vorsichtig.

»Das ist ... nett«, sagte ihre Mutter genauso vorsichtig.

Diese eine Sache hatte sich definitiv nicht verändert. Sie schlichen immer noch wie auf Eierschalen umeinander herum und vermieden es, Leos sexuelle Orientierung anzusprechen. Sie seufzte.

Ihre Mutter räusperte sich, sagte dann aber nichts. Stattdessen drehte sie sich um, nahm eine Cocktailtomate von der Arbeitsfläche und schob sie auf ein Spießchen, gefolgt von einem Mozzarellabällchen.

Die Unterhaltung war also beendet und das Thema würde weiterhin ignoriert werden. Leo wusste nicht, ob sie dankbar oder wütend sein sollte. Sie steckte sich eine Tomate in den Mund und kaute geräuschvoll. »Ich brauche keine Hilfe.«

»Es macht mir nichts aus. Wir verbringen kaum Zeit miteinander. Deshalb finde ich das hier«, ihre Mutter machte eine Geste, die Leo, sich selbst und die Küche mit einschloss, »sehr nett.«

Vor sich selbst konnte Leo zugeben, dass sie recht hatte. Seit sie nach Fair Oaks zurückgekehrt war, hatte sie mehr Zeit mit Holly als mit ihren Eltern verbracht. Vielleicht sollte sie sich mehr anstrengen, um ihre Beziehung mit ihnen zu kitten. Doch Zeit mit Holly zu verbringen, war so viel einfacher. Trotz ihrer Unterschiede schienen sie einander auf eine Weise zu verstehen, die sie mit ihren Eltern nie erzielen würde.

Ihre Mutter legte das fertige Spießchen in den Behälter zu denen, die Leo bereits vorbereitet hatte. Sie starrte darauf hinab, als hielte die Schüssel die Antworten auf alle ungelösten Geheimnisse des Universums bereit. »Holly und du … ihr seid also …?« Sie schielte zu Leo, dann zurück auf die Spießchen. »Seid ihr befreundet oder …?«

»Wir sind ein Paar«, sagte Leo.

Ihre Mutter drehte sich um und lehnte sich gegen die Arbeitsplatte, als bräuchte sie eine Stütze.

Leo machte sich bereit für das, was nun kommen würde.

»Sie ist ein tolles Mädchen, das weißt du, oder?«

»Sie ist eine Frau, Mama. Wir sind beide erwachsen, keine Jugendlichen, und das hier ist keine Phase, der wir irgendwann entwachsen werden.«

»Ich … ich weiß. Ich weiß es schon seit einer Weile und finde es in Ordnung.« Ihre Mutter sah zu Boden. »Ich bin nicht überglücklich, aber ich kann damit leben. Holly ist wirklich ein … eine tolle Frau.«

Jetzt war Leo diejenige, die sich gegen die Arbeitsplatte lehnen musste, als ihre Knie plötzlich die Konsistenz gekochter Spaghetti anzunehmen schienen. Sie öffnete den Mund, brauchte aber eine Weile, bis ihre Stimmbänder funktionierten. »Es ist für dich in Ordnung, dass ich lesbisch bin?«

Ihre Mutter nickte. »Holly im Haus zu haben und sie näher kennenzulernen, hat mir sehr geholfen. Ihre ganze Familie unterstützt sie sehr. Als Holly allen gesagt hat, dass sie … dass sie lesbisch ist, hat das sie einander sogar noch näher gebracht und mir ist klar geworden, dass es bei uns auch so hätte sein sollen.«

»Warum hast du nichts gesagt?«

»Wann denn?« Ihre Mutter sah sie aus feuchten Augen an. »Wann hätte ich etwas sagen sollen? Du hast so selten angerufen, da wollte ich nicht riskieren, dass du es völlig bleiben lässt, wenn ich dieses Thema anschneide.«

Leo verschränkte die Arme vor ihrem rebellierenden Magen. Ihre Mutter hatte ihre Vorurteile überwunden und sie hatte es nicht bemerkt. Wenn der Schlaganfall ihres Vaters nicht gewesen wäre, hätte sie auch weiterhin nichts davon gewusst. »Was ... was ist mit Papa? Findet er es auch okay?«

»Warum fragst du ihn das nicht selbst?«, schlug ihre Mutter vor.

Sie schüttelte den Kopf. »Du weißt, dass ich noch nie mit ihm sprechen konnte. Jetzt schon gar nicht. Die paar Mal, die wir es versucht haben, hat er mich entweder beleidigt oder ich habe kein Wort verstanden.«

»Vielleicht musst du dich nur mehr anstrengen.«

Jetzt waren sie wieder auf vertrautem Boden. Diesen vorwurfsvollen Tonfall hatte sie früher oft von ihrer Mutter gehört. »Das habe ich versucht, Mama. Das weißt du genau. Ich habe mein ganzes Leben lang versucht, seinen Erwartungen gerecht zu werden.« Sie schleuderte ein übrig gebliebenes Salatblatt in die Spüle. »Ich habe meine ganze Kindheit über nichts anderes gemacht. Aber ganz egal, was ich auch tat, es war ihm nie gut genug. Ich war nie gut genug. Ich habe es aufgegeben, ihm gefallen zu wollen.«

»Leontyne ...« Ihre Mutter trat näher und griff nach ihrer Hand.

Leo zog sie zurück. »Nein, Mama. Danke, dass du mich so akzeptierst, wie ich bin. Das bedeutet mir viel. Aber ich kann nicht zulassen, dass er mein Leben bestimmt. Ich muss ganz ich selbst sein, keine Kopie von ihm.«

Ihre Mutter lächelte, sah dabei aber traurig aus. »Dann solltest du vielleicht aufhören, genauso stur zu sein wie er.« Ohne ein weiteres Wort verließ sie die Küche.

Leo starrte ihr hinterher. *Verdammt.* Ihre Mutter hatte sich ebenfalls verändert. Früher hatte sie nie so mit Leo gesprochen. Sie war die Friedensstifterin der Familie gewesen und hatte immer zwischen Leo und ihrem Vater vermittelt. Nie hatte sie offen ihre Meinung gesagt oder ihren Ehemann auf irgendeine Weise kritisiert.

Jetzt hatte sie beides getan und Leo wusste nicht, was sie davon halten sollte.

Der Klettreißverschluss machte ein ratschendes Geräusch, als Holly die Blutdruckmanschette von Gils Arm entfernte. Sie strich den Ärmel seines T-Shirts glatt, bevor sie sich die Messwerte notierte. »Hmm. Dein Blutdruck ist heute ein bisschen hoch.«

Er reckte den Hals, um die Zahlen sehen zu können. »Sterben?«, fragte er mit einem Zwinkern.

Sie lächelte. Manchmal, wenn er so wie jetzt war, kam sein Sinn für Humor durch und er erinnerte sie an Leo. »Nein, daran wirst du nicht sterben. Dein Blutdruck ist nicht gefährlich hoch, wir müssen ihn nur im Auge behalten. Vermutlich hattest du nur zu viel Aufregung.«

Er schnaubte und wedelte mit seiner gesunden Hand in Richtung Stereoanlage und dem Ausblick vom Fenster, welche seine Hauptunterhaltungsquellen waren.

Eigentlich hatte sie Leos Rückkehr gemeint, aber er schien genauso entschlossen wie seine Tochter zu sein, das Problem zu ignorieren.

»Ich werde den Arzt anrufen, damit er morgen mal vorbeikommt und dich untersucht. Vielleicht müssen deine Medikamente neu eingestellt werden.« Sie legte die Blutdruckmanschette zurück in ihren Behälter. »Wie wäre es jetzt mit einem Nickerchen?«

Als er nickte, half sie ihm vom Rollstuhl ins Bett. Es war zu warm für die Bettdecke, deshalb zog sie nur ein dünnes Laken über ihn. »Schlaf gut. Ich sehe dich dann morgen, wenn der Arzt kommt. Und ich bringe Bilder von den Welpen und den Kätzchen mit.«

Ihre Schicht war vorüber und wenn er aufwachte, würde sie längst weg sein.

Als sie die Tür erreichte, sagte er: »Hol...Holly?«

Sie blinzelte und drehte sich um. Namen verwendete er nur selten. Aus irgendeinem Grund schienen sie für ihn schwieriger abrufbar zu sein als andere Wörter. Doch offenbar hatten die versprochenen Bilder von den Welpen und den Kätzchen ihn dazu motiviert, sich mehr anzustrengen. »Ja?«

»Äh, bitte. Nein.« Er schüttelte frustriert den Kopf. »Äh, danke.«

Sie lächelte ihn quer durch den Raum an. Dieses Wort benutzte er auch nicht sehr oft. »Gern geschehen. Dann bis morgen.«

Sie ging und machte sich auf die Suche nach Sharon, um ihr das Babyfon zu geben und ihr kurz Bericht zu erstatten. Geräusche drangen aus der Küche, deshalb ging sie darauf zu.

Doch statt Sharon war es Leo, die gerade eine Mango und einige Erdbeeren klein schnitt.

Holly blieb im Türrahmen stehen und beobachtete sie.

Leo ging zwischen der Arbeitsfläche und der Spüle hin und her, um weitere Früchte abzuwaschen. Jeder Schritt wirkte, als würde sie tanzen. Holly hatte sich nie viel aus Leos übermäßig aufreizenden Musikvideos gemacht, doch jetzt hätte sie stundenlang zusehen können, wie Leo sich durch die Küche bewegte.

Sonnenschein fiel durch das Fenster und ließ Leos honigblondes Haar leuchten wie Gold. Es war zu einem Pferdeschwanz zurückgebunden, damit es ihr nicht im Weg war, während sie arbeitete.

Ihre langen Finger, die so elegant über die Klaviertasten geglitten waren, hantierten weitaus weniger geschickt mit dem Messer. Vermutlich verbrachte sie nicht viel Zeit in der Küche. Sie hatte eine Ernährungsberaterin erwähnt. Vielleicht hatte sie auch eine eigene Köchin.

Holly kämpfte gegen den Drang an, sich zu ihr zu gesellen, ihre Hände zu führen und ihr zu zeigen, wie man das machte.

Hör auf. Sie musste Leo sagen, dass sie gestern den ganzen Tag darüber nachgedacht hatte und es sich anders überlegt hatte. Ihre Leben waren zu verschieden, als dass sie zusammen glücklich werden konnten. Nicht, dass Leo langfristig gesehen ihr Glück bei ihr suchen würde. Es war besser, es jetzt zu beenden, bevor Holly sich emotional zu sehr in etwas verwickelte.

Leo drehte sich um und sofort begegneten sich ihre Blicke. Ein fast schüchternes Lächeln glitt über Leos Gesicht. Winzige Fältchen entstanden um ihre olivgrünen Augen, als Leo sie anstrahlte. Es war so völlig anders als das künstliche, sexy Grinsen, das sie ihrem Publikum im Fernsehen schenkte.

Hollys Herzschlag setzte einen Moment lang aus.

»Hey.« Leo wischte sich die Hände an ihren Jeansshorts ab und fuhr sich dann mit den Fingern durch ihr zerzaustes Haar. »Ist deine Schicht zu Ende?«

»Ja. Sobald ich deine Mutter finde, damit sie mich ablösen kann. Wenn du hinterher kurz Zeit hast …« Holly zwang sich, weiterzusprechen, obwohl ihr ein Kloß den Hals abschnürte. »Ich würde gern mit dir sprechen.«

»Natürlich. Ich würde auch gern mit dir etwas Zeit verbringen. Ich habe eine Überraschung für dich.« Leos Wangen färbten sich rot, als sie auf einen Korb voller Tupperschüsseln zeigte. »Ich habe mir gedacht, wir könnten ein Picknick veranstalten.«

»Du hast ein Picknick vorbereitet?«

»Ja. Ich dachte, das wäre besser, als in ein Restaurant zu gehen. So haben wir mehr Privatsphäre. Äh, nicht dass wir Privatsphäre für irgendetwas bräuchten, aber es ist sicher netter, sich am Bach zu unterhalten oder so.«

Gott, sie war zu süß, wenn sie verlegen wurde und zu stottern begann. Holly konnte sich ein winziges Lächeln nicht verkneifen.

»Ich muss nur noch schnell den Fruchtsalat fertig machen und schon können wir los. Was meinst du? Bist du in der Stimmung? Für ein Picknick, meine ich.« Leos ohnehin schon rote Wangen wurden noch etwas dunkler und sie sah Holly an wie einer der Welpen, der auf einen Hundekeks hoffte.

Himmel, wie konnte sie ihr jetzt sagen, dass es keine gute Idee war, nachdem Leo sich solche Mühe gemacht hatte und sie so hoffnungsvoll ansah? Wenn einer der Welpen sie auf diese Weise ansah, konnte sie nicht widerstehen und bei Leo hatte sie schon gar keine Chance.

Sie nahm sich vor, das Thema während des Picknicks anzuschneiden. Schließlich hatte Leo recht: Am Bach hatten sie mehr Privatsphäre.

»Na gut«, sagte sie schließlich. »Du machst den Fruchtsalat fertig und ich gehe deine Mutter suchen.«

Schweigend spazierten sie den Pfad entlang. Leo wechselte den Picknickkorb in die andere Armbeuge, sodass sie die rechte Hand frei hatte, und nahm Hollys Hand.

Das überraschte Holly, die ein winziges Zucken ihrer Finger nicht verhindern konnte.

Sofort ließ Leo los. »Tut mir leid. Ich wollte nicht …«

»Nein. Nein. Ist schon okay. Wirklich. Es hat mich nur eine Sekunde lang überrascht.« Holly nahm ihre Hand und hielt sie fest, sodass Leo sie kein zweites Mal wegziehen konnte. Insgeheim rügte sie sich. Sie hatte vorgehabt, Leo zu sagen, dass es mit ihnen nicht funktionieren konnte. Stattdessen hielt sie mit ihr Händchen! Doch dann schloss sie einen Kompromiss mit sich selbst: Sie würde sich erlauben, diese letzten Augenblicke mit Leo zu genießen. Aber wenn sie ihr Fleckchen am Bach erreichten …

»Bist du sicher?«, fragte Leo.

»Ich mag es, deine Hand zu halten.« Sie verflocht ihre Finger mit Leos. Die Schwielen auf Leos Fingerspitzen kitzelten und brachten sie zum Lächeln. »Ich bin es nur nicht gewöhnt. Ich habe noch nie jemandes Hand gehalten, jedenfalls nicht hier in Fair Oaks. Ash wollte das nicht.«

Leo stieß ein leises Knurren aus. »Weißt du, je länger ich zurück bin, desto mehr frage ich mich, was ich je so toll an ihr gefunden habe.«

Irgendwie tat es gut, mitzuerleben, wie Leo sich sofort auf ihre Seite schlug und sauer auf Ash wurde. »Sie hat auch ihre guten Seiten. Sie ist intelligent und unabhängig und hat Sinn für Humor.«

»Stimmt. Aber dasselbe trifft auch auf dich zu. Und noch viel mehr.« Leo drückte ihre Finger. »Was magst du denn sonst noch? Außer Händchenhalten, meine ich.«

Holly schielte zu Leo hinüber. »Ich mag Umarmungen.« Bei dem Gedanken daran, Leo zu umarmen, seufzte sie ein wenig. Sie würde ihr Gesicht an ihrer Schulter vergraben und tief ihren Duft einatmen. Eine andere Stimme in ihrem Kopf schrie sie an: *Hör auf, so etwas zu sagen! Du wolltest ihr einen Korb geben, schon vergessen? Und stattdessen gibst du ihr Beziehungstipps!*

Doch Leos Hand in ihrer fühlte sich zu gut an und so gab sie sich einen Moment lang ihren Fantasien hin. »Ich mag auch Massagen und Kuscheln und sanftes Streicheln.«

Goldene Sprenkel schienen in Leos Augen aufzuleuchten. »Hmm, das mag ich auch. Wie steht's mit Küssen? Das, was wir auf dem Dach getan haben … das hast du doch auch gemocht, oder?«

»Küsse sind okay.« Einen Moment lang stellte sie sich vor, Leo zu küssen, und spürte, wie ihre Wangen warm wurden. »Sogar mehr als nur okay.« Für manche Leute war das Küssen etwas Sexuelles, doch sie genoss es auf rein sinnlicher Ebene. Zumindest meistens.

Leo blieb mitten auf dem Weg stehen und musterte sie. »Aber?«

Holly seufzte. »Manchmal fällt es mir schwer, es zu genießen.«

»Wieso?«

»Mit der richtigen Partnerin, könnte ich stundenlang küssen, aber ich weiß, dass das für allosexuelle Menschen so nicht funktioniert.«

»Allosexuell?«

Holly blickte nach links und rechts, um sicherzustellen, dass sie allein im Park waren. »Jemand wie du. Jemand, der nicht asexuell ist. Du bist daran gewöhnt, dass Küssen zu … na ja, *mehr* führt und ich kann mich nicht entspannen, wenn ich weiß, dass jede Zuneigungsbekundung unweigerlich zu Sex führt.«

»Das wird es nicht«, sagte Leo.

Wenn es doch nur so einfach wäre. Gern hätte sie es geglaubt, aber Holly wusste es besser.

Sie gingen weiter.

Bevor sie ihren ganzen Mut zusammennehmen und Leo sagen konnte, dass sie nicht wieder mit ihr ausgehen würde, erreichten sie die Bank in der Mitte des Parks. Dort saß jemand.

»Hallo, Mr. Gillespie«, sagte Holly zu dem alten Mann, der die Sonne genoss. »Ein schöner Tag, nicht?«

Mr. Gillespie antwortete nicht. Er war zu sehr damit beschäftigt, ihre miteinander verflochtenen Hände anzustarren.

Leo ließ nicht los. Offenbar schämte sie sich nicht dafür, mit Holly gesehen zu werden. »Geradezu herrlich«, fügte sie mit einem Hauch von Trotz hinzu.

Schließlich neigte Mr. Gillespie den Kopf zu einem widerwilligen Nicken. »Ja, in der Tat.«

Sie gingen weiter, bis sie ihre Lieblingsstelle am Rand des Parks erreichten, wo Mr. Gillespie sie nicht mehr sehen konnte. Während Leo eine Decke über die flachen Felsen neben dem Bach ausbreitete, stand Holly erstarrt da und kam nicht über die Erkenntnis hinweg, dass sie beide tatsächlich schon eine gemeinsame Lieblingsstelle im Park hatten.

Leo zog Holly neben sich auf die Decke und begann, den Korb auszupacken. Schon bald waren sie umgeben von Behältern mit Tomaten-Mozzarella-Spießchen, Trauben, verschiedenen Käsewürfeln, Oliven, Kartoffelsalat, Fruchtsalat, Baguette, Sandwiches, Keksen und süßen Teilchen.

»Ich glaube, wir haben alles, was das Herz begehrt.« Mit einer stolzen Handbewegung präsentierte Leo ihre Beute. »Was hättest du gern?«

Das war eine mehrdeutige Frage. Ihr Herz begehrte mehr als das, was der Picknickkorb zu bieten hatte. *Nun mach schon. Du musst es ihr sagen.* »Leo …«

»Schau mal, ich habe sogar LGBTA-Sandwiches.« Leo hielt ihr eines der Sandwiches hin.

Einen Moment lang erlaubte sich Holly eine Ablenkung vom Unvermeidlichen. »Du meinst wohl BLT-Sandwiches, oder?« Sie zeigte auf die Speck-, Salat- und Tomatenschichten.

»Nein. Das hier ist ein LGBTA-Sandwich. Hier haben wir Salat, Knoblauchsoße, Speck und Tomaten.«

Die englischen Abkürzungen der Zutaten ergaben tatsächlich LGBT, die Abkürzung für Lesbian, Gay, Bisexual, Transgender.

Leo hob das Toastbrot an. »Und Avocado. Eigentlich wollte ich ein LGBTQIA-Sandwich machen, aber ich habe keine Zutaten gefunden, die mit Q oder I anfangen.« Sie zuckte mit den Schultern. »Aber wenigstens habe ich das A, es ist also ein Sandwich, das Asexuelle mit einschließt.«

Holly nahm das Sandwich, aber der riesige Kloß in ihrem Hals hielt sie davon ab, davon abzubeißen. Warum musste Leo nur so verteufelt süß sein? Sie fühlte sich auch so schon schuldig genug dafür, dass sie es sich anders überlegt hatte.

Leos Handy klingelte.

Sollte sie sich über die Unterbrechung ärgern oder erleichtert sein? Holly wusste es nicht.

Leo zog ihr Handy aus der Hosentasche und sah aufs Display. Sie machte ein finsteres Gesicht. »Es ist mein Manager. Mal wieder. Er glaubt, wenn er mich jeden Tag nervt, komme ich früher wieder zurück.«

»Geh ruhig ran.«

Doch Leo drückte den Anruf weg und steckte das Handy wieder in die Tasche. »Nein. Ist nicht so wichtig. Ich rufe ihn später zurück.«

Wenn die Umstände anders gewesen wären … wenn sie beide anders gewesen wären, dann wäre Leo wohl die perfekte Frau für sie gewesen.

»Wo waren wir stehen geblieben?« Leo hielt eine Flasche Wein in die Höhe. »Ich hoffe, du magst Rotwein.«

Holly knetete ihre Nasenwurzel zwischen Daumen und Zeigefinger. Sie konnte nicht länger warten, sonst würde sie kneifen. »Ich glaube, wir müssen reden.«

Eine Falte grub sich zwischen Leos Augenbrauen ein. Sie legte die Weinflasche weg. »Was ist los?«

»Ich glaube nicht, dass es funktionieren wird.«

Leos Blick glitt über die Decke. Die Falte auf ihrer Stirn wurde noch tiefer.

»Ich rede nicht vom Picknick«, sagte Holly. »Ich spreche von uns. Es tut mir leid, Leo. Ich weiß, ich habe zugesagt, mit dir auszugehen, aber ich habe darüber nachgedacht und ich glaube nicht, dass es funktionieren wird.«

Leo sah aus, als hätte Holly ihr das Sandwich ins Gesicht geworfen. Das Strahlen in ihren Augen war erloschen wie ein Licht, das jemand ausgeknipst hatte. »Warum nicht? Ich dachte, du magst mich und verbringst gern Zeit mit mir.«

Ihre Miene war wie in Stein gemeißelt, doch das winzige Zittern in ihrer Stimme berührte Holly tief. »Das tue ich auch. Wirklich. Das ist nicht das Problem. Wenn ich nicht vorsichtig bin, könnte ich mich nur zu leicht in dich verlieben.« Es so offen zuzugeben, fühlte sich an, als wäre sie ein Ritter, der seinen Schild hatte sinken lassen und nun ungeschützt auf dem Schlachtfeld stand. »Aber in ein oder zwei Wochen wirst du wieder nach New York zurückgehen oder in irgendeine andere Großstadt.«

Leo sagte eine Weile nichts. Sie starrte hinaus auf den Bach. »Du … du könntest mitkommen«, sagte sie dann. Ihre Stimme war leise und ein wenig heiser.

Holly schluckte. Damit hatte sie nicht gerechnet. Dann schüttelte sie den Kopf. Das war kein realistischer Vorschlag. »Ich glaube nicht, dass ich für die Großstadt geschaffen bin. Und selbst wenn, sind wir noch nicht an diesem Punkt in unserer Beziehung.«

»Und wie sollen wir je an diesen Punkt gelangen, wenn du jetzt alles abwürgst?« Leo rieb sich die Stirn. »Hör zu, ich habe auch nicht alle Antworten. Alles, was ich sicher weiß, ist, dass ich dich mag und mehr Zeit mit dir verbringen will. Was machen wir jetzt daraus?«

»Ich weiß es nicht. Es spricht einfach zu viel gegen uns. Selbst wenn man mal außer Acht lässt, dass es eine Fernbeziehung wäre, bleibt immer noch die Tatsache, dass Beziehungen zwischen allosexuellen und asexuellen Menschen nur selten funktionieren.«

»Manche aber schon. Ich habe in den Foren mehrere Paare gefunden, die sagen, sie seien glücklich miteinander.«

»Ja, es kann vorkommen. Aber diese Paare sind in einer ganz anderen Situation als wir. Sie leben nicht in verschiedenen Städten … oder gar in verschiedenen Welten. Diese Paare sind bereit, alles zu tun, damit ihre Beziehung funktioniert.« Sie zwang sich, Leo in die Augen zu sehen. »Du erwartest doch nicht im Ernst von mir, dass ich glaube, dass du auch dazu bereit bist, nach nur einem einzigen Kuss, oder?«

Leo starrte sie an. Dann wandte sie den Blick ab. »Äh …«

Holly hatte nicht erwartet, dass sie Ja sagen würde. Sie hätte es ihr nicht abgenommen.

»Na ja, eigentlich waren es zwei Küsse«, murmelte Leo.

»Glaubst du wirklich, das macht in unserer Situation irgendeinen Unterschied? Weißt du, manchmal …« Holly schloss die Augen, öffnete sie dann wieder und zwang sich, der Wahrheit ins Auge zu sehen, egal, wie sehr es schmerzte. »Manchmal frage ich mich, ob du deswegen so erpicht darauf bist, mehr Zeit mit mir zu verbringen, weil du dich dann nicht mit deinem Vater auseinandersetzen musst.«

Leo ließ sich aus ihrer knienden Position nach hinten fallen, als hätte Holly sie geohrfeigt. »Großer Gott, Holly. Glaubst du das wirklich?« Sie sah so verletzt aus, dass Holly sie am liebsten in den Arm genommen und getröstet hätte.

Sie kämpfte gegen diesen Instinkt an. »Ich bin nicht sicher, was ich glauben soll. Jemand wie du ist mir noch nie begegnet. Du bist so verständnisvoll und so unglaublich schnell bereit, meine Asexualität zu akzeptieren.«

»Ich wusste nicht, dass das etwas Schlechtes ist«, sagte Leo.

»Das ist es nicht. Aber … vielleicht spricht da nur meine eigene Unsicherheit aus mir, aber … ein Teil von mir fragt sich, ob du meine Asexualität nur deshalb so bereitwillig akzeptierst, weil es ohne Sex keine richtige Beziehung ist und es dann leichter für dich ist, einfach alles zurückzulassen … *uns* zurückzulassen, wenn es so weit ist.«

Leo griff nach dem nächstbesten Gegenstand, der Flasche Wein, und schleuderte sie von sich. Statt auf den Felsen zu zerbrechen, fiel die Flasche ins Wasser und ging unter. »Nur weil ich nicht asexuell bin, heißt das nicht, dass Sex für mich das ist, was eine richtige Beziehung ausmacht. Ich hatte Sex mit Leuten, ohne dass es mir das Geringste bedeutet hat. Warum sollte das Gegenteil nicht auch möglich sein?«

»Für mich ist es möglich, aber …«

Leo sprang auf. »Weißt du was? Vielleicht hast du recht. Es würde nicht funktionieren. Genieße das Picknick. Ich brauche jetzt erst mal einen verflixten Drink und der einzige Alkohol, den ich mitgebracht habe, liegt im Bach.« Sie stürmte davon, bevor Holly antworten konnte.

Kapitel 14

Leo stapfte an Mr. Gillespie vorbei, der immer noch auf der Bank saß. Ihre Bemerkung von vorhin, es sei ein herrlicher Tag, schien nun wie ein grausamer Witz. Sie dachte darüber nach, einfach nach Hause zu gehen, aber sie war nicht in der Stimmung, sich den Fragen ihrer Mutter zu stellen, deshalb ging sie weiter zur Bar.

Noch bevor sie diese erreichte, klingelte ihr Handy.

Es war Saul.

»Nicht jetzt«, sagte sie ohne eine Begrüßung.

»Das wird so langsam lächerlich, Jenna.«

Nein. Das Lächerliche war, dass er darauf bestand, sie mit ihrem Künstlernamen anzusprechen. »Ich sagte: nicht jetzt.«

»Du bist jetzt schon fast vier Wochen weg. *Vier Wochen!*«

»Und wenn schon. Ich habe seit einem Dutzend Jahren keinen verdammten Urlaub mehr gemacht.«

»Und wenn schon?«, wiederholte Saul in einem ungläubigen Tonfall. »Die Chefs der Plattenfirma verlieren die Geduld. Deine Fans denken vermutlich, du machst eine Entziehungskur. Es ist nur eine Frage der Zeit, bis dich die Paparazzi in deinem netten kleinen Versteck finden. Und die Produzenten von *A Star is Born* werden ein anderes Jurymitglied auswählen, wenn du nicht bald den Vertrag unterschreibst.«

Leo blieb vor der Tür der Bar stehen. Die Erinnerung daran überkam sie, wie sie hier mit Holly zusammengeprallt war. »Die Plattenfirma und die Paparazzi und der Vertrag sind mir egal«, sagte sie langsam und deutlich. »Ich brauche diese Auszeit. Ich brauche sie, Saul.«

Er holte hörbar Luft. »Eine Woche. Mehr kann ich dir nicht geben. Am Freitag brauche ich dich in Manhattan für das Treffen mit den Jungs von Clio Records.«

Wie seltsam. Eigentlich hatte sie nur ein paar Tage lang in Fair Oaks bleiben wollen, aber nun war der Gedanke daran, nach New York zurückzukehren, genauso unangenehm. Doch aus welchem Grund sollte sie noch länger hierbleiben? Holly wollte nicht mehr mit ihr ausgehen und ihre Eltern würden auch ohne sie zurechtkommen. Sie würde sicherstellen, dass sie alles hatten, was sie brauchten, bevor sie ging. »Na schön. Schick mir das Flugticket per E-Mail und ich werde da sein.«

Ohne eine Antwort abzuwarten, legte sie auf, öffnete die Tür und marschierte zur Theke.

Zwei ihr bekannt vorkommende Männer mittleren Alters saßen am anderen Ende der Theke, doch Leo ignorierte sie, als sie auf einen der Barhocker kletterte.

Chris stellte das Glas weg, das er gerade poliert hatte, und kam zu ihr.

Na toll. Von all den Barkeepern, die hier arbeiteten, musste ausgerechnet der Mann, der in Holly verliebt war, sie bedienen.

Er sah auch nicht gerade erfreut aus, sie zu sehen. »Was darf's sein?«, fragte er, ohne sich ein Lächeln abzuringen oder es mit Small Talk zu versuchen.

Umso besser. Sie war ohnehin nicht in der Stimmung, mit jemandem zu reden. Was bestellte man sich, nachdem man während des ersten Dates einen Korb bekommen hatte? In einer solchen Situation war sie noch nie gewesen. Sie war nur selten mit Frauen ausgegangen. Sie war zu sehr mit ihrer Karriere beschäftigt und zu desillusioniert gewesen, um viel Zeit mit Beziehungen zu verschwenden.

Doch wenn sie mit Holly zusammen gewesen war, hatte es sich nie wie eine Zeitverschwendung angefühlt.

Vergiss sie. »Ich nehme einen Johnnie Walker.« Es war das Erste, was ihr in den Sinn kam. Immerhin war sie in einer Bar namens Johnny's.

Chris drehte sich um und griff nach einer der Flaschen, die hinter der Bar wie Soldaten aufgereiht standen.

Als er das Schnapsglas vor ihr abstellte, nahm sie es und leerte es in einem Zug. Der Whisky brannte wie Feuer in ihrer Kehle und in ihrem Magen, wo sich ohnehin schon Säure angesammelt hatte. Sie schnappte nach Luft und verzog das Gesicht. Ein trinkfester Popstar war sie wohl nicht. *Bäh.* Sie leckte sich die Lippen und schüttelte sich. Das Zeug schmeckte schrecklich.

Chris nickte auf das leere Glas hinab. Seine Miene war keine Spur freundlicher geworden. »Noch einen?«

Sie zögerte. *Komm schon. Du weißt genau, dass das dumm ist.* Es würde ihr nicht helfen, sondern nur beweisen, dass Holly recht hatte und sie tatsächlich vor ihren Problemen davonlief. »Nein, danke. Aber wie wäre es mit einem Boulevard Wheat und einem Sandwich?« Sie hatte seit heute Morgen nichts gegessen und auf einen leeren Magen Alkohol zu trinken, war keine gute Idee.

Er nickte. »Kommt sofort.«

Jemand tippte ihr auf die Schulter.

Leo wirbelte auf dem Barhocker herum, in der Erwartung, einen Fan vor sich zu sehen, der um ein Autogramm bitten wollte.

Stattdessen stand Ethan, der jüngere von Hollys Brüdern, vor ihr. Er kletterte neben ihr auf einen Barhocker, ohne auf eine Einladung zu warten. »Hallo, Leo. Ich habe von der anderen Straßenseite aus gesehen, wie du reingegangen bist, und dachte, ich sage kurz Hallo.«

»Hallo«, murmelte sie. Konnte man sich hier nicht einmal in Ruhe betrinken? Jetzt musste sie ihn ansehen und seine Augen hatten dasselbe klare Blau wie Hollys.

Chris stellte das Bier vor Leo ab. »Willst du auch eines?«, fragte er Ethan.

»Klar.« Er grinste, was Grübchen in seinen Wangen entstehen ließ. So sah er seiner Schwester noch ähnlicher. »Du weißt ja, was man über Menschen sagt, die allein trinken. Gefährliche Sache. Ich kann nicht zulassen, dass eine Freundin das tut.«

Es dauerte nicht lange, bis Chris mit Ethans Bier und einem BLT-Sandwich für Leo zurückkam.

Ausgerechnet dieses Sandwich musste er ihr bringen. Sie fragte sich, was wohl aus den Sandwiches vom Picknick geworden war. Ob Holly wohl noch am Bach war und sie alleine aß?

Nein. Dazu kannte sie Holly bereits zu gut. Auf keinen Fall würde sie nach ihrem Streit das Picknick genießen können. Der Gedanke daran, dass Holly allein und traurig am Bach saß, verdarb ihr den Appetit. Sie schob den Teller mit dem Sandwich zu Ethan. »Hier. Du kannst es haben. Ich habe keinen Hunger mehr.«

»Im Ernst? Lecker.« Ethan ließ sich das nicht zweimal sagen. Er griff zum Sandwich, nahm einen großen Bissen und kaute. »Also«, sagte er, als er innehielt, um nach seinem Bier zu greifen, »du gehst jetzt mit meiner Schwester.«

Hätte sie ihm nicht ihr Sandwich gegeben, wäre sie jetzt wohl daran erstickt. Sie funkelte erst Ethan, dann Chris an, der plötzlich aufmerksam lauschte und so tat, als wischte er die Bar vor ihnen mit einem Lappen ab.

»Hat sie das gesagt?«, fragte Leo.

Ethan grinste. »Oh nein. Holly ist ziemlich verschwiegen, wenn es um solche Dinge geht. Aber sie musste gar nichts sagen. Es ist eine kleine Stadt.«

»Eine kleine Stadt mit einem großen Mundwerk«, grummelte Leo.

Sein Grinsen wurde zu einem Stirnrunzeln. »Möchtest du nicht, dass irgendjemand davon erfährt?«

»Daran liegt es nicht. Es ist … Es ist einfach kompliziert. Wir … wir werden nicht mehr miteinander ausgehen.«

Zum ersten Mal, seit Leo die Bar betreten hatte, lächelte Chris.

Leo schnaubte. *Glaub nur nicht, dass du jetzt eine Chance bei ihr hast, Kumpel, nur weil ich aus dem Rennen bin.*

Ethan knallte sein Bier auf die Bar. »Du hast mit ihr Schluss gemacht? War es wegen … wegen ihrer … weil sie nicht …?« Er unterbrach sich und starrte Chris wütend an, der noch immer ihr Gespräch belauschte. »Hey, Mann, warum gehst du nicht die Flaschen da drüben nachfüllen?« Er zeigte zum anderen Ende der Theke.

Chris nahm seinen Lappen und stapfte davon.

»Nein«, sagte Leo ein wenig zu laut. Sie senkte die Stimme. »Nein. Es hatte nichts damit zu tun.«

»Wieso dann? Meine Schwester ist eine großartige Frau. Ich gebe zu, dass ich nicht unbedingt in einer Beziehung mit einer Frau sein wollte, die … na ja, du weißt schon. Aber Holly ist wirklich …«

»Himmel, würdest du endlich damit aufhören? Ich habe nicht mit ihr Schluss gemacht. Wenn man nach nur einem Date überhaupt von Schluss machen reden kann, dann hat sie mit mir Schluss gemacht. Und selbst wenn ich es getan hätte, dann nicht, weil … nicht deshalb, okay? Warum machen alle deswegen so ein Aufheben?«

Er blinzelte. »Dann ist es für dich keine große Sache?«

»Ich weiß es nicht. Ich hatte nicht mal Zeit, es herauszufinden, ehe sie mir gesagt hat, dass sie nicht mehr mit mir ausgehen will.« Sie trank ihr Bier in einem Zug bis zur Hälfte aus. »Und mehr will ich nicht zu diesem Thema sagen. Ich möchte nicht darüber sprechen, insbesondere nicht mit einem ihrer Brüder.«

»Absolut okay«, sagte Ethan. »Ist ja nicht so, als wäre ich sonderlich scharf auf diese Unterhaltung. Normalerweise ist Zack immer derjenige, der diese Wenn-du-meiner-Schwester-wehtust-werde-ich-dir-die-Beine-brechen-Gespräche übernimmt.«

Eigentlich hatte Leo nicht mehr über Holly sprechen wollen, aber nun gab sie doch ihrer Neugierde nach. »Ich kann mir nicht vorstellen, dass er dieses Gespräch oft führen musste, oder?« Holly schien der Typ Frau zu sein, die auf sich selbst aufpassen konnte, und soweit Leo wusste, hatte sie erst drei Beziehungen gehabt. Von einer davon wusste niemand.

»Erst ein Mal, glaube ich. Als sie während der Frühjahrsferien im letzten Semester der Krankenpflegeausbildung nach Hause kam, hat sie ihre Freundin mitgebracht.« Er rümpfte die Nase. »Dana.«

»Ich gehe mal davon aus, dass du sie nicht leiden konntest?« Leo stibitzte eine Pommes von seinem Teller.

»Wir haben wirklich versucht, ihr eine Chance zu geben. Na ja, zumindest Zack und ich.« Ethan biss erneut von seinem Sandwich ab. »Mama und Papa waren noch nicht darüber hinweg, dass sie mit einer Frau zusammen war. Und wie Dana Holly behandelte, half da auch nicht gerade.«

Ein starker Beschützerinstinkt überkam sie. »Was hat sie getan?«

Er kaute, zuckte mit den Schultern und ließ sich für Leos Geschmack viel zu viel Zeit mit dem Antworten. »Es war eher das, was sie nicht getan hat, was mich störte. Manchmal waren sie wie die Turteltauben, aber hin und wieder war sie Holly gegenüber ungefähr so warm und liebevoll wie eine gefrorene Makrele.«

Leo fiel wieder ein, was Holly ihr über Dana erzählt hatte: Sie hatten sich ständig darüber gestritten, dass Holly Dana nicht genauso begehrte wie Dana sie. *Verdammt.* Vermutlich hatte Dana ihr die kalte Schulter gezeigt und sie mit Liebesentzug bestraft, wenn Holly nicht mit ihr schlafen wollte.

Glaubte Holly, dass Leo ihr das ebenfalls antun würde, wenn sie sich auf eine Beziehung einließ? Der Gedanke tat weh und machte sie zugleich wütend und traurig.

Sie trank den Rest ihres Biers aus, während Ethan seines noch nicht einmal zur Hälfte geleert hatte.

»Alles in Ordnung mit dir?«, fragte er.

»Ja. Aber ich glaube, ich sollte jetzt nach Hause gehen.« Sie legte genug Geld auf die Theke, um das Sandwich und die Biere zu bezahlen. »Wenn du deine Schwester siehst, sag ihr …«

»Was soll ich ihr sagen?« Er wartete, das Bierglas auf halbem Weg zum Mund.

Leo schüttelte den Kopf. »Nichts.« Sie musste endlich aufhören, direkte Gespräche zu meiden. Was immer sie Holly auch sagen wollte, sie musste es selbst tun. Falls ihr je einfallen würde, was sie sagen sollte.

Holly konnte nicht sagen, wie lange sie dagesessen und auf die Biegung des Wegs gestarrt hatte, hinter der Leo verschwunden war. In ihren Ohren rauschte es und das lag nicht am Gurgeln des Bachs neben ihr.

Schließlich sah sie hinab auf das Picknick, das Leo so liebevoll zubereitet hatte. Ihre Augen brannten und einen Moment lang wollte sie alles in den Bach werfen. Aber sie wusste, dass sie sich nicht dazu überwinden konnte.

Genauso wenig würde sie zulassen, dass sie sich mitten auf der Picknickdecke zu einem Ball zusammenrollte.

Sie hatte getan, was notwendig war. Langfristig gesehen war es besser so, auch wenn es sich im Moment nicht so anfühlte.

Jetzt musste sie ihr Leben weiterleben, angefangen damit, dass sie irgendetwas Sinnvolles mit all dem Essen anfangen musste. Sie fuhr mit den Fingern über jeden Behälter, als sie diese zurück in den Korb packte. Gott, Leo hatte sich so viel Mühe gemacht. Sie hatte sogar den geräucherten Gouda gekauft, den Holly so mochte. Woher wusste sie das?

Hör auf. Du quälst dich nur.

Sie packte den Rest des Picknicks ein, zog ihre Sandalen aus und watete in den Bach, in der Hoffnung, den Wein zu finden. Doch nach einigen Minuten gab sie die Suche auf. Die Flasche war weg, genau wie Leo.

Sie ignorierte ihre trübseligen Gedanken und ihre nassen Füße, zog ihre Sandalen wieder an und kletterte über die Felsen, zurück auf den Weg. Im Vorbeigehen nickte sie Mr. Gillespie zu, ging aber weiter, ohne für ein Schwätzchen stehen zu bleiben. Den Korb umklammerte sie fest mit beiden Händen.

Was sollte sie damit tun? Ihn Leo zurückgeben?

Sie hatte das Gefühl, dass das nicht gut ankommen würde. Alles aufzuessen, war auch keine Option. Der bloße Gedanke ans Essen brachte ihren Magen zum Rebellieren. Aber sie wollte auch nicht, dass Leos Picknick weggeworfen wurde.

Schließlich beschloss sie, den Korb zu ihrer Mutter zu bringen. Ethan und Zack und die Kinder waren jeden Tag dort. Bei dieser hungrigen Meute verdarb so schnell kein Essen.

Holly hatte einen Schlüssel, sodass sie sich selbst ins Haus lassen konnte. Manchmal erwartete sie immer noch, ihren Vater zu sehen, wenn sie das Haus betrat. Gott, was hätte sie dafür gegeben, wenn sie jetzt in seine Arme hätte sinken können. Leo wusste gar nicht, wie gut sie es hatte, immer noch einen Vater zu haben.

Hör endlich auf, an sie zu denken!

»Das ging aber schnell«, sagte ihre Mutter hinter ihr.

Holly zuckte zusammen und wirbelte herum, den Korb an die Brust gedrückt. »Mama! Ich wusste nicht, dass du zu Hause bist. Ich wollte dir eben einen Zettel schreiben.«

Ihre Mutter kam näher. »Heute musste ich mich nicht mit einer schlecht gelaunten Katze herumärgern, deshalb konnten wir pünktlich nach Hause gehen. Aber was führt dich hierher?«

»Ich, äh, habe etwas zu essen für die Kinder vorbeigebracht.« Holly hielt den Korb in die Höhe.

»Ist das der Rest vom Picknick mit Leontyne?«

»Woher ... woher weißt du das?«

»Ein kleines Vöglein hat es mir gezwitschert.« Ihre Mutter lächelte geheimnisvoll. »Okay, es war Phil Eads. Er kam vorhin mit seinem Rottweiler-Mischling in die Praxis und sagte, er hätte gehört, wie sich Leontyne und Jenny im Laden darüber unterhalten haben. Wie war es denn?«

»Äh, na ja ...« Holly folgte ihrer Mutter in die Küche, wo sie den Korb abstellte.

»Ihr beide ... ist das zwischen euch etwas Ernstes?« Die Augen ihrer Mutter glänzten. »Hast du deshalb vor Kurzem von einem Happy End gesprochen?«

»Es wird nicht funktionieren.« Es laut auszusprechen, war schwerer als erwartet.

»Warum nicht? Weil sie ein Popstar ist?«, fragte ihre Mutter. »Ich gebe zu, darüber habe ich mir auch ein wenig Sorgen gemacht, aber dann dachte ich mir, sie ist immer noch Gilberts und Sharons Tochter, weißt du? Das kleine Mädchen, das sich einen Stein in die Nase gesteckt hat, als sie drei war.«

Holly rang sich ein Lächeln ab. »Nein, das ist es nicht. Wenigstens nicht nur.« Sie rieb sich mit beiden Händen das Gesicht. »Leo wird bald nach New York zurückkehren, um sich wieder ihrer Karriere zu widmen.«

Ihre Mutter schob ihr einen Stuhl hin und setzte sich ihr gegenüber. »Aber das wusstest du doch schon, bevor du mit ihr ausgegangen bist, oder?«

»Ja, aber ...«

»Dann muss sie etwas an sich haben, was dich trotzdem hat zustimmen lassen.«

»Ich ...« Holly stützte die Ellbogen auf den Tisch, lehnte die Stirn auf beide Hände und vergrub die Finger in ihrem Haar. »Ich hätte gründlicher nachdenken sollen, bevor ich *Ja* gesagt habe.«

»Tja, normalerweise denkt man nicht viel nach, wenn Liebe ... oder Lust im Spiel ist.« Die Mundwinkel ihrer Mutter hoben sich zu einem amüsierten Lächeln.

Es war sicher nicht Hollys Libido gewesen, die ihre Vernunft ausgeschaltet hatte. *Aber Liebe ist es auch nicht ... oder? Vielleicht eine kleine Schwärmerei. Okay, eine ziemlich große.*

»Warum gibst du einer Fernbeziehung keine Chance?«, fragte ihre Mutter. »Ich weiß, es ist nicht immer leicht, aber es kann funktionieren. Dein Vater hat in Kansas City gelebt, als wir uns kennengelernt haben.«

»Das ist wohl kaum eine Fernbeziehung.«

Ihre Mutter zuckte mit den Schultern. »Wenn man sich danach sehnt, zusammen zu sein, dann können selbst hundertfünfzig Kilometer eine große Distanz sein. Warum versucht ihr es nicht? Eine so große Auswahl an Lesben gibt es in Fair

Oaks schließlich nicht. Die Einzige, die ich kenne, ist Ms. Vörster und die ist einundachtzig.«

»Ms. Vörster?« Trotz ihrer trübseligen Stimmung hätte Holly fast losgelacht. »Wieso denkst du, sie wäre lesbisch?«

»Sie hat einen Regenbogenaufkleber auf ihrem Auto.«

»Vermutlich mag sie bloß die bunten Farben und hat keine Ahnung, was die Regenbogenfahne bedeutet.«

»Nun, sie mag vielleicht keine Lesbe sein, aber du bist eine. Und das bedeutet, wenn du nicht den Rest deines Lebens allein verbringen willst, dann musst du irgendwann jemandem eine Chance geben, der von außerhalb kommt.« Sie musterte Holly mit mütterlichem Blick. »Oder etwa nicht?«

Holly senkte den Kopf und rieb sich mit einer Hand den Nacken. »Ich weiß nicht so recht, Mama. Meiner Erfahrung nach zahlt es sich nicht aus, Risiken einzugehen.«

Ihre Mutter griff über den Tisch und nahm Hollys freie Hand. »Wer hat dich bloß so sehr verletzt?« Es klang, als könnte sie kaum sprechen, weil sie so überwältigt von Gefühlen war.

Holly schüttelte den Kopf. »Es ist nicht …«

»Es war Dana, nicht wahr? Seit damals hast du niemanden mehr mit nach Hause gebracht. Oh Gott, Holly. Es tut mir so leid, dass wir nicht für dich da waren.«

»Das wart ihr doch.«

»Nicht so, wie es hätte sein sollen. Aber wir waren noch nicht so weit und dann ist dein Vater … dann ist der Unfall passiert und …«

Holly drückte die Hand ihrer Mutter. »Ist schon okay.«

»Nein, ist es nicht. Warum sprichst du nie mit mir über diesen Teil deines Lebens? Wir sprechen doch sonst auch über alles. Warum nicht auch über Beziehungen?«

»Weil … weil es nichts gibt, über das wir sprechen könnten.«

»Das mag vielleicht so gewesen sein, bevor Leontyne zurückgekommen ist.« Ihre Mutter sah sie flehend an. »Schatz, ich weiß, ich war anfangs nicht gerade die Mutter des Jahres, als du dich geoutet hast, aber ich gebe wirklich mein Bestes.«

»Ich weiß, Mama. Es liegt nicht daran, dass ich dir nicht vertraue. Es ist nur kompliziert.«

Ihre Mutter seufzte. »Na schön. Du weißt, dass ich immer für dich da bin, wenn du reden möchtest.«

»Danke, Mama. Vielleicht ein anderes Mal.« Als sie aufstand, um ihre Mutter zu umarmen, kam ihr ein Gedanke. Tat sie etwa genau das, was sie Leo vorgeworfen hatte? Erfand sie alle möglichen Ausreden, um einer ernsthaften Unterhaltung mit ihrer Mutter aus dem Weg zu gehen?

Als Leo nach Hause kam, ging langsam die Sonne unter. Sie hatte gehofft, dass sie in ihr Zimmer verschwinden konnte, ohne dass jemand im Haus sie sah, aber als sie die Tür öffnete, trat ihre Mutter aus der Küche. »Nanu, bist du schon von deinem Picknick zurück?«

»Ja.« Sie wollte nicht lügen, aber sie wollte auch nicht über die Gründe für das vorzeitige Ende des Picknicks sprechen.

Zum Glück bedrängte ihre Mutter sie nicht weiter.

»Ist Holly heute Abend im Dienst?«, fragte Leo.

»Nein. Hat sie dir das während des Picknicks nicht gesagt? Ich bin heute dran, mich um deinen Vater zu kümmern.«

Wenigstens bedeutete das, dass sie Holly heute Abend nicht mehr sehen musste. Sie ging an ihrer Mutter vorbei zur Treppe, blieb dann stehen und sah genauer hin. Ihre Mutter sah schlecht aus. Die ständigen Sorgen hatten Falten auf ihrem Gesicht hinterlassen und sie bewegte sich schleppend. Hatte sie noch weiter an Gewicht verloren oder hatte sie schon vor vier Wochen so ausgesehen und Leo hatte es nur nicht bemerkt?

Verdammt. Es schmerzte, es zuzugeben, aber Holly hatte recht gehabt. Nicht damit, dass sie Zeit mit Holly verbracht hatte, damit sie sich nicht mit ihrem Vater befassen musste. Sie mochte Holly und genoss jede Sekunde, die sie miteinander verbrachten. Aber es steckte auch ein Kern Wahrheit in dem, was Holly gesagt hatte. Leo hatte es wirklich vermieden, sich mit ihrem Vater … mit beiden Eltern zu beschäftigen.

Nur noch eine Woche in Fair Oaks, dann würde sie wieder abreisen. Wenn sie so weitermachte wie bisher, würde sie mehrere Jahre nicht mehr nach Hause zurückkehren.

Also hatte sie nur noch einige Tage, um zu beweisen, dass Holly falsch lag.

Aber es fiel ihr schwer. Sie öffnete den Mund, schloss ihn wieder und öffnete ihn erneut.

»Ja?«, fragte ihre Mutter. »Was gibt es?«

»Ich …« Sie leckte sich die Lippen. Ihr Blick glitt zur Treppe, die hinauf zu ihrem Zimmer führte. *Nein.* Sie stellte sich aufrecht hin. »Ich kann heute die Nachtschicht übernehmen, wenn du willst.«

Ihre Mutter starrte sie an, als hätte sie gesagt, sie sei schwanger mit Drillingen. »Du ... du willst dich heute um deinen Vater kümmern?«

Leo zuckte so lässig wie möglich mit den Schultern und tat so, als wäre es keine große Sache. Doch sie wusste, dass es ihr nicht gelang. »Ja. Warum denn nicht?«

»Du musst das nicht tun.«

»Doch«, sagte Leo. Ihre Stimme war brüchig. »Ich glaube, genau das muss ich tun.«

Ihre Mutter überbrückte die Distanz zwischen ihnen schneller, als Leo es für möglich gehalten hätte. Sie nahm Leo in die Arme und drückte sie an sich. »Danke«, flüsterte sie. »Danke, dass du es versuchst.«

Leo lachte zittrig und hielt sie einen Moment lang in den Armen. »Dank mir lieber noch nicht. Papa und ich bringen uns vielleicht gegenseitig um und du musst dich dann mit unseren Leichen herumärgern.«

Ihre Mutter kicherte. Es klang euphorisch und zugleich nervös. »Das Risiko nehme ich gern in Kauf, wenn ihr nur ...«

Sie brachte den Satz nicht zu Ende, doch das Gewicht ihrer Erwartungen senkte sich schwer auf Leos Schultern hinab.

Nach einer Weile ließen sie beide los und traten zurück.

Leo räusperte sich. »Was muss ich tun? Während der Nachtschicht, meine ich.«

»Dank der Ergotherapie kann dein Vater die meisten Dinge selbst erledigen. Du musst ihn nur ins Badezimmer und wieder zurück in sein Zimmer bringen. Waschen kann er sich allein, wenn du ihn an das Waschbecken schiebst.«

Puh. Wenigstens blieb ihnen diese Verlegenheit erspart. »Und das ist alles?«

»Du musst nachschauen, ob er auch seine Zähne geputzt hat. Das ist für ihn mit der linken Hand ziemlich schwer.«

»Okay.« *Das kriege ich hin. Glaube ich.*

»Oh, und miss seinen Blutzucker, bevor er ins Bett geht. Weißt du noch wie?«

Ihr Vater hatte sein ganzes Leben lang an Diabetes gelitten, deshalb hatte Leo oft gesehen, wie er sich in den Finger gestochen und seinen Blutzucker gemessen hatte. »Was ist mit dem Insulin?«

»Er hat jetzt eine Pumpe, du musst also nicht spritzen. Bist du sicher, dass du das übernehmen willst? Ich könnte ...«

»Nein, schon okay. Geh dich ausruhen. Ich übernehme das.«

»Bist du sicher?«, fragte ihre Mutter noch einmal.

Leo rang sich ein Lächeln ab. »Dir ist schon klar, dass das mit unseren Leichen nur ein Scherz war, oder?«

Der Hauch eines Lächelns huschte über die angespannten Gesichtszüge ihrer Mutter. »Na schön. Ich weiß, dass du dich gut um ihn kümmern wirst. Lass mich kurz gute Nacht sagen, dann gehört er ganz dir.«

Es dauerte nicht lange, bis sie zurückkehrte. Sie stellte sich auf die Zehenspitzen, küsste Leo auf die Wange und ging dann die Treppe hinauf.

Leo sah zu, wie sie langsam jede Stufe einzeln nahm, als hätte sie nicht die Energie, schneller zu gehen, oder als zögerte sie immer noch, Leo mit ihrem Vater allein zu lassen.

Als die Schlafzimmertür hinter ihr zufiel, straffte Leo die Schultern und rieb ihre feuchten Hände gegeneinander. Na schön. Jetzt musste sie sich beweisen.

Ihre Knie fühlten sich an wie Gummi, als sie zum Zimmer ihres Vaters ging. Gott, so nervös war sie nicht einmal vor dem Konzert im Madison Square Garden gewesen. *Beruhige dich. Es ist doch nur dein Vater.*

Aber das beruhigte sie nicht mehr als der Gedanke an einen Löwen, der hinter der Tür auf sie wartete. Sie gab sich einen Ruck und klopfte an.

Ein Knurren kam von drinnen.

Sie interpretierte es als »herein« und öffnete die Tür. Als sie eintrat, fiel ihr auf, wie wenig Zeit sie in den vergangenen vier Wochen in diesem Zimmer verbracht hatte. Auch das zeigte ihr, dass Holly recht gehabt hatte.

Ihr Vater saß in seinem Rollstuhl vor der Stereoanlage und durchsuchte einen Stapel CDs. Er sah nicht auf, als sie den Raum betrat.

»Zeit fürs Bett«, sagte sie. *Wow. Das war seltsam.* Er hatte dieselben Worte tausende Mal zu ihr gesagt, als sie ein Kind gewesen war. An diesen Rollentausch musste sie sich erst noch gewöhnen.

Er legte die CDs weg, drehte sich um und reckte den Hals. »Äh, Mama?«

Zuerst glaubte sie, er würde sie mit seiner längst verstorbenen Mutter verwechseln. Doch Holly hatte ihr versichert, dass sein Gedächtnis nicht in Mitleidenschaft gezogen war. Er fragte nach ihrer Mutter, nicht nach seiner eigenen.

Sie ging zu ihm hinüber und zog den Rollstuhl herum, sodass er sie ansehen musste. »Hat sie dir nicht gesagt, dass ich mich heute um dich kümmern werde?«

Er funkelte sie böse an. »Nein.«

Warum musste er es ihr so schwer machen? Sie verschränkte die Arme vor der Brust. »Entweder helfe ich dir oder du machst alles allein. Mama muss sich ausruhen.«

Sie starrten einander grimmig an.

Wie sie ihren Vater kannte, würden sie morgen noch hier sein, weil keiner von beiden nachgeben würde. Leo packte die Griffe des Rollstuhls und schob ihn in Richtung Badezimmer.

Er stieß ein Knurren aus. »Betrunken.«

Sie blieb stehen. Ihre Hände glitten von den Rollstuhlgriffen. »Was?«

»Betrunken«, wiederholte er etwas deutlicher und legte seine gesunde Hand auf ein Rad, sodass sie ihn nicht weiterschieben konnte.

Mist. Der Mann war ein menschlicher Alkoholdetektor. Am Abend des Abschlussballs war es auch so gewesen, als sie angetrunken nach Hause gekommen war und irgendetwas davon vor sich hergeplappert hatte, dass sie Ash geküsst hatte. Aber das war vor vierzehn Jahren gewesen. Sie war nicht mehr das verknallte Mädchen von damals und sie war nicht betrunken.

Sie umrundete den Rollstuhl, um ihn ansehen zu können. »Kannst du mal aufhören, päpstlicher als der Papst zu sein? Ich bin erwachsen und ich hatte nur ein Bier und einen Whisky. Nicht alle Popstars sind Alkoholiker oder drogenabhängig.«

Er sagte nichts, aber wenigstens ließ er das Rad los.

Sie schob ihn durch die Schiebetür ins Badezimmer. Ihre Eltern hatten einen Teil des Geldes, das sie ihnen geschickt hatte, dafür verwendet, das Badezimmer zu vergrößern und eine begehbare Dusche zu installieren. Nachdem sie nach Fair Oaks zurückgekehrt war, hatte sie sich darum gekümmert, dass er ein neues Waschbecken bekam. Es war niedriger als das alte, sodass er es vom Rollstuhl aus erreichen konnte. Der Toilettensitz war höher und überall waren Griffe an den Wänden angebracht, damit er allein aus und in den Rollstuhl kommen konnte.

Sie stellte den Rollstuhl neben der Toilette ab. »Äh, brauchst du Hilfe?«

Er schüttelte entschieden den Kopf.

»Na gut. Ich warte draußen. Ruf mich, wenn du fertig bist, dann komme ich und helfe dir beim Waschen.«

»Stopp«, sagte er, bevor sie die Tür erreichen konnte.

Sie drehte sich um. »Ja?«

»Stopp«, sagte er erneut.

»Ich habe gestoppt. Ich tue überhaupt nichts.«

»Stopp.« Er deutete mit ungeduldigen Handbewegungen auf den Rollstuhl. »Mach stopp.«

Was zum Teufel wollte er ihr sagen? Erneut starrten sie einander an, ohne kommunizieren zu können. *Die Geschichte meines Lebens.*

»Stopp«, wiederholte er. Er brüllte fast, als könnte sie ihn besser verstehen, wenn er nur laut genug sprach. Er trommelte mit seiner gesunden Hand auf der Armlehne.

Schweiß perlte auf Leos Stirn. Fühlten sich so die Eltern eines Kleinkinds, das einen Tobsuchtsanfall bekam? Sie hoffte, dass ihre Mutter das Geschrei nicht hören und angelaufen kommen würde, weil sie glaubte, sie würden sich nun tatsächlich gegenseitig umbringen. »Ich verstehe nicht, was du … Oh!«

Mist. Sie hatte vergessen, die Bremse am Rollstuhl festzustellen. Mit brennenden Wangen beugte sie sich hinab und holte es nach. »Tut mir leid«, murmelte sie und verschwand aus dem Badezimmer, so schnell sie konnte.

Draußen vergrub sie das Gesicht in den Händen. *Oh Mann.* Wie machte Holly das jeden Tag? Leo war nicht zur Krankenschwester geschaffen.

Kein Wunder, dass ihre Mutter so erschöpft aussah. Sich drei oder vier Nächte pro Woche um ihn zu kümmern, war auch nicht weniger stressig als eine weltweite Konzerttour. Sie lehnte sich gegen die Wand und lauschte den Geräuschen, die aus dem Badezimmer drangen.

Die Toilettenspülung wurde betätigt, dann grunzte er und sie hörte, wie er sich auf einem Bein über die Fliesen zog, vermutlich, um zurück in seinen Rollstuhl zu kommen.

»Brauchst du Hilfe?«, rief sie.

»Nein«, knurrte er.

Ein frustriertes Grunzen hallte durch das Bad.

»Papa?« Sie spähte ins Badezimmer.

Irgendwie hatte er es zurück in den Rollstuhl geschafft und sein Hemd ausgezogen, aber jetzt mühte er sich mit den Bremsen ab.

Sie schob sich an ihm vorbei und löste die Bremsen. Ohne auf sein Murren zu achten, schob sie ihn zum Waschbecken und drückte etwas Zahnpasta auf die Zahnbürste.

Er warf ihr im Spiegel einen finsteren Blick zu, bevor er begann, sich die Zähne zu putzen. Es wirkte ziemlich mühsam, weil er die linke Hand benutzen musste, und er nahm nach nicht einmal einer Minute die Zahnbürste aus dem Mund.

»Drei Minuten«, sagte sie. Wieder überkam sie dieses merkwürdige Gefühl eines Rollenwechsels. »Weißt du noch, dass du mir immer einen Drei-Minuten-Walzer vorgespielt hast, als ich gelernt habe, mir selbst die Zähne zu putzen?« Daran hatte sie jahrelang nicht mehr gedacht.

Er hörte auf, sie finster anzustarren. Einen Moment lang wurde sein Blick sanfter, dann runzelte er die Stirn und schob die Zahnbürste zurück in seinen Mund.

Schließlich war er fertig.

Sie wartete geduldig, während er sein Gesicht und seine Hände wusch, und schob ihn dann in sein Zimmer zurück. Diesmal vergaß sie nicht, die Bremsen festzustellen, als sie den Rollstuhl neben dem Bett abstellte.

Mit ein wenig Hilfe zog er seine Shorts aus, schlüpfte ins Bett und atmete aus, als wäre er genauso erleichtert wie Leo.

Jetzt musste sie nur noch seinen Blutzucker messen. Sie nahm die Ledertasche vom Nachttisch und öffnete den Reißverschluss. Das Blutzuckermessgerät war neu, nicht das, was er benutzt hatte, als sie noch zu Hause gewohnt hatte. Doch vermutlich würde es genauso funktionieren wie das alte.

Sie schob einen Teststreifen ins Gerät und sah zu, wie das Display aufleuchtete, bevor sie es beiseitestellte. Sanft drückte sie die Lanzette seitlich gegen den Finger ihres Vaters, an einer Stelle, wo er weniger empfindlich war. Lederne Haut bedeckte seine Fingerkuppen. Sie unterschied sich etwas von ihren Gitarrenschwielen, war aber trotzdem sehr vertraut. Sie hatte unzählige Male zugesehen, wie diese Hände Geige oder Klavier gespielt hatten. Doch nun würde er nie wieder spielen. Ohne Vorwarnung überkam sie eine Welle der Trauer und des Mitleids. Sie saß da, umklammerte seinen Finger und biss sich auf die Lippe.

»Drücken«, sagte ihr Vater.

»Ja, ich weiß.« Sie drückte den Knopf.

Die Nadel schoss aus der Lanzette und stach ihn in den Finger. Er zuckte nicht einmal zusammen.

Eine Sekunde lang starrte sie den tiefroten Tropfen Blut auf seiner Fingerkuppe an, bevor sie ihn an den Teststreifen hielt, der aus dem Gerät ragte.

Beide sahen auf das kleine Display hinab.

Es schien ewig zu dauern, bis endlich das Messergebnis angezeigt wurde.

»Einhundertsiebzehn.« Sie atmete auf. Sein Blutzuckerspiegel war in Ordnung und sie musste nicht ihre Mutter … oder, noch schlimmer, Holly zu Hilfe rufen.

Sie warf den benutzten Teststreifen in einen Becher, packte das Blutzuckermessgerät zurück in seine Tasche und legte diese auf den Nachttisch. Jetzt war alles erledigt, aber etwas tief in ihr sagte ihr, dass sie trotzdem noch nicht gehen konnte. Nicht, ohne mit ihm gesprochen zu haben.

Aber als sie sich wieder zu ihm umdrehte, hatte er die Augen geschlossen, entweder weil er müde war oder um ihr zu zeigen, dass er nicht mit ihr reden wollte.

Okay. Sie hatte es versucht. Offenbar sollte es nicht sein.

Im Ernst?, fragte eine Stimme in ihrem Kopf, die nach Holly klang. *So einfach gibst du auf?*

Sie blieb neben dem Bett stehen. »Papa?«, sagte sie leise. »Können wir reden?«

Er öffnete die Augen und schnitt eine Grimasse, während er auf seinen Kopf zeigte.

»Ja, ich weiß, dass du nicht gut reden kannst. Aber kannst du zuhören?«

Er seufzte, richtete sich mithilfe des Bettgalgens auf, der über seinem Krankenbett hing, und deutete auf seinen Rollstuhl. »Setzen.«

Ihr Herz klopfte wild, als stünde sie vor einem Erschießungskommando, nicht vor ihrem Vater. Sie ließ sich in den Rollstuhl fallen und saß dort eine Weile, um nach den richtigen Worten zu suchen. Wo sollte sie nach all den Jahren anfangen? Schließlich beschloss sie, sich kurzzufassen, denn sie hatte nicht die Nerven, es lange hinauszuziehen. »Ich weiß, du hattest schon mein ganzes Leben vorausgeplant, bevor ich überhaupt sprechen konnte. Ich sollte die Juilliard School besuchen, einen Abschluss in Musik machen, in einem Sinfonieorchester spielen und vielleicht einen Musiker heiraten und mit ihm die nächste Generation kleiner Mozarts großziehen.«

Er warf ihr einen Blick zu, der zweifellos fragte: Was ist daran denn so falsch?

»Daran ist nichts falsch«, antwortete sie. »Das ist ein ehrenwertes Ziel. Nur nicht meines. Ich bin nicht du, Papa. Ich bin nicht hetero und ich bin kein großer Fan klassischer Musik. Ich möchte andere Dinge im Leben. Aber nur, weil sie anders sind, heißt das nicht, dass sie schlechter sind als das, was du dir für mich gewünscht hast. Kannst du das akzeptieren?«

Seine Augenbrauen senkten sich. Er streckte seine gesunde Hand aus, nahm Leos linke Hand und fuhr mit dem Daumen über ihre Fingerkuppen. »Sanft«, sagte er mit einem abschätzigen Kopfschütteln. »Äh, nein.« Er starrte ins Leere, als er offenbar nach dem richtigen Wort suchte. »Weich.«

Leo sah auf ihre Hände hinab. Ihr Blick fiel auf ihre Fingerkuppen. Die Schwielen auf ihrer linken Hand waren weich geworden, weil sie in den vergangenen vier Wochen nicht Gitarre gespielt hatte. »Äh, ja, ich mache im Moment eine Pause. Aber was hat das mit dem zu tun, was ich gesagt habe?«

»Nicht ... ähm, wissen ... das ... ähm, wollen.«

Leo ging die Worte von vorn nach hinten und von hinten nach vorn durch, um herauszufinden, was er meinte. Endlich begriff sie. »Du meinst, ich weiß nicht, was ich will?«

Er nickte entschieden. »Du, äh, wissen ... weißt ... du spielst.«

»Wenn ich es wüsste, würde ich spielen?«

Erneut nickte er. Er hielt ihrem Blick stand, das Kinn herausfordernd angehoben. Ihr erster Impuls war, einen Streit anzuzetteln oder aus dem Zimmer zu stürmen. Aber das wäre wieder das alte Muster, das Holly ihr vorgeworfen hatte. Und so sehr sie es auch verabscheute, insgeheim musste sie zugeben, dass er recht hatte. Sie hatte mit dem Gitarrespielen aufgehört, weil es ein Symbol für ihre Karriere war und sie nicht wusste, ob sie diese überhaupt noch wollte.

Verdammt. Diese Erkenntnis war nicht das, was sie sich von dieser Unterhaltung erhofft hatte. Sie versuchte, den Rollstuhl näher an das Bett zu rollen, aber die Bremsen waren festgestellt, sodass er sich nicht vom Fleck rührte. Mit einem Knurren stieß sie ihn dahin, wo sie ihn haben wollte.

»Okay. Vielleicht weiß ich nicht genau, was ich will, aber ich weiß, was ich nicht will. Ich will nicht Geige spielen. Ich will nicht in einem Sinfonieorchester spielen. Ich will keinen Mann heiraten.« Bis vor wenigen Wochen hätte noch *Ich will nicht hier sein* auf ihrer Liste gestanden, aber inzwischen war sie sich nicht mehr so sicher, ob das noch zutraf.

»Schön.« Er winkte ab und drehte den Kopf beiseite.

»Nein, Papa.« Sie sprang auf und lief um das Bett herum, sodass er gezwungen war, sie wieder anzusehen. »Du findest es gar nicht schön, oder? Komm schon. Gib es wenigstens zu. Sonst hast du doch auch nie gezögert, mir deine Meinung aufzuzwingen.«

Erneut drehte er den Kopf weg, aber diesmal hatte Leo einen Blick auf den Ausdruck in seinen Augen erhascht. Es war nicht Wut oder Verachtung, wie sie erwartet hatte. Frustration spielte sicher eine große Rolle, aber was sie gesehen hatte, war größtenteils etwas völlig anderes.

Sie kannte diesen Blick. Erst vor Kurzem hatte sie ihn auf Hollys Gesicht gesehen, als sie sich gestritten hatten. Verletzung. Niedergeschlagenheit. Resignation. Angst davor, erneut verletzt zu werden.

War es möglich …? Hatte er angenommen, dass sie ihn persönlich zurückwies, als sie die Dinge für sich selbst ablehnte, die ihm im Leben am wichtigsten waren: seine Musik und seine Familie? Hatte er sich als Vater, als Musiker, als Lehrer und als Mann zurückgewiesen gefühlt?

Sie umrundete erneut das Bett.

Er schloss die Augen. »Schlaf.«

»Gleich. Bitte, Papa, sieh mich an.«

Er schnaubte genervt, öffnete aber die Augen.

Sie setzte sich auf die Bettkante. »Dass ich lesbisch bin und keine Violinistin werden will, hat nichts mit dir zu tun. Das weißt du, oder?«

Er starrte sie mit versteinerter Miene an, aber in seinen Augen flackerte etwas.

»Lesbisch zu sein, ist keine Wahl, die man trifft, Papa. Es hat nichts mit Rebellion zu tun oder damit, dass ich dich zurückweise und nicht wie du sein will. Ich bin einfach so und es gibt nichts, was du ... oder ich ... dagegen tun könnten.«

»Musik?«, sagte er in herausforderndem Tonfall.

»Ja, okay, das war eine Wahl. Aber Popmusik ist immer noch Musik.«

Ihr Vater hob eine Augenbraue.

Leo musste an die Schokoladenanalogie denken, mit der Holly ihr das Thema Asexualität erklärt hatte. Beide waren sich einig, dass weiße Schokolade eigentlich keine Schokolade war. Scheinbar hielt ihr Vater dasselbe von Popmusik.

»Doch, es ist Musik«, sagte sie fest. »Ich bin Musikerin, genau wie du. Sieh es doch mal so: Ich hätte auch Darstellerin in Pornos werden können.«

Seine Augenbraue hob sich noch höher.

»Na gut. Vielleicht nicht gerade Pornodarstellerin. Aber ich hätte Kellnerin, Friseurin oder Mechanikerin werden können. Stattdessen bin ich Popsängerin geworden. Ist das wirklich so schlimm? Wir haben trotzdem noch etwas gemeinsam. Wir lieben beide Musik. Kann das nicht ein Anfang sein?«

Er hob seine gesunde Schulter zu einem angedeuteten Schulterzucken.

Das war alles, was er zu bieten hatte, nachdem sie ihm ihr Herz ausgeschüttet hatte? Sie sah ihn ungläubig an.

Gerade als sie aufstehen und gehen wollte, räusperte er sich und mühte sich ab, um ein einzelnes Wort zu sagen. »Frauen.« Er wedelte zwischen ihnen hin und her und der Hauch eines Lächelns glitt über sein normalerweise unbewegtes Gesicht, was ihm ein weicheres Aussehen verlieh. »Zwei ... ähm, zwei Dinge.«

Himmel, sie hätte eine Niere für einen Übersetzer geopfert. »Ich verstehe nicht, was du meinst.«

Die Falten auf seiner Stirn vertieften sich. Er wiederholte die Handbewegung. »Zwei Dinge. Mu...musik. Frauen.«

»Du ...?« Es verschlug ihr den Atem. Wollte er etwa sagen, dass sie zwei Dinge gemeinsam hatten: Musik und Frauen? Sie starrte ihn an. Bildete sie sich das nur ein oder hatte er eben einen Witz über ihre sexuelle Orientierung gemacht? Keinen abfälligen, sondern einen Witz, der andeutete, dass er ihre sexuelle Orientierung akzeptierte.

Seine Mundwinkel zuckten.

Unglaublich. Er hatte tatsächlich einen Witz gemacht. Ihr strenger, herrischer Vater hatte einen Witz über ihre sexuelle Orientierung gemacht, der diese als etwas hinstellte, das sie gemeinsam hatten anstatt sie voneinander zu trennen. *Oh mein Gott!*

Tief in ihrem Inneren stieg Gelächter auf. Sie hielt sich eine Hand vor den Mund und merkte, dass das, was sie zurückzuhalten versuchte, kein Lachen war. Es war ein Schluchzen, das ihrer Brust entkommen wollte.

Mach das nicht. Es mochte ein Anfang sein, aber dieser Anfang war viel zu zerbrechlich, um Tränen standhalten zu können.

Sie umklammerte einen Zipfel seines Lakens mit der Faust und atmete mehrmals tief durch, um sich wieder in den Griff zu bekommen.

»Okay?«, fragte er und einen Moment lang sah sie seine sanfte Seite, die er ihr manchmal gezeigt hatte, als sie ein kleines Mädchen gewesen war und er ihre Hände über die Saiten der Geige geführt hatte.

Sie atmete lang gezogen ein und aus. »Ja. Alles okay. Ist es für dich wirklich in Ordnung, dass ich lesbisch bin? Und dass ich Popmusik mache?«

»Nicht, äh, mag. Nicht … ändern.« Er zuckte wieder mit einer Schulter.

Sie nickte zum Zeichen, dass sie verstanden hatte. Er mochte es nicht sonderlich, aber er hatte akzeptiert, dass er es nicht ändern konnte. *Das ist schon mal ein Anfang.* Es war mehr, als sie sich von ihm erhofft hatte.

Als sie vom Bett aufstand, fühlte sie sich, als könnte sie durch den Raum schweben. Eine Jahrzehnte alte Last war von ihr gewichen. Sie stand neben seinem Bett und sah lange auf ihn hinab. Sie wollte etwas sagen, wusste aber nicht was. So musste es für ihn sein, wenn er um Worte kämpfte. Schließlich gab sie auf und beugte sich stattdessen hinab, um ihn auf die Wange zu küssen.

Er machte ein grimmiges Gesicht, aber sein Blick war sanft.

Als Leo zur Tür ging, spürte sie, wie er ihr hinterhersah. Sie drehte sich noch einmal um und blickte zu ihm zurück.

Sie nickten einander zu, dann zog er das Laken höher und schloss die Augen.

»Gute Nacht«, sagte sie leise.

Zitternd ließ sie ihren Atem entweichen, nahm das Babyfon und schlich aus dem Zimmer. Ihr erster Gedanke war, dass sie Holly anrufen und ihr alles erzählen wollte.

Aber zwischen ihnen war es aus. Waren sie trotzdem noch befreundet? Wollte sie überhaupt mit Holly befreundet sein, nachdem sie sich ihr geöffnet und dann eine Abfuhr erhalten hatte?

Es war ohnehin unmöglich, Holly zu kontaktieren. Sie hatte ihre Nummer nicht. Wie zum Teufel war es nur möglich, dass sie zwar ihre intimsten Gedanken, aber nicht ihre Telefonnummern ausgetauscht hatten?

Statt nach oben in ihr Zimmer zu gehen und über Holly und das unschöne Ende ihrer Beziehung nachzudenken, nahm sie sich vor, etwas zu tun, dass sie schon einen ganzen Monat vor sich hergeschoben hatte: Sie würde endlich ihren Koffer auspacken, auch wenn es nur für ein paar Tage war.

Kapitel 15

Die Dämmerung und das Zwitschern der Vögel weckten Leo.

Sie hatte schlecht geschlafen und sich die ganze Nacht hin und her gewälzt, während sie an Holly gedacht hatte. Der Streit am Bach war ihr nicht aus dem Kopf gegangen. Vor zwei Stunden war sie dann endlich eingeschlafen.

Im Gegensatz zu Leo schien ihr Vater tief und fest geschlafen zu haben. Aus dem Babyfon war kein Mucks gekommen.

Na ja, zumindest dieser Teil ihres Lebens hatte sich zum Besseren gewendet, nachdem sie all ihren Mut zusammengenommen und mit ihrem Vater geredet hatte.

Vielleicht konnten Holly und sie dasselbe tun. In einer Woche würde sie Fair Oaks verlassen und sie wollte nicht, dass ihre letzten gemeinsamen Tage damit endeten, dass sie nicht einmal miteinander sprachen. Um ehrlich zu sein, wollte sie überhaupt nicht, dass ihre gemeinsamen Tage endeten. Sie wollte Holly besser kennenlernen.

Vielleicht konnte sie Holly mit einem Frühstück überraschen, um das unterbrochene Picknick von gestern wiedergutzumachen. Dann konnten sie reden und reinen Tisch machen. Zumindest wollte sie Holly sagen, dass sie mit einem der beiden Dinge recht gehabt hatte, die sie am Bach gesagt hatte, und dass sie bei der anderen Sache völlig falsch lag.

Mit diesem Plan im Kopf stieg sie schon vor Sonnenaufgang aus dem Bett.

Irgendwo krähte ein Hahn, als sie die Treppe hinabging. Sie musste über sich selbst lächeln. Jetzt stand sie schon mit den Hühnern auf. *Wer weiß, welche Sitten der Einheimischen ich noch annehmen würde, wenn ich länger bleiben würde.*

Im Haus war es still. Ihre Mutter schlief vermutlich noch. Sie war wohl wirklich erschöpft gewesen.

Leo öffnete die Zimmertür ihres Vaters einen Spaltbreit und spähte hindurch.

Er schlief noch.

Sie begann, sich zurückzuziehen, doch etwas ließ sie innehalten. Irgendetwas stimmte nicht. Eine Gänsehaut bildete sich auf ihren Armen und die feinen Härchen richteten sich auf.

Sie brauchte einen Moment, bis sie identifizieren konnte, was ihre siebter Sinn wahrgenommen hatte: Ihr Vater atmete seltsam, zwar tief, aber viel zu schnell für jemanden, der schlief. Dann verlangsamte sich sein Atmen und wurde flach … und hörte schließlich völlig auf.

Panik überkam Leo. »Papa!« Sie rannte in sein Zimmer.

Noch bevor sie ihn erreichte, setzte sein Atmen wieder ein.

Ihr wurden vor Erleichterung die Knie weich. »Himmel, erschreck mich doch nicht so.« Sie schüttelte seine Schulter, um ihn aufzuwecken.

Er rührte sich nicht, nur seine Brust hob und senkte sich weiterhin in einem langsamen Rhythmus.

»Papa!« Sie schüttelte ihn erneut. »Bitte, bitte, wach auf.«

Nichts geschah.

Telefon. Ruf den Notarzt. Sie wühlte auf seinem Nachttisch herum, doch dort lagen nur das Babyfon und sein Blutzuckermessgerät. Sie rannte die Treppe hinauf, nahm dabei immer drei Stufen auf einmal. »Mama!«, brüllte sie, so laut sie konnte. »Wach auf! Mit Papa stimmt etwas nicht. Wir brauchen einen Krankenwagen!«

Ohne abzuwarten, ob ihre Mutter aufwachen würde, griff sie nach ihrem Handy. Ihre Hände zitterten so sehr, dass sie fast den Notruf nicht wählen konnte.

Während das Telefon klingelte, rannte sie wieder nach unten, zurück zu ihrem Vater.

Eine Sekunde lang schien seine Brust sich nicht zu bewegen, doch dann setzte das schnelle, tiefe Atmen wieder ein.

Auch Leo schnappte nach Luft.

»Notrufzentrale. Was ist Ihr Notfall?«, fragte eine ruhige, professionelle Stimme.

»Es geht um meinen Vater. Ich … ich kann ihn nicht aufwecken und er atmet seltsam. Sie müssen einen Krankenwagen schicken. Jetzt sofort!«

»Beruhigen Sie sich, Ma'am.«

Mich beruhigen? Wie konnte sie sich beruhigen, wo doch ihr Vater …? Sie schluckte und weigerte sich, den Gedanken zu Ende zu denken.

»Die automatische Ortung zeigt mir Ihren Standort an. Können Sie Ihre Adresse bestätigen, Ma'am?«

Sie nannte die Adresse ihrer Eltern und hoffte, dass sie in ihrer Aufregung nicht die falsche Straße oder Nummer nannte. »Bitte beeilen Sie sich!«

»Okay. Hilfe ist schon unterwegs«, sagte die Frau am anderen Ende der Leitung. »Ich bleibe dran, bis der Krankenwagen bei Ihnen ist.«

Ihre Mutter stolperte noch im Nachthemd ins Zimmer. »Oh Gott, Gilbert!« Sie eilte an seine Seite. »Was ist passiert?«

»I-ich weiß es nicht. Ich habe ihn so gefunden, als ich ins Zimmer kam.«

Jede Sekunde verging quälend langsam, während sie ihn anstarrten, ohne ihm helfen zu können.

Reifen knirschten draußen über die Kieselsteine in der Auffahrt. *Der Krankenwagen!* Sie drückte ihrer Mutter das Handy in die Hand, rannte durch den Gang und riss die Tür auf.

Aber es war nicht der Krankenwagen, der in der Auffahrt geparkt hatte. Es war ein roter Jeep.

Holly! Fast wäre Leo auf die Knie gefallen. Holly war Krankenschwester. Sie konnte ihm helfen. Der kalte Schweiß, der ihr den Rücken hinunterlief, versiegte langsam. Holly war hier. *Alles wird gut.*

Holly parkte den Jeep in der Auffahrt und griff nach der Papiertüte mit den süßen Teilchen. Nun, da sie hier war, wusste sie nicht mehr so recht, ob es eine gute Idee gewesen war, schon so früh herzufahren. Vermutlich schlief Leo noch. Und selbst wenn nicht, was sollte sie zu ihr sagen?

Es hatte sich nichts geändert. Sie lebten immer noch in verschiedenen Staaten und hatten verschiedene Bedürfnisse, was Beziehungen anging.

Aber das heißt nicht, dass wir nicht befreundet sein können. Zwar hatte sie sich davon überzeugt, dass sie von einer Beziehung die Finger lassen sollte, doch sie wollte Leo nicht völlig verlieren. Natürlich hatte sie andere Freunde, mit denen sie gern Zeit verbrachte. Aber das konnte man nicht mit dem vergleichen, was sie fühlte, wenn sie mit Leo auf dem Dach saß, mit ihr die Füße in den Bach baumeln ließ oder weit nach Mitternacht mit ihr über einem Glas Milch in der Küche redete. Sie wollte mehr von diesem Gefühl, was auch immer es war, und sie wollte sich entschuldigen.

Sie hatte Leo mit all ihrem Hin und Her der Gefühle verletzt. Erst hatte sie Leo geküsst und einem Date zugestimmt und ihr dann gesagt, dass sie es sich anders überlegt hatte. Die Erinnerung an den Ausdruck auf Leos Gesicht unten am Bach hatte sie die ganze Nacht wach liegen lassen.

Mit einem Kloß im Hals stieg sie aus dem Jeep und schlug die Fahrertür zu. Noch bevor sie einen Schritt auf das Haus zu machen konnte, sah sie, dass die Haustür offen stand und jemand auf der Veranda war.

Leo.

Ihre Blicke trafen sich über das Autodach hinweg.

Holly lächelte zaghaft. Ihr Lächeln wuchs in die Breite, als Leo auf sie zurannte. Scheinbar war Leo nicht nur bereit, mit ihr zu reden, sondern hatte Holly ebenfalls vermisst.

Doch Leo lächelte nicht. Ihre Augen waren weit aufgerissen und panisch. »Holly! Komm schnell! Wir kriegen meinen Vater nicht wach!« Sie packte Hollys Hand und zog sie hinter sich her ins Haus.

Holly ließ die Tüte mit dem Gebäck im Gang auf den Tisch fallen und sandte ein Stoßgebet zum Himmel. Hoffentlich war dieser Notfall nicht das, was sie befürchtete. Sanft schob sie Sharon beiseite und schüttelte Gils Schulter.

Er rührte sich nicht und gab nicht einmal ein Stöhnen von sich.

Oh Gott, Gil. Einen Moment lang drohte Panik sie zu überwältigen, doch dann fasste sie sich und schaltete auf Krankenschwestermodus. »Hast du den Notarzt gerufen?«

Leo nickte. »Sie sind unterwegs.« Sie nahm ihrer Mutter das Handy ab und hob es ans Ohr. »Holly ist hier. Die Krankenschwester meines Vaters. Ja, das macht sie gerade.«

Während Leo und Sharon ängstlich zusahen, beugte sich Holly über Gil und überprüfte seinen Blutdruck, seine Herzfrequenz und seine Pupillen. Eine war geweitet und sein Atemmuster wies auf Cheyne-Stokes-Atmung hin. *Verdammt. Das ist nicht gut. Gar nicht gut.*

Sie griff nach dem Blutzuckermessgerät auf dem Nachttisch.

»Meinst du, sein Blutzucker ist zu niedrig?«, fragte Leo.

Holly hatte den Verdacht, dass es sich um ein anderes Problem handelte, doch sie wollte Leo nicht unnötig sorgen. »Ich sollte es jedenfalls überprüfen. Kannst du mir noch ein Kissen holen?« Sie wollte Gils Oberkörper hoch lagern, damit er nicht an seiner eigenen Spucke erstickte. Außerdem hatte Leo so etwas zu tun, während sie auf den Krankenwagen warteten.

Leo rannte davon.

Gerade als Holly seinen Blutzucker messen wollte, erklang draußen eine Sirene, wurde rasch lauter und endete in der Auffahrt.

Sharon lief los, um die Sanitäter ins Haus zu lassen.

Sekunden später kehrte sie mit zwei Sanitätern zurück. Leo folgte ihnen mit einem Kissen in der Hand.

Holly atmete auf. Sie kannte die beiden. Gil würde in guten Händen sein.

Sie teilte ihnen Gils Vitalwerte mit, trat dann beiseite und gesellte sich zu Leo und Sharon, die am Fußende des Bettes standen. Wortlos schob sie ihre Hand in Leos.

Leos Finger waren feucht und sie umklammerte Hollys Hand so fest, als würde sie ertrinken, wenn sie sich nicht an ihr festhielt.

»Für mich sieht es nach einem Schlaganfall aus«, sagte Holly zu den Sanitätern. »Er hatte bereits zwei, einen letztes Jahr, den zweiten vor drei Monaten.«

Mit effizienten Bewegungen wiederholten die Sanitäter die Tests, die Holly bereits durchgeführt hatte. Vickie, die Sanitäterin, klebte EKG-Elektroden auf Gils Brust und verband die Kabel mit dem Herzmonitor, während ihr Kollege einen Pulsoxymeter an seinem Finger befestigte und seinen Blutzuckerspiegel maß. Er war ein wenig niedrig, aber nicht niedrig genug, um seine Bewusstlosigkeit zu erklären.

»Wie lange ist er schon in diesem Zustand?«, fragte Vickie.

Holly sah Leo an.

»Ich weiß es nicht. Er war schon so, als ich vor ein paar Minuten versucht habe, ihn zu wecken.« Leo sah auf ihr Handgelenk, trug aber keine Uhr. »Letzte Nacht schien alles in Ordnung zu sein, als ich ihn um neun ins Bett gebracht habe, und ich habe die ganze Nacht nichts von ihm gehört.«

Leo hatte ihn ins Bett gebracht und das Babyfon im Auge behalten? Holly starrte sie an. Aber im Moment spielte es keine Rolle. Wichtiger war die Tatsache, dass er sie nachts nicht ein einziges Mal geweckt hatte. »Normalerweise muss er nachts mindestens einmal aufstehen«, sagte sie zu den Sanitätern.

Sie sahen sich vielsagend an, bevor sie Gil auf eine Trage hoben und festschnallten. Innerhalb weniger Sekunden rollten sie ihn auf den Hof und durch die offenen Türen des wartenden Krankenwagens.

Sharon, Leo und Holly eilten ihnen nach.

»Kann eine von uns mitfahren?«, rief Leo, die immer noch Hollys Hand umklammerte, während sie den anderen Arm um ihre Mutter geschlungen hatte.

Vickie schüttelte den Kopf. »Wir bringen ihn vermutlich mit dem Helikopter ins Saint Luke.«

Saint Luke. Das Krankenhaus hatte eine erstklassige Abteilung, die auf Schlaganfälle spezialisiert war. Also dachten die beiden dasselbe wie Holly. Wenn es sich um einen massiven Schlaganfall handelte, konnte das örtliche Krankenhaus nicht viel für ihn tun und das Zeitfenster für eine Lysebehandlung war eng. Schon nach wenigen

Stunden konnte das Medikament, das das Blutgerinnsel auflösen würde, nicht mehr eingesetzt werden.

Sie mussten schnell handeln und ein Familienmitglied mitzunehmen, würde sie nur ausbremsen.

Holly schlang einen Arm um Leos Taille und stellte Blickkontakt mit Vickie her. »Wir sehen uns dann im Krankenhaus. Hast du noch meine Nummer?«

Vickie nickte.

»Lass mich wissen, wohin ihr ihn bringt, sobald ihr es mit Sicherheit sagen könnt.«

»Machen wir.« Sekunden später schlossen sich die Krankenwagentüren hinter Vickie und der Krankenwagen raste mit heulender Sirene und Blaulicht die Straße hinab.

Leo stand in der Auffahrt und starrte ihnen nach, als hätte sie noch nicht so richtig begriffen, was geschehen war.

Sanft rieb Holly Leos Hand zwischen ihren. Nun, da der Krankenwagen mit Gil davongefahren war, schaltete ihr Gehirn von Krankenschwester- auf Privatperson-Modus um. Ihre Knie begannen zu zittern.

Leo drehte sich zu ihr. Der betäubte Ausdruck auf ihrem Gesicht wich einer besorgten Miene. »Gestern Nacht schien er noch völlig in Ordnung zu sein. Ich schwöre es. Er ... Oh Gott, was, wenn er ...«

»Er wird wieder gesund«, flüsterte Sharon. Es klang wie ein Gebet. »Er wird wieder gesund.« Dann brach sie in Tränen aus.

Die drei fielen sich mitten in der Auffahrt in die Arme. Leos schlanke Gestalt, die normalerweise viel Selbstvertrauen ausstrahlte, zitterte nun und fühlte sich in Hollys Armen sehr zerbrechlich an. Mit einer Hand beschrieb Holly Kreise auf ihrem Rücken, bis sie spürte, dass sich die angespannten Muskeln etwas lockerten.

»Kommt«, sagte sie schließlich. »Lasst uns reingehen.«

Mit Leo in der Mitte machten sie sich Arm in Arm auf den Weg ins Haus.

Kapitel 16

Leos Erfahrung nach waren die Wartezimmer in Krankenhäusern, zumindest in der westlichen Welt, überall gleich. Das Wartezimmer in der Notaufnahme des Saint-Luke-Krankenhauses stellte keine Ausnahme dar: Dieselben harten Plastikstühle, derselbe Geruch nach Desinfektions- und Putzmitteln und dasselbe Gefühl von Angst und Sorge lag in der Luft.

Leo sah zu Holly, die neben ihr saß und wieder ihre Hand hielt. Hatte sie nach dem Unfall ihres Vaters auch in einem Wartezimmer gesessen? Erinnerte sie das hier gerade an jenen schrecklichen Tag?

Doch falls Holly an die Vergangenheit dachte, zeigte sie es nicht. Ihre Aufmerksamkeit galt ganz Leo. »Soll ich euch einen Kaffee oder etwas anderes aus dem Automaten holen?« Sie sah von Leo zu deren Mutter.

Beide schüttelten den Kopf.

»Nein, danke.« Das Letzte, was Leo jetzt brauchte, war noch mehr Koffein. Sie konnte auch so kaum still sitzen. Zum fünften Mal innerhalb weniger Minuten sah sie auf die große Uhr an der Wand, deren Zeiger sich kaum zu bewegen schienen. Warum kam niemand, um ihnen zu sagen, was los war? Ein CT sollte doch nicht so lange dauern, oder?

Sie wünschte, jemand würde den Fernseher ausschalten, der in einer Ecke hing. Irgendeine Seifenoper lief ohne Ton und wurde von der Handvoll Menschen im Wartezimmer ignoriert.

Die Schuhe ihrer Mutter quietschten über den Linoleumboden, als sie auf und ab ging.

Leo beugte sich vor und stützte die Ellbogen auf die Schenkel, ohne Hollys Hand loszulassen. Sie war ihr Rettungsanker in diesem ganzen Chaos. »Tut mir leid wegen ... wegen gestern.« Sie wusste nicht, warum sie jetzt daran dachte, aber die Worte sprudelten nur so aus ihr heraus. »Ich will nicht, dass du denkst, ich wäre ein Mensch, der mit Sachen um sich wirft, wenn es nicht nach seinem Willen geht. So bin ich nicht.«

»Ich weiß.« Holly streichelte mit dem Daumen über Leos Handrücken. Ihr Arm ruhte neben Leos auf ihrem Bein. »Es war genauso meine Schuld. Aber das ist jetzt nicht so wichtig. Wir sollten uns jetzt auf deinen Vater konzentrieren.«

Einen Moment lang wollte Leo ihre Hand zum Mund führen und küssen. Sie war ihr so unglaublich dankbar, dass sie dafür keine Worte fand.

»Ich habe ihn nicht gehört«, flüsterte sie. »Letzte Nacht. Ich habe ihn nicht gehört. Was, wenn er nach mir gerufen hat, und ich ... ich habe es verschlafen?«

»Sieh mich an.« Holly zog an ihrer Hand, bis Leo den Blick hob und ihr in die Augen sah. »Du hast nichts falsch gemacht. Es hätte in jeder anderen Nacht passieren können, wenn deine Mutter oder ich auf ihn aufgepasst hätten, und wir hätten auch nichts gehört. Niemand hat Schuld daran. Niemand. Hast du das verstanden?«

Leo nickte, aber einige Was-wäre-wenn-Fragen hingen noch wie klebrige Spinnweben in ihrem Kopf. Es würde eine Weile dauern, bis sie die letzten Zweifel abschütteln konnte.

Ein Arzt in OP-Kleidung trat durch die Pendeltüren. Sein Blick glitt über die Menschen im Wartezimmer. »Mrs. Blake?«

Ihre Mutter blieb stehen. Sie schien die Luft anzuhalten. »Das bin ich. Wie geht es ihm?«

Leo sprang auf.

Holly erhob sich ebenfalls und hielt noch immer Leos Hand.

Der Arzt räusperte sich. »Wie Sie wohl schon vermutet haben, hat Ihr Ehemann einen weiteren Schlaganfall erlitten.«

»Aber er wird wieder gesund werden, nicht wahr?«, fragte Leos Mutter. »Er hat schon zwei Schlaganfälle überlebt. Diesen wird er auch überstehen, oder?«

»Mrs. Blake ... Dieser Schlaganfall war schlimmer als die anderen. In seinem Gehirn gibt es eine massive Schwellung, die Druck auf sein Stammhirn ausübt. Das ist der Teil des Gehirns, der lebenswichtige Funktionen wie Atmung und Herzschlag regelt.« Er unterbrach sich, als hätte er bemerkt, dass sie zu überwältigt waren, um die medizinischen Details zu begreifen. »Wir erwarten nicht, dass er sich davon erholen wird.«

»N-nicht erh-holen?«, stotterte Leos Mutter. »Was soll das heißen? Wird er sterben?«

»Es tut mir leid. Wir tun alles, was wir können, aber seine Überlebenschancen sind nicht gut. Sie sollten sich auf das Schlimmste vorbereiten. Ich glaube nicht, dass er noch viel Zeit hat.«

Leo schwankte. Sie fühlte sich, als hätte ihr jemand ins Gesicht geboxt. Sie klammerte sich an Hollys Hand fest, um auf den Füßen zu bleiben.

Ihre Mutter schluchzte los, fiel Leo in die Arme und verbarg ihr Gesicht an ihrer Schulter. Warme Tränen durchtränkten Leos T-Shirt.

Sie ließ Holly los und schlang beide Arme um ihre Mutter.

Über den Kopf ihrer Mutter hinweg sah sie den Arzt an. Er hatte ein professionelles Pokerface aufgesetzt, doch in seinen Augen schimmerte Mitgefühl. »Wir schicken ihn gleich hoch in die Stroke-Unit. Sie können bei ihm bleiben, wenn Sie möchten.«

Leo versagte die Stimme, deshalb sprach Holly für sie. »Danke. Wir würden gern bei ihm bleiben.«

Die Tür schwang hinter dem Arzt zu, doch seine Worte hallten weiterhin durch Leos Kopf. *Ich glaube nicht, dass er noch viel Zeit hat.* Sie presste die Hand auf ihren Mund. *Oh Gott, er wird sterben.*

Das Krankenzimmer ihres Vaters wirkte wie die Brücke eines Raumschiffs. Ein großer Monitor ragte am Kopfende seines Bettes auf und Leo konnte den Blick nicht von den grünen und weißen Linien abwenden, die in einem hypnotisierenden Muster über den Bildschirm liefen. Daneben wurden ständig wechselnde Zahlen angezeigt, deren Bedeutung sie nur erahnen konnte.

Ein Beatmungsschlauch war am Mund ihres Vaters mit Klebeband fixiert, aber die saugenden, pumpenden und piependen Geräusche, die sie erwartet hatte, blieben aus. Es war nicht wie die Szenen, die sie aus dem Fernsehen kannte. Eine fast unheimliche Stille füllte den Raum und wurde nur hin und wieder von einem schrillen Alarm aus einem der benachbarten Räume unterbrochen.

Leo hätte sich beinahe mehr Lärm gewünscht, um sich von der reglosen Gestalt im Bett abzulenken. Ihre Mutter redete mit ihm, streichelte sein blasses Gesicht um den Beatmungsschlauch herum und küsste seine Stirn, doch er reagierte nicht darauf.

Einen solchen Anblick hatte Leo erwartet, als sie vor vier Wochen den Anruf ihrer Mutter bekommen hatte. Jetzt, vor allem nachdem sie gestern Abend mit ihrem Vater gesprochen hatte, kam es völlig unerwartet. Ein Teil von ihr konnte immer noch nicht begreifen, dass der Patient in dem weißen Krankenhausbett ihr Vater war.

Das Einzige, was sich real anfühlte, war Hollys Anwesenheit. Da es nur zwei Stühle gab, stand sie hinter Leo wie ein Schutzengel, mit einer Hand auf Leos Schulter. »Du kannst seine Hand halten, wenn du möchtest«, flüsterte Holly ihr zu.

Leo sah über die Schulter zu ihr.

Holly nickte ihr ermutigend zu.

Ein Clip war an seinem rechten Zeigefinger befestigt, der wohl die Sauerstoffsättigung seines Blutes maß, und ihre Mutter hielt vorsichtig diese Hand fest. Leo nahm seine andere Hand. Irgendwie hatte sie erwartet, dass seine Haut warm sein würde, so wie immer, aber jetzt fühlte sie sich kühl an. Sie fröstelte.

Holly rieb ihre Schulter, als wollte sie Leo wärmen.

Dankbar legte Leo einen Moment lang ihre freie Hand auf Hollys. Reglos saß sie da und betrachtete sein eingesunkenes Gesicht. Wann hatte sie zum letzten Mal seine Hand gehalten? Hatte sie es überhaupt je getan? Vermutlich schon, als Kind, aber daran konnte sie sich nicht erinnern.

Ihre Mutter rutschte ihren Stuhl näher ans Bett heran und griff über seinen Schoß hinweg nach Leos anderer Hand.

Leo ließ Holly los und nahm die Hand ihrer Mutter.

Deren Finger waren warm, insbesondere im Vergleich zu denen ihres Vaters. Tränen liefen über das Gesicht ihrer Mutter, aber sie machte keine Anstalten, sie wegzuwischen. Eine Träne, dann eine weitere tropfte auf das blütenweiße Laken.

Leo fühlte mit ihrer Mutter, aber ihre Tränen blieben aus. Das hier war alles zu unwirklich. Sie wusste nicht einmal, wie spät es war oder wie lange sie schon hier waren. Der Rollladen vor dem großen Fenster war heruntergelassen, um den Rest der Welt auszusperren. Leo konnte nicht einmal ausschließen, dass die Welt draußen aufgehört hatte zu existieren.

»Wenn du willst, kannst du ihm Musik vorspielen«, sagte Holly leise.

Dankbar für alles, was die schreckliche Stille unterbrechen würde, zog Leo ihr Handy aus der Tasche und suchte nach Pachelbels »Kanon in D«.

Bald füllten die beruhigenden Klänge der Violinen den Raum.

Sie wusste nicht, wie lange sie dasaß und den Geigen lauschte. Es hätten Stunden, aber auch nur Minuten sein können. Die Hand ihres Vaters in ihrer wurde immer kühler und die Zahlen auf dem Monitor sanken langsam, aber beständig.

»Papa«, hörte sie ihre eigene Stimme sagen, so als könnte ihn das zurückbringen.

Ein Muskel zuckte in seinem Gesicht.

Hatte er sie gehört?

»Papa?«, versuchte sie es erneut.

War es nicht ironisch? Mit Ausnahme von gestern Abend hatten sie vierzehn Jahre lang nicht miteinander gesprochen und auch nicht das Bedürfnis danach gehabt und nun sehnte sie sich nach einem einzigen Wort von ihm oder nach einem Zeichen, dass er sie erkannte.

Sie beobachtete ihn so konzentriert, dass sie zusammenzuckte, als die Blutdruckmanschette zu brummen begann. Einen Moment lang hatte sie geglaubt, sein Arm würde sich bewegen. Doch als die Manschette erschlaffte, rührte er sich nicht.

»Wir sind hier«, flüsterte sie dennoch.

Ihre Mutter umklammerte ihre Hand noch fester und Holly spreizte die Finger auf ihrer Schulter, so als wollte sie Leos Schmerz in sich aufnehmen.

Ein markerschütternder Alarm von dem Monitor unterbrach das friedliche Spiel der Violinen.

Obwohl Leo gewusst hatte, dass es irgendwann passieren würde, stieg Panik in ihr auf. Sie wollte zur Tür laufen und um Hilfe rufen, doch ihre Mutter ließ sie nicht los.

Schritte näherten sich eilig und eine Krankenschwester kam ins Zimmer, gefolgt von einem Arzt. Beide stellten keine Fragen. Die Schwester stellte den schrillen Alarm aus, während der Arzt die Beatmungsmaschine ausschaltete, bevor er ein »herzliches Beileid« murmelte und leise den Raum verließ.

Leos Mutter presste ihr Gesicht auf die reglose Brust ihres Mannes und schluchzte.

Langsam, als würde jede abrupte Bewegung seinen Frieden stören, zog Leo ihre Hand aus seiner und schaltete die Musik auf ihrem Handy aus.

Als es still im Zimmer wurde, griff sie nach Hollys Hand, in der Hoffnung, dass sie sich an ihr festhalten konnte, während Trauer und Schmerz sie überfluteten.

Später konnte sie nicht mehr sagen, wie lange sie bei ihrem Vater geblieben waren, was sie mit dem Krankenhauspersonal gesprochen hatten oder wie sie zurück nach Hause gekommen waren. Das Einzige, was sie wusste, war, dass Holly ihr währenddessen nicht von der Seite gewichen war.

Kapitel 17

Es war seltsam, nicht als letzte Tat des Abends nach Gil zu sehen. Sie war eineinhalb Jahre lang seine Krankenschwester gewesen und hatte seit Monaten in seinem Haus gelebt. Die meiste Zeit über war er mürrisch gewesen, aber niemals auf gemeine Weise. Irgendwie hatte sie ihn und seine griesgrämige Art ins Herz geschlossen. Sie würde ihn vermissen.

Lange stand sie im Türrahmen seines Zimmers und starrte das leere Bett an. Schließlich wischte sie sich über die Augen, gab sich einen Ruck und sammelte die leeren Verpackungen und den anderen Müll ein, den die Sanitäter zurückgelassen hatten.

Eigentlich war ihr Job als Krankenschwester beendet und sie konnte nach Hause gehen, aber sie zog es keine Sekunde lang in Erwägung. Nicht, ohne nach Leo gesehen zu haben.

Sie stellte das Essen in den Kühlschrank, das die Nachbarn und die Mitglieder von Gils Kirchenchor vorbeigebracht hatten, und schlich die Treppe hinauf.

Ein Blick in Sharons Zimmer zeigte, dass sie schlief. Das Schlafmittel, das Holly ihr gegeben hatte, wirkte wohl endlich. Sharon hatte den gesamten Heimweg geweint. Als sie das Haus betreten hatten, war sie so erschöpft gewesen, dass Holly und Leo sie fast nach oben hatten tragen müssen. Trotzdem war sie zu aufgewühlt gewesen, um schlafen zu können.

Leise schloss Holly die Tür und ging weiter zu Leos Zimmer.

Auf ihr Klopfen kam keine Antwort. Zögernd öffnete sie die Tür einen Spaltbreit und spähte ins Zimmer.

Es war leer, ohne eine Spur von Leo. Eine Sekunde lang schoss Adrenalin durch ihre Adern. *Oh Gott!* War Leo weggefahren, ohne richtig zu wissen, wohin sie überhaupt fuhr, einfach nur weg von dem leeren Zimmer ihres Vaters und den Erinnerungen, die es auslöste?

Doch dann streifte eine sanfte Brise ihre Wange. Das Mansardenfenster stand offen. Holly wusste sofort, wo Leo war.

Sie durchquerte den Raum, stieg auf den Schreibtischstuhl und kletterte auf das Dach. Sobald sich ihre Augen an die Dunkelheit gewöhnt hatten, streckte sie die

Arme zu beiden Seiten aus und balancierte über das Dach. Als sie den Schornstein umrundete, konnte sie eine schemenhafte Gestalt ausmachen, die an den Backsteinen kauerte.

Leo.

Sie saß da, die Knie an die Brust gezogen und die Arme um ihre Beine geschlungen, und starrte auf die Stadt hinab. Holly bezweifelte, dass sie viel davon wahrnahm.

»Hey«, sagte sie leise, als sie näher kam, um Leo nicht zu erschrecken.

Leo zuckte nicht zusammen, fast als hätte sie erwartet, dass Holly ihr auf das Dach folgen würde. Oder vielleicht hatte sie gehört, wie sie aus dem Fenster gestiegen war.

Holly setzte sich neben sie. Ihre Schultern berührten sich. Keine von beiden sagte ein Wort. Sie wollte Leo fragen, ob sie in Ordnung war, hielt sich aber zurück. Natürlich war Leo nicht in Ordnung. Wer wäre das nach einem Tag wie diesem schon gewesen?

Während Holly den Kopf drehte, um sie zu mustern, starrte Leo weiterhin stur geradeaus. Im Krankenhaus hatte Leo keine einzige Träne vergossen, nicht einmal direkt nachdem ihr Vater gestorben war. Doch nun perlten Tränen auf ihren Wimpern. So war es Holly nach dem Unfall ihres Vaters auch ergangen. Sie hatte sich ihrer Mutter zuliebe zusammengerissen und war erst zusammengebrochen, nachdem Sasha sie nach Hause gefahren hatte.

Leo zog die Nase hoch und wischte sich mit einer abrupten Bewegung die Tränen weg, als ärgerte sie sich über diese Zurschaustellung von Gefühlen.

Holly schlang einen Arm um sie. »Es ist okay, zu weinen und traurig zu sein, Leo. Lass es raus.«

Leo versteifte sich. »Ich muss nicht ...«, murmelte sie, doch die Tränen begannen bereits zu fallen und kamen jetzt viel zu schnell, um sie alle wegwischen zu können.

Auch Hollys Augen wurden feucht. »Ist schon okay«, sagte sie erneut.

Mit einem Stöhnen verbarg Leo das Gesicht an Hollys Schulter. Tränen durchtränkten den Stoff von Hollys T-Shirt. Leo weinte lautlos, aber ihr Körper wurde von stillem Schluchzen geschüttelt.

»Gott«, brachte sie heraus, »was ist das nur? Normalerweise passiert mir das nie.«

»Ssssch.« Holly vergrub die Finger in Leos Haar, um ihr Gesicht an ihrer Schulter zu halten. Sie beugte sich vor und gab ihr einen Kuss auf den Kopf. »Es war kein normaler Tag.«

Schließlich ließ das Zittern nach und die Tränen versiegten. Leo atmete zittrig ein und aus, bevor sie den Kopf von Hollys Schulter hob.

Ihre Augen waren geschwollen, ihre Nase rot und ihre Haare zerzaust. Sie kramte ein Taschentuch hervor, schnäuzte sich und fuhr sich mit der Hand über beide Wangen. Dann lächelte sie Holly zaghaft an. »Wenn meine Fans mich jetzt sehen könnten … Sexy, oder?«

Holly musterte sie ernst. »Mir ist es egal, wie sexy du bist. Mir ist nur wichtig, wie es hier drin bei dir aussieht.« Sanft berührte sie mit den Fingerspitzen Leos Brust, genau über ihrem Herzen.

Eine Sekunde lang sah Leo aus, als würde sie erneut zu weinen beginnen. Stattdessen legte sie ihre Hand auf Hollys und drückte sie gegen ihre Brust. »Danke für alles, was du heute getan hast. Ich weiß nicht, wie ich diesen Tag ohne dich durchgestanden hätte. Ich war nicht in der Verfassung, uns nach Kansas City und zurück zu fahren, ohne einen Unfall zu bauen.«

»Natürlich nicht. Das war ich auch nicht, als mein Vater … als wir den Anruf vom Krankenhaus bekommen haben.« Es war fünf Jahre her, doch im Moment fühlte es sich an, als wäre es erst vor wenigen Stunden passiert.

»Das ist etwas anderes«, sagte Leo. »Dein Vater und du … ihr habt euch nahegestanden, oder?«

Holly nickte und lächelte. Sie versuchte, sich an die guten Zeiten zu erinnern, nicht an seinen Tod. »Ich war ein richtiges Papakind.«

»Das ist es ja gerade. Ich war es nicht. Mein Vater und ich haben uns nie verstanden. Ich weiß wirklich nicht, warum ich …« Ihre Stimme schwankte. »… warum es mich so sehr mitnimmt.«

»Er war dein Vater«, sagte Holly, als würde das alles erklären. Für sie tat es das auch. Sie drehte die Hand und verflocht ihre Finger mit Leos. »Vielleicht nimmt es dich ja gerade deshalb so sehr mit, weil ihr euch nie verstanden habt. Du trauerst nicht nur um deinen Vater, sondern auch um all die verpassten Gelegenheiten. Es muss hart sein zu wissen, dass du nun nie die Chance haben wirst, dich mit ihm auszusprechen.«

Leo streckte die Beine aus und legte ihre und Hollys miteinander verschränkten Finger auf ihren Oberschenkel. »Wir haben uns ausgesprochen. So einigermaßen.«

»Im Ernst?«

Leo nickte. »Nach dem, was du am Bach zu mir gesagt hast … dass ich nur deshalb mit dir Zeit verbringe, um meinem Vater aus dem Weg zu gehen …«

»Das hätte ich nicht sagen sollen und auch nicht, dass du nur deshalb so bereitwillig auf Sex verzichtest, weil es dann leichter ist, nach New York zurückzukehren.« Um ehrlich zu sein, hatte sie nur nach Strohhalmen gegriffen und versucht, einen Grund zu finden, warum sie sich von Leo fernhalten sollte, damit sie am Ende nicht mit einem gebrochenen Herzen zurückbleiben würde.

»Nein, du hattest recht.«

Es war wie ein Stich ins Herz, doch Holly zwang sich, nicht zu reagieren.

Aber scheinbar kannte Leo sie inzwischen gut genug, um zu spüren, wie sehr sie das verletzt hatte. Sie hob Hollys Kinn mit der freien Hand an, sodass sie ihr in die Augen sehen musste. »So habe ich das nicht gemeint. Ich verbringe gern Zeit mit dir, einfach nur weil … weil du *du* bist. Du verstehst mich. Du siehst mich. So, wie ich wirklich bin.«

Der Schmerz in Hollys Brust wich einer aufsteigenden Wärme. Sie sahen einander in die Augen.

Leo räusperte sich. »Was ich gemeint habe, ist, dass du recht hattest und ich meinem Vater tatsächlich aus dem Weg gegangen bin. Ich war mir dessen bewusst, aber ich konnte mich nicht dazu durchringen, es zu ändern. Was du am Bach gesagt hast, das hat wehgetan.«

Holly senkte den Kopf, weil sie Leo nicht in die Augen sehen konnte. »Es tut mir leid.«

Leo drückte ihre Hand. »Wenigstens hat es mir einen Tritt in den Hintern verpasst und mich gezwungen, mich meiner Vergangenheit zu stellen. Mich meinem Vater zu stellen. Als ich nach Hause gekommen bin, habe ich meiner Mutter angeboten, die Nachtschicht zu übernehmen.«

»Wie ist es gelaufen?«

Leo verbarg das Gesicht hinter ihrer freien Hand. Einen Moment lang glaubte Holly, sie würde erneut Tränen verstecken, doch dann hörte sie Leo lachen. »Gott, ich bin wohl die unfähigste Krankenschwester der Welt. Papa war ziemlich gefrustet. Er ist … war nicht sonderlich geduldig.«

»Ganz im Gegensatz zu seiner Tochter«, sagte Holly lächelnd.

Leo verzog das Gesicht. »Die eine Flasche Wein geworfen hat und davongestürmt ist, statt zu bleiben und darüber zu reden. Ja, vielleicht haben er und ich doch mehr gemeinsam, als ich dachte. Zu diesem Ergebnis sind wir gestern Abend während unserer ziemlich schwerfälligen Unterhaltung auch gekommen. Papa hat mich darauf hingewiesen, dass wir zwei Dinge gemeinsam haben.«

Holly sah sie fragend an.

»Die Musik«, sagte Leo. »Und die Frauen.«

Das hatte Gil wirklich gesagt? »Wow, das ist …«

Leo seufzte. »Ich weiß, es ist nicht viel.«

»Nein, nein, das ist großartig. Für einen Mann wie deinen Vater ist das ein riesiges Eingeständnis.«

»Ja, das ist es. Es hat nicht auf magische Weise alle Probleme zwischen uns ausgelöscht, aber ich dachte, vielleicht könnte es ein Neuanfang sein. Aber jetzt …« Sie hob ihre Hand zum Himmel, als würde sie nach etwas greifen, das sie nun nie mehr erreichen konnte.

»Manchmal ist der Anfang alles, was zählt, und du musst einfach darauf vertrauen, dass es der Anfang von etwas Großartigem gewesen wäre, auch wenn du es nie sicher wissen kannst. Es ist trotzdem gut, dass du das mit ihm teilen konntest.«

Leo schien mehrere Sekunden lang darüber nachzudenken, dann nickte sie bedächtig und drehte sich, um Holly anzusehen.

»Was ist?« Leo musterte sie so eindringlich, dass Holly auf den Ziegeln herumzurutschen begann.

»Ich frage mich, ob das auch auf uns zutrifft. Auf dich und mich. Vielleicht sollten wir diese Art von Vertrauen auch haben und es einfach versuchen.«

»Bist du sicher, dass du jetzt in der Lage für diese Unterhaltung bist?« Holly war es nicht. Alles, was sie wollte, war, Leo in den Arm zu nehmen und ihren Schmerz zu lindern. Sie ein zweites Mal wegzustoßen, war heute Nacht unmöglich. *Weil du sie nicht verletzen willst … oder weil du insgeheim am liebsten Ja zu allem sagen würdest, was sie dir geben kann?*

»Du hast recht. Wir können schlechtes Timing zu der Liste der Dinge hinzufügen, die mein Vater und ich gemeinsam haben.«

Holly schüttelte den Kopf. »Ihr habt euch ausgesprochen und Gemeinsamkeiten gefunden, gerade noch rechtzeitig, bevor …« Sie biss sich auf die Lippe. »Ich würde sagen, das ist ziemlich gutes Timing.«

Leo umfasste Hollys Finger auch mit ihrer anderen Hand und drückte sie sanft.

Erneut trafen sich ihre Blicke.

Holly schluckte. Sie musste Leo vom Dach bringen, weg von dieser emotional aufgeladenen Atmosphäre, bevor sie noch Dummheiten beging. *Und sie küsse.* Es überraschte sie, wie sehr sie das wollte.

Leo war die Erste, die den Blick abwandte. »Schläft Mama?«

»Ja. Ich habe ihr ein Schlafmittel gegeben, damit sie durchschlafen kann.« Sie stand auf, fand ihr Gleichgewicht und zog Leo dann an der Hand hoch. »Und jetzt gehen wir ins Bett. Äh, ich meine …«

»Entspann dich. Ich weiß, was du meinst.«

Sie kletterten zum Fenster und schlüpften ins Zimmer zurück.

»Fährst du nach Hause?«, fragte Leo. »Oder möchtest du in deinem … im Gästezimmer schlafen?«

Es klang nicht nach einer beiläufigen Frage. Es steckte ein unausgesprochenes Bedürfnis dahinter. Holly musterte Leos Gesicht, das vom Weinen etwas aufgequollen war. »Wo hättest du gern, dass ich schlafe?«

Leos Schultern hoben und senkten sich unter einem tiefen Atemzug. »Ich möchte, dass du bleibst. Aber nicht da drüben.« Sie wedelte in Richtung Gästezimmer. »Ich möchte, dass du mit mir schläfst.«

Hollys Mund war so trocken wie ein Sack Sägespäne.

»Äh, ich meine, schlafen«, fügte Leo hastig hinzu. »Nur schlafen, nichts anderes. Ich … ich will heute Nacht nicht allein sein. Aber wenn du dich damit nicht wohlfühlst …«

Das Zittern ihrer Stimme rührte Holly. Sie konnte nicht Nein sagen … und sie wollte es auch nicht. »Nein, ich fühle mich nicht unwohl damit. Komm. Wir machen uns bettfertig.«

Sie versuchte, ganz beiläufig zu klingen, als wäre das etwas, was sie jeden Tag taten, aber Leo schien sie zu durchschauen.

»Bist du sicher?«

Holly nickte. »Ganz sicher. Willst du zuerst ins Bad?«

»Nein, geh du zuerst.«

Als Holly auf dem Weg zum Badezimmer an ihr vorbeiging, drückte sie Leos Hand. Erstaunlich, wie selbstverständlich diese kleinen Berührungen für sie geworden waren.

Sie holte ihren Schlafanzug aus dem Gästezimmer, bevor sie ins Bad ging. Ihre Hände zitterten ein wenig, als sie aus ihren Kleidern schlüpfte und das Wasser in der Dusche anstellte.

Es gab keinen Grund, nervös zu sein. Nichts würde zwischen ihnen geschehen. Leo trauerte um ihren Vater.

Aber das war es nicht, was sie so nervös machte. Okay, nicht nur. Mit jemandem zu schlafen, auch wenn es tatsächlich nur um das Schlafen ging, war eine sehr intime Angelegenheit für sie, besonders wenn das Bett so schmal wie das in Leos altem Jugendzimmer war. Körperkontakt war unvermeidlich. Würde sie so überhaupt schlafen können?

Sie war nicht daran gewöhnt. Dana und sie hatten nie zusammengelebt und sie hatte es meist vermieden, bei Dana zu übernachten, weil sie wusste, dass bestimmte Erwartungen damit verknüpft waren. Vielleicht war das einer der Gründe, warum sie so bereitwillig eine Beziehung mit Ash eingegangen war. Aus Angst davor, sich als lesbisch zu outen, hatte Ash es meist vermieden, bei ihr zu übernachten oder Holly bei sich schlafen zu lassen.

»Holly?«, rief Leo durch die geschlossene Tür. »Alles okay?«

»Äh, ja. Ich bin gleich bei dir.« Sie hatte nicht bemerkt, wie lange sie schon unter der Dusche stand. Schnell drehte sie das Wasser ab, trocknete sich ab und zog ihren Schlafanzug an.

Eine Dampfwolke folgte ihr, als sie die Schlafzimmertür öffnete. »Das Bad gehört dir.«

Leos Blick glitt über die dünnen Träger ihres Schlafanzugoberteils, bevor sie wegsah. »Ist das wirklich okay für dich?« Sie deutete zum Bett.

»Leo …« Sie trat näher, bis sie Leos Hand nehmen und ihre Körperwärme spüren konnte. »Wenn wir das wirklich tun …« Holly hielt inne. Plötzlich war sie nicht mehr sicher, ob sie nur davon sprach, im selben Bett zu schlafen, oder davon, einer Beziehung eine Chance zu geben.

»Wenn wir das wirklich tun …?«, hakte Leo nach.

Holly gab sich einen Ruck, um sich aus ihrer Starre zu befreien. »Dann musst du mir vertrauen. Wenn ich sage, dass etwas für mich okay ist, dann ist es auch okay.« Was natürlich nicht hieß, dass sie nicht nervös war.

»Okay.« Leo nickte. »Ich werde versuchen, dir von jetzt an zu vertrauen.«

Von jetzt an … Sie meinte offenbar mehr als nur diese eine Nacht, oder?

Holly sah Leo hinterher. Als die Badezimmertür sich hinter ihr schloss, entschied sie, für den Moment nicht darüber nachzudenken, und schlüpfte ins Bett.

Die Decke und das Kissen rochen nach Leo. Sie drückte ihr Gesicht dagegen, atmete tief durch die Nase ein und schloss die Augen. *Mmm.* Sie konnte nicht sagen, wonach Leo genau roch, vielleicht Mandelseife und eine Spur von Parfüm. Worum es sich auch handelte, es roch himmlisch.

Im Bad wurde das Wasser abgestellt.

Entweder hatte Leo die schnellste Dusche in der Geschichte der Menschheit genommen oder Holly hatte jedes Zeitgefühl verloren, während sie Leos Duft eingeatmet hatte. Ihre Wangen brannten.

Die Tür zum Bad ging auf und Leo betrat das Schlafzimmer in niedlichen, pinkfarbenen Boxershorts und einem weißen Tanktop. Ihr feuchtes Haar streifte ihre fast nackten Schultern und Holly bewunderte ihre glatte Haut und ihre langen Beine.

Bevor Leo erneut fragen konnte, ob es wirklich okay war, hob Holly einladend die Decke an.

Leo kroch zu ihr ins Bett und Holly zog die Decke über sie beide.

Seite an Seite lagen sie da und sahen einander an. Sie berührten sich nicht, aber es waren nur wenige Zentimeter Platz zwischen ihnen.

Als Leo die Hand ausstreckte, wich Holly nicht aus. Sie wollte, dass Leo sie berührte und eine Verbindung herstellte.

Doch stattdessen griff Leo über sie hinweg und knipste die Nachttischlampe aus, sodass es dunkel im Zimmer wurde. Nur der silberne Schein des Mondes fiel noch durch das Fenster.

Eine Welle der Enttäuschung überkam Holly, als Leo ihre Hand zurückzog. Gleichzeitig musste sie über sich selbst lachen. Vor nicht einmal vierundzwanzig Stunden hatte sie sich noch von Leo fernhalten wollen. Was war aus diesem Vorsatz geworden?

Langsam und vorsichtig, um im Dunkeln nicht Leos Körper zu berühren, drehte sie sich um. Das Rascheln der Decke zeigte an, dass auch Leo sich umdrehte, sodass sie nun Rücken an Rücken lagen.

Holly lag mit offenen Augen da und lauschte Leos Atemzügen. Wenn eine von ihnen sich im Schlaf umdrehte, würden sie praktisch aufeinanderliegen.

»Holly?« Leos Stimme klang fast wie die eines Kindes. Die Matratze senkte sich, als sie sich auf die Seite rollte. »K-kann ich …?« Zögernd strich ihre Hand über Hollys Schulterblatt.

Statt zu antworten, drehte sich Holly auf den Rücken und öffnete ihre Arme.

Sofort kuschelte sich Leo an sie und schlang einen Arm um Hollys Mitte. Sie drückte das Gesicht in Hollys Halsbeuge. Ihre Haare fielen auf Hollys Schulter und kitzelten ihre Haut.

»Dein Herz pocht sehr schnell«, flüsterte Leo in die Dunkelheit. »Bist du in Ordnung?«

»Mir geht's gut. Außerdem geht es hier darum, sicherzustellen, dass *du* in Ordnung bist.« Sie versuchte, Leos Gesicht im fahlen Mondlicht auszumachen. »Bist du in Ordnung?«

Als Leo seufzte, benetzte ihr Atem Hollys Hals, was ihr Herz noch schneller schlagen ließ. »Ich werde es sein.« Sie rutschte noch ein wenig näher an Holly heran, drückte ihre Körper gegeneinander und schob vorsichtig ein Bein über Hollys Schenkel.

So unterschiedlich sie auch waren ... Leo groß und schlank, Holly kurvenreicher und kleiner ... so passten ihre Körper doch perfekt zueinander. Es war ein völlig neues und doch seltsam vertrautes Gefühl.

Leo brummte genießerisch. »Gott, Holly. Du hast keine Ahnung, wie gut sich das anfühlt.«

»Für mich fühlt es sich auch richtig gut an.«

»Ehrlich?«, fragte Leo leise.

Holly nickte. »Und wie.«

»Gut. Ich möchte nicht, dass es hier nur um meine Bedürfnisse geht.«

Wow. Wie hatte sie je denken können, Leo wäre ein verwöhnter, egoistischer Star? Sie fuhr mit den Fingern durch Leos leicht gewelltes Haar und begann eine sanfte Kopfmassage.

Leo stieß einen Laut aus, der fast wie ein Schnurren klang. Ihre Augen fielen zu und ihre Wimpern flatterten über Hollys Haut wie die Flügel eines Schmetterlings.

Holly hielt sie ein wenig fester. Sie wollte diesen Moment für immer festhalten. Wie konnte irgendetwas intimer sein als das hier?

»Holly?« Leos Stimme klang schläfrig.

»Hmm?«

»Danke.«

»Gern geschehen«, sagte Holly, aber sie merkte, dass Leo bereits in ihren Armen eingeschlafen war.

Zärtlich strich sie ihr durch das Haar und hielt sie im Arm, bis auch sie irgendwann einschlief.

Leo erwachte aus dem schönsten Traum, den sie seit Jahren gehabt hatte. Sie lag mit geschlossenen Augen da und versuchte, ihn so lange wie möglich festzuhalten. Dann wurde ihr Gehirn langsam wacher und sie stellte fest, dass es kein Traum gewesen war. Sie war noch immer an Holly gekuschelt, als hätten sie sich die ganze Nacht über keinen Zentimeter bewegt. Vielleicht hatten sie das auch nicht. Statt sich wie erwartet unruhig hin und her zu wälzen und die ganze Nacht lang nur an ihren Vater zu denken, hatte sie friedlich geschlafen.

Doch nun stürzten die Erinnerungen auf sie ein wie ein Tsunami. *Papa!* Ihre Muskeln verkrampften sich in Hollys sanfter Umarmung. Eine Sturmflut aus Bildern des gestrigen Tages prasselte auf sie herab: ihr Vater, wie er reglos im Bett lag, sein keuchender Atem und dann diese schreckliche Stille, die Türen des Krankenwagens, die sich hinter ihm schlossen, und der schrille Ton des Monitors im Krankenhaus.

Tränen brannten in ihren Augen, aber sie hielt sie zurück. Ihr Hals brannte noch, weil sie gestern Abend geweint hatte. Das hatte sie überrascht. Wie Nebel hatte sich die Trauer an sie herangeschlichen. Nur Hollys Anwesenheit hatte die Nebelschwaden verjagen können.

Leo hielt sich an ihr fest und lauschte. Hollys ruhiger Herzschlag unter ihrem Ohr glättete die scharfen Kanten des Schmerzes in ihrer Brust. Bald würde sie aufstehen und nach ihrer Mutter sehen, aber zuerst wollte sie noch ein paar Minuten bei Holly Zuflucht suchen.

Sie hob den Kopf von Hollys Brust und sah ihr beim Schlafen zu. Hollys volle Lippen waren leicht geöffnet und ihre dunkelroten Wimpern warfen im weichen, orangefarbenen Licht des Sonnenaufgangs Schatten auf ihre Wangen. Ihr Haar war zerzaust und Leo juckte es in den Fingern, hindurchzufahren und es zu kämmen.

Zärtlichkeit stieg in ihr auf. Es war fast wie ein Schmerz.

Als spürte sie ihren Blick auf sich ruhen, begann Holly, sich zu bewegen. Noch halb im Schlaf kuschelte sie sich dichter an Leo. Nach einer Weile öffnete sie blinzelnd die Augen. Einige Sekunden lang starrte sie Leo an, als könnte sie nicht begreifen, was sie zusammen im Bett zu suchen hatten, doch dann hoben sich ihre Mundwinkel zu einem Lächeln. »Guten Morgen.« Ihre Stimme war noch rau vom Schlaf.

Wie süß. Leo erwiderte ihr Lächeln. »Guten Morgen.«

Holly gähnte und streckte sich unter ihr.

Plötzlich wurde Leo bewusst, wo Hollys Bein war: zwischen ihren Schenkeln.

Sie hielt mit Mühe ein Stöhnen zurück und kämpfte gegen den Impuls an, sich an sie zu drücken.

Holly streckte eine Hand aus und fuhr mit den Fingern durch Leos Haar, während sie Leo mit besorgter Miene betrachtete. »Wie fühlst du dich?«

Leo musste sich anstrengen, um das chaotische Gewirr von Gefühlen zusammenzufassen. Traurig, benommen, glücklich, verlegen und ein klein wenig erregt. »Alles in allem okay.«

Holly zupfte an Leos Haaren und warf ihr einen skeptischen Blick zu.

»Wirklich«, sagte Leo. »Es könnte schlimmer sein.« *Wenn du nicht da wärst.* Zögernd rollte sie sich auf die Seite, weg von der Versuchung. »Was geschieht jetzt?«

»Du solltest wohl deiner Mutter mit den Vorbereitungen für die Beerdigung helfen.«

Die Realität traf sie wie ein Eimer Eiswasser, den jemand über ihr ausgegossen hatte, und erinnerte sie daran, dass außerhalb dieses warmen, kuscheligen Bettes eine Welt voller Probleme auf sie wartete. Sie seufzte. »Ja.«

»Ich kann euch helfen, wenn du willst.«

Die Kälte ließ ein wenig nach. »Musst du nicht arbeiten?« Das hatte sie eigentlich gemeint, als sie gefragt hatte, was nun passieren würde. Was würde mit Holly … und zwischen ihnen beiden geschehen? »Ich meine, du bist nicht mehr unsere … äh, die Krankenschwester meines Vaters. Wird dich dein Arbeitgeber nicht woanders hinschicken?«

Der Gedanke daran fühlte sich falsch an. Vor vier Wochen hatte sie Holly als Eindringling betrachtet und sich gefragt, was sie im Haus ihrer Eltern verloren hatte, doch nun schien Holly hierher zu gehören. Sich das Haus ohne ihren Vater und ohne Holly vorzustellen, ließ Leo frösteln.

»Irgendwann schon«, sagte Holly. »Aber heute ist Samstag, da muss ich nicht arbeiten.«

Holly den Hof zu machen, indem sie mit ihr einen Sarg einkaufen ging, war eigentlich nicht Teil von Leos Plan gewesen, aber sie wusste nicht, ob sie es allein schaffen würde. War es falsch von ihr, sich so sehr auf Holly zu stützen? Sie hatte sich noch nie derart auf jemanden verlassen und emotionale Unterstützung bei anderen Menschen gesucht. Warum sollte sich das jetzt ändern?

Weil ich es jetzt kann, stellte sie fest. Zum ersten Mal in ihrem Leben hielt jemand zu ihr, ohne eine Gegenleistung zu erwarten, und Leo war bereit, sich helfen zu lassen.

»Wenn es dir wirklich nichts ausmacht …«

»Es macht mir wirklich nichts aus«, sagte Holly mit fester Stimme. »Du musst das nicht alleine durchstehen, okay?«

Unerwartet kamen ihr erneut Tränen. »Danke«, krächzte sie.

Sie fielen sich mitten auf dem Bett in die Arme.

»Jederzeit«, flüsterte Holly und küsste sie auf die Stirn.

Leo ließ sich gegen die Rückenlehne des Beifahrersitzes sinken und rieb sich mit den Handballen die Augen. Wer hätte gedacht, dass Beerdigungsvorbereitungen so erschöpfend sein konnten? Als ihre Großeltern gestorben waren, hatte sie nicht helfen müssen, sondern hatte lediglich einen Grabkranz bestellt. Doch jetzt musste sie sich um alles kümmern.

Ihre Mutter konnte im Moment keinerlei Entscheidungen treffen. Es galt, den Sarg auszusuchen, zu entscheiden, was ihr Vater tragen sollte, sich um die Todesanzeige zu kümmern und die Musik auszusuchen, die während der Aufbahrung und der Beerdigung gespielt werden würde. Die To-do-Liste schien unendlich zu sein.

»Nach Hause?«, fragte Holly vom Fahrersitz des Jeeps, der vor dem Bestattungsinstitut geparkt war.

»Nein, noch nicht.«

»Leo, du brauchst eine Pause und etwas zu essen.« Holly griff über die Mittelkonsole und legte Leo kurz die Hand aufs Bein.

Die Berührung weckte Leo aus ihrer emotionalen Starre. Sie öffnete die Augen und drehte den Kopf in Hollys Richtung. »Ich mache gleich Pause. Aber zuerst muss ich noch eine letzte Sache erledigen. Kannst du mich vor Ashleys Blumenladen rauslassen? Ich muss die Blumen für die Beerdigung bestellen.«

»Ich muss dich nicht vor dem Laden rauslassen. Ich kann mitkommen.«

Leo schüttelte den Kopf. Holly hatte ihr bereits bei allem anderen geholfen. Sie wollte nicht, dass sie sich auch noch mit Ash über Blumen unterhalten musste. Sicher schmerzte Ashs Verleugnung ihrer Beziehung immer noch. »Danke, aber das schaffe ich schon allein. Vielleicht solltest du nach Hause fahren. Deine Familie fragt sich sicher schon, wo du abgeblieben bist.«

»Vermutlich. Aber wie kommst du dann nach Hause?«

»Ich gehe zu Fuß. Es ist nicht weit und ich könnte etwas frische Luft gebrauchen, um den Kopf freizubekommen.«

Holly zögerte. »Na schön«, sagte sie schließlich, sah aber nicht glücklich darüber aus. Sie nahm ihre Hand von Leos Bein und fuhr los.

Zwei Minuten später hielt sie den Wagen vor dem Blumenladen.

Holly schaltete den Motor aus. »Bist du sicher, dass ich nicht mit reinkommen soll?«

Leo war nicht sicher, nickte aber trotzdem. »Sehen wir uns …?« Sie unterbrach sich, bevor sie das *später* hinzufügen konnte. Sie wollte es nicht als selbstverständlich ansehen, dass Holly heute noch zurückkommen würde. »… bei der Beerdigung?«

»Bei der Beerdigung?«, wiederholte Holly. »Wir sehen uns später, wenn ich vorbeikomme, um nach deiner Mutter zu sehen.«

Ein Teil ihrer Anspannung fiel von Leo ab. Sie lächelte Holly an. »Nur nach meiner Mutter?«

Holly erwiderte ihr Lächeln. »Na ja, wenn ich schon mal da bin, kann ich genauso gut auch nach dir sehen.«

Ihre Blicke trafen sich über die Mittelkonsole hinweg. Leo fühlte sich, als ob unsichtbare Bande zwischen ihnen entstanden und sie vorwärts zogen, Holly entgegen.

Holly beugte sich ebenfalls vor, sodass Leos Herz voller Vorfreude zu trommeln begann.

Als ihre Lippen nur noch Zentimeter voneinander entfernt waren, verharrte Holly, schüttelte den Kopf und zog sich dann hastig auf ihre Seite des Autos zurück.

Was ...? Nein, warte! Komm zurück, schrie alles in Leo.

»Äh, ich ... Wir sehen uns dann später«, krächzte Holly.

Leo starrte auf ihren Mund, leckte sich die Lippen und versuchte, sich wieder unter Kontrolle zu bringen. So gern sie Holly jetzt auch geküsst hätte, Holly hatte recht. Die Situation zwischen ihnen war nach wie vor ungeklärt. Außerdem war dies nicht der richtige Zeitpunkt oder Ort dafür. »Bis später.« Zögernd stieg sie aus und schloss die Beifahrertür.

Durch das Seitenfenster hindurch sahen sie einander an. Keine rührte sich vom Fleck.

Reiß dich zusammen. Nur weil Holly sie nicht begleiten würde, war das noch lange kein Grund, sich zu benehmen, als würde sie gleich ein Kriegsgebiet anstatt eines Blumenladens betreten.

Holly nickte ihr ermutigend zu und winkte, bevor sie den Motor startete und davonfuhr.

Als die Rücklichter des Jeeps um die Ecke verschwunden waren, straffte Leo ihre angespannten Schultern und betrat den Blumenladen.

Die Glocke über der Tür bimmelte. Feuchte Luft umgab sie und es roch nach Rosen, Orchideen und anderen Blumen, die Leo nicht kannte.

Niemand schien im Laden zu sein.

»Ich komme sofort«, erklang Ashs Stimme aus einem der Hinterzimmer. Musik aus einem Radio kam aus derselben Richtung.

Leo schob die Hände in die Hosentaschen und sah sich um. Ein riesiger gekühlter Glaskasten nahm eine komplette Wand ein, während entlang der anderen Wände Metalleimer und Vasen aufgereiht standen, mit Blumen in allen Farben des Regenbogens.

Scheinbar hatte Ashley sich ein erfolgreiches Unternehmen aufgebaut.

Eine Minute später erschien Ash aus dem Hinterzimmer. Sie trug eine grüne Schürze. »Wie kann ich Ih...?« Sie erstarrte. »Leo!«

Leo verlagerte ihr Gewicht auf die Fußballen. »Hallo.«

Ohne den Blick von Leo abzuwenden, umrundete Ash die Theke. »Ich habe das von deinem Vater gehört. Es tut mir so leid.« Sie wischte sich die Hände an der Schürze ab und schlang die Arme um Leo.

Eine Sekunde lang stand Leo erstarrt da, bevor sie die Arme hob und die Umarmung erwiderte. Der betörende Duft von Opium umgab sie. Sofort stiegen Erinnerungen an ihre Schulzeit in ihr auf. Schon vor vierzehn Jahren hatte Ash immer dieses Parfüm getragen. Damals hatte Leo den Namen des Duftes passend gefunden, denn er war wie eine Droge für sie gewesen. Sie hatte sich nach Ashs seltenen, aber warmen Umarmungen gesehnt.

Doch jetzt konnte sie nur daran denken, wie es sich angefühlt hatte, die Nacht in Hollys Armen zu verbringen. Scheinbar war Opium nicht mehr ihre Lieblingsdroge. Sie mochte Hollys leichteres, unaufdringlicheres Parfüm lieber.

»Danke«, murmelte sie, als sie einander losließen. »Ich bin wegen der Blumen hier. Für den Sarg.«

Ashs Gesichtsausdruck wechselte von besorgter Freundin zu professioneller Floristin. »Natürlich. Was hattest du dir vorgestellt?«

Leo hob die Hände und ließ sie wieder sinken. »Ich habe keine Ahnung von Blumen für Beerdigungen.«

»Ich zum Glück schon«, sagte Ash mit einem sanften Lächeln. »Lass mal sehen … Hatte dein Vater eine Lieblingsblume?«

»Ich glaube nicht.«

»Was war seine Lieblingsfarbe?«

Gott, wie peinlich. Sie konnte diese Fragen nicht beantworten. Vielleicht sollte sie ihre Mutter anrufen. Aber sie beschloss, es nicht zu tun. Ihre Mutter hatte sich monatelang um ihren Vater gekümmert, jetzt war sie an der Reihe. »Äh, ich glaube blau.« Zumindest war die Krawatte, die er am liebsten trug, blau.

»Blau. Damit kann ich etwas anfangen. Wie wäre es mit diesem Rittersporn?« Ash ging durch den Laden und zog Blumen mit langen Stilen und kelchartig geformten, blauen Blüten aus den Eimern. »Wir könnten ein paar weiße Nelken oder vielleicht Lilien oder Orchideen mit einbinden.« Sie fügte die genannten Blumen hinzu und hielt sie Leo entgegen. »Was meinst du?«

Leo versuchte, abzuschätzen, was ihr Vater dazu gesagt hätte. Hätte er die Blumen gemocht? Schließlich entschied sie, dass es keine Rolle spielte. Ihr Vater war nicht mehr da und konnte die Blumen nicht mehr sehen, sie waren mehr für ihre Mutter als für ihn. »Sieht gut aus.«

»Wann ist die Beerdigung?«, fragte Ash.

»Am Montag um zehn.«

»Ich werde dafür sorgen, dass das Sarggebinde pünktlich beim Bestattungsinstitut ist.« Ash stellte die Blumen in die Eimer zurück. »Soll ich mich auch um die Blumen für den Altar und für die Sargträger kümmern?«

Auch davon hatte Leo keine Ahnung, deshalb nickte sie. »Ja, bitte. Setz einfach alles auf meine Rechnung.«

Ash schüttelte den Kopf. »Keine Rechnung. Ich möchte nicht, dass du für irgendetwas bezahlst.«

»Ash, du kannst nicht …«

»Wir sind doch immer noch Freundinnen, oder nicht?«

Waren sie noch Freundinnen? Leo wusste es nicht. Es erschien ihr seltsam, dass Ash die Blumen bezahlen wollte, denn es ging über die Art ihrer Beziehung hinaus. »Du bist mit den meisten Leuten in dieser Stadt befreundet. Wenn du so etwas für jeden tun würdest …«

»Du bist aber nicht jeder, Leo. Du warst meine beste Freundin.«

»Ja, aber du musst von diesem Geschäft leben können und ich kann mir vorstellen, dass es nicht leicht ist, in einer so kleinen Stadt über die Runden zu kommen.«

»Finanziell läuft es bestens«, sagte Ash.

»Na ja, ich bin auch nicht gerade eine am Hungertuch nagende Künstlerin, weißt du? Ich kann es mir leisten, die Blumen zu bezahlen.«

»Es geht nicht um Geld. Ich möchte das für dich und für deinen Vater tun.«

Leo zögerte. Seit sie Fair Oaks verlassen hatte, hatte sie gelernt, dass sie selbst für scheinbar selbstlose Gefallen später die Rechnung bekommen würde. Die Leute erwarteten im Gegenzug immer etwas von ihr, auch wenn sie so taten, als wäre das nicht der Fall. Aber vielleicht war es ja doch nicht immer so. Bei Holly war es anders.

»Danke«, sagte sie schließlich. »Das ist sehr großzügig von dir.«

Ash streckte die Hand aus und drückte ihren Arm. »Wenn es irgendetwas gibt, was ich für dich tun kann. Ganz egal was …«

Irgendetwas schwang in ihrer Stimme mit, sodass Leo sich fragte, ob das Angebot sich auf einen sehr viel intimeren Trost als Blumen erstreckte. Überrascht stellte sie fest, dass sie nicht versucht war, es herauszufinden.

»Danke. Sehen wir uns bei der Beerdigung?« Bei Ashley meinte sie die Frage genau so, wie sie sie gestellt hatte, ohne darauf zu hoffen, sie schon früher wiederzusehen.

Ashs Hand lag noch immer auf Leos Arm. »Ich werde da sein.«

»Dann bis Montag.« Sanft befreite sich Leo von Ashs Griff und ging zur Tür, ohne noch einmal zurückzublicken.

Holly betrat ihr Haus und ging schnurstracks zu ihrem Laptop, den sie am Donnerstagabend auf der Couch zurückgelassen hatte. Es kam ihr vor, als wäre das Wochen her, nicht erst zwei Tage. Sie hatte noch nicht so richtig verarbeitet, was seither passiert war.

Sobald ihr Laptop hochgefahren war, klickte sie auf das Skype-Symbol in der Taskleiste und loggte sich ein.

Meg sollte inzwischen von ihrer Geschäftsreise zurück sein, aber das hieß nicht unbedingt, dass sie online war.

Bitte sei zu Hause. Bitte sei zu Hause.

Sie scrollte durch ihre Kontaktliste. Ein grünes Häkchen wurde neben Megs Namen angezeigt, was bedeutete, dass sie online war.

Ja! Hoffentlich war Meg an ihrem Computer. Sie klickte auf den Kontakt und dann auf *Anrufen*. Beim zweiten Klingeln erschien Megs lächelndes Gesicht auf ihrem Bildschirm. Ihr Haar, das immer sorgfältig zu einer flotten Kurzhaarfrisur gestylt war, klebte ihr an einer Seite am Kopf.

Normalerweise hätte Holly ihre Freundin damit aufgezogen, dass sie heute Morgen den Kampf mit der Haarbürste verloren hatte, aber nichts in ihrem Leben war mehr normal, seit Leo nach Fair Oaks zurückgekehrt war.

»Hallo, Nerdy Nurse«, sagte Meg.

Holly hielt sich nicht mit Höflichkeiten auf. »Ich habe etwas richtig Dummes gemacht«, platzte es aus ihr heraus.

Meg stöhnte. »Gott, bitte sag nicht, du bist wieder mit diesem Blumenmädchen zusammen, das sich nicht outen will!«

»Was? Nein. Das hat nichts mit ihr zu tun.«

»Puh.« Meg wischte sich imaginären Schweiß von der Stirn. »Was hast du dann getan?«

Wie konnte sie zusammenfassen, was während der vergangenen Tage geschehen war? »Leos Vater ist gestern gestorben und ich habe sie vom Dach geholt und dann habe ich mit ihr geschlafen und jetzt weiß ich nicht …«

»Moment mal!« Wäre Meg eine Comicfigur gewesen, dann hätten ihre Augen jetzt die Größe von Satellitenschüsseln angenommen. »Du hast *was* getan?«

Holly ging in Gedanken noch einmal durch, was sie eben gesagt hatte. »Oh. Oh nein. Nein, so habe ich das nicht gemeint. Wir haben im selben Bett geschlafen. Nur geschlafen. Sie wollte nicht allein sein und ich ... ich wollte für sie da sein.«

»Und Leo ist wer genau? Mann, Holly, da bin ich mal zwei Wochen geschäftlich unterwegs und schon kenne ich mich in deinem Leben nicht mehr aus!« Meg winkte mit dem Arm wie eine Ertrinkende, die hoffte, dass ihr jemand einen Rettungsring zuwarf. »Erklär's mir bitte. Leo ... Ist das die Frau, der die Bäckerei gehört?«

»Nein, das ist meine Freundin Sasha. Leo ist ...« Holly bremste sich. Sollte sie es Meg wirklich verraten? *Ja.* Sie vertraute ihr und außerdem war Leos richtiger Namen kein großes Geheimnis. Er stand sogar auf Wikipedia. Trotzdem durchbohrte sie Meg mit einem Blick, der selbst einen hartgesottenen Kriminellen eingeschüchtert hätte. »Das muss zwischen uns bleiben, okay? Du kannst es keiner Menschenseele erzählen.«

Meg riss die Augen auf. »Nicht mal Jo?«

»Ihr kannst du es erzählen, aber sonst niemandem. Und sag Jo, dass sie es auch für sich behalten soll.«

»Okay.« Meg zog das Wort in die Länge. »Jetzt habe ich fast Angst vor dem, was du mir gleich sagen wirst. Ich muss doch keine Niere verschachern, um dich aus dem Gefängnis freizukaufen, oder?«

Holly schüttelte den Kopf. »Es ist keine Nierensache. Es ist mehr eine Herzenssache.«

»Du hast dich in diese mysteriöse Leo verliebt?« Megs Stimme klang wie ein Quieken.

»Nein, nein, nein. Ich bin nicht verliebt.« Das konnte doch nicht sein, oder? Doch nicht so schnell. »Aber ...«

Meg hob beide Hände. »Ich denke wirklich, du solltest mir alles von Anfang an erzählen. Wer ist diese Leo? Wohnt sie auch in Fair Oaks?«

»Nein, und das ist Teil des Problems. Sie ...« Holly senkte die Stimme, obwohl niemand mithören konnte. »Ihr Name ist Leontyne Jenna Blake. Sie ist ...«

»Heiliges Einhorn!«, schrie Meg so laut, dass Holly die Lautstärke ihres Laptops verringerte. »Jenna Blake? *Die* Jenna Blake?«

»Genau die.«

Meg blies ihre Wangen auf und stieß dann ihren Atem aus. »Du und Jenna Blake seid also ...«

»Nein, nicht ich und Jenna. Ich und Leo.«

Eine verschwommene Bewegung füllte den Bildschirm, als Meg abwinkte. »Du und Leo seid also ...? Ihr seid euch nähergekommen? Auf romantische Weise?«

Holly biss sich auf die Unterlippe und nickte.

»Wow.« Meg ließ sich gegen ihre Stuhllehne sinken. »Wie ist das denn passiert?«

»Keine Ahnung. Ich mochte sie zuerst nicht einmal. Ich dachte ... Na ja, ich bin von falschen Annahmen ausgegangen. Aber nachdem wir das geklärt hatten, haben wir angefangen, viel Zeit miteinander zu verbringen.« Holly holte tief Luft und erzählte Meg alles, was zwischen Leo und ihr in den vergangenen vier Wochen vorgefallen war: der Streit im Jeep während des Wolkenbruchs, der Abend in der Bar mit Leos Schulfreunden, das Joggen am Bach und die süßen Teilchen, das Beinahe-Kuscheln im Bett, während sie sich *Central Precinct* angeschaut hatten, der Besuch bei den Welpen und Kätzchen, das gemeinsame Klavierspielen und ihre Unterhaltung auf dem Dach.

Während sie erzählte, musste sie immer wieder lächeln. Dies waren alles schöne Erinnerungen, stellte sie fest. Die schönsten seit Jahren. Als sie an dem Punkt ankam, wo sie Leo gesagt hatte, es könne zwischen ihnen nicht funktionieren, konnte sie nur an den Ausdruck in Leos Augen denken. Dieser Ausdruck spiegelte den Schmerz wider, den auch sie selbst empfand.

»Dann ist ihr Vater gestorben und alles andere trat erst mal in den Hintergrund«, beendete sie schließlich ihre Geschichte.

»Das ist verständlich. Ist sie in Ordnung?«

»Irgendwann wird sie es hoffentlich sein«, sagte Holly.

»Bist *du* in Ordnung?«

Holly fuhr sich mit den Fingern durch die Haare. Es half nicht dabei, ihre chaotischen Gedanken zu sortieren. »Ja. Irgendwie schon. Es ist nur viel passiert und ich muss das alles erst mal verarbeiten.«

»Himmel ja! Ich hätte nie gedacht, dass du mal mit Jenna Blake zusammenkommen würdest!«

»Wir sind nicht zusammen. Nicht so richtig. Wie ich schon sagte, ich habe ihr eine Abfuhr erteilt, bevor ...« *Bevor was? Bevor sie mich verletzen konnte?* Sie schob den Gedanken beiseite. »Und für mich ist sie nicht Jenna. Sie ist anders, Meg. Anders, als ich dachte. Anders als Dana oder Ash. Sie ist intelligent, rücksichtsvoll, witzig und großzügig.« Holly merkte, dass sie ins Plappern geriet und schloss den Mund.

»Weiß sie es?«

Diese Frage bedurfte keiner Erklärung. Nicht zwischen ihnen. »Ja. Ich habe es ihr gesagt, als sie mich fragte, ob ich mit ihr ausgehe. Habe ich das nicht erwähnt?«

»Nö. Scheinbar hast du die interessantesten Stellen ausgelassen«, sagte Meg. »Und wie hat sie reagiert?«

Holly seufzte. »Du weißt doch, wie das ist. Sie sagen immer, sie hätten kein Problem damit, bis sie dann doch eines haben und anfangen, es dir zu verübeln.«

»Ist das so passiert? Oder ist es das, was du *glaubst*, was passieren wird?«

»Es ist das, von dem ich *weiß*, dass es passieren wird, wenn ich mich auf eine Beziehung mit ihr einlasse«, sagte Holly. »Bei Dana und Ashley war es auch so.«

»Du hast eben gesagt, dass sie anders als Dana und Ashley ist.«

Typisch Meg, dass sie Holly nun mit ihren eigenen Worten schlug. »Ich dachte, gerade du würdest mir sagen, dass es all den Herzschmerz nicht wert ist und ich auch gut allein zurechtkomme.«

Meg grinste verschmitzt. »Nein. Wenn du die Halte-dich-fern-von-ihr-Rede hören willst, dann hast du dir die falsche Gesprächspartnerin ausgesucht. Jo nennt mich immer die romantischste aromantische Person der Welt.« Ihr Lächeln verblasste und sie musterte Holly mit ernster Miene. »Aber mal im Ernst, so wie du über sie redest, habe ich das Gefühl, da könnte was daraus werden. Warum gibst du ihr nicht eine Chance?«

»Weil es nicht funktionieren würde.«

»Woher weißt du das?«

»Wir sind einfach zu verschieden. Ich bin asexuell, sie ist es nicht. Ich bin Krankenschwester, sie ist ein Superstar. Ich lebe in Fair Oaks, sie lebt in New York. Muss ich weiterreden?«

Meg schnaubte. »Und du glaubst, ihr wärt ein ungleiches Paar? Ich habe dich um Längen geschlagen.«

»Äh, du?«

»Aber hallo!« Meg zeigte auf sich. »Aromantisch, asexuell, eine totale Plaudertasche und so irisch wie ein Glas Guinness.« Sie wedelte mit der Hand in Richtung von Jos Zimmer. »Romantisch, nicht aus dem asexuellen Spektrum, schweigsam und mexikanischer Abstammung. Sind das genug Unterschiede?«

Holly nickte. Doch trotzdem schienen ihre Freundinnen sich perfekt zu ergänzen. »Ja, aber das ist etwas anderes.«

»Warum? Weil unsere Beziehung keine romantische ist, sie also unmöglich so wichtig sein kann?« Meg sah verletzt aus.

»Nein«, sagte Holly hastig. »Nein, natürlich nicht. Tut mir leid, Mordin. Du weißt, dass ich das nicht glaube. Ich bin nur ... Ach, ich weiß auch nicht. Ich bin total durcheinander.« Sie rieb sich mit beiden Händen über ihr Gesicht und ließ sie dann auf den Schoß fallen.

Megs Gesichtsausdruck wurde sanfter. Sie beugte sich zur Webkamera. »Als ich Jo gefragt habe, ob sie sich vorstellen könnte, meine queerplatonische Partnerin zu sein, hatte ich richtig Schiss. Ich dachte, sie denkt vielleicht, es wäre irgendwie seltsam oder nicht real oder so etwas. Selbst als sie dann Ja sagte, habe ich ständig an ihr ... an uns gezweifelt. Ich habe gedacht, sie würde mich verlassen, sobald sie eine heiße Frau kennenlernt, die sich in sie verlieben kann. Ich hätte nie gedacht, dass es langfristig gesehen funktionieren könnte.« Ihr Grinsen reichte von einem Ohr zum anderen. »Und jetzt sieh uns an. Fünf Jahre später und wir könnten nicht glücklicher sein. Am Montag fangen wir an, uns nach einem Haus umzusehen. Wir wollen etwas in einem der Vororte kaufen.«

»Wow, Meg! Das ist großartig.« Holly strahlte ihre Freundin an. »Ich freue mich so für euch beide.«

»Danke.« Selbst die nicht gerade erstklassige Skype-Verbindung konnte nicht verbergen, dass Meg vor Glück geradezu glühte. Ihre Augen strahlten.

In Momenten wie diesem fiel es Holly schwer zu verstehen, warum ihre Freundinnen darauf beharrten, dass sie kein traditionelles Paar waren, und dass sie einander zwar liebten, aber nicht verliebt waren. Das half ihr zu verstehen, warum Leute, die selbst nicht asexuell waren, manchmal solche Probleme hatten, ihre sexuelle Orientierung nachzuvollziehen.

Eigentlich war es egal, ob sie es vollkommen verstand oder nicht, solange ihre Freundinnen nur glücklich waren. Aber was bedeutete das alles für Leo und sie?

»Was würden Sie mir also raten, Dr. Sommer?«

Meg lachte. »Warum fragen nur immer alle die aromantische Person nach Beziehungsratschlägen?«

»Weil du so gut darin bist.«

Ein Schnauben entfuhr Meg. »Meine ganze Weisheit entstammt diversen Videospielen.«

»Oh, da fällt mir wieder ein ...« Holly nahm die Karte vom Couchtisch, die sie nächste Woche abschicken wollte, damit sie rechtzeitig zu Megs Geburtstag ankam. »Ich habe dir das Autogramm besorgt, das du haben wolltest.«

Meg rieb sich die Hände. »Super. Ich wollte dich danach fragen, aber dann kam meine Geschäftsreise dazwischen und ich habe es vergessen.«

Holly öffnete die Karte und hielt sie in die Kamera. »Kannst du es lesen?«

Fältchen entstanden auf Megs Stirn, als sie sich vorbeugte und sich auf den Bildschirm konzentrierte. »Herzlichen Glückwunsch zum Geburtstag und ganz viele *Butterfly Kisses*«, las sie laut vor und rümpfte die Nase. »Mit Küssen kann ich nichts anfangen. Die kannst du haben.«

Hollys Wangen begannen zu brennen, als sie sich an die beiden Küsse erinnerte, die sie mit Leo ausgetauscht hatte … und daran, dass sie Leo vorhin im Jeep fast erneut geküsst hätte. Wenn sie je einen Beweis gebraucht hätte, dass eine sinnliche Anziehung existierte, jetzt hatte sie ihn. Noch nie war es ihr so schwergefallen, irgendjemanden nicht zu küssen. Aber wenn sie Leo weiterhin solche widersprüchlichen Signale sandte, würde sie Leo nur verletzen.

»Oho!« Meg stieß einen schrillen Pfiff aus. »Sieht so aus, als hättest du sie bereits geküsst. Du hast wirklich die interessantesten Teile der Geschichte ausgelassen.«

»Lies das PS«, sagte Holly mit strenger Stimme und hielt die Karte in die Webcam, um ihr Erröten zu verbergen.

»PS«, las Meg laut vor, »Triss ist viel cooler als Yen.« Sie schnaubte. »Ha! Ich nehme es zurück. Fang nichts mit ihr an. Offensichtlich hat sie keinen guten Geschmack, was Frauen angeht.«

»Hey, sie mag *mich*«, protestierte Holly.

Meg wurde ernst. »Okay, sie hat keinen guten Geschmack, was Frauen in Videospielen angeht. Aber wenn sie immer noch an dir interessiert ist, nachdem sie herausgefunden hat, dass du nicht mit ihr ins Bett steigen wirst und nachdem du sie auf Schritt und Tritt entmutigt hast, dann ist sie es wert, dass du ihr eine Chance gibst. Das ist mein weiser Rat.«

Konnte es sein, dass Meg recht hatte? Ein Teil von Holly wollte sich an diesen Strohhalm klammern und nicht loslassen, doch ein anderer Teil hatte Angst, wieder verletzt zu werden.

Sie sah auf die Uhr in der Taskleiste. Leo hatte mittlerweile sicher die Blumen bestellt und war wieder zu Hause. »Ich sollte gehen und nach ihr sehen.«

»Ja, tu das. Halt mich auf dem Laufenden, wie es euch beiden geht, ja?«

»Mach ich. Und Meg? Danke.«

Meg grinste. »Du kannst mir danken, indem du den Brautstrauß bei eurer Hochzeit nicht in meine Richtung wirfst.«

»Hochzeit?« Holly prustete. »Es wird keine Hochzeit geben.«

Noch immer grinsend winkte Meg ab und beendete das Gespräch.

Kapitel 18

Leo hatte die ganze Zeit über ihren Vater gemieden, doch nun stellte sie fest, dass sie sich ihrer Mutter gegenüber genauso unbehaglich fühlte und ihr am liebsten auch aus dem Weg gegangen wäre. Sie saßen nebeneinander auf der Hollywoodschaukel, ohne ein Wort zu sagen.

Als sie aus dem Blumenladen zurückgekehrt war, hatte ihre Mutter bereits hier draußen gesessen, so als könnte sie es nicht ertragen, allein in dem leeren Haus zu sein. Wie würde sie damit zurechtkommen, wenn Leo nach New York zurückging?

Bei dem Gedanken daran fühlte Leo sich schuldig und das machte sie wütend. Sie hatte hart gearbeitet, um sich ein eigenes Leben aufzubauen und erfolgreich zu sein. Ihre Mutter konnte nicht von ihr erwarten, dass sie das aufgab, oder?

»Weißt du noch, als du ein kleines Mädchen warst?«, unterbrach ihre Mutter die Stille. »Du und dein Vater habt stundenlang hier draußen gesessen und zusammen gesungen. Es war so niedlich, dass jeder Nachbar, der vorbeikam, stehen geblieben ist, um zuzuhören.«

Daran hatte Leo seit Jahren oder gar Jahrzehnten nicht mehr gedacht. Wenn sie sich konzentrierte, konnte sie noch immer die Stimme ihres Vaters hören. Damals hatte er sie die Lieder aussuchen lassen, die sie singen würden, statt ihr seinen Musikgeschmack aufzuzwingen. Er hatte sogar Kinderlieder wie »Eine kleine Spinne« mitgesungen und die dazugehörigen Handbewegungen gemacht, ohne sich darum zu scheren, ob die Nachbarn ihn sehen konnten.

Wie war dieser Mann zu dem strengen Vater geworden, den sie als Jugendliche gekannt hatte?

»Ich kann nicht glauben, dass er nicht mehr da ist«, flüsterte ihre Mutter, als ob sein Tod wahr werden würde, wenn sie lauter sprach.

Leo wusste nicht, was sie sagen sollte. Sie legte ihrer Mutter eine Hand auf den Arm.

Sofort bedeckte ihre Mutter Leos Hand mit ihrer eigenen. »Ich bin so froh, dass du nach Hause gekommen bist und ihn sehen konntest, bevor …« Sie presste die Lippen aufeinander.

»Ja«, sagte Leo. »Ich auch. Wir haben uns ein bisschen unterhalten, weißt du? Am Abend, bevor er … Es war nicht übermäßig liebevoll oder so, aber zumindest haben wir einige Unstimmigkeiten aus dem Weg räumen können, denke ich.«

»Oh, Schatz!« Ihre Mutter drückte Leos Finger mit unerwarteter Kraft. »Du weißt nicht, wie sehr ich gehofft hatte, dass das passieren würde. Ich weiß, dein Vater hat es nicht immer gezeigt, aber es hat ihm viel bedeutet, dass du gekommen bist und dir die Zeit genommen hast, so lange zu bleiben.«

»Hat er das gesagt?«, fragte Leo.

»Na ja, nicht in genau diesen Worten. Du weißt ja, dass es nach seinem zweiten Schlaganfall schwer für ihn war, überhaupt zu sprechen.«

»Und davor? Hat er davor von mir gesprochen? Darüber, was er von meiner Musik und meiner sexuellen Orientierung hielt?«

Ihre Mutter tätschelte Leos Hand. »Du weißt doch, wie dein Vater war.«

»Nein. Je länger ich hier bin, desto mehr stelle ich fest, dass ich es nicht weiß.« Ihre Kiefermuskeln verkrampften sich vor Anspannung. »Ich kannte nicht mal seine Lieblingsblumen, als ich die Blumen für den Sarg bestellt habe.«

»Lilien«, sagte ihre Mutter. »Seine Lieblingsblumen sind … waren Lilien.«

Genau wie Leos. Aber das wusste ihre Mutter natürlich nicht. »Warum hast du nie angerufen?«, fragte Leo und war von dieser Frage selbst überrascht. Sie hatte nicht vorgehabt, das zu fragen. Sie hatte nicht einmal geahnt, dass ihr diese Frage noch immer im Kopf herumging.

»Ich … Es tut mir leid«, brachte ihre Mutter heraus. »Bitte glaub nicht, dass ich dich je vergessen habe.« Sie blinzelte eine Träne weg, die diesmal Leo und nicht ihrem Ehemann galt.

Ihrer Mutter noch mehr Schmerz zuzufügen, war nicht Leos Absicht. Sie wollte die Frage zurücknehmen, aber zugleich wusste sie, dass sie endlich darüber reden mussten. »Warum hast du dann nicht angerufen?«, wiederholte sie ihre Frage mit sanfterer Stimme.

»Ich wusste nie, ob du das auch wolltest. Du warst so auf dein neues Leben fokussiert und schienst nicht zu wollen, dass dich jemand daran erinnert, wer du früher warst.«

War das wirklich so gewesen? War *sie* wirklich so gewesen? Leo wollte es abstreiten, doch sie erinnerte sich noch gut daran, wie hart sie während der ersten Jahre gearbeitet hatte, um einen Plattenvertrag zu bekommen und dann ihr Debütalbum aufzunehmen und zu vermarkten. Es war kein Platz für andere Dinge in ihrem Leben gewesen.

»Vielleicht hast du recht«, sagte sie schließlich. »Wenigstens am Anfang. Aber warum hast du mich nicht angerufen, als Papa den ersten Schlaganfall hatte … oder zumindest den im Mai?« Sie schluckte den Kloß in ihrem Hals hinunter, um fortfahren zu können. »Ist dir nie in den Sinn gekommen, dass ich es hätte wissen wollen?« Vielleicht war jetzt, erst vierundzwanzig Stunden nach dem Tod ihres Vaters, nicht der richtige Zeitpunkt für diese Unterhaltung, aber Leo wurde bewusst, dass diese Frage schon seit einiger Zeit an ihr nagte. Ihre Mutter hatte ihr nie eine richtige Antwort gegeben, als sie zum ersten Mal danach gefragt hatte.

»Doch, natürlich. Ich wollte dich sofort anrufen, als es passiert ist. Bitte glaub mir.« Tränen schimmerten in den Augen ihrer Mutter. »Aber dein Vater war ein stolzer Mann. Er wollte nicht, dass du ihn so schwach und hilflos siehst. Erst als er aus dem Krankenhaus draußen war und eine Weile mit seinen Therapeuten gearbeitet hatte, hat er endlich nachgegeben und mir erlaubt, dich anzurufen.«

Dieser verdammte Stolz. Leo biss sich auf die Innenseite ihrer Wange, bis sie Blut schmeckte. »Er hat es dir *erlaubt*?«, wiederholte sie mit rauer Stimme. Sie hatte es immer gehasst, dass ihre Mutter immer getan hatte, was ihr Vater wollte, so als könnte sie keine eigenen Entscheidungen treffen. Als ihr Vater Leo gesagt hatte, er würde ihren »Lebensstil« nicht tolerieren, hatte ihre Mutter nur dagestanden und nichts gesagt. Es kostete sie viel Mühe, ihren Zorn zu zügeln. »Zählen deine Wünsche überhaupt nicht? Hättest du mich nicht trotzdem anrufen können?«

Entschieden schüttelte ihre Mutter den Kopf. »Nein, Leontyne. Das konnte ich nicht, egal, wie sehr ich es auch wollte. Hätte ich in dieser einen Sache gegen seinen ausdrücklichen Wunsch gehandelt, hätte er mir das nie verziehen.« Sie wischte sich Tränen von den Wangen und musterte Leo so eindringlich, als würde sie tief in ihrem Inneren nach Antworten suchen. »Wirst du es tun?«, flüsterte sie.

Ehe Leo begriff, was sie meinte, fuhr ihre Mutter hastig fort, so als hätte sie Angst, was Leo sagen würde. »Ich weiß, dass dein Vater und ich … wir waren nicht immer die besten Eltern, aber wir sind trotzdem deine Eltern und wir lieben dich.« Sie unterdrückte ein Schluchzen. »Ich liebe dich.«

Plötzlich brannten Tränen in Leos Augen und sie wischte sie mit abrupten Bewegungen weg. Ein Teil von ihr wollte sich hinter ihrem Panzer aus Groll verstecken, der sie bisher beschützt hatte. Das würde es leichter machen, nach New York zurückzukehren. Doch ein anderer Teil wusste, dass sie bereit für einen Neuanfang war. Warum hätte sie sonst nach Hause kommen und vier Wochen bleiben sollen, obwohl ihre Mutter und Holly die Pflege ihres Vaters bereits geregelt hatten und es kaum etwas für sie zu tun gab?

Nun hatte sie nur noch einen Elternteil und auf keinen Fall würde sie die Beziehung zu ihr zerstören, indem sie sich an denselben bescheuerten Stolz wie ihr Vater klammerte.

»Ich … ich vergebe dir und … und ich liebe dich auch.« Sie hatte es ihrer Mutter zuliebe gesagt, aber sobald sie es ausgesprochen hatte, merkte sie, dass es stimmte und wie befreiend es war, es auszusprechen.

Erneut liefen Tränen über das Gesicht ihrer Mutter. Schluchzend sank sie Leo in die Arme.

Leo hielt sie fest. Zuerst war es unbehaglich, doch nach ein paar Minuten entspannte sie sich.

»Danke«, flüsterte ihre Mutter an ihrer Schulter.

»Es war nicht allein deine Schuld, weißt du?« Mittlerweile konnte sie das vor sich selbst und ihrer Mutter gegenüber zugeben.

Irgendwie schaffte es ihre Mutter, den Kopf zu schütteln, während sie das Gesicht immer noch an Leos Schulter drückte. »Doch. Ich kann es dir nicht vorwerfen, dass du von zu Hause weg bist, sobald du konntest. Wir waren …«

»Pssst.« Obwohl es guttat, diese Worte zu hören, würde es ihnen nicht helfen, die Fehler der Vergangenheit durchzukauen. Stattdessen sollten sie lieber nach vorn sehen. »Was geschehen ist, ist geschehen. Lass es uns einfach in Zukunft besser machen.«

Ihre Mutter ließ sie los und schnäuzte sich in ein Taschentuch, das mit den Initialen von Leos Vater bestickt war. Der Anflug eines Lächelns huschte über ihr Gesicht, was unter all den Tränen fast surreal wirkte. »Ich würde mir gern einbilden, dass du diese emotionale Reife von mir hast, aber ich schätze, die hast du dir ganz allein erarbeitet.«

Reife? Leo hätte fast gelacht. Vier Wochen zu Hause herumzuhängen, ohne mit ihren Eltern zu sprechen, war kein sonderlich reifes Benehmen. »Ich glaube, ich habe schon so Einiges von dir und Papa geerbt.« Nicht alles davon war gut, aber daran konnte sie arbeiten.

Eine Weile saßen sie schweigend da und schaukelten auf der Hollywoodschaukel hin und her.

»Es gibt etwas, um das ich dich bitten möchte«, sagte ihre Mutter. »Es hätte deinem Vater viel bedeutet.«

Sofort kehrte Leos Anspannung zurück.

Ihre Mutter sah sie aus feuchten Augen an. »Würdest du die Grabrede halten?«

Das war so ziemlich das Letzte, was Leo erwartet hatte. Ihr Magen zog sich zu einem winzigen Ball zusammen. »Ich?«

Ihre Mutter nickte.

»Warum ich?«

»Du bist seine Tochter.«

Holly hatte gestern Nacht auf dem Dach etwas Ähnliches gesagt, so als erklärte dieser eine Satz alles. Aber für Leo war es nicht so einfach. »Ich würde nicht wissen, was ich sagen sollte.«

Ihre Mutter tätschelte ihre Hand. »Es wird dir schon etwas einfallen. Du schreibst so wunderschöne Liedtexte. Ich bin überzeugt, dass du genau die richtigen Worte finden wirst.«

Sie kennt meine Lieder … und findet sie wunderschön? Leo starrte sie an. Doch ihre Mutter kannte nicht die volle Wahrheit. Sie wusste nicht, dass Leo schon seit Jahren kein Lied mehr geschrieben hatte, schon gar kein wunderschönes. Sie öffnete den Mund, um ihr das zu sagen, schloss ihn dann aber wieder. Das war nicht der richtige Zeitpunkt, um ihre Mutter mit ihren Karriereproblemen zu belasten.

»Bitte«, sagte ihre Mutter. »Ich glaube, dass es wichtig ist. Nicht nur für deinen Vater, sondern auch für dich. Es wird dir die Gelegenheit geben, über sein Leben nachzudenken und vielleicht deinen Frieden damit zu machen.«

Säure brannte in ihrem Magen. »Ich werde darüber nachdenken.« Mehr konnte sie im Moment nicht versprechen und zum Glück drängte ihre Mutter sie nicht.

Hollys roter Jeep bog in die Auffahrt ein.

Leos Magen hörte mit dem Theater auf und beruhigte sich … zumindest bis Holly aus dem Wagen stieg. Dann schienen Schmetterlinge in ihrer Magengrube auszuschwärmen.

Ihre Blicke trafen sich über die Auffahrt hinweg.

Leo wollte zu ihr rennen und sich in Hollys Arme werfen, als wären sie jahrzehntelang getrennt gewesen statt nur zwei Stunden. *Das ist lächerlich*, sagte sie sich. Vermutlich war es nur eine der Trauerphasen, die ihre Gefühle intensivierte. Doch woran es auch lag, sie war verteufelt froh, Holly zu sehen.

Als Holly die Auffahrt überquerte, fiel ihr Blick sofort auf Leo. Sie sah emotional geschafft aus, doch sie hatte keine Tränen in den Augen. War das ein gutes oder ein schlechtes Zeichen?

Vor den drei Stufen, die zum Haus hinaufführten, blieb Holly stehen und sah zu Mutter und Tochter hinauf. Sie wollte die beiden nicht stören, falls sie dabei waren, endlich miteinander zu reden.

Bevor sie etwas sagen konnte, schenkte Sharon ihr ein zittriges Lächeln. »Hallo, Holly. Danke, dass du mit Leontyne zum Bestattungsinstitut gegangen bist. Ich …« Sie fuhr sich über die Augen. »Ich konnte nicht.«

Holly stieg die drei Stufen hinauf und lächelte zurück. »Gern geschehen. Wenn du irgendetwas brauchst, kannst du mich oder meine Familie jederzeit anrufen.«

Sharon nickte und erhob sich. »Danke. Ich gehe das Abendessen kochen.«

»Das musst du nicht«, sagte Leo. »Die ganze Stadt hat genug Essen vorbeigebracht, um ein ganzes Jahr davon zu überleben. Und wenn du Lust auf etwas anderes hast, dann kann ich das machen.«

Sharon tätschelte Leos Schulter und ging an ihr vorbei. »Ich weiß, aber so habe ich etwas zu tun.« Statt an Holly vorbeizugehen, umarmte Sharon sie. »Ich bin so froh, dass du für Leontyne da bist«, flüsterte sie ihr zu.

Noch bevor Holly antworten konnte, schloss sich die Fliegengittertür hinter ihr, sodass Holly und Leo allein zurückblieben.

»Was war das denn?« Leo neigte den Kopf in Richtung Tür.

»Sie hat mir nur gedankt.«

Als Leo den nun leeren Platz neben sich tätschelte, setzte sich Holly. Die Schaukel war breit genug für drei, doch sie rutschten beide zur Mitte und saßen so dicht beieinander, dass sie sich von den Schultern bis zu den nackten Knien berührten. Leo so zu spüren, war unglaublich schön. Wenn sie es zuließ, konnte es leicht zur Sucht werden.

»Wie geht es dir?«, fragte sie leise.

Einen Moment lang wirkte Leo, als würde sie Holly gleich mit einem »Gut« abspeisen, doch stattdessen sagte sie: »Meine Mutter will, dass ich die Grabrede halte.«

Wow. Sich vor die halbe Stadt zu stellen und über ihren Vater zu sprechen, obwohl alles in ihr noch so aufgewühlt war … Holly hatte es auf der Beerdigung ihres Vaters nicht gekonnt. Sie hatte es ihrem Bruder Zack überlassen. »Wenn du es nicht tun möchtest, kann ich dir helfen, jemand anderen zu finden.«

Leo rutschte noch dichter an sie heran und stieß sich mit den Füßen ab, um die Hollywoodschaukel hin und her schwingen zu lassen, so als bräuchte sie eine Weile, um darüber nachzudenken. »Danke. Aber ich glaube, ich werde es tun. Mein Vater und ich haben schon so viele gemeinsame Momente verpasst. Ich will nicht eines Tages zurückschauen und noch mehr Dinge bereuen, die ich nicht getan habe, nur weil ich Angst hatte.«

Holly schluckte. Sie wusste, dass Leo über ihre Beziehung mit ihrem Vater sprach, doch das Gesagte traf auch auf Leo und sie zu. Holly bereute schon jetzt so einiges, besonders, Leo verletzt zu haben. »Das ist sehr mutig.«

Leo drehte den Kopf und sah sie an. Ihre olivgrünen Augen waren aufgewühlt und eindringlich.

Dachte sie gerade an dasselbe?

»Es tut mir leid, dass ich nicht genauso mutig war«, sagte Holly leise. »Ich wollte an dich, an uns glauben und ein Teil von mir tut es auch. Aber …« Sie unterbrach sich, weil sie nicht sicher war, ob dies der richtige Zeitpunkt war, um das Thema anzuschneiden. Leo hatte im Moment schon genug um die Ohren.

»Ich weiß, ich sollte mich jetzt eigentlich auf die Beerdigung konzentrieren, aber irgendwie kommt es mir so vor, als würde mir alles unter den Fingern wegrutschen, wenn ich es nicht festhalte.« Leo räusperte sich. »Ich denke, wir würden es bereuen, wenn wir uns nicht eine Chance geben. Ich will dich zu nichts zwingen, was du nicht willst, und wenn du ehrlich glaubst, dass es besser wäre, wenn wir es bei einer Freundschaft bewenden lassen, dann werde ich das akzeptieren, aber ich würde es wirklich gern versuchen, denn ich finde, du bist wundervoll und alles, was ich mir bei einer Frau wünsche.«

Ihre Worte ließen Hollys Herz höherschlagen, doch trotzdem konnte sie ihnen nicht trauen. »Außer, dass ich asexuell bin«, murmelte sie und starrte ins Leere.

Sanft berührte Leo mit den Fingern Hollys Wange und zog ihren Kopf herum, um ihr in die Augen zu sehen. »Nein«, sagte sie mit Nachdruck. »Das habe ich weder gesagt, noch gedacht. Du bist großartig, genau so, wie du bist.«

»Ich weiß, du glaubst das wirklich, zumindest im Moment.« Holly bemühte sich, das Zittern ihrer Stimme unter Kontrolle zu bekommen. »Aber du bist eine leidenschaftliche Frau, Leo. Ich höre es in deiner Musik und ich sehe es in allem, was du tust. Irgendwann wirst du mehr wollen. Du wirst diese Leidenschaft mit mir ausleben wollen und das kann ich dir nicht geben und dann wirst du anfangen, mich dafür zu hassen, und das wird mir das Herz brechen.« Sie presste die Hand auf die Brust, denn sie konnte schon jetzt diesen Schmerz spüren. Nun hatte sie sich noch verletzlicher gemacht, indem sie so offen gesprochen hatte.

»Ich sage nicht, dass es einfach wird, aber warum sollte ich dich für etwas hassen, das ein Teil von dir ist?«

»Ich … ich weiß nicht, aber so ist es immer gewesen.« All die Bitterkeit und der Schmerz, die sich im Laufe der Jahre in ihr angesammelt hatten, brachen jetzt hervor.

»Wenn ich meine Partnerin nicht ranlasse …«

»Ranlassen? Himmel, Holly!« Leo nahm Hollys Hände und drückte sie so fest, dass es fast wehtat. »Hör mir zu. Ich werde das nur ein einziges Mal sagen und wenn du dann immer noch denkst, dass es nicht wert ist, das Risiko einzugehen, dann lasse ich dich in Ruhe. Beziehungen sind hart, nicht nur für asexuelle Menschen. Mir ist es nie gelungen, eine erfolgreiche Beziehung zu haben. Willst du wissen, warum?«

Ihr Hals war wie zugeschnürt, deshalb nickte Holly nur und hielt sich an Leos Händen fest.

»Als ich berühmt wurde, begann ich, die Frauen anzuziehen wie das Licht die Motten«, sagte Leo. »Sie zögerten nicht, mit mir ins Bett zu steigen oder sogar bei mir einzuziehen.«

Ein Stich traf Holly ins Herz. *Na toll.* Jetzt konnte sie auch noch Eifersucht zur Liste der Gefühle hinzufügen, die in einem chaotischen Mix in ihr herumwirbelten.

Leo streichelte ihre Hände, als könnte sie es spüren. »Aber keine Einzige von ihnen konnte zwischen Leo und Jenna unterscheiden. Sie liebten mich für mein Geld, meinen Ruhm und den Popstar-Sex-Appeal, nicht um meiner selbst willen. Sie haben nie die Person gesehen, die ich tief im Inneren bin. Irgendwie ist deine sexuelle Orientierung für mich deshalb eine gute Sache.« Sie hielt inne, als würde sie darüber nachdenken, was sie gerade gesagt hatte. Dann nickte sie bestätigend. »Deine Asexualität lässt dich hinter die Oberfläche blicken.«

Hoffnung durchrieselte Holly. Sah Leo ihre Asexualität wirklich als etwas Positives? »Na ja, zwar denke ich auch, dass die meisten asexuellen Menschen ziemlich großartig sind, aber es gibt schon auch ein paar oberflächliche, geldgeile Arschlöcher unter uns, weißt du?« Sie rang sich ein Lächeln ab und versuchte es mit ein wenig Humor, denn die Gefühle, die zwischen ihnen hin und her prallten, waren fast zu intensiv, um sie auszuhalten.

»Ja, aber du bist nicht so«, sagte Leo mit unerschütterlicher Überzeugung. »Du magst mich so, wie ich bin, nicht wegen meines Körpers oder meiner Berühmtheit. Du siehst *mich*.«

»Ja, das tue ich«, flüsterte Holly. *Gott im Himmel.* Sie hatten sich erst zweimal geküsst und trotzdem klangen sie schon fast, als würden sie einander einen Heiratsantrag machen. Es war völlig verrückt … und fühlte sich trotzdem vollkommen richtig an.

»Ich sehe dich auch. Und ich möchte noch mehr von dir sehen.« Leo grinste schief. »Und das ist jetzt keine Anspielung darauf, dass ich dich nackt sehen möchte.« Sie wurde wieder ernst. »Aber wenn du das nicht willst ...«

Holly holte tief Luft. Das war es jetzt. Entweder musste sie nun Megs Ratschlag befolgen und ihr Herz riskieren ... oder sie musste Leo ein für alle Mal gehen lassen. *Komm schon. Sei mutig.* »Ich will es. Ich will *uns.*«

Ein breites Grinsen stahl sich auf Leos Gesicht und ließ sie noch schöner erscheinen.

Holly hatte noch immer Angst, hauptsächlich davor, Leo nicht zu genügen, doch der Ausdruck auf Leos Gesicht war das Risiko wert.

»Oh Gott, Holly. Danke.« Leo hob Hollys Hände zum Mund und küsste ihre Handflächen, während sie ihr in die Augen sah. »D-darf ich ...? Darf ich dich küssen?«

Holly wusste es zu schätzen, dass Leo nicht einfach davon ausging, es wäre in Ordnung, nur weil sie beschlossen hatten, einer Beziehung eine Chance zu geben. Ihr blieb die Stimme weg, deshalb beugte sie sich Leo entgegen und küsste sie.

Leo seufzte dicht an ihren Lippen. Ihr Mund war weich und warm und unglaublich zärtlich.

Holly versank in dem Kuss und vergaß alles andere für eine Weile. Es war schon so lange her, seit sie zuletzt in der Lage gewesen war, einen Kuss zu genießen, ohne den Moment abpassen zu müssen, an dem sie aufhören musste, weil ihre Partnerin sonst mehr wollen würde.

Leos Hände gingen nicht auf Wanderschaft. Ihre Finger verflochten sich mit Hollys, sodass Holly sich völlig entspannen konnte. Gott, sie hätte Leo ewig weiter küssen können.

Das Knarren der Fliegengittertür ließ sie auseinanderrücken.

Leos Mutter stand im Türrahmen und blickte zwischen ihnen hin und her. »Äh, tut mir leid. Ich wollte nicht ... ähm ...«

»Ist schon okay.« Holly versuchte, ihre Hand aus Leos wegzuziehen, doch Leo ließ nicht los. Offenbar hatte sie nicht vor, ihre Beziehung vor ihrer Mutter zu verheimlichen. *Das wäre auch nicht gegangen, immerhin hat sie uns eben beim Knutschen erwischt.* Holly unterdrückte ein Kichern, das in ihr aufstieg. War es falsch, so kurz nach Gils Tod schon so glücklich zu sein?

»Ich habe vergessen zu fragen, ob du zum Abendessen bleibst.« Sharon richtete ihre Worte an Holly. »Übernachtest du wieder hier?«

Wieder. Sharon wusste also, dass sie gestern nicht nach Hause gefahren war. Es schien sie nicht zu stören. Oder nahm sie an, dass Holly im Gästezimmer geschlafen hatte?

Holly drehte den Kopf und sah Leo fragend an. Wollte Leo, dass sie blieb?

Leo bedachte sie mit demselben fragenden Blick.

»Ich würde gern bleiben«, sagte Holly, mehr zu Leo als zu Sharon.

Nach Leos Lächeln zu urteilen, war das genau die Antwort, die sie sich erhofft hatte.

»Gut«, sagte Sharon. »Ich mache Thunfischauflauf, dein Lieblingsessen.« Sie ging zurück ins Haus. Die Tür schlug hinter ihr zu.

»Ich glaube, sie mag dich lieber als mich«, murmelte Leo.

»Ach was. Was ist denn dein Lieblingsessen?«

»Ich weiß nicht, ob ich eines habe. Ich bin mehr ein Fan von Desserts und süßen Dingen.«

»Im Ernst?«

Leo nickte. »Ja. Zum Beispiel hätte ich jetzt gern noch einen Kuss.«

»Hmm …« Holly gab vor, darüber nachzudenken. »Aber wenn ich dir jetzt, vor dem Abendessen, einen Kuss gebe, dann ist es ja kein Dessert, oder?«

»Dann erkläre ich hiermit Küsse zu meinem Lieblingsessen und Thunfischauflauf zu meinem Lieblingsdessert.« Leo bedachte sie mit einem charmanten Lächeln. »Funktioniert das?«

Früher waren Küsse und alles, was auf ein sexuelles Territorium zusteuerte, für Holly eine ernste Angelegenheit gewesen. Doch jetzt überraschte es sie, wie sehr sie ihr spielerisches Necken genoss. »Wir werden es schon zum Funktionieren bringen.« Sie hoffte, dass das nicht nur auf das Dessert zutraf.

Dann gab sie das Denken auf und beugte sich Leo entgegen, um ihre neue Lieblingsspeise zu genießen.

Die Bodenbretter knarrten unter Leos Füßen, als sie ihr Gewicht verlagerte und zusah, wie ihre Mutter und Holly sich vor der Schlafzimmertür ihrer Mutter innig umarmten.

Bildete sie sich das nur ein oder war das ein wenig seltsam?

Vor vierzehn Jahren hätten ihre Eltern jede Freundin, die sie mit nach Hause gebracht hätte, sofort aus dem Haus geworfen … und Leo gleich mit. Praktisch hatten sie genau das getan, als sie herausgefunden hatten, dass Leo lesbisch war. Und jetzt klammerte sich ihre Mutter an Holly fest, als wäre sie ihre geliebte Schwiegertochter.

Die beiden, aber hauptsächlich Holly zu beobachten, brachte sie zum Lächeln. Holly war so unglaublich warmherzig und unverfälscht, dass Leo sie einfach bewundern musste. Doch zugleich war sie auch ein wenig eifersüchtig, weil sie selbst nicht so unbefangen mit ihrer Mutter umgehen konnte. Dazu war zu viel zwischen ihnen vorgefallen.

Schließlich ließ ihre Mutter Holly los und kam auf Leo zu. Trauer und Einsamkeit standen ihr ins Gesicht geschrieben.

Sie würde gleich in ihr kaltes, leeres Bett steigen müssen, während Leo sich die ganze Nacht bei Holly ankuscheln konnte. Vorausgesetzt, Holly wollte das auch.

Eine Welle des Mitleids überkam Leo und es fühlte sich weniger unbehaglich an, ihre Mutter zu umarmen.

Ihre Mutter klammerte sich an ihr fest, als wollte sie Leo nie wieder loslassen. Erst nach einer Weile ließ sie mit einem hörbaren Seufzen die Arme sinken.

»Bist du sicher, dass du kein Schlafmittel willst?«, fragte Holly.

»Ganz sicher. Ich will mich nicht zu sehr darauf verlassen.«

»Mama, ich glaube wohl kaum, dass eine weitere Nacht schaden wird«, sagte Leo. Ihre Mutter schüttelte den Kopf. »Danke, aber es wird schon gehen. Ich bin so erschöpft, dass ich sicher irgendwann einschlafen werde.«

Leo gab auf. Scheinbar hatte sie ihre Sturheit nicht nur von ihrem Vater geerbt.

»Wenn du es dir anders überlegst, kannst du mich jederzeit holen.« Holly zeigte auf Leos Zimmertür.

Dann würden sie also tatsächlich wieder das Bett teilen. Es war fast schon albern, wie erleichtert Leo war.

»Mache ich.« Ihre Mutter küsste sie beide auf die Wange und verschwand dann in ihrem Zimmer.

Leo wandte sich Holly zu und sie standen sich im ansonsten leeren Gang gegenüber.

»Tja«, sagten sie gleichzeitig und lächelten sich zu.

»Willst du zuerst ins Bad?«, fragte Leo.

»Ja, danke. Ich beeile mich. Du bist sicher auch ziemlich erschöpft.«

»Irgendwie schon.« Sie war müde, aber gleichzeitig auch zu aufgedreht, um schlafen zu können.

Sie duschten nacheinander und als Leo das Bad verließ, lag Holly bereits im Bett. *Gott, ich könnte mich daran gewöhnen, sie jede Nacht hier zu haben.* Sie blieb stehen, als wäre sie gegen eine Wand geprallt. *Jede Nacht? Immer alles schön der Reihe nach.*

Holly hob die Decke an und Leo schlüpfte neben ihr ins Bett. Von Hollys Wärme angezogen, rutschte sie näher und schlang einen Arm um sie. »Ist das so okay?«

»Und wie.« Holly schlang ebenfalls einen Arm um sie.

Sie kuschelten sich in der Mitte des Bettes aneinander. Leo vergrub ihr Gesicht an Hollys Schulter und schob ein Bein über Hollys Schenkel.

Beide brummten zufrieden und kicherten dann.

»Verleiht dir das Hauptquartier der Asexuellen irgendeine Auszeichnung, wenn du eine bestimmte Anzahl von Frauen in Kuschelmonster verwandelst?«, fragte Leo, ohne den Kopf zu heben. »Denn ich muss dir sagen, dass es dir bei mir schon ziemlich gut gelungen ist.«

Der warme Körper unter ihr wackelte, als Holly lachte. »Falls es eine Auszeichnung gibt, habe ich die notwendige Anzahl von Frauen noch längst nicht erreicht. Du bist die erste. Die erste Frau, die ich in ein Kuschelmonster verwandle, meine ich.«

Jetzt hob Leo doch den Kopf und starrte sie an. »Im Ernst?«

»Ja. Meine früheren Partnerinnen waren mehr darauf aus, mich zu verwandeln, statt anders herum.« Hollys Stimme vibrierte, als versuchte sie, ein Seufzen zurückzuhalten.

Leo rutschte etwas im Bett nach oben, senkte den Kopf und flüsterte dicht an Hollys Lippen: »Idiotinnen.« *Verdammte Idiotinnen.* Sie gab ihr einen sanften Kuss.

Holly ließ die Finger in Leos Haare gleiten und erwiderte den Kuss. Zuerst war es nur ein Streifen ihrer Lippen, ein fast unschuldiger Kontakt, doch für Leo fühlte es sich an, als würde sie endlich nach Hause kommen.

Dann öffnete Holly zaghaft den Mund und berührte mit der Zunge Leos Unterlippe.

Oh Gott. Verlangen brachte Leos Nervenenden zum Vibrieren. Sie öffnete den Mund und tastete mit der Zunge über Hollys, um sie sanft, fast vorsichtig zu streicheln.

Nach einem Moment sank Holly ihr entgegen.

Leo drehte den Kopf, sodass sie Holly besser erforschen konnte. *Wie Seide und Feuer.* Hitze breitete sich in ihrer Magengrube aus. Hollys Finger in ihren Haaren und das Gleiten ihrer Zungen aneinander fühlte sich so unglaublich gut an, dass sie ein Stöhnen nicht zurückhalten konnte.

Holly erstarrte.

Benommen unterbrach Leo den Kuss und sah blinzelnd auf sie herab.

Holly wandte den Blick ab. »Tut mir leid, ich …«

»Hey.« Sie streichelte Hollys Gesicht mit den Fingerkuppen, bis sie ihr in die Augen sah. »Es war ein Kuss. Ein wundervoller Kuss, aber nichts weiter. Nur, weil es mich nicht ganz, ähm, kalt gelassen hat, heißt das nicht, dass ich für mehr bereit bin. Selbst sexuelle Leute wollen nicht ständig Sex haben. Du kannst dich entspannen.« Sie lächelte. »Ehrlich.«

Holly hob die Hände zu Leos Gesicht und streichelte ein paar Haarsträhnen hinter ihre Ohren zurück, während sie ihr in die Augen sah. »Okay«, flüsterte sie und zog sie zu einem weiteren Kuss zu sich hinab.

Wieder war es Holly, die den Kuss vertiefte. Leo hielt mit ihr Schritt, dankbar dafür, dass sie nichts überstürzten. Dieses langsame Erkunden war genau das, was auch sie im Moment brauchte.

Als sie Minuten später auseinanderwichen, war Leo atemlos, weniger von körperlicher Betätigung als vielmehr wegen der Gefühle, die der Kuss in ihr ausgelöst hatte. Sie konnte ihren Blick nicht von Hollys blauen Augen lösen, die sie anstarrten, als hätte Leo sie hypnotisiert. Sanft streichelte sie mit der Rückseite ihrer Finger Hollys Gesicht, drehte dann ihre Hand herum und legte sie auf Hollys Wange. »Gute Nacht.«

Zwar war sie nicht müde, doch sie wollte Holly signalisieren, dass sie nicht erwartete, dass heute Nacht mehr zwischen ihnen passieren würde.

Holly lehnte sich Leos Berührung entgegen. Ihre Augen fielen zu und öffneten sich dann wieder. Ein Lächeln kräuselte ihre Lippen, als hätte sie Leos Botschaft verstanden. »Gute Nacht«, flüsterte sie. Auch sie klang etwas atemlos.

Gut zu wissen, dass der Kuss sie ebenfalls nicht ganz kalt gelassen hatte, auch wenn die Wirkung, die er auf Holly hatte, eine andere sein mochte. Der Gedanke ließ Leo grinsen. Sie griff über Holly hinweg, um die Nachttischlampe auszuknipsen, und drehe sich dann auf die Seite.

Sofort kuschelte sich Holly gegen ihren Rücken.

Mit einem zufriedenen Seufzen zog Leo Hollys Arm um sich, drückte Hollys Hand gegen ihre Brust und schloss die Augen. Selbst wenn sie vielleicht nicht schlafen konnte, sie würde es genießen, die Nacht so zu verbringen.

Holly erwachte plötzlich. Sie öffnete die Augen. Im Zimmer war es noch stockdunkel, was bedeutete, dass der neue Tag noch nicht begonnen hatte und sie sich bei Leo ankuscheln und weiterschlafen konnte.

Schläfrig streckte sie die Hand aus, in der Erwartung, warme Haut vorzufinden. Doch stattdessen fand sie nur kalte Laken.

Was zum ...? Sie setzte sich auf. War Leo im Bad? »Leo?«, rief sie leise, um Sharon nicht zu wecken, die nebenan schlief.

Es kam keine Antwort und kein Licht drang unter der Tür durch.

Ein Anflug von Sorge lief ihr den Rücken hinab. Sie schüttelte die restliche Benommenheit ab und stieg aus dem Bett, um sich auf die Suche nach ihrer Bettgefährtin zu machen.

Das Mansardenfenster war zu. Leo konnte also nicht auf dem Dach sein.

Im Schlafanzug schlich sie die Treppe hinab, ohne die Lampe im Gang einzuschalten, um Sharon nicht zu stören.

Etwas Licht aus der Küche wies ihr den Weg. Im Türrahmen blieb sie stehen und wartete, bis sich ihre Augen an die Helligkeit gewöhnt hatten. Schließlich konnte sie Leo ausmachen, die mit einem Glas Milch und einem Notizblock am Küchentresen saß.

Arbeitete sie an einem neuen Lied? Holly beobachtete sie, ohne sich bemerkbar zu machen. Sie wollte Leo nicht stören, für den Fall, dass sie tatsächlich ein Lied komponierte. Außerdem genoss sie es viel zu sehr, Leo anzusehen, während sie sich unbeobachtet fühlte.

Leo hatte eines ihrer langen Beine aufgestellt und ihren Fuß unter sich geschoben. Ihr Tanktop gab den Blick auf reichlich nackte Haut frei. Sie spielte mit einem Stift und griff ab und zu nach oben, um eine Strähne ihres honigblonden Haares zurück hinter ihr Ohr zu streichen.

So wunderschön. Holly mochte es, wie sich Stärke und Verletzlichkeit in ihren Gesichtszügen und ihrem Körper vereinten.

Woran Leo auch arbeitete, offenbar lief es nicht gut. Überall um sie herum lagen zerknüllte Seiten und das oberste Blatt auf dem Notizblock war leer, abgesehen von einem Kondensationsring von ihrem Milchglas.

Noch ehe Holly entscheiden konnte, ob sie sich bemerkbar machen oder Leo in Ruhe lassen sollte, sah Leo auf, als spürte sie ihre Anwesenheit. Ihre grimmigen Gesichtszüge entspannten sich zu einem Lächeln. »Hey. Ich wollte dich nicht wecken.«

»Hast du nicht«, sagte Holly. »Ich ...« *Konnte nur ohne dich nicht schlafen?* »Ich bin aufgewacht und du warst nicht da. Alles okay bei dir?«

»Ja. Ich konnte nur nicht schlafen und habe mir gedacht, ich kann genauso gut aufstehen und an der Grabrede arbeiten.«

Holly durchquerte die Küche und setzte sich neben ihr auf einen Hocker. »Wie läuft es?«

Leo seufzte. »Nicht gut. Die Grabrede sollte inspirierend und erbaulich sein, oder?«

»Das hat Zack bei der Grabrede meines Vaters versucht zu erreichen.«

»Alles, was ich bisher geschrieben habe«, Leo deutete auf die ausgerissenen Seiten, »war ungefähr so erbaulich wie ein Bankrott oder Blähungen. Total langweilig. Ich mag vielleicht preisgekrönte Songtexte geschrieben haben, aber das hier kann ich nicht schreiben.« Sie ließ den Stift auf den leeren Notizblock fallen.

Holly rutschte mit ihrem Barhocker dichter an sie heran und massierte Leos Schultern. Ihre Muskeln waren hart wie Stein.

Stöhnend lehnte sich Leo in die Berührung und Holly hätte Geld darauf verwettet, dass sie die Augen geschlossen hatte. Nach einer Weile ließ die Anspannung in ihren Schultern etwas nach und sie drehte sich zu Holly um. »Danke.« Sie nahm Hollys Hände und küsste jeden Finger.

»Ich weiß, dass es schwer ist«, sagte Holly leise. »Besonders, weil du weißt, dass du die Rede vor der ganzen Stadt vorlesen musst.«

Leo schüttelte den Kopf. »Das ist es nicht. Ich bin daran gewöhnt, vor Publikum zu sprechen. Ich würde mich liebend gern vor tausend Menschen stellen, wenn ich etwas zu sagen hätte.«

Holly sah von den langen, schlanken Fingern, die noch immer ihre Hand hielten, hinauf in Leos Augen. »Wie hast du es gemacht, als du ›Odd One Out‹ geschrieben hast?«

»Keine Ahnung.« Leo zuckte mit den Schultern. »Ich habe es einfach gemacht. Ich habe einfach alles aus mir herausfließen lassen, was ich als Jugendliche so empfunden habe.«

»Dann solltest du es bei der Grabrede genauso machen. Denk nicht zu viel nach. Lass dein Herz sprechen. Aber nicht jetzt sofort. Erst musst du ausschlafen.« Sie glitt vom Hocker und zog Leo ebenfalls auf die Füße.

Hand in Hand gingen sie die Treppe hinauf, blieben vor Sharons Tür stehen und sahen nach ihr. Es fühlte sich an, als wären sie ein Ehepaar, das nach den Kindern sah.

Der Gedanke brachte Holly zum Kichern und sie schloss rasch die Tür, um Sharon nicht zu wecken.

»Was ist?«, fragte Leo.

»Nichts.« Es war ein verrückter Gedanke, insbesondere, weil sie noch nicht über eine gemeinsame Zukunft gesprochen hatten. Sie brauchte unbedingt mehr Schlaf. Aber zuerst wollte sie Leo im Arm halten und ihr vielleicht eine Kopfmassage geben, bis sie einschlief.

Kapitel 19

Nachdem Holly zwei Tage lang fast jede Minute mit Leo verbracht hatte, war es seltsam, sie am Sonntag zurückzulassen. Doch Hollys Mutter hätte sie umgebracht, wenn sie nicht zum Abendessen mit der Familie erschienen wäre. Keiner von ihnen hatte einen Sonntag verpasst, seit ihr Vater gestorben war.

Sie hatte darüber nachgedacht, ihre Mutter zu fragen, ob sie zwei Gäste mitbringen konnte. Es hätte niemandem etwas ausgemacht. Sie hatten oft Freunde zu Gast, aber Sharon war das lebhafte Familientreiben zu viel und Leo wollte ihre Mutter nicht allein lassen.

Als Holly sah, was es zum Essen gab, war sie froh, dass sie gekommen war.

Zack wartete kaum, bis alle am Tisch saßen, bevor er sich auf die Schinkenbällchen stürzte. Er aß eines fast direkt aus der Pfanne. »Oh Scheiße. Das ist heiß«, murmelte er mit vollem Mund, nahm sich aber trotzdem ein zweites.

»Geschieht dir recht«, sagte ihre Mutter. »Lass sie erst etwas abkühlen.«

Holly häufte etwas Kartoffelauflauf auf ihren Teller und nahm die Schüssel mit den Karotten von ihrer Schwägerin entgegen.

»Wie geht es Sharon und Leontyne?«, fragte ihre Mutter vom Kopfende des Tisches.

»Sie halten sich tapfer, aber morgen wird es schwer werden.«

Ihre Mutter schien durch die Schüsseln auf dem Tisch hindurchzusehen, als erinnerte sie sich an einen Tag vor fünf Jahren. »Wenn die Beerdigung hinter ihnen liegt, wird es leichter werden. Wenigstens fängt man dann langsam an, es zu begreifen, und kann anfangen zu trauern. Wir kommen alle, um die beiden zu unterstützen, oder?«

Zack und Ethan und ihre Ehefrauen nickten.

»Es ist nett von dir, dass du dich um Sharon kümmerst«, sagte Lisa zu Holly, die mit erhobener Gabel verharrte.

Mist. Sie hatte ihrer Familie noch nicht von Leo und sich erzählt, deshalb nahm ihre Schwägerin jetzt an, sie wäre nur deshalb ständig bei den Blakes, weil sie Gils Krankenschwester gewesen war. Holly zögerte. Sollte sie es ihnen jetzt sagen? Oder lieber warten?

Worauf denn? Darauf, dass die Beerdigung vorbei ist ... oder dass eine von euch es vermasselt und eure Beziehung ruiniert? Sie legte die Gabel beiseite. *So kannst du nicht denken.* Wenn sie wollte, dass ihre Beziehung funktionierte, dann musste sie daran glauben. Und das ab sofort.

»Ich bin nicht in meiner Rolle als Krankenschwester bei den Blakes«, sagte sie laut, um die Hintergrundgeräusche zu übertönen. Alle unterhielten sich, Besteck klirrte auf Tellern und Noah tat, als wäre die Karotte auf seiner Gabel ein Traktor. »Leo und ich ... Wir sind zusammen. Ein Paar.«

Zack nahm sich noch ein Schinkenbällchen und grinste sie an. »Heißt das, wir dürfen in ihrem Privatjet fliegen und zu eurer Hochzeit auf irgendeine Insel in der Karibik kommen?«

»Sie hat keinen Privatjet«, sagte Holly und ignorierte den zweiten Teil seiner Frage.

»Oh, Schatz!« Ihre Mutter sprang auf, eilte zu Hollys Ende des Tisches und umarmte sie. »Das sind großartige Neuigkeiten!«

Holly sank in die warme Umarmung ihrer Mutter. Ihr war bewusst, wie gut sie es hatte. Nicht jede Familie hätte es als großartige Neuigkeit angesehen, wenn ihre Tochter verkündete, jetzt mit einer Frau zusammen zu sein. »Danke. Und danke dafür, dass du mich überredet hast, einer Fernbeziehung eine Chance zu geben.«

Ihre Nichten und Neffen kamen ebenfalls angelaufen, um sie zu umarmen, obwohl die meisten von ihnen zu jung waren, um zu verstehen, was genau passiert war. Doch Holly ließ sich trotzdem gern umarmen. Sie ignorierte die Hände, die von dem braunen Zuckerüberzug der Schinkenbällchen klebrig waren.

»Ich dachte, du hättest ihr den Laufpass gegeben?«, sagte Ethan, als alle wieder Platz genommen hatten.

Holly starrte ihn an. Woher zum Teufel wusste er davon. Manchmal war es wirklich erstaunlich, wie schnell sich etwas in Fair Oaks herumsprach. »Wer sagt das denn?«

»Leo.«

»Leo?«, wiederholte Holly. »Wann denn?«

»Am Donnerstag, glaube ich. Sie saß in der Bar und hat in ihr Bier geweint.«

Hollys Magen zog sich zusammen. »Sie hat geweint?«

»Na ja, nicht wirklich. Mehr vor sich hin gebrütet.« Ethan zuckte mit den Schultern. »Aber sie sagte, es sei nicht wegen ...« Er schielte zum Rest der Familie. »Es sei nicht, weil du ... ähm, etwas Besonderes bist. Sie sagte, das wäre kein Problem für sie. Cool, oder?«

Ihre Mutter runzelte die Stirn. »Was soll das denn heißen? Natürlich ist deine Schwester etwas Besonderes. Warum sollte das ein Problem für Leontyne sein?«

Holly funkelte ihren Bruder an. *Na super.* Jetzt war sie seinetwegen in Schwierigkeiten. Scheinbar musste sie bald ihrer Mutter gegenüber reinen Tisch machen. »Es gibt kein Problem, Mama. Ich erkläre es dir später.«

Sich ihrer gesamten Familie gegenüber zu outen, war ihr zu viel, besonders weil die Kinder jedes Wort hören würden.

Sie verbrachte den Rest des Abendessens damit, auf ihrem Teller herumzustochern. Normalerweise mochte sie Schinkenbällchen genauso gern wie der Rest der Familie, aber plötzlich schmeckte alles wie Kreide.

Ihre Mutter warf ihr neugierige Blicke zu, sagte aber nichts, bis Zack, Ethan und ihre Familien sich verabschiedet hatten.

Holly spülte die Teller ab, während ihre Mutter die Reste des Abendessens für Sharon und Leo einpackte.

Schließlich schloss sie den letzten der Tupperbehälter. »Was hat Ethan vorhin gemeint?«

Holly lehnte sich gegen die Geschirrspülmaschine und wischte sich die Hände an ihren Shorts ab. Warum war das nur so schwer? Sie war kein Teenager mehr und selbst wenn, ihre Mutter würde sie wohl kaum aus dem Haus werfen, weil sie nicht mit jemandem ins Bett ging. Der Gedanke daran ließ sie fast hysterisch kichern.

Ihre Mutter musterte sie. »Es ist doch nichts Schlimmes, oder?«

»Nein, absolut nicht«, sagte sie bestimmt. »Es gibt da nur etwas, das du über mich wissen solltest.«

Ihre Mutter schob sie hinüber zum Tisch und bedeutete ihr, sich zu setzen. »Worum geht es? Um das Geheimnis, über das du nie sprichst? Und versuch gar nicht erst, mir zu sagen, du hättest keine Geheimnisse. Ich weiß, dass es da etwas gibt, das du für dich behältst.«

»Es ist nicht wirklich ein Geheimnis, aber … ja, es gibt etwas, worüber ich bisher nicht mit dir gesprochen habe. Ich schäme mich nicht dafür. Es ist nur ungewöhnlich und schwer zu verstehen.« Holly klammerte sich mit beiden Händen an der Tischkante fest und sah ihrer Mutter in die Augen. »Mama, ich bin asexuell.«

Irgendwie hatte das nicht denselben Pep wie *Mama, ich bin lesbisch*, dachte sie sarkastisch. Es brachte ihr auch nicht dieselbe Reaktion ein.

Ihre Mutter runzelte die Stirn, sodass sie wie einer der Bassets aussah, die sie in ihrer Praxis behandelte. »Was meinst du damit?«

Holly holte tief Luft. »Es bedeutet, dass ich mich nicht zu Menschen hingezogen fühle. Nicht sexuell zumindest.«

»Du fühlst dich nicht zu Menschen hingezogen?« Ihre Mutter riss die Augen auf. »Du erwartest doch nicht etwa, dass ich glaube, dass du wie die Leute im Fernsehen bist, die sich in ihren Gummibaum verlieben.«

»Was?« Holly lachte los. »Nein, Mama. Das ist etwas anderes. Ich fühle mich nicht zu irgendjemandem ... oder irgendetwas ... hingezogen. Noch nie.«

»Aber ... aber ... Ich verstehe das nicht. Du warst doch mit Dana zusammen.«

»Ja, aber ...« Holly räusperte sich. Darüber mit ihrer Mutter zu reden, war irgendwie peinlich. »Ich hatte nie das Verlangen, mit ihr zu schlafen.«

Ihre Mutter nagte an ihrer Lippe. »Warst du schon beim Arzt? Vielleicht stimmt mit deinen Hormonen etwas nicht.«

Holly seufzte. Sie hätte eine medizinische Erklärung von ihrer Mutter, der Tierärztin, erwarten sollen. »Nein, Mama. Meine Hormone sind ganz normal.«

»Und du bist sicher, dass es nicht nur Dana war, die dich nicht ... äh, die nicht die Richtige für dich war?«

Holly schüttelte den Kopf. »Ich war auch mit anderen Leuten zusammen und es war immer dasselbe. Es liegt nicht an ihnen. Es liegt an mir. Es ist meine sexuelle Orientierung. Ich bin asexuell, so wie du hetero bist.«

Die Falten auf der Stirn ihrer Mutter vertieften sich. »Ich dachte, du wärst lesbisch?«

»Bin ich auch«, sagte Holly. »Zumindest identifiziere ich mich immer noch damit. Beim Lesbischsein geht es nicht nur um Sex. Es geht auch darum, in wen man sich verliebt, mit wem man ausgehen und wen man küssen und mit wem man sich eine Zukunft aufbauen möchte. Ich finde Leo absolut wunderschön. Ich könnte sie ewig ansehen und ich liebe es, sie im Arm zu halten und sie zu küssen, aber das heißt nicht, dass ich ... äh, in die Horizontale gehen will.«

»Dann ist eure Beziehung mehr eine Freundschaft?«

»Nein, Mama. Es ist nicht platonisch. Es gibt so vieles, was eine Beziehung von einer Freundschaft unterscheidet, nicht nur Sex. Nur weil ich nicht scharf darauf bin, mit ihr zu schlafen, heißt das nicht, dass ich sie nicht liebe.« Sie presste sich beide Hände auf den Mund. Hatte sie das wirklich gerade gesagt? Und ... hatte sie es ernst gemeint? Sie atmete tief ein und wieder aus.

Ja, gab sie sich selbst gegenüber zu. Zwar waren sie erst seit sehr kurzer Zeit zusammen, aber trotzdem waren die Gefühle da.

Das Stirnrunzeln ihrer Mutter wich einem zögerlichen Lächeln. »Du liebst sie?«

Ihr Herz klopfte ihr bis zum Hals, sodass sie nicht sprechen konnte. Stattdessen nickte Holly nur.

»Weiß das Leontyne?«, fragte ihre Mutter.

Holly schüttelte den Kopf. »Ich habe es eben erst mir selbst gegenüber zugegeben.«

»Dass du ... wie nennst du das ... asexuell bist?«

»Nein. Das weiß ich schon seit Jahren. Ich war nur noch nicht so weit, es dir zu sagen. Ich meine, dass ich eben erst mir selbst gegenüber eingestanden habe, dass ich sie liebe. Aber sie weiß, dass ich asexuell bin.«

»Das war es also, was dein Bruder angedeutet hat, oder?«, fragte ihre Mutter. »Dass sie kein Problem damit hat, dass du nicht mit ihr schlafen möchtest.«

Holly nickte, während sie in Gedanken den Satz ihrer Mutter wiederholte. *Dass ich nicht mit ihr schlafen möchte ...* Das entsprach nicht hundertprozentig der Definition von Asexualität, auch wenn es für die meisten asexuellen Leute darauf hinauslief. Doch es würde ihre Mutter vermutlich völlig überfordern, wenn sie versuchte, ihr die Feinheiten sexueller Anziehung zu erklären.

Ihre Mutter seufzte. »Wenn du meinst, dass du so bist, dann werde ich das akzeptieren. Es macht mich nur etwas traurig, dass du einen so wundervollen Aspekt einer Beziehung verpassen wirst. Dein Vater und ich ...«

Holly hielt sich die Ohren zu. »Lalalalala. Davon will ich wirklich nichts hören.«

Ihre Mutter lachte. »Okay, okay. Keine Einzelheiten. Aber es ist dennoch etwas Wunderbares, das ich mir für dich gewünscht hätte.«

»Wunderbar nach *deinen* Maßstäben«, sagte Holly. »Hast du je das Gefühl, dass du etwas verpasst, weil du keinen Brokkoli isst?«

Ihre Mutter rümpfte die Nase und schüttelte sich, als wäre ihr ein fauler Geruch in die Nase gestiegen. »Warum sollte ich? Du weißt doch, dass ich Brokkoli hasse.«

»Siehst du? Ich hasse Sex nicht, aber ich sehne mich auch nicht danach und auf keinen Fall habe ich das Gefühl, etwas zu verpassen.« Sie sah ihrer Mutter in die Augen. »Bitte beurteile mich nicht nach deinen Maßstäben oder halte meine Beziehung für weniger normal oder weniger wichtig.«

Ihre Mutter starrte auf ihre Hände hinab, die sie auf dem Tisch gefaltet hatte, bevor sie ihren Blick hob. Schließlich nickte sie. »Du hast recht. Ich verstehe es nicht, aber ich akzeptiere es.«

Das war alles? Sie hatte sich jahrelang darüber den Kopf zermartert, ob und wie sie es ihrer Mutter sagen sollte, weil sie befürchtet hatte, sie würde es nicht verstehen. Und jetzt akzeptierte ihre Mutter es so einfach?

Holly bemühte sich, trotz des Kloßes in ihrem Hals zu sprechen. »Wann habe ich dir das letzte Mal gesagt, wie sehr ich dich liebe und schätze?«

Lachfältchen gruben sich tiefer um den Mund ihrer Mutter herum ein und ihre Augen leuchteten. »Vorhin, als du reinkamst und die Schinkenbällchen gerochen hast.«

Beide lachten.

Dann wurde ihre Mutter wieder ernst. »Ich will nur, dass du glücklich bist … nach deinen Maßstäben, nicht meinen.«

Mit Tränen in den Augen stand Holly auf und ging um den Tisch herum, um ihre Mutter zu umarmen. »Ich bin auf dem besten Weg dazu«, flüsterte sie.

Leo saß neben ihrer Mutter auf der vordersten Kirchenbank.

Als der Organist begann, Pachelbels »Kanon in D« zu spielen, verwandelten sich die stillen Tränen ihrer Mutter in ein lautes Schluchzen.

Leo schlang einen Arm um sie und senkte den Kopf. Hätte sie doch nur ein anderes Stück gewählt. Aber vielleicht war es gar nicht die Musik, die ihre Mutter zum Weinen brachte. Vielleicht lag es daran, dass ihr Vater seit über dreißig Jahren jeden Sonntag in dieser Kirche gespielt hatte.

Schließlich verklang die Orgelmusik und der Pfarrer begann seine Predigt.

Die Worte rauschten an Leo vorbei, ohne dass sie ihre Bedeutung erfasst hätte. Sie starrte zum Sarg, der am Ende des Mittelgangs stand. Das Mahagoniholz glänzte im Sonnenlicht, das durch die bunten Kirchenfenster fiel. Ihr Vater lag auf weißem Satin. Er trug das gestärkte Hemd und die Krawatte, die er immer zum Gottesdienst getragen hatte. Ein Teil von ihr konnte noch immer nicht glauben, dass er es war und sie nie wieder mit ihm reden würde. Er sah sanftmütiger und aufgeschlossener aus, als er es zu Lebzeiten je gewesen war.

Hoffentlich war es ein Zeichen dafür, dass er seinen Frieden mit seinem Leben gemacht hatte, bevor er gestorben war.

Der Pfarrer las nun aus der Bibel vor. Sobald die Lesung zu Ende war, kam sie an die Reihe.

Sie verlagerte ihr Gewicht auf der Bank. Warum mussten Kirchenbänke nur so hart sein? Sie widerstand dem Drang, mit dem Knie zu wippen, während sie wartete. Immer wieder glitt ihre Hand zu dem gefalteten Blatt Papier in der Innentasche ihres Blazers, um zu prüfen, ob es noch da war.

Schließlich klappte der Pfarrer die Bibel zu. »Gilberts Tochter Leontyne hat ein paar Worte, die sie mit uns teilen möchte.«

Plötzlich wollte Leo nichts lieber, als auf der unbequemen Kirchenbank sitzen zu bleiben. Sie drückte den Arm ihrer Mutter, stand auf und ging zum Rednerpult rechts neben dem Altar.

Sie nahm ihre Notizen, faltete das Blatt langsam auseinander und strich die Seiten glatt, bevor sie die Rede auf das Pult legte. Das Mikrofon war zu tief gestellt, deshalb passte sie es ihrer Größe an. Sicher hatte sie im Laufe der Jahre mehrere tausend Male vor einem Mikrofon gestanden, doch nie hatten ihr derart die Hände gezittert.

Langsam sah sie auf und ließ ihren Blick über den Sarg hinweg über die schwarz gekleidete Menschenmenge gleiten.

Die Kirche war bis zum letzten Winkel gefüllt. Einige Leute standen sogar im hinteren Teil der Kirche, weil sie keinen Platz mehr gefunden hatten. Jeder in Fair Oaks hatte ihren Vater gekannt und nun starrten sie alle Leo an und warteten darauf, was sie zu sagen hatte.

Sie suchte in der Menge nach Hollys Gesicht. Da war sie, neben ihrer Familie. Gestern Abend während der Aufbahrung im Bestattungsinstitut war Holly ihr nicht von der Seite gewichen und hatte ihr geholfen, alles durchzustehen. Als Holly ihr nun ermutigend zunickte, nickte Leo zurück. *Ich kann das.*

Ihr Blick richtete sich auf das leicht zerknitterte Papier. Sie hatte gestern den ganzen Tag daran gearbeitet, aber die Grabrede war kein bisschen besser geworden. Sie klang mehr wie die Einführung des Hauptreferenten auf einer Konferenz, nicht wie eine Trauerrede für ihren Vater.

Holly sah sie an und machte eine Bewegung, die pantomimisch das Zusammenknüllen und Wegwerfen der Notizen darstellte. Sie bewegte den Mund und Leo konnte erraten, was sie sagte. *Lass dein Herz sprechen*, hatte Holly ihr geraten.

Sie hatte recht. Alles war besser als diese unpersönliche Rede. Nachdem sie am Abend vor seinem Tod endlich den Mut aufgebracht hatte, mit ihrem Vater zu reden, wäre das hier ein Schritt zurück gewesen.

Sie faltete die Seiten zusammen und steckte sie zurück in ihre Tasche.

Holly lächelte sie an.

Das Gefühl, dass alles in ihr gefroren war, taute etwas auf.

Sie beugte sich zum Mikrofon vor und tat dasselbe wie damals, als sie »Odd One Out« geschrieben hatte: Sie ließ alles aus sich herausströmen. »Ich hatte eine Rede vorbereitet, aber eine sehr weise Frau hat mir geraten, mein Herz sprechen zu lassen, und ich denke, ich sollte es versuchen.«

Einige der Anwesenden murmelten zustimmend. Tja, sie wussten noch nicht, was Leo gleich sagen würde.

»Zuerst einmal möchte ich allen danken, die heute gekommen sind. Ich weiß, es hätte meinen Vater mit Stolz erfüllt, zu sehen, wie viele Menschen gekommen sind, um ihn zu ehren. Während der vergangenen Tage habe ich versucht, die richtigen Worte zu finden, um dasselbe zu tun: ihn mit dieser Trauerrede zu ehren. Darum soll es in einer Trauerrede ja gehen. Man sollte über Eigenschaften des Verstorbenen sprechen, die man bewundert hat, und schöne Erinnerungen mit allen teilen, nicht?« Sie ließ ihren Blick über die vorderen Reihen gleiten.

Mehrere Leute nickten.

»Ich wünschte, ich könnte hier stehen und genau das tun, aber mir ist klar geworden, dass ich ihn kaum gekannt habe.«

Im hinteren Teil der Kirche räusperte sich jemand.

Leo klammerte sich mit beiden Händen am Rednerpult fest und fuhr fort. »Sie müssen wissen, dass mein Vater und ich seit vierzehn Jahren nicht miteinander gesprochen haben. Selbst als ich zur Beerdigung meiner Großmutter nach Hause gekommen bin, saßen wir nebeneinander auf dieser Bank«, sie nickte in Richtung ihrer Mutter, »wie Fremde. Und in gewisser Hinsicht waren wir das auch. Wir haben einander nie verstanden, selbst bevor mein Vater den zweiten Schlaganfall hatte und kaum noch sprechen konnte.«

Sie hielt ihren Blick auf Holly gerichtet, während sie sprach, und vermied es, zu ihrer Mutter zu blicken. Hätte sie Missbilligung auf dem Gesicht ihrer Mutter gesehen, hätte sie diese Rede nicht zu Ende bringen können … und das musste sie.

»Um ehrlich zu sein, habe ich mir keine besonders große Mühe gegeben. Ich dachte, ich wüsste ohnehin schon, wie jede Unterhaltung mit ihm enden würde: damit, dass wir getrennte Wege gehen und wütend aufeinander sind. Obwohl ich vier Wochen lang zu Hause war, habe ich kaum Zeit mit ihm verbracht und das schien ihm nur recht zu sein.«

Es fühlte sich seltsam an, hier zu stehen und das zu sagen, so als spräche sie über jemand anderen. Ihr Gesicht und ihr Mund waren so steif, dass sie die Worte kaum formen konnte.

»Erst am Abend vor seinem Tod haben wir endlich miteinander geredet und langsam sind mir all die guten Dinge an ihm wieder eingefallen, die ich vergessen hatte. Seine Integrität und seine hohe Arbeitsmoral. Sein scharfer Verstand und seine Hartnäckigkeit. Wenn er ein Versprechen gab, dann hielt er es auch, ganz egal, was passierte, und dasselbe erwartete er auch von anderen. Er hat mich den Wert von harter Arbeit gelehrt und dass ich immer für das einstehen sollte, an das ich glaube …

selbst wenn er meine Überzeugungen nicht immer mochte. Mir wurde klar, dass wir mehr gemeinsam haben, als ich gedacht hätte. Nicht nur unsere Leidenschaft für Musik, sondern auch die Art, wie wir mit Problemen umgehen. Wir meiden sie.«

Sie versuchte zu lächeln, doch ihre Lippen wollten nicht kooperieren. »Wir haben es vierzehn Jahre lang vermieden, miteinander zu reden. Wir haben fast zu lange gewartet. Ich hätte fast meine letzte Chance verpasst, mit ihm zu reden. Ich hätte nie erfahren, dass seine Einstellung mir gegenüber sich im Laufe der Jahre geändert hat.«

Ihre Augen brannten. Sie fuhr mit Daumen und Zeigefinger darüber und starrte dann hinab auf die Tränen auf ihren Fingern. Gott, diese Rede war unglaublich schwer. »Macht nicht denselben Fehler. Lasst nicht zu viel ungesagt. Sagt den Leuten in eurem Leben, wie viel sie euch bedeuten, bevor es zu spät ist.«

Noch mehr Worte wollten aus ihr heraussprudeln, aber irgendwo zwischen ihrer Brust und ihrem Mund verhedderten sie sich. Schließlich gab sie auf und trat vom Rednerpult zurück.

Auf dem Weg zurück zu ihrem Platz berührte sie den Sarg ihres Vaters. Das glatte Mahagoniholz unter ihren Fingerkuppen beruhigte sie etwas. Sie atmete tief durch und setzte sich auf die Kirchenbank, ohne irgendjemanden anzusehen.

Was ihre Mutter wohl sagen würde? Die schmutzige Wäsche der Familie vor der halben Stadt zu waschen, war sicher nicht das, was ihre Mutter im Sinn gehabt hatte, als sie Leo gebeten hatte, die Trauerrede zu halten.

Ein Taschentuch schob sich in ihr Blickfeld.

Leo nahm es und schnäuzte sich die Nase, bevor sie zögernd den Kopf drehte.

Ihre Mutter lächelte sie an, selbst durch die Tränen in ihren Augen hindurch.

Sie lächelte! Leo starrte sie an.

»Danke«, flüsterte ihre Mutter und nahm Leos Hand.

»Aber ... aber das war sicher nicht das, was Papa gewollt hätte.«

Ihre Mutter drückte ihre Hand, um sie zu unterbrechen. »Manchmal geht es nicht darum, was wir wollen, sondern darum, was wir brauchen. Er hätte das schon vor Jahren hören sollen. Wir alle drei hätten es hören sollen. Und einige von denen vielleicht auch.« Sie nickte in Richtung der Leute in den Reihen hinter ihnen.

Orgelmusik erklang und alle erhoben sich, um ein Lied anzustimmen.

Leo ließ die Hand ihrer Mutter nicht los, als sie ebenfalls aufstand.

Der Rest des Gottesdienstes verging wie in einem Traum, von dem Leo nur die Hälfte mitbekam. Ehe sie wusste, wie ihr geschah, folgten sie bereits dem Leichenwagen zum Friedhof.

Wieder hörte sie kaum ein Wort von dem, was der Pfarrer sagte.

Die Sonne brannte vom wolkenlosen Himmel. Leo stand neben dem offenen Grab, das von unzähligen Kränzen und Blumengebinden umgeben war. Erst jetzt merkte sie, dass Ashley Lilien für das Sarggebinde gewählt hatte.

Der Pfarrer bedeutete ihnen, vorzutreten.

Die Finger ihrer Mutter zitterten, als sie eine Rose auf den geschlossenen Sarg legte, doch Leos Hand war seltsam ruhig. Was sie in der Kirche gesagt hatte, war ihr Abschied von ihrem Vater gewesen, nicht diese Blume.

Ein Kollege ihres Vaters spielte eine traurige Melodie auf der Geige, als der Sarg ins Grab gesenkt wurde.

Der Pfarrer sagte »Asche zu Asche, Staub zu Staub« und warf eine Handvoll Erde auf den Sarg.

Ihre Mutter umklammerte Leos Arm so fest, dass es schmerzte, und Leo rieb sanft ihre Hand.

Als die letzten Töne verklangen und der Violinist sein Instrument senkte, unterbrach ein vertrautes Geräusch die plötzliche Stille: das Klicken eines Kameraauslösers.

Leo sah auf.

Zwei Paparazzi standen am Rand des Friedhofs, halb versteckt hinter einigen Bäumen. Ein weiterer Fotograf hatte sich in schwarzer Kleidung unter die Trauernden gemischt. Mehrere schwarze Geländewagen mit getönten Scheiben parkten entlang der Friedhofsmauer.

Als die Geier von der Presse ein Bild nach dem anderen machten, ballte Leo die Hände zu Fäusten. Zum ersten Mal verstand sie so richtig, wie hilflos sich ihr Vater nach seinem Schlaganfall gefühlt hatte.

Gott, es war dumm von ihr gewesen, Sauls Angebot abzulehnen. Er hatte PR-Berater und Sicherheitsleute zur Beerdigung schicken wollen. Doch sie hatte nicht gewollt, dass das Rudel Babysitter, das ihre Karriere bestimmte, ein Teil ihres Lebens in Fair Oaks wurde. Außerdem hatte sie nicht geglaubt, dass es nötig war. Bisher hatten die Paparazzi sie entweder nicht gefunden oder es gab Interessanteres, über das sie berichten konnten.

Sie hätte wissen müssen, dass sie Geld mit Bildern der trauernden Jenna Blake machen wollten.

»Oh mein Gott!«, keuchte ihre Mutter. »Die machen doch nicht etwa Fotos hier?«

Leo knirschte mit den Zähnen. »Denen ist nichts heilig.«

Statt nach Hause zu gehen, nun, da die Beerdigung vorüber war, scharten sich die Bewohner von Fair Oaks um Leo und ihre Mutter herum und schirmten sie von den Paparazzi ab.

Das Blitzlichtgewitter endete abrupt, als eine wild entschlossene Holly auf sie zustürmte, gefolgt von ihren Brüdern, Travis, Jenny, Ash, Chris und einigen anderen.

Tränen brannten in Leos Augen. Sie hatte erwartet, dass die Menschen in Fair Oaks sie schon am Tag ihrer Ankunft der Presse preisgeben würden. Doch das war nicht geschehen. Stattdessen halfen nun alle zusammen, um Leo zu beschützen.

Hinter ihrem menschlichen Schutzschild konnte sie nicht erkennen, was am anderen Ende des Friedhofs vorging, doch nach wenigen Minuten fuhren die schwarzen Geländewagen davon, als wäre der Teufel hinter ihnen her.

Holly schob sich durch die Menge, um zu Leo zu gelangen. Ihre blauen Augen loderten vor gerechtem Zorn, doch als sie den Blick auf Leo richtete, nahmen sie sofort einen sanfteren Ausdruck an. »Alles in Ordnung?«

Leo nickte nur.

»Keine Sorge.« Zack klopfte ihr auf die Schulter. »Die kommen nicht zurück.«

»Ich weiß.« Leo seufzte. »Warum sollten sie auch? Sie haben die Bilder, wegen denen sie gekommen waren.«

»Nein, haben sie nicht.« Mit einem breiten Grinsen hielt Zack eine SD-Karte in die Höhe.

Travis förderte zwei weitere zutage.

Leos Kinnlade klappte hinunter. »Wie habt ihr …?«

»Das willst du nicht wissen.« Zack rückte seine Krawatte gerade, die verrutscht war.

»Ihr habt sie doch nicht geschlagen, oder?« Zwar hätten die Paparazzi es verdient, aber sie konnte keine Schlagzeilen gebrauchen wie *Gewalt bei der Beerdigung des Vaters von Superstar Jenna Blake.*

»Nein«, versicherte Holly. »Es war Sasha, die sie dazu gebracht hat, uns die SD-Karten auszuhändigen.«

»Sasha?« Leo starrte Hollys Freundin an.

»Na ja«, sagte Sasha. »Ich habe gesagt, ich sei Polizistin und dass sie eine Woche lang die Gastfreundschaft des hiesigen Gefängnisses in Anspruch nehmen dürfen, wenn sie mir nicht die SD-Karten geben und innerhalb von drei Sekunden hier verschwinden. Außerdem habe ich ihnen damit gedroht, dass ich mir ein paar kreative Anklagen einfallen lasse und versehentlich ein paarmal ihre Akte verliere, während sie im Gefängnis versauern.«

Leo war sprachlos. »Aber … aber du bist keine Polizistin. Du backst beruflich süße Teilchen.« Fantastische süße Teilchen, aber trotzdem.

Sasha zuckte lächelnd mit den Schultern. »Ja, aber das wissen die Paparazzi nicht.«

Mit zitternden Fingern steckte Leo die drei SD-Karten ein. Wohl ohne es zu wissen, hatte Sasha das Einzige gesagt, was die Paparazzi einschüchtern konnte. Sie hatten Angst in einem Provinzgefängnis zu versauern, während ihre Deadline tickte und die anderen Paparazzi eine Menge Geld mit Fotos von Stars verdienten.

»Danke«, krächzte sie mit rauer Stimme. Auf Dauer würde das die Paparazzi nicht aufhalten, das wusste sie aus Erfahrung. Aber es bedeutete ihr viel, dass die Bewohner von Fair Oaks sich für sie eingesetzt hatten, und vielleicht würden die Geier von der Presse in Zukunft etwas vorsichtiger damit umgehen, wo und was sie fotografierten.

Holly legte ihr eine Hand auf die Schulter. »Komm, lass uns zurück zur Kirche fahren. Das Essen, das sie für uns vorbereitet haben, sollte jetzt fertig sein.«

Noch immer umringt von halb Fair Oaks, machten sich Leo und ihre Mutter auf den Weg zum Auto. Scheinbar hatte sie nicht nur ihre Eltern falsch eingeschätzt, sondern auch die gesamte Stadt.

Kapitel 20

»Was ist das denn?« Mit Daumen und Zeigefinger hielt Leo die hässlichste Fliege der Welt in die Höhe.

Ihre Mutter sah von dem Stapel Unterlagen auf, die sie durchgegangen war. Gelächter platzte aus ihr heraus, was selten geschah, seit ihr Ehemann vor zwei Wochen gestorben war. »Das ist die Fliege, die dein Vater zu unserer ersten Verabredung getragen hat. Ich wusste nicht, dass er sie noch hat.«

Leo musterte das grün gepunktete Ding. »Es ist ein Wunder, dass du ein zweites Mal mit ihm ausgegangen bist. Wow. Kaum zu glauben, dass meine Existenz fast von einer Fliege verhindert worden wäre.«

»Zum Glück nicht.« Holly beugte sich über den Karton mit den Dingen, die weggeworfen werden sollten, und gab Leo einen zärtlichen Kuss.

Leo brummte genießerisch. Die Zuneigung, die Holly so offen zeigte, war wie ein Sonnenstrahl, der ihre Welt erhellte.

»In welchen Karton soll ich sie tun?«, fragte Leo, als Holly sich wieder ihrem Stapel zuwandte. Sie ließ die Fliege über dem Karton mit den Sachen baumeln, die sie wegwerfen würden.

»Wehe!« Ihre Mutter deutete auf den Karton zu ihrer Rechten. »Die behalten wir.«

Leo stöhnte spielerisch und griff in die Schublade, die sie aussortierte. Die meisten seiner Besitztümer waren Notenblätter oder hatten mit Musik zu tun. Vielleicht war das der Grund, warum ihr Noten durch den Kopf gingen und sich zu Bruchstücken einer Melodie zusammensetzten.

Noch bevor sie entscheiden konnte, ob sie schon so weit war, hinzuhören, oder ob sie die Melodie ignorieren sollte, klingelte ihr Handy. Die Musik in ihrem Kopf verstummte. Sie nahm es aus der Tasche und warf einen Blick auf das Display.

Es war ihr Manager.

Sie hatte sich schon gefragt, wann er wohl anrufen würde ... und was sie dann sagen würde.

»Tut mir leid.« Sie sah von ihrer Mutter zu Holly. »Ich muss rangehen. Es ist Saul.«

»Mach nur«, sagte ihre Mutter lächelnd. »Dann nutze ich die Gelegenheit, um sicherzugehen, dass die Fliege nicht im falschen Karton landet.«

Leo lachte, gab ihr die Fliege und hob das Handy ans Ohr. »Hallo, Saul.«

»Hallo, Jenna. Wie geht es dir?«

Wie merkwürdig. Einen Moment lang hatte sie nicht begriffen, dass er mit ihr sprach. Es war sechs Wochen her, seit sie zuletzt Jenna gewesen war. »Jeden Tag ein bisschen besser«, sagte sie mit Blick auf ihre Mutter, die sanft über die Fliege strich, bevor sie diese in den Karton mit den Dingen legte, die sie behalten wollte.

»Das freut mich. Äh, hör mal, ich will nicht geschmacklos sein, aber ... wann kommst du nach Hause?«

Nach Hause ... Die Bezeichnung schien auf New York nicht mehr zuzutreffen. Wo war ihr Zuhause? Fair Oaks konnte es nicht sein, oder? Sie hatte so hart dafür gekämpft, der Kleinstadt zu entkommen.

Sie kehrte dem Zimmer ihres Vaters den Rücken und zog die Tür hinter sich zu, sodass ihre Mutter nicht mithören konnte. »Ich weiß es noch nicht. Es ist erst zwei Wochen her.«

»Aber du bist schon seit sechs Wochen weg. Das ist eine Ewigkeit im Musikgeschäft, das weißt du genau.«

»Ja, ich weiß, aber ich kann hier nicht einfach abhauen. Ich muss mich noch um einige Dinge kümmern. Mit der Versicherung reden, finanzielle Angelegenheiten regeln und seine Sachen durchgehen.«

»Ich schicke dir jemanden, der das übernimmt«, sagte Saul. »Mach dir keinen Kopf. Ich werde den besten Finanzberater anheuern, den man für Geld ...«

»Nein, Saul.« Leo ging in der Küche auf und ab. »Nein. Nicht jedes Problem kann mit einem Bündel Geld gelöst werden.« Genau das hatte ihr Holly an ihrem ersten Tag in Fair Oaks gesagt ... und sie hatte recht gehabt. »Meine Mutter braucht keinen Finanzberater. Sie braucht ihre Tochter.«

Saul knirschte hörbar mit den Zähnen. »Wie lange noch?«, fragte er schließlich.

»Ich weiß es nicht. Eine Woche ... einen Monat ... Ich weiß es wirklich nicht. Trauer hält sich nicht an Zeitvorgaben, weißt du?«

»Das ist mir bewusst. Bitte glaub nicht, dass ich herzlos wäre, Jenna, aber hier gibt es auch Leute, die dich brauchen. Du hast Verpflichtungen.«

»Tut mir leid, wenn ich das so offen sage, aber diese Verpflichtungen sind nichts im Vergleich zu denen, die ich hier habe.« Wenn sie ehrlich war, waren es nicht nur ihre Verpflichtungen, die sie hier in Fair Oaks hielten. Holly war ein weiterer Grund.

Saul stieß ein Stöhnen aus. »Ich werde zusehen, dass ich dir alle noch ein wenig länger vom Leib halte. Aber irgendwann musst du zurückkommen.«

»Ich weiß. Danke, Saul.« Sie legte auf.

Als sie einen Schritt auf das Zimmer ihres Vaters zumachte, stand ihre Mutter im Türrahmen. Ihr Gesichtsausdruck ließ darauf schließen, dass sie zumindest einen Teil des Telefongesprächs mit angehört hatte.

»Mama …«

»Es ist okay, wenn du zurückfliegen musst.« Die Stimme ihrer Mutter war leise, doch ein bestimmter Unterton verriet, dass sie es ernst meinte. »Ich weiß, dass du schon viel zu lang weg bist.«

»Du brauchst mich hier«, sagte Leo.

Ihre Mutter tätschelte ihren Arm. »Ich schaffe es schon. Holly und der gesamte Rest der Stadt kümmern sich um mich. Stimmt's?« Sie sah über ihre Schulter.

Holly trat hinter sie und legte ihr beide Hände auf die Schultern, um ihre Unterstützung zu zeigen. Sie nickte, sah Leo dabei aber nicht in die Augen.

»Vielleicht«, sagte Leo mit rauer Stimme, »möchte ich nicht nur für dich hierbleiben, sondern auch, weil ich es selbst brauche.«

Ein Lächeln ließ Fältchen auf dem Gesicht ihrer Mutter entstehen und Holly sah Leo zum ersten Mal an, seit sie ihre Rückkehr nach New York erwähnt hatte. Unglaublich, welche Wärme diese blauen Augen ausstrahlen konnten.

Ihr sanfter Blick schien Leo zu hypnotisieren.

»Dann bleib«, sagte ihre Mutter. »Ich habe dich immer gern hier, so lange es geht.«

Holly flüsterte irgendetwas, was wie ein »Ich auch« klang.

Ihre Mutter fuhr sich mit dem Handrücken über die Augen, bevor sie sich umdrehte. »Kommt, Mädels«, sagte sie über die Schulter. »Lasst uns zurück an die Arbeit gehen.«

Leo folgte ihr zurück ins Zimmer ihres Vaters und sah den Rest der Schublade durch.

Zuerst dachte sie, er hätte die Fliege in irgendeine Schublade gelegt und sie dort vergessen, doch dann förderte sie das Programmheft seines ersten Konzerts zutage, außerdem eine gerissene Geigensaite, das Hochzeitsbild ihrer Großeltern und Kinokarten zu Filmen, die ihre Eltern vor fünfunddreißig Jahren zusammen gesehen hatten.

Alle übrigen Dinge ihres Vaters waren rein praktisch: Kleider, Bücher, seine Notenblätter und sorgfältig abgeheftete Kontoauszüge. Doch diese Schublade war voller Gegenstände, die einen rein sentimentalen Wert hatten.

Ihr Vater hatte eine nostalgische Seite. Wer hätte das gedacht?

Sorgsam legte sie alles in den Karton mit den Dingen, die sie behalten würden.

Ganz unten in der Schublade lag ein Fotoalbum. Sie zog es heraus und schlug es auf. Kein einziges Foto fand sich auf der ersten Seite. Stattdessen …

Sie schnappte nach Luft.

Eine körnige Schwarz-Weiß-Version ihrer selbst starrte ihr entgegen … oder vielmehr die Schwarz-Weiß-Version von Jenna Blake. Ihr Vater hatte einen kurzen Zeitungsbericht über ihr erstes Konzert ausgeschnitten, nachdem sie ihre Heimatstadt verlassen hatte. Die Überschrift lautete *Lokalmatadorin singt im Vorprogramm für die New Yorker Band Reckless*.

Mit angehaltenem Atem blätterte sie zur nächsten Seite, dann zur übernächsten.

Das Album dokumentierte jeden Schritt ihrer Karriere, von ihren ersten Versuchen, einen Fuß in die Tür zu bekommen, indem sie auf Volksfesten und Offenes-Mikro-Veranstaltungen spielte, über Rezensionen ihres ersten Albums, bis hin zu einem Foto, auf dem sie ihren ersten Grammy Award in die Höhe hielt. Sie fand auch ihr Bild auf dem Cover vom *Rolling Stone* und die kritische Besprechung ihrer ersten Hitsingle, in der ihr Vater die Worte *fabelhafte Atemkontrolle* und *makellose Technik* unterstrichen hatte.

Er hatte sogar eine kurze Pressemeldung gefunden, in der Clio Records ihren Plattenvertrag ankündigte.

Holly trat neben sie und berührte sie am Ellbogen. »Was ist? Du bist plötzlich ganz bleich geworden.«

Leo konnte nicht sprechen. Sie hielt ihr nur das Album hin.

Holly nahm es und blätterte es durch.

Leos Mutter gesellte sich zu ihnen und sie sahen sich zusammen die Jenna-Blake-Sammlung ihres Vaters an.

Nachdem sie jede Seite ein zweites Mal betrachtet hatte, fand Leo endlich ihre Stimme wieder. »Hast du davon gewusst?«

Ihre Mutter schüttelte den Kopf. »Ich hatte keine Ahnung. Ich habe es immer vermieden, deine Karriere zu erwähnen, weil ich dachte …«

»Ja, ich auch. Ich dachte, ich wäre nur eine einzige Enttäuschung für ihn.«

»Das warst du nicht.« Holly pochte auf das Album. »Hier ist der Beweis. Er war stolz auf dich und auf das, was du erreicht hast.«

Leo starrte noch immer auf das Album hinab, bis es vor ihren Augen verschwamm. Warum hatte er ihr das nie gesagt? Warum hatte er sie all die Jahre glauben lassen, er wäre enttäuscht von ihr?

Vermutlich würde sie nie eine Antwort auf diese Fragen bekommen und das schmerzte wie ein Dorn, der sich in ihre Haut eingegraben hatte.

Als könnte sie es spüren, streichelte Holly ihren Arm hinauf bis zu ihrer Schulter.

Sie schenkte Holly ein zaghaftes Lächeln. Es war trotzdem gut, dass sie das Album gefunden hatte. Sie ließ ihre Fingerspitzen über die oberste Seite gleiten und schloss das Album dann.

Doch als sie es in den Karton mit den Dingen legen wollte, die sie behalten würden, nahm ihre Mutter es wieder heraus. »Nein. Das gehört nicht in diesen Karton.«

»Nein?«

Ihre Mutter schüttelte den Kopf und drückte ihr das Album in die Hand. »Es gehört dir.«

Ein plötzlicher Ansturm von Trauer und Freude stieg in Leo empor und floss in Form von Tränen aus ihr hinaus. Sie drückte das Album an ihre Brust, als könnte sie damit die Flut von Gefühlen zurückhalten.

Ihre Mutter und Holly nahmen sie in die Arme und formten ein tröstendes Knäuel.

Leo gab den Versuch auf, sich unter Kontrolle zu bekommen, und ließ den Tränen freien Lauf. Als sie endlich versiegten, schnäuzte sie sich. *Wow.* Sie hatte gedacht, dass sie die letzten Tränen für ihren Vater bereits bei der Beerdigung vergossen hatte, aber es hatte sich seltsam befreiend angefühlt.

»Lasst uns für heute aufhören«, sagte ihre Mutter. »Ich hätte Lust auf überbackene Kartoffelsuppe und BLT-Sandwiches.«

»Du willst kochen? Jetzt?«

»Nein. Ich will meine beiden Lieblingsmä…frauen zum Mittagessen in Ruth's Diner einladen.«

Leo starrte sie an. Seit zwei Wochen hatte ihre Mutter kaum das Haus verlassen. Doch nun war sie scheinbar so weit, sich der Welt zu stellen, und ihr Appetit war auch zurückgekehrt. Vielleicht war dies auch für sie eine befreiende Erfahrung gewesen.

»Aber was ist mit den Paparazzi?«, fragte Leo. Einige waren noch in der Stadt, hatten es bisher aber nicht gewagt, ihr zu nahe zu kommen. Falls sie Leo fotografiert hatten, dann nur durch ein Teleobjektiv.

Ihre Mutter zuckte mit den Schultern. »Ich glaube kaum, dass ein Foto von drei Frauen, die zusammen zu Mittag essen, sie interessiert. Was sie wollen sind Streitereien ums Erbe, Stars, die ihre Trauer in Alkohol ertränken und illegitime Halbgeschwister, die plötzlich auftauchen.«

Leo sah sie überrascht an. »Seit wann kennst du dich so gut mit der Klatschpresse aus?«

Eine Spur von Rot zeigte sich auf den Wangen ihrer Mutter. »Na ja, nur weil ich kein Album angelegt habe, heißt das nicht, dass ich deine Karriere nicht verfolgt habe.«

Leos Mund war staubtrocken. »Wirklich?«

Ihre Mutter nickte. »Also, sollen wir?«

Behutsam legte Leo das Album beiseite und nickte.

Ihre Mutter hakte sich links und rechts bei Leo und Holly ein und zog sie zur Tür.

Leo warf einen letzten Blick zurück auf das Album, bevor sie sich aus dem Haus führen ließ.

Ein paar Tage später war Leo gerade dabei, eine Avocado für ein LGBTA-Sandwich für Holly zu schneiden, als ihr bewusst wurde, dass sie vor sich her summte. Eine Melodie ging ihr durch den Kopf.

Sie hielt inne und neigte den Kopf, um zu lauschen. Die Melodie klang seltsam vertraut. Erst glaubte sie, es wäre eine Ballade, die sie vor Kurzem im Radio gehört hatte.

Nein. Es war die schwer zu fassende Melodie, die ihr schon vor einigen Tagen durch den Kopf gegangen war. Früher war ihr das öfter passiert, als sie noch selbst komponiert hatte.

Nun war sie so weit, sich der Musik und den Emotionen, die damit einhergingen, zu öffnen.

Sie legte das Messer weg, wischte sich die Hände an einem Geschirrtuch ab und eilte nach oben, während sie die Melodie summte, um sie nicht zu verlieren.

Ihre Gitarre stand seit sechs Wochen unbenutzt in ihrem alten Zimmer, doch nun juckte es Leo in den Fingern, sie zur Hand zu nehmen. Gott, es war wundervoll, dieses Gefühl endlich wieder zu haben.

Sie kniete sich vor den mitgenommenen Koffer, den sie außer Sichtweite in die Ecke gestellt hatte. Vorsichtig nahm sie die Gitarre heraus und berührte die Stelle um das Schallloch herum, wo der Lack abgeblättert war. Es war nicht die Gitarre, die sie während ihrer Konzerte benutzte. Dies war ihre allererste Gitarre. Ihr Vater hatte sie nach wochenlangem Betteln für sie gekauft und es war eines der wenigen Dinge, die sie mitgenommen hatte, als sie die Stadt verlassen hatte.

Sie legte ihre Finger auf die vertrauten Positionen. Sobald sie das Griffbrett unter den Fingerkuppen spürte, merkte sie, wie sehr sie es vermisst hatte.

Sie setzte sich im Schneidersitz auf den Boden, stimmte die Gitarre und probierte verschiedene Akkordfolgen für die erste Strophe. Dann nahm sie das nächstbeste Stück Papier, um an einem Text zu arbeiten, der zur Melodie passte.

Die ersten beiden Strophen und der Refrain fielen ihr mit erstaunlicher Leichtigkeit ein. Sie schienen aus ihrem Kopf zu strömen, als nähme sie lediglich ein Diktat auf. Wenn das Komponieren immer so leicht gewesen wäre, hätte sie es nie aufgegeben.

Einige Zeit später hielt sie inne und schüttelte ihre Hände. Ihre Schwielen waren nach ihrer wochenlangen Pause weich geworden und nun schmerzten ihre Finger, doch sie begrüßte den Schmerz. Er schien die Freude, die sie empfand, nur noch zu verstärken.

Sie starrte auf die Seiten hinab, die sie geschrieben hatte. Aus dem Chaos von Worten und Noten starrte ihr ein Liebeslied entgegen.

War das nicht genau das, dem sie entkommen wollte?

Aber dies war nicht eines der dem Geschmack der Masse angepassten Lieder über die große Liebe. Sie hatte es nicht geschrieben, um möglichst viele Alben zu verkaufen, sondern um ihre Gefühle auszudrücken. Dieses Lied kam von Herzen.

Es traf sie mit dem Schwung eines Rockstars, der seine Les Paul am Ende des Konzerts gegen die Bühne schmetterte. Sie war in Holly verliebt!

Die Möglichkeit, ohne langfristige Bindung einfach nur eine schöne Zeit zusammen zu verbringen, während sie hier war, war längst nicht mehr alles, was sie wollte. Sie wollte ihre Beziehung nicht aufgeben, wenn sie ging. Sie wollte ihr Leben mit Holly teilen.

Papier und Stift entglitten ihren Fingern. Es war ewig her, seit sie zuletzt so richtig verliebt gewesen war und selbst dann war immer ein letzter Zweifel darüber geblieben, ob sie um ihrer selbst willen oder nur wegen ihres Geldes und ihrer Berühmtheit geliebt wurde. Doch bei Holly war das anders.

Irgendwie mussten sie einen Weg finden, ihre Beziehung fortzusetzen, auch wenn Leo keine Ahnung hatte, wie.

In der Auffahrt wurde eine Autotür zugeschlagen.

Leo sah sich um, als erwachte sie aus einer tiefen Trance. Das konnte doch noch nicht Holly sein, oder? Sie sah auf ihre Armbanduhr. Himmel, es war schon nach eins!

Der Schlüssel, den Leos Mutter Holly gegeben hatte, klirrte im Schloss. »Leo? Sharon?«, rief Holly im Gang. »Ich hoffe, ihr habt nichts gekocht. Ich habe Pizza mitgebracht.«

Leo lachte vor sich hin. *Gut, denn die LGBTA-Sandwiches liegen halb zubereitet in der Küche.* Sie legte die Gitarre aufs Bett, sprang auf und eilte die Treppe hinab, um die Frau, die sie liebte, zu begrüßen.

Wow. Das klang irgendwie unwirklich … und großartig. Sie konnte nur hoffen, dass Holly ihre Gefühle erwiderte.

Holly blieb mit der warmen Pizzaschachtel in der Hand im Gang stehen.

Im ersten Stock quietschte eine Tür, dann kam Leo auf sie zu gehüpft. Ihre Wangen waren gerötet und ihre olivgrünen Augen schienen von innen heraus zu leuchten.

Gott, es tat gut, sie so glücklich zu sehen, was immer es auch ausgelöst hatte. Holly lächelte automatisch.

»Hey, du. Was hast du denn angestellt?« Sie beugte sich über die Pizzaschachtel, um Leo zur Begrüßung zu küssen. Wie immer hätte sie sich in dem sinnlichen Gefühl von Leos Lippen auf ihren nur allzu leicht verlieren können, doch diesmal beendete Leo den Kuss schon nach wenigen Sekunden.

»Komm mit.« Sie hielt ihr die Hand hin.

Holly löste eine Hand von der Pizzaschachtel. Sobald sie ihre Finger mit Leos verflocht, wurde sie zur Treppe gezogen. »Äh, die Pizza wird kalt.«

»Wir wärmen sie gleich wieder auf.« Leo machte einen Umweg zur Küche, nahm ihr die Pizzaschachtel ab und legte sie auf den Küchentresen. »Aber zuerst muss ich dir etwas zeigen.«

»Na schön.« Holly folgte ihr nach oben. »Wo ist eigentlich deine Mutter?«

»Bei den Nachbarn. Wie ich sie kenne, kann es eine Weile dauern, bis sie zurückkommt. Wir haben das Haus ganz für uns.«

»Und die Pizza.«

Leo grinste sie über die Schulter hinweg an. »Bist du zufällig hungrig?«

»Lass uns einfach sagen, dass ich nicht glaube, dass etwas übrig bleiben wird. Was immer du mir auch zeigen willst, sollte schnell gehen, sonst fange ich an, an dir zu knabbern.« Erst nachdem sie es gesagt hatte, fiel ihr auf, dass man ihre Worte durchaus zweideutig interpretieren konnte. Manchmal, wenn sie solche Dinge sagte, starrte Leo sie an, als wollte sie Holly mit den Augen verschlingen. Es war ein seltsames Gefühl zu wissen, dass Leo etwas empfand, das sie selbst nie erleben würde. Ihre Fantasien gingen höchstens bis zu einem Kuss.

»Keine Sorge«, sagte Leo. »Ich will dir nur etwas vorspielen, dann kannst du essen.«

Holly blieb auf der obersten Treppenstufe stehen, sodass auch Leo anhalten musste. »Vorspielen? Du hast Gitarre gespielt?«

Leo nickte und strahlte, als hätte sie eben einen weiteren Grammy gewonnen. »Ja. Aber das ist noch nicht alles. Ich arbeite an einem Lied. Scheinbar ist meine Muse wieder da.«

»Oh, Leo. Das ist wunderbar.«

Sie fielen sich in die Arme. Leos Körper schien vor Aufregung förmlich zu vibrieren.

Vielleicht war es teilweise aber auch Nervosität, dachte sich Holly, als sie weiter zu Leos Zimmer gingen. Die Finger, die ihre Hand hielten, waren feucht.

»Bitte mach dir klar, dass ich noch an dem Lied arbeite, ja?« Leo schloss die Tür hinter ihnen. »Die ersten zwei Strophen und der Refrain sind so weit fertig, aber ich möchte noch eine dritte Strophe schreiben, und der Text muss an manchen Stellen noch nachgebessert werden.«

Wie erstaunlich. Leo hatte im Laufe ihrer Karriere sicher tausende von Konzerten gegeben, doch nun war sie offensichtlich nervös, obwohl ihr Publikum nur aus Holly bestand.

Holly hob Leos Hand zu ihrem Mund und küsste ihre Finger. »Ich bin sicher, dass mir das Lied gefallen wird.«

»Das hoffe ich«, flüsterte Leo. Sie führte Holly zum Bett und nahm ihre Gitarre.

Holly beugte sich vor, um ihr und dem neuen Lied ihre volle Aufmerksamkeit zu widmen.

Schon während der ersten Akkorde konnte sie spüren, dass dieses Lied anders war als Leos letztes Album. Es war kein routiniertes Stück, das dazu geschaffen war, einem möglichst breiten Publikum zu gefallen, sondern es stellte eine Rückkehr zu Leos musikalischen Wurzeln dar. Es war ehrlich und voller nackter Emotionen.

Zu jedem anderen Zeitpunkt hätte sie wohl zugesehen, wie Leos Finger elegant über die Saiten glitten. Doch im Moment konnte sie den Blick nicht von Leos Gesicht abwenden. Sie schien so offen und verletzlich, als würde sie Holly bis in ihre Seele blicken lassen, während sie sang. Ihre rauchige, gefühlvolle Stimme löste bei Holly eine Ganzkörpergänsehaut aus.

What used to be a place to hide
Is now a spot to be truly me.
With just the stars as our guide
I'm finally free.

Feels like home for the very first time,
Up on the roof.
No fame,
No game,
It's just us here,
Up on the roof.

You listen to my words and hear my soul
And you hold me all night.
With you I feel whole.
Everything feels finally right.

Holly hielt den Atem an. Dieses Lied … Es beschrieb sie beide und was Leo für sie empfand: Vertrauen und Geborgenheit und, falls sie sich nicht irrte, Liebe. Ihr Herz trommelte gegen ihre Rippen, viel schneller als der sanfte Rhythmus des Liedes.

Als die letzten Töne verklungen waren, senkte Leo die Gitarre. Sie leckte sich die Lippen und hob langsam den Blick, um Holly anzusehen. »Was hältst du davon?«

Holly rutschte vom Bett und kniete sich vor Leo hin. Obwohl die Gitarre zwischen ihnen war, schlang sie so gut es ging die Arme um Leo.

»Das Lied ist wunderschön«, flüsterte sie.

»Ja? Dann glaubst du nicht, dass der Text ein bisschen … na ja, schnulzig ist?«

Holly schüttelte entschieden den Kopf. »Ich liebe den Text.« Sie schnappte nach Luft. *Sag es.* »Und ich liebe dich.«

Leo starrte sie an und blinzelte.

Oh Gott! Hatte sie die Botschaft des Liedes missverstanden? Sie begann, ihre Arme von Leos Schultern zurückzuziehen. »Mist. Ich hätte nicht … Das Lied und der Ausdruck in deinen Augen … Ich dachte …«

Leo stellte die Gitarre beiseite und warf die Arme um Holly, um sie festzuhalten. »Nein, nein, geh nicht. Ich hätte meinem eigenen Rat folgen und es dir schon vor Tagen, zum Teufel, vor Wochen sagen sollen. Aber ich war noch nicht so weit, es mir einzugestehen, und deshalb ist es wohl jetzt in einem Lied aus mir herausgebrochen.«

Holly wagte kaum zu atmen, als sie Leo in die Augen sah. »Das heißt also …?«

»Dass ich dich auch liebe«, sagte Leo. Sie betonte jedes Wort, als wäre es Teil eines Zauberspruchs.

Ein solches Glücksgefühl überkam Holly, dass ihr schwindelig wurde. Sie warf sich in Leos Arme, sodass sie beide auf dem Boden landeten, wo sie lachten, sich küssten und sich immer wieder »ich liebe dich« zuflüsterten.

Leos Herz pochte dicht an ihrem und ihre Hände glitten von Hollys Schultern zu ihren Hüften und zurück, so als müsste sie Holly berühren, um sich davon zu überzeugen, dass das alles wirklich geschah.

»Ich weiß, es geht alles ein bisschen schnell«, sagte Leo. »Aber weil ich zurück nach Hause gekommen bin und dann mein Vater … Irgendwie kommt es mir vor, als wäre alles im Zeitraffer passiert. Alles fühlt sich komprimierter und intensiver an. Wie Hundejahre im Vergleich zu Menschenjahren, weißt du?«

»Ja, für mich fühlt es sich auch so an.« Holly musste über den Vergleich lachen und strich Leo eine Haarsträhne hinter ihr Ohr. Es war, als hätte Leos Lied den Damm durchbrochen, hinter dem sich ihre Gefühle aufgestaut hatten, und jetzt konnte sie nicht aufhören, sie anzustrahlen. War es möglich, sich betrunken vor Liebe zu fühlen? Sie mussten immer noch vieles klären, aber im Moment wollte sie einfach nur dieses Gefühl genießen.

Gerade als sie sich hinabbeugen und Leo erneut küssen wollte, wurde die Haustür geöffnet und Sharons Stimme drang zu ihnen herauf. »Leo? Holly?«

Holly ließ die Stirn gegen Leos sinken.

»Nächstes Mal gehen wir zu dir«, grummelte Leo.

»Wir können deine Mutter noch nicht allein lassen.« Aber um ehrlich zu sein, wollte sie auch Zeit mit Leo allein verbringen.

Zögernd erhob sich Holly und hielt Leo die Hand hin, um sie hochzuziehen. »Komm, lass uns die Pizza aufwärmen.«

Als sie zur Tür gingen, fiel Holly etwas ein. »Du hast mir gar nicht gesagt, wie du das Lied nennen willst.«

»Wie wäre es mit ›Up on the Roof‹? Das passt zum Text im Refrain.«

»Klingt gut. Aber gibt es nicht schon ein Lied mit diesem Titel?«

Leo rieb sich das Kinn. »Verdammt. Ich glaube, du hast recht. Wie wäre es mit ›Holly's Song‹?«

»Äh, wow. Ich « Leo wollte das Lied nach ihr benennen? Sie wusste nicht, was sie sagen sollte.

Leo musterte sie. »Es sei denn, du willst unsere Beziehung noch nicht so publik machen.«

Holly lächelte. »Am liebsten würde ich es von den Dächern schreien.« Sie blieb vor der Treppe stehen und küsste Leo. »Wo wir gerade von Dächern und dem Refrain sprechen … Wenn du deiner Mutter das Lied vorspielst, wird sie sofort wissen, dass das auf dem Dach keine Eichhörnchen waren.«

Leo lachte. »Ich glaube, sie ahnt bereits, dass die Eichhörnchen größer als gewöhnlich waren. Viel größer.«

Holly stemmte eine Hand in die Hüfte und funkelte sie spielerisch an. »Willst du damit sagen, ich bin fett?«

Leo ließ ihre Hand zärtlich über Hollys Hüfte gleiten. »Nein. Ich mag Eichhörnchen, die genau so aussehen.«

»Eichhörnchen, Plural?«

»Eichhörnchen, Singular«, sagte Leo, nun nicht mehr spielerisch.

»Hey, ihr beiden.« Ihre Mutter stand am Fuß der Treppe. »Was soll denn das ganze Gerede über Eichhörnchen?«

Sie sahen einander an und lachten, bevor sie die Treppe hinuntergingen.

»Ach, nichts, Mama. Keine Eichhörnchen weit und breit.«

Kapitel 21

Leo wusste schon, dass sie auf Frauen stand, seit sie dreizehn gewesen war. In den fast zwanzig Jahren, die seither vergangen waren, hatte sie aus irgendeinem Grund niemals Blumen für eine ihrer Partnerinnen gekauft. Meist war es Schmuck, Parfüm oder Wein gewesen. Einmal hatte sie es sogar übertrieben und hatte ihrer Freundin ein Auto gekauft.

Wenn Holly es zugelassen hätte, hätte Leo ihr die Welt zu Füßen gelegt, aber sie hatte so ein Gefühl, dass Holly es nicht mögen würde, wenn Leo sie mit teuren Geschenken überhäufen würde.

Aber Leo wollte sie dennoch wissen lassen, wie sehr sie Holly liebte und wie dankbar sie ihr für ihre Unterstützung während der vergangenen drei Wochen war. Statt Vollzeit für andere Patienten tätig zu werden, hatte Holly ihren Arbeitgeber gefragt, ob sie eine Weile in Teilzeit arbeiten konnte. Nun hatte sie einige der Patienten einer Kollegin übernommen, die im Mutterschutz war, und sah mehrmals täglich nach Ms. Vörster und anderen älteren Einwohnern von Fair Oaks. So konnte sie ihre Nachmittage und Abende mit Leo verbringen.

Und die Nächte.

Wann immer Holly bei ihr übernachtete, was meist drei oder vier Mal die Woche war, kuschelten sie die ganze Nacht lang und die Küsse, die sie austauschten, waren atemberaubend. Holly schien sie ebenfalls sehr zu genießen, aber weiter ging es nie und das war okay für Leo.

Welche Blume sagte aus: »Ich liebe dich«, »Ich akzeptiere dich« und »Ich bin dir so dankbar, dass ich auf die Knie fallen und einen Schrein für dich errichten könnte«?

Zum zweiten Mal in diesem Monat stand Leo vor Ashleys Blumenladen. Die Glocke über der Tür bimmelte und der Geruch von Erde und frisch geschnittenen Blumen umgab sie, als sie eintrat. Es erinnerte sie an das letzte Mal, als sie hier gewesen war. Das war erst drei Wochen her, doch seither war so viel geschehen.

»Ich komme sofort«, rief Ashley aus dem Hinterzimmer.

Leo wandte sich dem Kartenständer neben der Kasse zu. Einige der Karten trugen die Aufschrift »Danke«, andere »Ich liebe dich«, aber keine war gut genug, um auszudrücken, was Leo für Holly empfand.

Ashley kam aus dem Hinterzimmer. Ein warmes Lächeln breitete sich auf ihrem Gesicht aus, als sie Leo sah. »Oh, hallo, Leo. Wie geht es dir?«

»Ganz gut«, sagte Leo und zu ihrer Überraschung stellte sie fest, dass es der Wahrheit entsprach. Die alten Wunden waren noch da, aber sie begannen, langsam zu heilen. »Und wie geht es dir?«

»Ziemlich gut. Der Laden beschäftigt mich rund um die Uhr.«

»Kann ich mir vorstellen. Danke, dass du dich um die Blumen für die Beerdigung meines Vaters gekümmert hast. Alle haben gesagt, wie wunderschön sie waren, und Mama hat die Lilien sehr gemocht, die du für das Sarggebinde verwendet hast.«

Ash sah zu Boden und errötete ein wenig angesichts von Leos Lob. »Freut mich zu hören. Was kann ich für dich tun?«

»Ich brauche einen Blumenstrauß.«

»Für deine Mutter? Vielleicht ein paar weiße Astern oder Gerbera und ein paar pinkfarbene Nelken, um sie aufzuheitern?«

»Ähm …« *Verdammt.* Ausgerechnet bei Hollys Ex Blumen für sie zu kaufen, war keine gute Idee gewesen. Aber nun war sie eben hier und sie weigerte sich, ihre Beziehung zu verstecken, so wie Ash es getan hatte. »Weißt du was? Ich brauche zwei Sträuße. Meiner Mutter Blumen zu schenken, ist eine gute Idee. Gerbera und Nelken klingen prima.«

Ashley zog die Blumen aus mehreren Eimern, schnitt die Stiele zurecht und arrangierte sie zu einem Strauß. Während sie arbeitete, schielte sie immer wieder zu Leo.

Leo sah sie fragend an. »Was ist los?«

»Äh, nichts. Ich … Du siehst gut aus.«

Was zum Teufel …? War es nur ein aufrichtiges Kompliment unter Freundinnen oder steckte mehr dahinter? Leo fuhr sich mit einer Hand durchs Haar. »Äh, danke.«

In der Stille, die folgte, hielt Ash ihr den Blumenstrauß hin, um ihre Zustimmung einzuholen, die Leo ihr mit einem Kopfnicken gab.

Seidenpapier raschelte, als Ash es von einer Rolle abriss und um die Blumen wickelte. Dann hielt sie Leo den Strauß hin, behielt das andere Ende aber in der Hand, sodass sie die Blumen von beiden Seiten umklammerten. »Weißt du«, sagte sie so leise, dass Leo sich anstrengen musste, um sie zu verstehen, »damals, am Abend des Abschlussballs … als du mich geküsst hast … da hatte ich Angst.«

Leo hätte fast den Strauß fallenlassen. Sie hatte nicht damit gerechnet, dass Ash das Thema je anschneiden würde. »Angst vor mir?«

»Nein. Nicht vor dir. Niemals. Nur … vor meinen eigenen Gefühlen und was sie bedeuten könnten.«

In Leos Ohren begann es zu rauschen. Sie schwankte. »Du …« Sie leckte sich die trockenen Lippen. »Du hattest damals also Gefühle für mich?«

Den Blick auf die Blumen gerichtet, nickte Ash.

Das hätte Ash ihr vor vierzehn Jahren sagen sollen, als Leo sie am Tag nach dem Abschlussball aufgesucht hatte, um ihr zu sagen, dass sie die Stadt verlassen würde, und um über den Kuss zu reden. Warum sprach niemand je offen und ehrlich mit ihr?

»Warum hast du mir das nicht gesagt?«, fragte Leo. »Du hast mich glauben lassen, dass ich die Einzige bin, die etwas empfindet.«

»Ich wollte dich nicht verletzen. Ich war nur noch nicht so weit, damit umzugehen.«

»Und jetzt bist du es?« Danach zu urteilen, wie Ash Holly während des Abends in der Bar behandelt hatte, konnte Leo das nicht glauben.

Ash sah zu ihr auf. Lag da eine Spur von Hoffnung und von Erwartung in ihrem Blick? »Ja, ich glaube schon. Deshalb habe ich mich gefragt … Vielleicht würdest du gern irgendwann mit mir einen Kaffee trinken gehen?«

Leo umklammerte die Blumenstiele. *Wow. Einfach nur … wow.* Die Frage hätte ihr vor vierzehn Jahren alles bedeutet, aber jetzt hinterließ sie einen bitteren Geschmack in ihrem Mund.

Als die Stille zwischen ihnen anhielt, wandte Ash den Blick ab. »Oh. Verstehe. Du hast jemanden in New York.«

»Nein. Nicht in New York.« Himmel, Ash schien die einzige Person in Fair Oaks zu sein, die noch nicht gehört hatte, dass Holly und sie jetzt zusammen waren. Oder vielleicht hielt sie es für ein Gerücht. »Aber es gibt eine ganz besondere Person in meinem Leben.«

Ash wurde bleich. »Es ist doch nicht Holly, oder?«

Ihr Tonfall machte Leo wütend – als könnte Leo unmöglich mit jemandem wie Holly zusammen sein. Sie richtete sich zu ihrer vollen Größe auf und sah Ashley in die Augen. »Doch, es ist Holly.«

»Oh, Leo.« Ash stieß ein lang gezogenes Seufzen aus und legte eine Hand auf Leos. »Du hast keine Ahnung, worauf du dich einlässt.«

Leo zog ihre Hand weg. »Worauf ich mich einlasse?«

»Hat sie dir nicht von ihren … ähm, Problemen erzählt?«

Einen Moment lang konnte Leo sie nur mit offenem Mund anstarren. Dann kochte Wut so heftig in ihr empor, dass sie glaubte, Dampf würde aus ihren Ohren kommen. Sie musste an sich halten, um Ash die Blumen nicht um die Ohren zu schlagen. »Probleme?«

»Oh. Dann hat sie nicht erwähnt, dass sie … äh …?«

»Wenn du damit meinst, dass sie asexuell ist, doch, das hat sie mir erzählt. Aber die Einzige, die ein Problem hat, bist du!«

»Leo, bitte. Sei doch nicht so. Ich möchte nur, dass du glücklich bist.«

»Wer sagt, dass ich mit Holly nicht glücklich bin?«

Ash öffnete den Mund, aber Leo unterbrach sie mit einem energischen Kopfschütteln. »Weißt du was? Spar dir das. Nur weil du Holly nicht zu schätzen wusstest, heißt das nicht, dass ich denselben Fehler machen werde.«

»Du verstehst das nicht.«

»Nein, du bist diejenige, die es nicht versteht.« Leo bemühte sich, sie nicht anzuschreien. »Wie könntest du auch? Du kannst kaum deine eigene sexuelle Orientierung akzeptieren, wie solltest du da Hollys akzeptieren?«

Eine Träne lief Ashleys Wange hinab. »Das ist nicht fair.«

Leo knirschte mit den Zähnen und hielt sich zurück, bevor sie eine weitere Diskussion anfangen konnte. »Was bin ich dir für die Blumen schuldig?«

Ashley nannte ihr stotternd den Betrag.

Leo klatschte zwei Geldscheine auf die Theke und stürmte aus dem Laden, ohne sich zu verabschieden oder auf ihr Wechselgeld zu warten. Erst auf halbem Weg zum Auto fiel ihr auf, dass sie keine Blumen für Holly gekauft hatte. Tja, sie würde sich etwas anderes einfallen lassen müssen, um Holly zu zeigen, wie sehr sie sie liebte und wertschätzte. Auf keinen Fall würde sie Ashleys Laden so schnell wieder betreten.

Sie riss die Autotür auf und legte den Strauß auf den Beifahrersitz. »Von wegen Probleme!«

Als Leo auf die Armbanduhr sah, trat ihr der Schweiß auf die Stirn, obwohl sie nicht diejenige war, die eine breite Matratze die Treppe hinaufschleppte. »Kommt schon, Jungs. Sie kann jeden Moment hier sein. Ich gebe jedem von euch hundert Kröten, wenn ihr es schafft, in fünf Minuten weg zu sein.«

Die beiden Auslieferer tauschten Blicke und verdoppelten dann ihre Anstrengungen.

Innerhalb von vier Minuten war die Matratze, wo sie hingehörte.

Leo unterschrieb auf dem Klemmbrett, das einer der beiden ihr hinhielt, bezahlte sie und brachte sie dann zur Tür.

Gerade als die beiden in ihren Lieferwagen stiegen, kam Hollys roter Jeep die Straße herab. Sie wartete, bis der Lieferwagen rückwärts aus dem Hof fuhr, bevor sie in die Auffahrt einbog.

Mist. Irgendwie ging diese Woche alles schief. Erst der fehlgeschlagene Versuch, Blumen für Holly zu kaufen, und nun das hier.

Als Holly aus dem Jeep stieg, vergaß Leo die womöglich ruinierte Überraschung. Als Krankenschwester ihres Vaters hatte Holly normale Kleidung angehabt, doch nun trug sie OP-Kleidung.

Leo hatte OP-Kleider nie heiß gefunden, aber an Holly sahen sie verdammt sexy aus. Oder war es in Hollys Fall eher *asexy*? Der Gedanke brachte sie zum Lachen.

Sie ging ihr entgegen, um sie mit einer langen Umarmung und einem Kuss zu begrüßen. Hand in Hand gingen sie zum Haus.

»Was war das denn?« Holly zeigte mit dem Daumen über die Schulter. Ihre Lippen hoben sich zu einem Lächeln. »Du betrügst mich doch nicht mit zwei stämmigen Handwerkern, oder?«

»Scheiße, du hast mich ertappt. Ich dachte, da du arbeitest und Mama in St. Joe einkaufen geht, wäre das die Gelegenheit für einen flotten Dreier.«

Hollys Lächeln verblasste. Sie zog die Haustür hinter ihnen zu und wandte sich mit ernster Miene an Leo. »Wäre das etwas, das du je in Erwägung ziehen würdest?«

»Einen flotten Dreier mit zwei Kerlen?« Leo schüttelte den Kopf. »Nein. Ich habe kein Interesse an Männern, obwohl mein Manager mich manchmal gern als bisexuell verkauft.«

»Ich rede nicht von flotten Dreiern, sondern von ... ich weiß auch nicht ... vielleicht von einer offenen Beziehung.«

Leo starrte sie an. Was zum Teufel war hier los? »Willst du das wirklich?«

Holly sah auf ihre Turnschuhe hinab. »Nein. Aber ich weiß, dass andere Paare mit gemischter Orientierung es so handhaben.«

»Paare mit gemischter Orientierung?«

»Ja. Du weißt schon. Wo einer der beiden asexuell ist und der oder die andere nicht.«

»Tja, mit diesem Lösungsansatz gibt es aber ein Problem: Der Gedanke daran, mit anderen Leuten zu schlafen, reizt mich ungefähr so viel.« Leo drückte Daumen und Zeigefinger zusammen, um null anzuzeigen. »Ich hatte noch nie eine offene Beziehung und jetzt möchte ich ganz bestimmt nicht damit anfangen.«

Ein langer Atemzug entfuhr Holly und ihre Miene hellte sich auf.

»Holly …« Leo drückte ihre Hand, damit Holly sie ansah. »Was ist los? Warum bietest du mir etwas an, das dich verletzen würde?«

Hollys Blick schnellte hinauf zu ihrem. »Weil ich möchte, dass du glücklich bist.«

»*Du* machst mich glücklich«, sagte Leo entschieden. »Ich möchte oder brauche niemand anderen.«

Hollys Augen wurden feucht.

Leo zog sie in ihre Arme. »Das nächste Mal, wenn du solche Zweifel hast, dann sagst du mir das. Ich will nicht, dass du auch nur eine Sekunde lang glaubst, du wärst mir nicht genug.« Sie hielt Holly ein Stück von sich weg, um ihr in die Augen sehen zu können. »Okay?«

Holly nickte und knabberte an ihrer Unterlippe, als müsste sie diesen Gedanken erst verarbeiten.

Zärtlich zog Leo sie an sich und küsste sie. »Willst du jetzt herausfinden, was die beiden stämmigen Kerle wirklich hier verloren hatten?« Als Holly nickte, führte Leo sie die Treppe hinauf.

»Sag nicht, du hast dir ein Klavier liefern lassen«, sagte Holly.

Leo lachte. »Nein. Es ist besser als ein Klavier. Jedenfalls bequemer.« Langsam öffnete sie die Tür zu ihrem alten Zimmer und enthüllte das neue, größere Bett, das dort nun anstelle ihres Jugendbettes stand. Eigentlich hatte sie das Bett noch frisch beziehen wollen, aber die Matratze war später als erwartet geliefert worden, sodass sie nun unbedeckt auf dem Lattenrost lag.

Holly stand im Türrahmen und starrte auf das Bett. »Wow.«

War das ein gutes oder ein schlechtes Wow? Leo musterte sie. »Damit möchte ich dich auf keinen Fall zu irgendetwas zwingen. Ich dachte nur, dass wir es so bequemer haben würden.«

»Ganz bestimmt. Ich bin dir gern nahe, aber dein altes Bett war einfach nicht für zwei Personen ausgelegt. Ich kann es kaum erwarten, das neue Bett auszuprobieren. Danke.« Sie zog Leo an der Hand näher zu sich, umfasste mit ihrer freien Hand ihr Gesicht und küsste sie ausgiebig.

Der Kuss war anfangs eher zärtlich als leidenschaftlich, doch dann überraschte Holly sie, indem sie spielerisch mit der Zunge über Leos Unterlippe fuhr und dann daran knabberte.

Himmel! Jeder Knochen und Muskel in Leos Körper schien sich in eine gelartige Masse zu verwandeln. Sie schlang beide Arme um Holly, um sich auf den Füßen zu halten.

Hollys Hände ruhten mit weit gespreizten Fingern auf Leos Hüften, sodass sie beinahe die obere Kurve ihres Hinterns berührten.

Dieser warme Körperkontakt und das aufreizende Spiel von Hollys Zunge an ihrer brachten ihren ganzen Körper zum Kribbeln. Leo konnte ein Stöhnen nicht zurückhalten.

Sie brauchte all ihre Selbstbeherrschung, um ihre Hände auf Hollys Rücken liegen zu lassen, statt ihren verführerischen Körper zu erforschen. Gott, sie sehnte sich danach, sie zu berühren und ihre Finger über die sanfte Wölbung ihrer Hüften oder ihrer vollen Brüste gleiten zu lassen.

»Ich werde nicht zerbrechen, wenn du mich anfasst«, murmelte Holly dicht an ihren Lippen, so als könnte sie Leos Gedanken lesen.

Aber ich vielleicht. Sie konnte jedoch nicht widerstehen. Langsam, um Holly jede Gelegenheit zu geben, sie zu stoppen, fuhr sie mit einer Hand unter ihr OP-Oberteil und streichelte die seidenweiche Haut ihres Rückens.

Holly stöhnte genießerisch und tat es ihr gleich. Sie zog das T-Shirt aus Leos Shorts und ließ ihre Finger jeden Zentimeter ihrer Haut erkunden, von Leos Hüften bis zum Verschluss ihres BHs und wieder zurück. »So unglaublich weich«, flüsterte sie. Dann neigte sie den Kopf und küsste die Seite ihres Halses.

Leo schnappte nach Luft und drückte Holly mit beiden Händen an sich. War Holly klar, was sie da mit ihr anstellte? Schon jetzt fühlte sie sich, als würde sie gleich die Kontrolle verlieren. Zwar wusste sie, dass Sex nicht in Frage kam, aber irgendwie hatte ihr Körper das wohl noch nicht verstanden.

»Äh, Holly, ich ...« Das Verlangen, das ihr Gehirn vernebelte, machte es schwer, Worte zu formen. »Ich glaube, ich brauche eine Dusche.« *Und zwar eine kalte.*

Hollys Hände ruhten einen Moment lang weiter auf Leos Hüften, so als zögerte sie, loszulassen. »Jetzt?«

Leo nickte. »Äh, ja. Ich bin etwas verschwitzt. Ich meine, ich ... ich habe den Lieferanten vorhin mit der Matratze geholfen, deshalb bin ich etwas ins Schwitzen gekommen.« Ihr Körper protestierte, als sie sich zwang von Holly wegzutreten und ins Badezimmer zu gehen.

Sobald sie die Tür hinter sich geschlossen hatte, lehnte sie sich dagegen und ließ ihren Atem entweichen. *Himmel!* Würde es immer so sein?

Und wenn schon! Du bist kein hormongesteuerter Teenager, der seine Triebe nicht im Griff hat.

Doch diese Triebe existierten, wie der Druck zwischen ihren Beinen sie unmissverständlich wissen ließ. Sie liebte Holly, da war sie sich sicher, aber war sie bereit, für immer auf Sex zu verzichten?

Für die Frage ist es etwas spät, oder nicht? Sie hatte diese Entscheidung bereits gefällt, als sie gemerkt hatte, dass sie in Holly verliebt war. Aber sie hatte unterschätzt, wie schwer es sein würde, in solchen Situationen ihr Verlangen zu ignorieren. Konnte sie das wirklich durchziehen, nicht nur für eine Weile, sondern für den Rest ihres Lebens?

Sie presste beide Handflächen gegen die Tür und atmete mehrmals tief durch. *Ja*, entschied sie. Wenn sie es tun musste, um sich ein Leben mit Holly aufzubauen, dann würde sie lernen, ohne Sex zu leben. Es gab noch andere Formen der Liebe und Intimität, die sie mit Holly teilen konnte. Und was Orgasmen anbetraf, würde sie eben selbst Hand anlegen.

Ja. Und zwar jetzt sofort. Sie streifte sich das T-Shirt über den Kopf, löste den BH und ließ beides zu Boden fallen, gefolgt von ihren Shorts und ihrem Slip. Viel würde es nicht brauchen.

Mit einem zufriedenen Grinsen streckte sich Holly auf der blank daliegenden Matratze aus und verschränkte die Arme hinter dem Kopf, als sie verträumt an die schräge Decke starrte.

Leo zu küssen und mit den Lippen die weiche Haut ihres Halses zu berühren, war so sinnlich, so intim gewesen. Sie wollte, nein, brauchte Leo ganz nah bei sich.

Aber was ist mit Leos Bedürfnissen? Die alten Schuldgefühle stiegen wieder in ihr auf. Sie wusste, dass ihre Küsse Leo erregt hatten. Das leise Keuchen und Stöhnen und das Zittern ihres Körpers hatten es ziemlich offensichtlich gemacht. Holly wünschte so sehr, sie könnte ihr Verlangen erwidern, aber sie konnte es nicht. Sie zweifelte nicht daran, dass sie Leo von ganzem Herzen liebte und dass diese Liebe bedingungslos erwidert wurde.

Leo erwartete nicht von ihr, dass sie sich änderte oder mit ihr Sex hatte. Diesem Druck nicht ausgesetzt zu sein, ließ sie in Erwägung ziehen, Dinge zu tun, von denen sie nicht gedacht hätte, sie jemals für einen Menschen tun zu wollen. Das schloss Sex mit ein. Ein Teil von ihr war sogar neugierig darauf, wie es mit Leo sein würde und welche neuen Einblicke in ihre Partnerin es ihr gewähren würde.

Vielleicht würde mit Leo alles anders sein, genau wie die Beziehung mit ihr bisher auch völlig anders als Hollys frühere Beziehungen war. Mit Leo konnte sie vielleicht sexuelle Intimität erleben, ohne dass von ihr erwartet wurde, dass sie änderte, wer sie war, oder Dinge empfand, die für sie unmöglich waren.

Sie sah zum Radiowecker auf dem Nachttisch. Leo war nun schon eine ganze Weile im Bad. Holly lauschte, konnte aber nur das Rauschen des Wassers hören.

»Leo?«, rief sie. »Alles okay?«

Falls Leo antwortete, konnte sie es durch die geschlossene Tür nicht hören.

Sie erhob sich vom Bett, ging zur Badezimmertür und öffnete sie einen Spaltbreit, ohne hindurchzuspähen. Gerade als sie ihre Frage wiederholen wollte, drang ein gedämpftes Stöhnen an ihre Ohren.

Beide schnappten nach Luft.

Hollys Wangen brannten. *Oh Gott. Masturbiert sie etwa?*

»Himmel, Holly! Du kannst nicht einfach so reinplatzen!«

»Entschuldige! Ich wollte nur … Es tut mir leid!« Hastig schloss Holly die Tür und zog sich auf die andere Seite des Zimmers zurück. *Das war dumm von mir.* Natürlich musste Leo sich nach all den Küssen und dem Streicheln selbst befriedigen, doch es war Holly nicht in den Sinn gekommen. Sie schüttelte den Kopf über sich selbst und ging im Raum auf und ab.

Sollte sie in der Küche warten, bis Leo im Bad … ähm, fertig war? Wieder begannen ihre Wangen zu glühen. Aber nachdem sie dabei ertappt worden war, wäre Leo sicher kaum noch in der Stimmung, zu Ende zu masturbieren.

Schließlich entschied sie sich dagegen, in die Küche zu flüchten. Wenn Leo und sie nicht offen und ehrlich über ihre Bedürfnisse reden konnten, dann hatte ihre Beziehung keine Chance.

Nach einigen Minuten wurde die Badezimmertür zögerlich geöffnet und Leo spähte heraus. Ihre Wangen waren gerötet, entweder vom heißen Wasser oder vor Verlegenheit.

Oder weil sie eben einen Orgasmus hatte, fügte Hollys Gehirn wenig hilfreich hinzu. Ein Teil von ihr war sogar ein wenig neugierig darauf, wie Leo wohl aussah, wenn sie zum Höhepunkt kam.

Leo betrat das Schlafzimmer. Die Kleidung, die sie vorhin getragen hatte, klebte an ihrer feuchten Haut, so als hätte sie sich nicht die Zeit genommen, sich gründlich abzutrocknen. Sie scharrte mit ihren nackten Füßen.

»Tut mir leid, Leo.« Holly war die Erste, die das Schweigen brach. »Ich hätte nicht einfach so reinplatzen dürfen.«

Leo rieb sich den Nacken und sah dann auf. »Nein, mir tut es leid. Ich wollte dich nicht anschreien. Ich war nur verlegen.«

»Verlegen?« Gegen ihre eigene Verlegenheit ankämpfend, ging sie zu Leo und nahm ihre Hand. »Leo, du hast mir nie das Gefühl gegeben, dass meine sexuelle Orientierung etwas ist, für das ich mich schämen muss.«

»Das ist sie auch nicht«, sagte Leo.

Holly liebte sie noch ein bisschen mehr für ihren energischen Tonfall.

»Und deine sexuelle Orientierung ist es auch nicht. Ich will nicht, dass du dich dafür schämst, dich sexuell zu mir hingezogen zu fühlen. Du musst das nicht vor mir verstecken. Es ist völlig okay, wenn es dich erregt, wenn du mich küsst, mich streichelst … oder von mir berührt wirst. Und es ist auch okay, wenn du diese Erregung ausleben willst. Genau genommen …« Sie gab sich einen Ruck. Leo würde nicht den ersten Schritt machen, das wusste sie. Sie hatte zu große Angst, Holly zu etwas zu drängen, was sie nicht wollte. Doch Holly wollte es, wenn auch nicht aus denselben Gründen wie Leo. Leo zu befriedigen, würde sie glücklich machen. »Es würde mir nichts ausmachen, dir ab und zu zur Hand zu gehen.«

Leo ließ sich aufs Bett fallen, als hätten ihre Knie nachgegeben. »Nein, Holly. Das erwarte ich nicht von dir. Ich gebe zu, es ist nicht immer leicht zu wissen, dass du mich nicht auf dieselbe Weise begehrst wie ich dich, aber das ist mein Problem, nicht deins. Liebe und Sex sind zwei verschiedene Dinge. Das verstehe ich.«

»Wenn jemanden sehr zu lieben automatisch zu viel Sex führen würde, dann müsstest du deine Karriere aufgeben, weil ich dich nie wieder aus diesem Bett lassen würde.«

»Meine Fans würden sich vermutlich beschweren, aber ich mich ganz sicher nicht.« Leo grinste, fügte dann aber mit einem sanfteren Lächeln hinzu: »Nicht, dass ich mich über das Kuscheln mit dir beschweren würde. Du musst mir nichts beweisen.«

Holly setzte sich neben sie und nahm ihre Hand. Mit dem Daumen fuhr sie die Herzlinie auf Leos Handfläche nach. »Ich weiß. Ich versuche nicht, dir etwas zu beweisen. Ich möchte nur, dass du dich genauso geliebt und akzeptiert fühlst wie ich. Und das schließt mit ein, dir zu zeigen, dass ich weiß, dass deine sexuelle Orientierung ein wichtiger Teil von dir ist.«

Doch Leo schüttelte immer noch den Kopf. »Das zeigst du mir bereits. Dafür brauchen wir keinen Sex.«

»Na, das ist ja mal was Neues.« Holly gab ihr einen sanften Stups. »Ich musste noch nie eine Partnerin zum Sex überreden.«

Sie lachten miteinander und es löste die Anspannung, die in der Luft lag.

»Siehst du?«, sagte Leo. »Das ist auch eine Form von Intimität. Solche Momente zu teilen. Miteinander zu lachen. Zu reden.« Sie streichelte Hollys Handfläche. »Zu kuscheln. Für Intimität braucht man nicht unbedingt Sex. Das habe ich von dir gelernt.«

Hollys Herz wurde weit. Sie kämpfte gegen Tränen an. Noch nie hatte sie sich so vollkommen verstanden gefühlt. Zum ersten Mal hatte sie Hoffnung, dass eine Beziehung mit einer Frau, die nicht asexuell war, funktionieren konnte.

»Im Ernst, Holly«, fuhr Leo fort, »ich wäre vollkommen zufrieden damit, selbst ... ähm, Hand anzulegen.«

»Vollkommen zufrieden?« Holly hob ihre Augenbrauen.

»Na ja, vielleicht nicht vollkommen zufrieden, aber es wäre okay.« Leo sah ihr in die Augen. »Ich möchte nicht, dass du die Augen schließen und an England denken musst.«

Holly lachte. »Ich bin Amerikanerin, nicht Britin.«

Nicht einmal ein Anflug eines Lächelns huschte über Leos Gesicht. Ihr Blick war ernst und eindringlich. »Trotzdem. Ich könnte es nicht ertragen, wenn ich wüsste, du zwingst dich nur meinetwegen zu etwas, das du hasst.«

»Ich habe dir doch gesagt, dass ich Sex nicht hasse. Ich sehne mich nicht danach, aber unter den richtigen Umständen mag mein Körper es ganz gern.«

»W-wirklich?« Leos Augenlider vibrierten. »Jetzt bin ich verwirrt. Ich dachte ...«

Ihr verwirrter Gesichtsausdruck brachte Holly zum Lächeln. »Die menschliche Sexualität ... oder eben Asexualität ... ist ziemlich komplex. Hier oben fühle ich mich nicht zu irgendwem sexuell hingezogen.« Sie pochte sich auf die Stirn. »Aber da unten«, sie deutete auf ihren Schoß, »funktioniert mein Körper genau wie deiner. So ist das aber nicht bei allen asexuellen Menschen. Manche empfinden nie Erregung, aber andere haben schon eine Libido. Nur ist sie eben auf niemanden bezogen.«

Eine Falte entstand zwischen Leos Augenbrauen. »Ich bin nicht sicher, ob ich das verstehe.«

Holly reckte sich und küsste Leos noch immer gerunzelte Stirn. Bisher hatte sie nie im Detail darüber geredet, deshalb musste sie jetzt einen Moment lang darüber nachdenken, wie sie es am besten erklären konnte. »Würdest du sagen, du fühlst dich zu dir selbst hingezogen?«

Leo kicherte nervös. »Ich weiß, die Leute denken, ich wäre ein selbstverliebter Superstar, aber ... nein. Das wäre seltsam.«

»Aber wenn du dich selbst berührst, dann erregt dich das, oder?«

Eine zarte Röte stieg Leos Hals hinauf. »Äh, ja.«

»Warum?«

»Warum?«, wiederholte Leo.

»Ja. Wenn du dich nicht zu dir selbst hingezogen fühlst, warum erregt es dich dann?«

Leo rieb sich das Kinn. »Weil … weil … Ich schätze, die körperliche Stimulation fühlt sich einfach gut an.«

Holly nickte. »Und genauso ist es für asexuelle Leute auch.«

»Oh. Jetzt versteh ich es. Glaube ich. Du hast also …? Du machst …?« Leos Blick huschte zum Badezimmer. Dann bedeckte sie ihr Gesicht mit ihrer freien Hand. »Gott! Als ich von Asexualität erfahren habe, habe ich mir geschworen, ich würde dich nie so blöde Sachen fragen.«

Lächelnd zog Holly Leos Hand von ihrem Gesicht weg. »Ist schon okay. Wenn wildfremde Menschen glauben, es wäre völlig in Ordnung, mich so etwas zu fragen, finde ich das weniger gut, aber es macht mir nichts aus, mit dir darüber zu reden.« Sie versuchte, so sachlich wie möglich zu sein, als sie hinzufügte: »Die Antwort ist Ja. Ab und zu masturbiere ich. Für mich ist das nicht einmal etwas Sexuelles.«

»Nichts Sexuelles?« Leo kratzte sich am Kopf. »Ich will dir ja nicht sagen, was du fühlen oder nicht fühlen kannst, aber wie kann das nicht sexuell sein?«

»Vorhin, als du … ähm … in der Dusche … Woran hast du da gedacht?«

Leos Wangen nahmen ein noch dunkleres Rot an. »Bist du sicher, dass du das wissen willst?«

»Ja. Leo, ich bin keine naive Jungfrau.« Holly rang sich ein Lächeln ab. »Du musst mich nicht vor allem Sexuellen beschützen. Ich kann ohne Probleme darüber reden.«

»Okay.« Leo schluckte hörbar und hob dann den Kopf, um Blickkontakt herzustellen. »An dich«, sagte sie leise. »Ich habe an dich gedacht. Daran, wie es sich anfühlen würde, wenn du mich berührst … überall.« Ihre normalerweise schon rauchige Stimme wurde beim letzten Wort noch heiserer.

Es war eine seltsame Erfahrung, die lodernde Hitze in Leos Augen auf sich gerichtet zu sehen. Irgendwie verlieh es ihr das Gefühl, mächtig zu sein, ließ sie gleichzeitig aber demütig werden. Obwohl sie wohl nie so ganz verstehen würde, wie es war, jemanden so sehr zu begehren, schwor sie sich, es niemals auszunutzen oder zuzulassen, dass Leo deswegen ein schlechtes Gewissen hatte.

Sie räusperte sich und lenkte ihre Gedanken zurück auf das eigentliche Thema. »Siehst du, genau das ist der Unterschied zwischen uns. Wenn ich masturbiere, denke ich an gar nichts.«

Leo riss die Augen auf. »An überhaupt nichts?«

»Na ja, manchmal denke ich schon etwas, aber an nichts Sexuelles. Ich denke nicht an andere Menschen und ich stelle mir auch nicht vor, wie ich Sex habe. Hauptsächlich denke ich daran, wie es sich anfühlt. Es ist einfach nur etwas, was mich nach einem stressigen Tag entspannt, was sich gut anfühlt oder mir beim Einschlafen hilft.«

»Ah. Das verstehe ich. Ich glaube, so ist es auch für die meisten Menschen, die nicht asexuell sind. Manchmal masturbiere ich aus anderen Gründen, nicht nur, weil die heißeste Frau der Welt mich antörnt, weißt du?«

Sie lächelten einander an.

Holly war so erleichtert, dass sie am liebsten aufs Dach geklettert wäre, die Arme ausgebreitet und wie im Film *Titanic* ihr Glück herausgeschrien hätte. Es bedeutete ihr viel, dass sie so offen reden und sogar über ihre Unterschiede lachen konnten.

»Versuchst du mir klarzumachen, dass Sex für dich so ähnlich ist?«, fragte Leo.

Holly nickte. »Wenn ich mich mental darauf einlassen kann, dann kann es ähnlich sein. Ich werde nie das dringende Bedürfnis haben, dich zu verführen oder von dir verführt zu werden, aber ich kann trotzdem genießen, wie es sich anfühlt.«

Leo streckte sich auf dem Bett aus und starrte an die Decke. »Zu dumm, dass noch niemand ein Gerät erfunden hat, das es uns erlauben würde, mal eine Stunde lang im Gehirn der anderen zu stecken. Ich würde liebend gern erfahren, wie es ist, auf deine spezielle asexy Weise mit dir zu schlafen.«

Sie ließ es so positiv klingen, dass Holly mit den Tränen kämpfte.

»Vielleicht ist es gut, dass es ein solches Gerät nicht gibt«, sagte Holly. »Alles durch dein sexy Gehirn zu erleben, würde bei mir vermutlich ein paar Sicherungen durchbrennen lassen.«

Leo lachte.

Holly streifte ihre Turnschuhe ab und kuschelte sich auf dem Bett an Leo. »Aber es gibt eine andere Methode, wie du erfahren könntest, wie es ist, auf asexy Weise mit mir zu schlafen.« Sie legte die Hand auf Leos flachen Bauch und sah ihr in die Augen. »Wenn du es willst.«

Die Muskeln unter ihren Fingern spannten sich an und vibrierten. Leo bedeckte Hollys Hand mit ihrer eigenen und presste sie gegen ihren Körper, sodass Holly sie nicht nach oben oder unten bewegen könnte. »Du musst wirklich nicht ...«

»Ich weiß. Aber ich will es. Und du?«

Leos Pupillen waren so geweitet, dass ihre Augen schwarz wirkten. »Ich will es auch«, flüsterte sie.

Holly stützte sich mit einer Hand neben Leo auf dem Bett ab und beugte sich hinab, um sie zu küssen.

Doch bevor ihre Lippen sich berühren konnten, hielt Leo sie mit einer Hand auf der Schulter zurück. »Aber nicht jetzt.«

Holly starrte sie an. Leos Bauchmuskeln unter ihrer Hand waren angespannt, ihre Wangen gerötet und ihre Pupillen geweitet. Warum behauptete sie, es nicht zu wollen, obwohl ihr Körper etwas anderes signalisierte?

»Nicht auf einem unbezogenen Bett, während du noch deine OP-Kleidung trägst und meine Mutter jederzeit zurückkommen kann«, fügte Leo hinzu. »Du sagtest, dass du dich mental darauf einlassen musst, richtig?«

Holly nickte.

»Dann glaube ich kaum, dass ein spontaner Quickie für dich das Richtige wäre. Und ich würde mir für unser erstes Mal auch etwas anderes wünschen. Ich möchte, dass es etwas Besonderes wird. Für uns beide.«

Einen Moment lang dachte Holly, sie würde gleich in Tränen ausbrechen. »Danke«, flüsterte sie.

Leo schüttelte den Kopf und hob die Hand, um zärtlich Hollys Wange zu streicheln. »Du brauchst mir nicht zu danken.«

Es war fast zu schön, um wahr zu sein, aber Holly beschloss, der Sache einfach zu trauen … Leo zu vertrauen. Sie kuschelte sich mit einem zufriedenen Seufzen noch enger an sie.

Leo ließ ihre Finger durch Hollys kurze Haare gleiten und beschrieb kleine Kreise um ihre Schläfen. »Sollen wir noch ein wenig über Sex reden? Ich würde wirklich gern mehr darüber herausfinden, wie ich sichergehen kann, dass es eine schöne Erfahrung für dich wird.«

»Wenn du mir im Gegenzug erklärst, wie ich dich glücklich machen kann«, sagte Holly.

»Das kann ich in zwei Sätzen zusammenfassen. Ich bin kein Fan von SM oder Analsex, aber für alles andere bin ich offen.«

Holly küsste Leo auf den Mund, ließ es aber bei einem kurzen Kuss bewenden, weil sie Leo nicht unnötig antörnen wollte. »Das war ein Satz, nicht zwei. Erzähl mir mehr.«

Leo zögerte.

»Das muss dir nicht peinlich sein.« Holly streichelte ihre Wange. »Was ist es? Fesselspiele? Verbalerotik? Rollenspiele?«

»Nein, nichts dergleichen. Ich mag es, langsam verführt und vielleicht sogar ein bisschen hingehalten und geneckt zu werden, sodass ich immer erregter werde, bis ich es kaum noch aushalte.« Leos Gesicht wurde rot und ein leises Stöhnen entfuhr ihr, als sie sich offenbar ein solches Szenario ausmalte. »Gott, das wäre heiß.« Sie musterte Holly. »Ist das ein Problem?«

»Ein Problem? Teufel, nein! Das ist der schönste Teil am Sex für mich! Dich einfach nur am ganzen Körper streicheln und küssen zu können, ohne gleich ... du weißt schon. Meine bisherigen Partnerinnen wurden meistens so frustriert, wenn ich nicht ...«

Leo küsste sie sanft. »Ich nicht. Das ist für mich doch auch schon der halbe Spaß. Vorfreude ist ja bekanntlich die schönste Freude.«

Oh wow. Vielleicht waren sie im Bett doch nicht so inkompatibel, wie sie gedacht hatte. »Aber du musst mir sagen, wenn du genug hattest und etwas ... ähm, Erleichterung brauchst. Manchmal kann ich nicht erkennen, wann der richtige Moment gekommen ist.«

»Keine Sorge«, sagte Leo und lachte ein wenig. »Ich werde es dich definitiv wissen lassen.« Sie fuhr weiterhin mit den Fingern durch Hollys Haar. »Was ist bisher sonst noch ungut für dich gelaufen? Ich will nicht aus Versehen etwas tun, mit dem du dich nicht wohlfühlst.«

Holly ging in Gedanken ihre unschönen Erfahrungen durch. »Eine Sache, die für mich nie funktioniert hat, war, wenn meine Partnerin mich geküsst hat, sich angekuschelt hat oder mir eine Massage gab, nur in der Hoffnung, dass es ganz von selbst zu Sex führt. Das passiert bei mir aber nicht, sodass sie jedes Mal enttäuscht wurde. Wenn du Sex haben willst, ist es besser, mir das zu sagen.«

»Hmm.« Leo runzelte die Stirn. »Ich weiß nicht, ob ich das will. Würdest du dich nicht unter Druck gesetzt fühlen?«

»Ich glaube nicht. Bei dir weiß ich, dass ich Nein sagen kann. Oder manchmal vielleicht auch Ja *und* Nein.«

Leo sah sie verständnislos an. »Was meinst du damit?«

»Manchmal kann es sein, dass ich vollkommen damit zufrieden wäre, dich intim zu berühren, ohne selbst im Gegenzug auf diese Weise berührt zu werden.«

Leo rollte sich herum, sodass sie Seite an Seite lagen. »Ich gebe zu, das wird etwas seltsam für mich sein. Ich würde mich wie ein selbstsüchtiges Arschloch fühlen, wenn ich von dir erwarte, dass du mir ein solches Vergnügen bereitest, ohne selbst etwas davon zu haben.«

»Wer sagt denn, dass ich nichts davon habe? Mir geht es um die Intimität, nicht um einen Orgasmus. Aber wenn du mir etwas zurückgeben willst, wie wäre es dann mit einer Massage oder einer Runde Kuscheln? Für dich könnte es Teil des Vorspiels sein und ich könnte es einfach so genießen.« Sie neigte den Kopf. »Orgasmus für dich, Kuschelgasmus für mich. Würde das für dich funktionieren?«

Bei der Erwähnung des Wortes *Orgasmus* wurden Leos Augen glasig, was Holly zum Lachen brachte.

Ach, sie ist einfach zu süß. Es war eine befreiende Erfahrung, festzustellen, dass sie sich nicht von Leos sexuellem Verlangen bedroht fühlte.

»Wir müssen uns sicher erst daran gewöhnen, aber wir bekommen das schon hin«, sagte Leo. Es klang wie ein Schwur.

Sie umarmten einander innig.

Holly presste das Gesicht gegen den warmen Baumwollstoff von Leos T-Shirt, küsste die festen Muskeln ihrer Schulter und atmete ihren Duft ein.

Leo ließ eine Hand unter Hollys OP-Oberteil gleiten und streichelte ihren Rücken.

Holly drückte sich an sie. Mit Leo konnte sie sich entspannen und dieses Streicheln genießen, weil sie wusste, dass nicht mehr daraus werden würde. Sie wollte diesen Moment für immer festhalten.

Doch nur allzu bald klirrte ein Schlüssel in der Haustür und Schritte erklangen unten im Gang. »Leontyne? Holly?« Sharons Stimme drang die Treppe hinauf. »Kann mir mal jemand mit den Einkäufen helfen?«

Leo stöhnte. »Ich gehe und helfe ihr.« Sie stützte sich auf einem Arm auf, um vom Bett zu steigen.

Doch Holly zog sie zurück. »Warte.«

Sofort ließ sich Leo zurücksinken. »Was ist?«

»Ich …« Unerwartet traten Holly Tränen in die Augen. »Ich wollte dir nur sagen, wie sehr ich dich liebe und wie viel es mir bedeutet, dass wir diese Unterhaltung führen konnten.«

Leos Gesichtszüge wurden weich. Sie nahm Hollys Gesicht in beide Hände. »Ich liebe dich auch und diese Unterhaltung hilft mir genauso sehr wie dir.«

Hand in Hand kletterten sie vom Bett. Als sie die Treppe hinabgingen, beugte sich Leo zu ihr herüber und flüsterte: »Versuch, nicht so überglücklich auszusehen, sonst denkt meine Mutter, wir hätten gerade miteinander geschlafen.«

Ein paar Sekunden lang versuchte Holly, ihr Grinsen zu zügeln, doch dann gab sie auf. Sie schielte zu Leo und stupste sie mit dem Ellbogen an. »Du siehst selbst auch ziemlich glücklich aus.«

Leo lachte. »Stimmt. Lass meine Mutter einfach denken, was immer sie will.«

Leo öffnete mit einer Hand die Tür zu Johnny's Bar & Grill, während sie mit der anderen weiter Hollys Hand hielt.

Doch bevor sie eintreten konnte, hielt Holly sie zurück. »Du weißt aber schon, dass sie uns unbarmherzig necken werden, wenn wir so reingehen, oder?« Sie nickte auf ihre miteinander verflochtenen Hände hinab.

»Ist mir egal.« Leo musterte sie. »Und dir?«

Holly lächelte. »Mir auch. Ich wollte nur sichergehen, dass du weißt, was dich erwartet.«

Leo beugte sich vor, um sie zu küssen, bevor sie eintrat. »Danke.«

Genau wie das erste Mal, als sie sich in der Bar mit ihren ehemaligen Klassenkameraden getroffen hatte, wurde sie mit großem Hallo vom Tisch in der Ecke begrüßt.

Diesmal war die ganze Aufregung aber nicht ihretwegen, sondern sie galt ihnen beiden.

Travis stieß einen Pfiff aus, als sie Hand in Hand auf den Tisch zugingen. »Wusste ich es doch! Ich habe Jenny gesagt, dass ich dem Ganzen vier Wochen gebe, bis ihr zwei …«

Jenny hielt ihm den Mund zu, sodass der Rest seiner Worte unverständlich wurde, doch Leo hatte so das Gefühl, dass es nichts Jugendfreies gewesen wäre.

»Warum sind wir noch mal mit ihm befreundet?«, flüsterte sie Holly zu.

»Weil er jetzt sofort mit seinen blöden Kommentaren aufhören und uns ein Bier spendieren wird«, antwortete Holly laut genug, dass jeder sie hören konnte. »Stimmt's, Travis?«

Seine Frau hielt ihm immer noch den Mund zu, deshalb nickte Travis nur.

Leo starrte Holly einen Moment lang an, bevor sich ein Grinsen auf ihrem Gesicht ausbreitete. Sie mochte es, dass Holly sich von niemandem etwas gefallen ließ.

Alle rutschten auf der hufeisenförmigen Bank beiseite, um Platz für sie zu machen, und die beiden setzten sich neben Zack.

Leo ließ ihren Blick über ihre ehemaligen Klassenkameraden gleiten. Schließlich richtete sie ihre Aufmerksamkeit auf Chris, der am anderen Ende des Tisches saß und mit finsterer Miene in sein Bier starrte. *Oh Mann.* Sie hoffte, dass er sich nicht ebenfalls wie ein Arschloch verhalten würde, nur weil er bis über beide Ohren in Holly verliebt war.

»Wo ist Ash?«, fragte Holly.

»Sie sagte, sie kann heute Abend nicht«, sagte Zack.

Vermutlich war sie immer noch sauer oder verletzt, nachdem Leo ihr letzte Woche die Meinung gegeigt hatte. Leo stand zu dem, was sie gesagt hatte, aber vielleicht hätte sie es etwas ruhiger sagen können. Sie hatte nicht gewusst, wie wütend sie auf Ash war, nicht nur, weil Ash sie all die Jahre hatte glauben lassen, dass ihre jugendliche Schwärmerei einseitig war, sondern auch, weil sie Holly wie ihr schmutziges kleines Geheimnis behandelt hatte.

»Aber seht mal, wen ich überreden konnte, sich uns anzuschließen.« Zack winkte jemandem zu, der eben die Bar betrat.

Leo legte einen Arm um die Rücklehne der Bank und um Hollys Schultern, als sie sich umdrehte.

Sasha kam auf sie zu. Ihre hochgewachsene Gestalt zog sofort die Blicke der Menschen in der Bar auf sich. Sie schien es nicht zu bemerken, als sie sich neben Chris auf die Bank quetschte.

Holly keuchte spielerisch und legte sich eine Hand auf die Brust. »Mir stockt das Herz! Sasha Peterson in einer Bar!«

»Ich würde öfters in die Bar gehen, wenn ich nicht im Gegensatz zu euch Faulpelzen jeden Tag um vier aufstehen müsste«, sagte Sasha.

Alle lachten.

Leo merkte, dass sie solche freundschaftlichen Neckereien nie gehabt hatte.

Die Kellnerin kam zu ihnen und sie bestellten eine Runde Bier, Nachos und Salsa für alle.

Gerade als Leo den ersten Schluck von ihrem Boulevard Wheat nahm, trat jemand an ihren Tisch. Sie sah auf.

Es war ein dunkelhaariges Mädchen, das kaum alt genug schien, um sich schon in einer Bar aufzuhalten. »Ich störe nur ungern, aber könnte ich ein Autogramm haben?« Sie hielt Leo eine Serviette hin.

Automatisch setzte Leo ihre Popstarmaske auf und lächelte freundlich, aber auch distanziert.

Neben ihr erstarrte Holly und schob sich vor sie, als wollte sie Leo von den Blicken der Gäste schützen.

Doch ehe eine von ihnen etwas antworten konnte, beugte sich Chris vor. »Siehst du nicht, dass sie hier mit Freunden sitzt? Jetzt ist nicht der richtige Zeitpunkt für Autogramme.«

Leo starrte ihn an. Sie hatte nicht erwartet, dass ausgerechnet er sie verteidigen würde.

Die junge Frau stammelte eine Entschuldigung.

»Wenn du noch hier bist, wenn ich gehe, komme ich zu dir und gebe dir ein Autogramm, okay?«, sagte Leo.

Mit einem eifrigen Nicken ging das Mädchen an die Bar zurück.

Leo hielt ihre Bierflasche hoch. »Danke, Chris.«

Er stieß seine Flasche gegen ihre, ohne etwas zu sagen.

Nach solchen Unterbrechungen war es Leo oft unmöglich, sich zu entspannen und ganz sie selbst zu sein, doch mit Hollys Wärme an ihrer Seite und der Unterhaltung am Tisch, die weiterging, als wäre nichts geschehen, gelang es ihr nach und nach, ihre Schutzschichten abzulegen, bis sie wieder bloß Leo war.

Irgendwann schob Sasha einen Geldschein unter ihre leere Bierflasche. »Ich muss los, Jungs.«

»Was? Verwandelst du dich in einen Kürbis, wenn du nicht um zehn im Bett bist?«, fragte Travis.

»Es war die Kutsche, die sich in einen Kürbis zurückverwandelt hat, nicht Aschenputtel.« Sasha erhob sich.

Leo tauschte einen Blick mit Holly, die nickte. »Wir begleiten dich nach Hause.«

Sasha, die sie alle überragte, grinste amüsiert. »Es sind nur ein paar Schritte bis zu meiner Wohnung über der Bäckerei.«

Leo zuckte mit den Schultern und stand trotzdem auf. Sie wollte noch etwas Zeit mit Holly allein verbringen, bevor der Abend endete.

Travis lachte. »Kapierst du es denn nicht, Sasha? Dich nach Hause zu begleiten, ist ein geheimer Code, der in Wirklichkeit …«

Zack warf einen Bierdeckel nach ihm. »Halt den Mund, Travis.«

»Gute Nacht, Jungs.«

Auf dem Weg zur Tür blieb Leo an der Bar stehen, um der jungen Frau ein Autogramm zu geben. Scheinbar hatte das Mädchen die Wartezeit damit verbracht, zu viel zu trinken. Sie kreischte begeistert, warf die Arme um Leo und küsste sie auf die Wange.

Leo befreite sich aus der Umarmung, so schnell sie konnte. Als sie auf die Straße traten, warf sie einen Blick auf Holly, um nachzusehen, ob sie eifersüchtig geworden war.

»Ich glaube, wir sollten dir ein Schild oder ein T-Shirt kaufen«, sagte Holly mit einem belustigten Grinsen. »Eines mit der Aufschrift: *Küssen verboten.*«

»Küssen verboten?« Leo zog die Worte in die Länge und senkte ihre Stimme. »Bist du dir sicher?«

»Na ja, im Kleingedruckten würde dann stehen: *Es sei denn, dein Name ist Holly Drummond.*«

»Mmm, ich mag dieses Kleingedruckte.« Sie blieben unter einer Straßenlaterne stehen, um sich zu küssen.

»Jetzt weiß ich, was der geheime Code ›Wir begleiten dich nach Hause‹ wirklich bedeutet«, kommentierte Sasha lachend.

Kapitel 22

Hinweis der Autorin

Manche Leserinnen und Leser, darunter auch einige asexuelle Personen, lesen nicht gerne Sexszenen. Wenn Sie zu diesen LeserInnen gehören, könnten Sie dieses Kapitel überspringen und am Anfang von Kapitel 23 weiterlesen.

Hollys Finger schwebte über dem Touchpad ihres Laptops. Sie sah zu Leo, um sich zu vergewissern, dass sie so weit war. Als sie Leo dabei ertappte, wie sie eine Haarsträhne glatt strich, kicherte sie und stupste sie liebevoll an. »Hör auf, dich herauszuputzen. Meg ist ebenfalls asexuell. Ihr ist es völlig egal, wie deine Haare aussehen.«

»Willst du etwa sagen, dass asexuelle Menschen nicht auch schönes Haar zu schätzen wissen?«

»Oh, doch, aber Meg ist so etwas wirklich egal.«

Leo zuckte mit den Schultern. »Ich möchte einfach einen guten Eindruck machen. Ich weiß, dass sie eine deiner besten Freundinnen ist.«

Holly schlang einen Arm um Leos Taille und küsste sie. »Mach dir keine Sorgen. Sie wird dich lieben. Nicht halb so sehr wie ich, natürlich.«

Leo hörte auf, an ihrem Haar herumzufummeln, und erwiderte den Kuss.

Die Skype-Melodie, die einen Anruf ankündigte, unterbrach die beiden. Scheinbar hatte Meg nicht warten wollen, bis sie angerufen wurde. Vielleicht war sie genauso nervös wie Leo.

Holly klickte, um den Anruf anzunehmen.

Megs lächelndes Gesicht erschien auf dem Laptopbildschirm. Als sie sich in dem kleineren der beiden Skype-Fenster sah, begann sie, ihr Haar zurechtzurücken.

Leo stupste Holly an. »Siehst du?«, flüsterte sie. »Ihr ist es nicht egal.«

»Ja, ja.« Holly schubste sie zurück, bevor sie ihre Aufmerksamkeit wieder dem Bildschirm zuwandte. »Hallo, Meg.«

»Hallo.« Meg winkte energisch und sah dann zu etwas oder jemandem, der sich außerhalb der Kamerareichweite befand. »Komm schon, Jo. Sie sind hier.«

Jo ließ sich auf den Stuhl neben ihr fallen und drückte Meg eine Tasse in die Hand. »Hallo«, sagte sie in Richtung der Webcam.

»Leo, das sind meine Freundinnen Meg und Jo. Mädels, das ist Leo.« Holly lehnte sich gegen Leo, sodass sich ihre Schultern berührten.

Meg lachte. »Ich weiß. Ich habe sie im Fernsehen gesehen.«

»Oh.« Hitze stieg Hollys Hals empor. Die meiste Zeit über vergaß sie, dass Leo berühmt war. Für sie war sie einfach nur Leo. »Ja, klar.«

»Danke für die Karte und das Autogramm«, sagte Meg, bevor die einsetzende Stille unangenehm werden konnte. »Ich habe mich sehr darüber gefreut.«

»Über das PS auch?«, fragte Leo mit einem neckischen Grinsen.

»Na ja, das kann ich dir verzeihen.« Meg wedelte mit der Hand wie eine Königin, die eine Gefangene begnadigte. »Wie ich höre, kann die Urteilsfähigkeit schon mal getrübt sein, wenn man verliebt ist.«

Das kleine Fenster in der Ecke des Bildschirms zeigte, wie Leo die Augenbrauen hob.

»Ich habe ihr das nicht erzählt«, sagte Holly eilig.

Meg schnaubte. »Ach, bitte. Ihr seid beide bis über beide Ohren verknallt. Es ist genauso offensichtlich wie die Tatsache, dass Yen viel cooler ist als Triss. Darum habe ich dich ja auch dazu ermutigt, Leo eine Chance zu geben.«

»Das hast du getan?«, fragte Leo. »Wenn das so ist, vergebe ich dir für deine kleine Geschmacksentgleisung, was Triss und Yen angeht.«

Die beiden lachten und Holly strahlte. Erst jetzt wurde ihr klar, dass auch sie ein wenig nervös vor diesem ersten Kennenlernen gewesen war. Sie wollte, dass ihre Freundinnen und Leo einander mochten, und bisher sah es vielversprechend aus.

»Also, dann erzählt mal, wie ihr Holly kennengelernt habt«, sagte Leo.

Holly bedeckte ihr Gesicht mit beiden Händen. »Oh, nein. Nicht die Geschichte.«

Meg stieß ein teuflisches Gelächter aus. »Tja, sie hat darum gebeten und es liegt mir fern, ihr diese Bitte abzuschlagen.«

»Moment mal, jetzt erinnere ich mich wieder. Hast du nicht gesagt, ihr habt euch auf Tumblr kennengelernt?« Leo sah Holly verwirrt an. »Was ist daran denn peinlich?«

»Ich habe einen Kommentar auf einen ihrer Tumblr-Beiträge hinterlassen … und dabei einen kleinen Rechtschreibfehler gemacht, der Meg aufgefallen ist.«

»Mir und ungefähr einer Million Leute im gesamten Internet«, fügte Meg grinsend hinzu.

Leos Blick huschte zwischen Holly und dem Bildschirm hin und her. »Das muss ja ein interessanter Rechtschreibfehler gewesen sein. Was war es denn?«

Meg riss dramatisch weit die Augen auf. »Sie hat mich *aromatisch* genannt.«

»Es war diese verdammte Autokorrektur«, grummelte Holly. »Ich habe *aromantisch* geschrieben und das Programm hat es in *aromatisch* geändert.«

»Tja«, meldete sich Jo zum ersten Mal zu Wort, »da ich mich in diesem Haushalt um die Wäsche kümmere, kann ich euch sagen, dass du mit *aromatisch* auch nicht ganz falsch liegst. Zumindest, was ihre Socken angeht. Sie sind zieml…«

Meg hielt ihr den Mund zu. »Entschuldigt uns bitte kurz. Ich muss meine Partnerin mal eben verprügeln.« Doch stattdessen wuschelte sie Jo nur durch die Haare.

Als sie das Gespräch zehn Minuten später beendeten, lehnten sich Holly und Leo auf der Couch zurück und grinsten einander an.

»Das lief gut«, sagte Holly.

Leo neigte den Kopf zur Seite. »Hast du etwas anderes erwartet?«

»Nein, ich dachte mir schon, dass sie dich mögen würden. Ich meine, wie kann man dich nicht mögen, richtig?« Sie lächelte.

»Genau.«

Sie lachten.

»Aber bei Jo weiß man nie.« Holly schwang die Beine auf die Couch und legte sie auf Leos Schoß. »Sie ist normalerweise kein sehr geselliger Mensch, aber mit dir ist sie sofort warm geworden.«

»Ich mag die beiden«, sagte Leo. »Hast du viele deiner Freundinnen online kennengelernt?«

»Ein paar. Dana und ich waren irgendwann an einem Punkt, wo es zwischen uns so schlecht lief, dass ich viel Zeit im Internet verbracht habe, um andere Asexuelle und ihre allosexuellen Partner um Rat zu fragen.« Ein Seufzen entfuhr ihr. »Nicht, dass es unsere Beziehung hätte retten können.« Sie brauchte mehr Nähe, deshalb setzte sie sich auf und rutschte näher an Leo heran, bis sie fast auf ihrem Schoß saß.

Leo zog sie ganz auf ihren Schoß und hielt sie fest. Sie spielte mit dem Logo, das auf die Gesäßtasche von Hollys Jeansshorts aufgestickt war. Im Grunde genommen streichelte sie Hollys Hintern und Holly stellte fest, dass es ihr nichts ausmachte. Ganz im Gegenteil. Es war ein angenehmes Gefühl und sie mochte es, Leos Haut auf ihrer zu spüren, da sie beide kurze Hosen trugen.

»Wenn du je das Gefühl hast, dass es nicht gut zwischen uns läuft, versprich mir, dass du mit mir darüber redest, nicht mit irgendwelchen Leuten im Internet, okay?«, sagte Leo.

»Ich glaube kaum, dass es je so weit kommen wird. Aber ja, ich verspreche es.« Sie senkte den Kopf und rieb ihre Nase an Leos. Es war schön, zur Abwechslung einmal die Größere von ihnen beiden zu sein. »Bin ich zu schwer?«

»Nein, gar nicht. Ich mag es. Bleib, wo du bist.«

Leo kuschelte ihr Gesicht gegen Hollys Hals und sprach mit den Lippen dicht an ihrer Haut. »Weißt du, ich hatte keine Ahnung, wie komplex Beziehungen sein können. Dich und deine Freundinnen kennenzulernen, hat mir die Augen geöffnet und mir Nuancen gezeigt, von denen ich bisher nichts wusste.«

Holly war sprachlos. Noch nie hatte jemand ihr ein derart gutes Gefühl über sich selbst vermittelt. Das Bedürfnis überkam sie, dasselbe für Leo zu tun. »Leo?« Ihre Stimme zitterte ein wenig, aber nicht aus Angst, sondern nur, weil all die Gefühle aus ihr herausdrängten. »Willst du … willst du mit mir schlafen? Ich meine … Liebe machen.«

Leo erstarrte unter ihr. »J-Jetzt?«

»Warum denn nicht? Ich habe morgen den ganzen Tag frei und du hast deiner Mutter gesagt, dass du vermutlich bei mir übernachtest, oder?«

»Ja, aber ich hatte keine Hintergedanken, als ich das gesagt habe. Ich dachte, wir bleiben vielleicht lange auf und spielen Spiele auf der Xbox.«

»Dann würdest du jetzt lieber Videospiele spielen?«, fragte Holly lächelnd.

»Teufel, nein! Viel lieber würde ich mit dir Liebe machen. Aber wenn du zu irgendeinem Zeitpunkt aufhören möchtest, dann sag es bitte. Es wäre wirklich okay.«

»Ich weiß. Aber ich will es. Vertraust du mir?«

Leo sah ihr in die Augen. »Ja.«

Holly stieg von Leos Schoß und hielt ihr die Hand hin.

Als Leo danach griff, zitterten ihre Finger.

Irgendwie war es für Holly beruhigend zu wissen, dass sie nicht als Einzige nervös war. Sie hielten die Hand der anderen fest umklammert, als Holly sie zum Schlafzimmer führte und die Decke zurückschlug. Sie knipste die Lampe auf dem Nachttisch an und schaltete das Deckenlicht aus, sodass nur das intimere, wärmere Licht übrig blieb.

Einige Momente lang standen sie reglos neben dem Bett und sahen sich tief in die Augen.

Wo sollten sie beginnen? Es war Jahre her, seit Holly mit jemandem geschlafen hatte. Damals hatte sie sich und ihre Bedürfnisse noch nicht so gut gekannt und hatte ihren Partnerinnen stets die Führung überlassen. Doch mit Leo wollte sie es anders machen. Sie wollte nicht die Augen schließen und an England denken, wie Leo es ausgedrückt hatte.

Sie beide auszuziehen, wäre wohl ein guter erster Schritt. »D-Darf ich …?« Sie deutete auf Leos T-Shirt.

»Alles, was du willst«, antwortete Leo.

Holly trat dichter an sie heran, bis sie die Wärme von Leos Körper spüren konnte. Sie hielt den Atem an und zupfte das T-Shirt vorn aus Leos Jeansshorts. Als sie es nach oben zog, streiften ihre Finger die warme Haut von Leos Bauch.

Leos Atem schien auszusetzen, doch sie hob willig die Arme und ließ zu, dass Holly ihr das T-Shirt über den Kopf streifte.

Das warme Licht der Lampe verlieh ihrer Haut einen goldenen Schimmer.

Holly konnte der Versuchung nicht widerstehen, mit den Fingerkuppen über ihre Schultern und entlang ihrer Arme zu fahren, bis sie ihre Finger mit Leos verflocht.

Leo hob ihre Hand zum Mund und küsste sie. »Deins auch?«

Früher hatte Holly sich am liebsten selbst ausgezogen, weil sie die Kontrolle behalten wollte, aber nun nickte sie.

Leos Puls hämmerte sichtbar in ihrem Hals, als sie nach dem Saum von Hollys T-Shirt griff. Sie sah Holly unablässig in die Augen, als sie es hochzog. Ihr Blickkontakt wurde nur für einen Moment unterbrochen, als sie Holly das T-Shirt über den Kopf streifte, dann sah sie Holly wieder in die Augen.

Das T-Shirt fiel zu Boden.

Leo fuhr ihr Schlüsselbein mit dem Zeigefinger nach und berührte dann ihr Gesicht. »Die BHs auch?«

Holly schmiegte die Wange in Leos Handfläche und nickte.

Als sie beide um die andere herumgriffen, pressten sich ihre nackten Oberkörper gegeneinander. Leo schnappte hörbar nach Luft. Das intime Gefühl ließ Holly frösteln. Beide mühten sich mit dem BH-Verschluss der anderen ab. Leos BH löste sich zuerst.

»Hey«, protestierte Leo lächelnd. »Sollte ich nicht diejenige sein, die geübter in solchen Sachen ist?«

Holly sah ihr in die Augen. »Mit mir musst du gar nichts sein, außer du selbst. Lass uns solche Erwartungen heute Nacht über Bord werfen und einfach nur wir selbst sein, ja?«

»Das würde mir sehr gefallen«, murmelte Leo. Sie berührte Hollys Lippen mit ihren eigenen zu einem zärtlichen Kuss.

Als der Kuss endete und sie ein wenig zurückwichen, fiel Hollys BH zu Boden, der zwischen ihren Körpern eingeklemmt gewesen war.

»Jetzt die Shorts?«, fragte Leo.

Holly nickte. Sie konnte der Versuchung nicht widerstehen, die weiche Haut an der Außenseite von Leos Schenkeln zu streicheln, als sie ihr aus ihrer Hose half.

Dann war sie an der Reihe.

Leos Finger zitterten, als sie den Knopf an Hollys Shorts öffnete. Langsam und während sie Holly in die Augen sah, zog sie den Reißverschluss nach unten und ließ dann die kurze Hose ihre Beine hinabgleiten.

Kühle Luft strömte über Hollys fast nackten Körper, als sie nur mit einem Slip bekleidet vor Leo stand. Sie spürte, wie sie eine Gänsehaut bekam.

Leos leidenschaftlicher Blick erkundete ihren Körper und ruhte einen Moment lang auf ihren Brüsten und ihren Hüften. »Wow«, murmelte sie. Dann schluckte sie und hob den Blick zu Hollys Gesicht. »Du bist wunderschön.« Ihre Stimme war rau und zärtlich zugleich. »So wunderschön.«

Ihre Worte verliehen Holly den Mut, auch noch den Slip auszuziehen.

Leo murmelte etwas, das klang wie »Oh Gott, gib mir Selbstbeherrschung«, was Holly kichern ließ und sie zum Erröten brachte. Leos Lippen kräuselten sich zu einem Lächeln.

Hollys Anspannung ließ etwas nach. Es war wunderbar, festzustellen, dass sie miteinander lachen konnten und nicht alles todernst sein musste.

Sie streckte die Hand aus und streichelte Leos Hüfte. »Ich möchte dich auch ganz nackt sehen.«

Leo zögerte nicht, ihr diesen Wunsch zu erfüllen. Innerhalb von Sekunden fiel ihr Slip zu Boden.

Holly starrte sie an. Sie hatte gewusst, dass Leo gut aussah, aber das hier ... Das gedämpfte Licht der Lampe ließ ihr Haar wie Gold glänzen. Die wilden Strähnen fielen ungezähmt auf die glatte Haut ihrer Schultern herab und umspielten die obere Rundung ihrer kleinen, straffen Brüste.

Holly betrachtete ihren flachen Bauch und ihre langen Beine. Sie hatte nicht den geringsten Zweifel daran, dass sie die schönste Frau der Welt vor sich hatte ... und, was noch wichtiger war: die Frau, die sie liebte.

»Was fühlst du, wenn du mich so ansiehst?«, fragte Leo. Ihre Wangen hatten sich unter Hollys Blick gerötet und ihre Stimme war rauchiger geworden.

»Wenn ich dich anschaue, möchte ich dich berühren.« Nicht unbedingt auf sexuelle Weise, aber das könnte mit einbezogen werden, ohne dass sie sich damit unwohl fühlen würde.

»Du kannst tun, was immer du willst.« Langsam umfasste Leo Hollys Gesicht mit beiden Händen, führte ihre Münder zusammen und küsste sie. Es war ein zärtlicher Kontakt, bei dem nur ihre Finger und ihre Lippen Holly berührten.

Mit einem Seufzen ließ sich Holly in den Kuss sinken. Sie schob die Finger in Leos Haare und zog sie an sich, bis ihre Körper einander von Kopf bis Fuß berührten. Das Gefühl von Leos nackter Haut auf ihrer eigenen war so intim, dass ihr der Kopf schwirrte.

Leo stöhnte und vertiefte den Kuss. Hitze ging von ihrer Haut aus. Schließlich unterbrach sie den Kuss keuchend und sah Holly in die Augen. Ohne den Blickkontakt zu unterbrechen, half sie Holly auf das Bett und ließ sich neben sie auf die Matratze sinken. »Wäre es dir unangenehm, auf dem Bauch zu liegen, da du dabei nicht sehen kannst, was ich tue?«

»Äh, wie bitte?« Das war so ziemlich das Letzte, was Holly erwartet hatte. »Ich meine, nein, es würde mir nichts ausmachen, aber ...«

»Dann dreh dich auf den Bauch«, flüsterte Leo. Sie lächelte und legte ihre warme Hand auf Hollys Wange. »Ein Orgasmus für mich und ein Kuschelgasmus für dich. Du hast gesagt, so würde es für dich funktionieren, stimmt's?«

Hollys Hals war rau vor Emotion. Es bedeutete ihr so viel, dass Leo ihre Bedürfnisse über ihre eigenen stellte. Sie konnte nicht sprechen, deshalb drehte sie sich wortlos auf den Bauch.

Leo kuschelte sich an ihre Seite. Eine ihrer Brüste ruhte an Hollys Arm. »Mmm, du fühlst dich gut an«, flüsterte sie Holly ins Ohr.

Ihr warmer Atem verursachte Holly eine Gänsehaut am ganzen Körper.

Leo stützte sich auf einem Ellbogen auf und ließ ihre Fingerspitzen über Hollys Rücken gleiten. Um jeden Wirbel zog sie kleine Kreise.

Die Schwielen auf ihren Fingern kitzelten ein wenig, sodass Hollys Mundwinkel sich zu einem Lächeln hoben.

Leo nahm sich Zeit, jeden Zentimeter von Hollys Rücken mit den Händen zu erkunden. Sie umkreiste mit den Fingerkuppen die Konturen von Hollys Schulterblättern, bevor sie mit den Fingern der Wölbung von Hollys Rippen nach außen folgte. Doch jedes Streicheln stoppte, bevor es die Seiten ihrer Brüste berühren konnte.

»Ist das okay?«, fragte Leo.

»Mehr als okay.« Holly seufzte zufrieden. Ihre Augen fielen zu.

Leos Hände wanderten ihren Körper hinab und verharrten in der Wölbung ihrer Taille.

»Die Rundung deiner Hüften ist so wunderschön.« Leo ließ ihre Fingerkuppen über Hollys empfindliche Seiten gleiten, dann mit dem Hauch einer Berührung über eine Hüfte. »Sie lässt mich fast wünschen, ich wäre Malerin statt Sängerin.«

Holly schmolz fast dahin unter Leos Berührungen und ihrer aufrichtigen Bewunderung.

An der unteren Wölbung ihres Rückens hielt Leo inne und begann eine sanfte Massage, bevor sie mit einer Hand über Hollys Hintern und ihr Bein entlangfuhr, bis sie ihre Unterschenkel erreichte. Zärtlich knetete sie ihre Wadenmuskeln und begann dann, ihre Finger aufwärts gleiten zu lassen.

Holly vertraute darauf, dass Leos Finger nicht zur Innenseite ihrer Schenkel wandern würden, und konnte sich ihren Berührungen entspannt hingeben.

Leo streichelte Holly mehrmals von der Schulter bis zu den Knöcheln, bis eine wohlige Schwere Hollys Körper überkam, sie sich gleichzeitig aber auch seltsam leicht anfühlte.

Als Leo ihren Rücken entlang nach oben strich, presste Holly die Stirn in das Kissen, um ihren Nacken zu entblößen.

Leo lachte. »Versuchst du, mir irgendetwas zu sagen?«

»Ich möchte nur nicht, dass du die besten Stellen auslässt«, murmelte Holly in ihr Kissen.

»Die besten Stellen, hmm?« Leos Tonfall war amüsiert und liebevoll. Sie ließ ihre Finger zu beiden Seiten von Hollys Wirbelsäule nach oben gleiten. Halb massierte, halb streichelte sie. Als sie den Nacken erreichte, wurde ihre Berührung sanfter. Ihre kurzen Fingernägel kratzten leicht über Hollys Haut und neckten die winzigen Härchen in ihrem Nacken. Als Leo sich hinabbeugte und den Kopf senkte, fielen weiche Haarsträhnen auf Hollys Schulterblätter und kitzelten sie. Leos nackte Brüste streiften ihren Rücken. Selbst ihre Gänsehaut hatte jetzt eine Gänsehaut.

Dann hauchten Leos warme Lippen einen Kuss auf ihren Nacken.

Ein Stöhnen entfuhr Holly.

»Magst du das?«, flüsterte Leo. Ihr Atem benetzte Hollys Ohr.

»Mmm, ja.« Es war die sinnlichste Erfahrung ihres Lebens und Holly konnte sie ohne Druck genießen.

»Gut. Ich mag es auch. Sehr ...« Sie küsste Holly hinter ihr rechtes Ohr. »Sehr ...« Dann das linke. »Sehr sogar.« Sie verteilte Küsse auf jedem Zentimeter ihres Nackens. »Hattest du schon einen Kuschelgasmus? Oder muss es in diesem Fall Streichelgasmus heißen?«

Holly lächelte in ihr Kissen und drehte dann den Kopf ein Stück, damit sie antworten konnte. »Beides noch nicht.« Sie wollte nicht, dass diese wundervolle Erfahrung je endete. »Ich habe ein erstaunliches Stehvermögen, weißt du?«

Leos Lachen strömte über sie hinweg wie warmes Wasser. »Ich zum Glück auch.« Sie schwang ein Bein über Hollys Körper, sodass sie nun rittlings auf ihr saß. Ihr Gewicht ruhte auf ihren Knien, nicht auf Holly. »Ist das okay?«

»Ja«, flüsterte Holly.

Leos gekräuselte Schamhaare kitzelten Hollys Hintern, doch Leo versuchte nicht, sich an ihr zu reiben. Stattdessen konzentrierte sie sich ausschließlich auf Hollys Vergnügen.

Mit beiden Händen folgte sie den Konturen von Hollys Schultern, über ihre Oberarme, dann entlang der empfindsamen Innenseiten ihrer Unterarme, bis sie Hollys Hände fand, die mit den Handrücken nach oben unter ihrem Kissen lagen. Sie verflocht ihre Finger mit Hollys und bewegte Hollys Arme sanft zu den Seiten. Ihre eigenen Arme lagen auf Hollys und ihre Brüste drückten sich an ihren Rücken. Leos Lippen verteilten zärtliche Küsse entlang der Seite von Hollys Hals.

Ihre Position machte Holly verletzlich und es überraschte sie, wie sehr sie es genoss. Ein genießerischer Laut entrang sich ihrer Kehle. Es fühlte sich an, als wäre sie bedeckt von Leos Liebe. Sie neigte den Kopf ein wenig mehr, damit Leo jeden Winkel ihres Halses erreichen konnte.

Leo lächelte, die Lippen an ihrer Haut, und küsste und knabberte einen Pfad an Hollys Nacken entlang. Sie rieb mit dem Mund über eine empfindliche Stelle unter Hollys Ohr, dann verschwand ihr Gewicht von Hollys Rücken. »Dreh dich um«, flüsterte sie.

Holly tat es, sodass sie Seite an Seite lagen.

Ihre Blicke trafen sich und dann berührten sich ihre Lippen. Sie wichen kurz zurück, bevor sie sich länger und leidenschaftlicher küssten.

Nun, da sie Leo endlich berühren konnte, schlang Holly die Arme um sie und strich mit den Händen über die glatte Haut ihres Rückens.

Leo stöhnte in ihren Mund und ein leichtes Zittern durchlief ihren Körper, was Holly daran erinnerte, dass dies kein rein sinnliches Vergnügen für ihre Partnerin war.

Sanft rollte sie Leo auf den Rücken und begann ihre eigenen Erkundungen.

Leo lag still da, ihre Finger auf der Matratze gespreizt, so als müsste sie sich wappnen gegen das, was kommen würde.

Holly streichelte Leos gerötete Wangen. »Halte dich nicht zurück, okay? Ich möchte, dass du es genießt, also hör auf, dich um mich zu sorgen, und gestatte dir, einfach nur zu fühlen.«

Leo schluckte und nickte.

Holly benutzte abwechselnd ihre Fingerspitzen und die Rückseite ihrer Hand, um die langen Arme zu streicheln, die sie immer so zärtlich hielten. Als sie die Ellenbeuge erreichte, rutschte sie im Bett nach unten und ließ ihre Lippen auf Erkundung gehen. Die Haut auf der Innenseite von Leos Unterarm war etwas heller als die Außenseite. Sie leuchtete wie Alabaster im Schein der Nachttischlampe.

Sie hob eine von Leos Händen, küsste ihre Handfläche und knabberte dann an ihrem Zeigefinger.

Ein lang gezogenes, atemloses Stöhnen entfuhr Leo.

Das war etwas Sexuelles für sie? Interessant. Um ihre neue Entdeckung auszutesten, nahm sie Leos Mittelfinger in den Mund und schmeckte ihre salzige Haut.

Ein weiteres Stöhnen war die Antwort und der Puls in Leos Handgelenk pochte heftig unter Hollys Fingern. Leo starrte zu ihr auf. Das Grün ihrer Augen formte dünne Ringe um ihre geweiteten Pupillen.

Wow. Holly hatte befürchtet, dass es sie innerlich von Leo entfernen würde, wenn sie sah, wie Leo sich in ihrer Leidenschaft verlor, denn dann begab sich Leo in ein Gebiet, in das Holly ihr nicht folgen konnte. Normalerweise war das immer der Punkt, an dem alles begann, sich surreal anzufühlen, so als beobachtete sie jemand anderen, während der analytische Teil ihres Gehirns versuchte herauszufinden, was sie als Nächstes tun sollte.

Doch nun stellte sie fest, dass es sie faszinierte zu sehen, wie Leo auf ihre Berührungen reagierte. Sie versuchte, sich auf ihre Gefühle zu konzentrieren, statt nur auf mechanische Handbewegungen.

Sie rutschte ein wenig nach oben und glitt mit dem Mund über die elegante Wölbung von Leos Schlüsselbein. Dann küsste sie die kleine Kuhle an ihrem Halsansatz.

Leo ermutigte sie mit leisem Keuchen, Stöhnen und Seufzen.

Eine Gänsehaut breitete sich unter Hollys Lippen aus, als sie diese Leos Hals hinaufgleiten ließ, und Holly versuchte spaßeshalber, sie wegzuküssen. Zwischen zwei Küssen hob sie den Kopf und betrachtete Leos gerötetes Gesicht, um zu sehen, wie sie auf ihre Berührungen reagierte.

Leo schien es schwerzufallen, ihre Augen offen zu halten.

Holly drückte ihre Lippen gegen eine warme Stelle unterhalb von Leos Ohr, wo sie einen Hauch von Leos Parfüm riechen konnte. Sie atmete tief ein und genoss den Duft und die Wärme ihrer Haut.

Leos Puls trommelte gegen ihren Mund, als Holly vorsichtig an der anderen Seite ihres Halses knabberte.

Durch einen Hauch von Schweiß fühlte sich die Mulde zwischen ihren Brüsten an wie Seide. Holly strich mit den Fingern darüber. *Mmm, das fühlt sich gut an.* Sie hätte ewig so weitermachen können, doch sie wusste, dass dies nur ein Vorspiel für Leo war, nicht der Hauptgang, deshalb senkte sie den Kopf und drückte ihre Wange gegen Leos Brust.

So warm und weich.

Leos Brust hob und senkte sich in schnellen Atemzügen unter ihr und sie klammerte sich mit beiden Händen am Laken fest.

Für Holly machte es keinen Unterschied, ob sie nun Leos Schulter oder ihre Brust streichelte, doch für Leo offenbar schon.

Mal sehen ... Sie beobachtete Leos Gesicht, als sie versuchsweise mit dem Daumen über einen Nippel rieb. Sofort wurde er hart.

Ein leiser, hungriger Laut entfuhr Leo. »K-kannst du ...?« Ihre Stimme brach. »Willst du ... das noch mal machen?«

Die Reaktionen, die sie in ihrer Partnerin auslösen konnte, waren erstaunlich. Sie lächelte. »Natürlich. Oder soll ich ihn küssen?«

»Ja. Egal. Beides.«

Holly nahm eine Brust in die Hand und verteilte gemächlich Küsse darum herum, bevor sie sich dem Nippel näherte. Sanft berührte sie ihn mit der Zunge. Der Kontrast zwischen der seidenweichen Haut und dem harten Nippel war faszinierend. Was Leo wohl tun würde, wenn sie daran saugte?

Ihre Frage wurde beantwortet, als Leo sich aufbäumte und mit einer Hand das Laken losließ, um ihre Finger in Hollys Haaren zu vergraben und sie an sich zu drücken.

Holly lächelte, ohne von Leos Brust abzulassen. Jetzt, da sie wusste, was Leo mochte, wiederholte sie es, um herauszufinden, wie sie Leo am besten Vergnügen bereiten konnte.

Ein leichtes Zittern durchlief Leo, als Holly mit der Zunge über ihren Nippel fuhr. Ihre Hüften drängten sich gegen Hollys und ihre Finger spielten unruhig mit ihrem Haar. Sie versuchte jedoch nicht, Holly zu drängen, sondern ließ Holly ihr eigenes Tempo, um sie zu erkunden.

Eine lange Zeit lang liebkoste Holly eine Brust, bevor sie zur anderen wechselte. Zwischen Küssen und Lecken sah sie immer wieder hinauf in Leos Gesicht.

Jedes Mal begegnete Leo ihrem Blick. Ihre Wangen waren gerötet und ihre Lippen leicht geöffnet.

Schließlich ließ Leo Hollys Haare los und ließ ihre Hand auf die Matratze fallen wie ein Ringer, der auf die Matte klopfte, um sein Aufgeben zu signalisieren. »Bitte.« Sie keuchte dieses einzige Wort heraus. Die Röte auf ihren Wangen hatte nun ihren gesamten Körper erfasst und Verlangen loderte in ihren Augen.

Holly gab ihr einen Kuss auf den Mund und ließ ihre Hand dann über Leos angespannten Bauch nach unten gleiten, bis hinab zur Innenseite ihrer Schenkel. Wie weich die Haut dort war! Einen Moment lang vergaß sie, was sie vorgehabt hatte, bis Leo stöhnend erneut »Bitte« sagte.

Das hilflose Verlangen in ihrer Stimme weckte Hollys Beschützerinstinkte. Sie schob ihre Hand zwischen Leos Schenkel und begann, sie zu streicheln. Zuerst war es ein wenig seltsam. Das Gefühl, dass sie gleich innerlich abschalten würde, überkam sie.

Dann blickte sie auf und sah den offenen, verletzlichen Ausdruck und das Vergnügen auf Leos Gesicht. Leo sah ihretwegen so aus, weil sie Leo auf diese Weise berührte. Es erstaunte sie und machte sie stolz auf das, was sie tat.

Leo warf ihren Kopf auf dem Kissen hin und her. »So gut.«

»Ja?«

Leo nickte fieberhaft, als könnte sie nicht mehr sprechen. Ein Stöhnen entrang sich ihrer Brust. Sie ließ das Laken los und umklammerte mit beiden Händen Hollys Hüften, als sie sich ihr entgegen hob.

Fasziniert davon, wie Leo völlig die Kontrolle über ihre Bewegungen und Gefühle verlor, passte sich Holly ihrem Rhythmus an.

»Holly!« Leo ließ ihre Finger nach oben gleiten, krallte sich an Hollys Schultern fest und zog sie zu sich hinab, sodass sich ihre Münder zu einem tiefen Kuss vereinten.

Nun ging alles ein wenig zu schnell für Holly. Sie konnte nicht mithalten. Doch es spielte keine Rolle, denn Leo gab das Tempo für sie beide vor.

Nach nur wenigen Sekunden löste Leo ihren Mund von Hollys, bog sich ihr entgegen und presste Holly an sich.

Holly verschlug es den Atem. Wie wunderschön Leo aussah, als sie sich aufbäumte und den Kopf zurückwarf. Die Muskeln in ihrem Hals traten hervor.

Sie keuchte Hollys Namen, bevor sie erstarrte. Dann fiel sie nach Luft ringend aufs Bett zurück. »Holly«, murmelte sie. »Gott, Holly.«

Sie sah weich und überhitzt aus, so als wären ihre Arme und Beine zu schwer, um sich auch nur einen Zentimeter zu bewegen. Alles, was Holly wollte, war, sie in die Arme zu nehmen … also tat sie es. Sie kuschelte sich an Leos Seite und ließ zärtliche Küsse auf ihre geschlossenen Augenlider und ihre geröteten Wangen hinabregnen, bevor sie ihren Kopf auf Leos schweißfeuchte Brust legte. Leos Herz trommelte in einem hektischen Rhythmus an ihrem Ohr.

Gott, sie liebte es, Leo so befriedigt zu sehen und zu wissen, dass sie das für sie tun konnte. Es war faszinierend gewesen, zuzusehen, wie Leo kam, doch sie anschließend im Arm zu halten, war noch viel besser.

»Meine Arme und Beine scheinen sich in zerkochte Spaghetti verwandelt zu haben«, murmelte Leo. »Aber in einer Minute bin ich wieder funktionstüchtig. Wenn du willst …«

Holly küsste sie. »Nein. Heute nicht. Es war perfekt für mich, genau so, wie es war.«

»Mmhm. Für mich auch.« Leo hob den Kopf und küsste sie.

Holly seufzte zufrieden.

Als der Kuss endete, musterte Leo sie. »War es wirklich okay für dich?«

Holly strich ihr einige feuchte Haarsträhnen aus den Augen. »Mehr als nur okay. Was du für mich getan hast … Mich hat noch nie jemand auf diese Weise geliebt. Selbst wenn es nicht damit geendet hat, dass ich einen Orgasmus hatte, war das für mich Liebe machen.«

»Ich weiß. Es war wundervoll, dich so berühren zu können.« Leo lächelte verträumt. »Aber was war mit dem Rest?« Sie griff nach der Hand, mit der Holly sie berührt hatte, hob sie zu ihrem Mund und küsste sie. »War das auch okay für dich?«

»Ja«, sagte Holly, ohne zu zögern. »Du hast so wunderschön ausgesehen, dass ich fast vergessen hätte, was ich eigentlich tun wollte.«

Leo lachte. Ihre Stimme war noch immer heiser. »Oh ja. Das habe ich gemerkt, als du plötzlich die Innenseite meines Oberschenkels in allen Einzelheiten erforscht hast.«

Holly errötete bis hinab zu den Zehenspitzen. Da sie nackt war, konnten sie es beide sehen. »Deine Haut ist da so unglaublich weich«, sagte sie als Entschuldigung und ließ ihre Finger über diese weiche Stelle gleiten.

Leo schnappte nach Luft und bedeckte Hollys Hand mit ihrer eigenen, um sie ruhig zu halten. »Wenn du nicht gerade in der Stimmung für eine zweite Runde bist, solltest du dir besser eine andere weiche Stelle zum Streicheln aussuchen.«

»Oh.« Holly lächelte verlegen und legte ihre Hand stattdessen auf Leos Bauch. »Ist das besser?«

»Perfekt.« Sie schlang beide Arme um Holly und hielt sie an sich gedrückt. Ihr Atem und das Pochen ihres Herzens unter Hollys Ohr kehrten langsam zu einem normalen Tempo zurück.

Holly krallte die Zehen in die Decke, die ans Fußende des Bettes gerutscht war, und zog sie nach oben, bis sie mit der Hand danach greifen konnte.

Leo lachte über ihre Akrobatik. »Was machst du da?«

»Ich decke uns zu.« Sie zog die Decke über ihre Körper.

»Holly?« Leos Stimme war bereits schläfrig, als ob sie bereits halb weggedöst wäre.

»Hmm?«

»Ich liebe dich.« Leos Augen fielen zu und ihr Atem nahm den langsamen Rhythmus einer Schlafenden an.

Lächelnd streckte Holly die Hand aus und knipste das Licht aus, bevor sie sich wieder an Leos Seite kuschelte und einen Arm und ein Bein um sie schlang. »Ich liebe dich auch«, flüsterte sie in die Dunkelheit. Es war wundervoll, hier zu liegen und Leo im Arm zu halten, ohne den Groll und die Einsamkeit, die sonst nach dem Sex für sie folgten.

Sie wusste, dass es vermutlich Tage geben würde, an denen es nicht so gut lief und ihre Bedürfnisse einfach zu unterschiedlich waren. Aber was auch geschah, sie vertraute darauf, dass sie immer einen Kompromiss finden und einander das Gefühl geben würden, geliebt zu sein.

Sie hauchte einen Kuss auf Leos Schulter, dann schloss sie die Augen und folgte ihr ins Reich der Träume.

Kapitel 23

Leo erwachte langsam. Das Erste, was in ihr Bewusstsein drang, war der warme Körper, der von hinten an sie gekuschelt war. Hollys Knie ruhten hinter ihren, ihr Schoß passte sich den Konturen von Leos Hintern an und ihre nackten Brüste waren an Leos Rücken gedrückt. Einen Fuß hatte sie zwischen Leos Knöchel geschoben und ihr Arm war um ihre Hüfte geschlungen.

Einmal war Leo während der Nacht aufgewacht und sie hatten sich in der exakt selben Position befunden, als hätten sie die ganze Nacht so geschlafen.

Sie lag still da, lauschte Hollys Atemzügen und genoss ihre Nähe und das Gefühl von Hollys nackter Haut auf ihrer.

Immer wieder gingen ihr Bilder der letzten Nacht durch den Kopf: Holly, die sich hinabbeugte, um ihre Brust zu küssen, ihr atemloses Stöhnen, als Leo ihren Nacken geküsst hatte, das faszinierte Staunen auf ihrem Gesicht, als sie Leo Vergnügen bereitet hatte. Gott, was für eine Nacht! Sie konnte nicht aufhören zu grinsen. Nicht, weil sie großartigen Sex gehabt hatte … okay, nicht *nur*, weil sie großartigen Sex gehabt hatte, sondern weil es ihnen gelungen war, es für sie beide zu einer guten Erfahrung zu machen.

Im Schlaf murmelte Holly etwas Unverständliches. Leo hatte das Gefühl, dass es ihr Name gewesen war.

Sie konnte der Versuchung nicht widerstehen, sich vorsichtig umzudrehen, um Holly beim Schlafen zuzusehen.

Die Strahlen der Morgensonne badeten Hollys Gesicht in einen goldenen Schimmer und brachten ihr rotbraunes Haar zum Glänzen. Es war zerzaust, weil Leo gestern Nacht unzählige Male mit den Fingern hindurchgefahren war. Eine Hand ruhte unter ihrem Kinn und ihr Gesicht war im Tiefschlaf vollkommen entspannt.

Das Laken war während der Nacht nach unten gerutscht und entblößte Holly bis zur Hüfte, sodass Leo die Kurven ihres Körpers und die Makellosigkeit ihrer Haut bewundern konnte.

Als spürte Holly ihren Blick, murmelte sie etwas und schlang den Arm fester um Leo.

Mit einem zufriedenen Seufzen kuschelte sich Leo noch enger an sie und betrachtete aus wenigen Zentimetern Entfernung ihr Gesicht.

Schließlich öffnete Holly blinzelnd die Augen. Ein Lächeln kräuselte ihre Lippen, als ihre Blicke sich trafen. Ohne etwas zu sagen, fuhr sie mit den Fingern über Leos Kiefer, bis zu ihrem Mundwinkel. Dort ließ sie ihre Finger verharren, als sie die wenigen Zentimeter zwischen ihnen überbrückte und Leo küsste. Es war ein sanftes Streicheln ihrer Lippen über Leos.

»Guten Morgen«, flüsterte sie, als der Kuss endete. Sie gähnte und streckte sich wie eine schläfrige Katze. Ihre weiche Haut glitt sinnlich über Leos.

Leo konnte nur mit Mühe ein Stöhnen zurückhalten. Ihr »Guten Morgen« klang heiserer als beabsichtigt. *Reiß dich zusammen.* Sie war schon öfter neben Holly aufgewacht, doch noch nie vollkommen nackt. Und noch nie nach einer Nacht des Liebemachens. »Ist das okay?« Sie nickte auf ihre aneinandergekuschelten Körper hinab. »Das Nacktkuscheln, meine ich.«

»Mehr als nur okay.« Holly spreizte die Finger auf Leos Rücken, als wollte sie das Gefühl ihrer Haut in sich aufsaugen, und seufzte zufrieden. »Ich könnte den ganzen Tag hier so liegen.«

Leo presste sich an sie und wurde sich bewusst, wo Hollys Bein ruhte: zwischen ihren Schenkeln. »Hmm, ich auch. Gibt es sonst noch etwas, was du heute tun möchtest?« Sie fuhr mit einem Finger Hollys Seite hinauf und genoss die Gänsehaut, die unter ihrer Berührung entstand. »Vielleicht etwas, das ein wenig …« Sie senkte die Stimme zu einem verführerischen Raunen. »… aktiver ist?«

»Wie wäre es mit einer Runde Xbox?«

Leos Finger verharrte kurz vor der Rundung von Hollys Brust. Sie starrte Holly an. »Xbox?«

Mit halb geschlossenen Augen und einem friedlichen Gesichtsausdruck nickte Holly. »Meg hat mir ein Spiel geschickt, das du sicher mögen wirst.«

Hollys nackter Körper war an sie gedrückt und Leo konnte kaum an etwas anderes denken als daran, wie fantastisch die letzte Nacht gewesen war.

Ja, es war fantastisch, aber es ändert nichts daran, wer Holly ist. Sie ist immer noch asexuell. Eine Welle der Liebe schnürte Leos Hals zu. *Meine Asexuelle.*

»Aber wenn du nicht in der Stimmung bist …«, fügte Holly hinzu.

Leo lachte los.

Holly öffnete die Augen etwas weiter und sah sie verwirrt an. »Was ist denn an Videospielen so lustig?«

»Nichts.« Leo ließ die Finger durch Hollys zerzauste Haare gleiten. »Ich habe nur eben daran gedacht, wie sehr ich dich liebe.«

Holly lag einen Moment lang reglos in ihren Armen. Ein Lächeln brachte ihre Grübchen zum Vorschein. »Ich liebe dich auch.« Sie küsste Leo zärtlich. Dann wurde aus ihrem Lächeln ein herausforderndes Grinsen. »Aber das erklärt nicht, warum du gelacht hast.« Ihre Finger fanden Leos nackte Seiten und kitzelten sie. »Sag's mir!«

Sie lachten und rangen spielerisch miteinander. Das Laken verheddert sich um ihre Waden und fesselte sie aneinander.

Leo wand sich unter ihr und versuchte halbherzig, ihr zu entkommen. »Sex«, rief sie schließlich atemlos. »Sex und Videospiele.«

Holly hielt inne. Ihr Kitzeln wurde zu einem geistesabwesenden Streicheln. »Hä?«

»Das war es, was mich zum Lachen gebracht hat … wie unterschiedlich unsere Gehirne funktionieren. Du hast an Videospiele gedacht und ich ans Liebemachen.«

»Oh.« Holly blinzelte, schlug sich dann an die Stirn und musste ebenfalls lachen. Schließlich wurde sie wieder ernst, legte eine Hand auf Leos Gesicht und sah ihr in die Augen. »Na ja, wenn du möchtest, könnten wir …«

Leo unterbrach sie mit einem sanften Kuss. »Ich weiß das Angebot zu schätzen.« Sie küsste Holly erneut, diesmal ein wenig leidenschaftlicher, nur um ihr zu zeigen, dass sie noch immer begehrt wurde. »Aber ich brauche meine Energie, um dich auf der Xbox zu schlagen.«

Sie sahen einander in die Augen und Leo spürte, dass sie einander ohne Worte verstanden.

»Später«, sagte Holly mit rauer Stimme. »Zuerst brauche ich noch ein paar Kuscheleinheiten.«

Beide seufzten und sanken aneinandergekuschelt aufs Kissen zurück.

Leos Augen fielen zu. *Sex und Videospiele*, dachte sie mit einem Lächeln. Das würde einen coolen Titel für ein Lied abgeben.

Eine Woche später lehnte sich Leo auf der Couch zurück und wackelte spielerisch mit ihren Zehen, sodass sie Hollys Oberschenkel streiften, während sie Akkordfolgen für den Refrain ausprobierte, an dem sie arbeitete.

Ohne von ihrem Roman aufzusehen, begann Holly, ihr eine einhändige Fußmassage zu geben.

Leo seufzte genüsslich und legte die Gitarre beiseite, um die Massage zu genießen.

Holly sah auf. »Hey, warum hast du aufgehört zu spielen? Das Lied hat gerade angefangen, so richtig gut zu klingen.« Sie summte den Refrain in den niedlichsten schrägen Tönen, was Leo wie immer zum Lächeln brachte.

»Ich liebe dich.« Es war Leo nie leichtgefallen, diese drei Worte zu sagen, und auch jetzt ging sie nicht leichtfertig damit um. Doch seit sie mit Holly zusammen war, stellte sie fest, dass sie diese Worte in den überraschendsten Situationen dachte ... und sagte.

Ein Leuchten von innen heraus erhellte Hollys Gesicht und verwandelte ihre Züge von hübsch zu atemberaubend schön. Ihr Blick war weich. »Ich liebe dich auch.« Sie zupfte an Leos großer Zehe und das zärtliche Lächeln wich einem neckischen Grinsen. »Auch wenn du ein Loch in deiner Socke hast.«

Leo reckte den Hals, um es zu sehen. »Im Ernst?«

»Mmm-hm.« Holly kitzelte ein Stück Haut, das aus dem Loch hervorschaute.

Leos Fuß zuckte. »Tja, musikalische Genies brauchen für ihre Arbeit eben genug Belüftung.«

»Ach ja?« Holly kitzelte einen Pfad Leos Bein hinauf und fand die empfindliche Stelle in ihrer Kniekehle.

Leo kicherte und wand sich, zog ihr Bein aber nicht weg. Es war wunderbar zu sehen, wie leicht Holly diese kleinen, spielerischen Berührungen inzwischen fielen.

»Warum trägst du überhaupt mitten im Sommer Socken?«, fragte Holly. »Man könnte meinen, du wärst diejenige mit den krummen Zehen.«

»Hey, sag nichts gegen deine krummen Zehen. Ich liebe sie.«

Sie sahen einander an und beide wussten, dass Leo von mehr als nur Hollys Zehen sprach.

Das Klingeln eines Telefons aus der Küche unterbrach sie.

»Leontyne?«, rief ihre Mutter. »Das ist dein Handy. Dein Manager ruft schon wieder an.«

»Am Sonntag?«, murmelte Holly. »Warum hält er sich nicht an normale Arbeitszeiten? So langsam fange ich wirklich an, eine Abneigung gegen diesen Mann zu entwickeln.«

Gerade als sich Leo aus ihrer bequemen Position neben Holly erheben wollte, betrat ihre Mutter das Wohnzimmer und hielt ihr das klingelnde Handy hin. »Ich auch«, sagte sie zu Holly. »Er würde alles tun, um Leontyne zurück nach New York zu bekommen. Manchmal frage ich mich, ob er derjenige war, der den Paparazzi gesagt hat, wo sie Leontyne finden können.«

Leos Magen krampfte sich zusammen. Das würde Saul nicht tun ... oder? Früher hätte sie nie an ihm gezweifelt, aber nun vertraute sie ihm nicht mehr. *Ja. Und das sollte dir signalisieren, dass es Zeit ist, etwas zu ändern.*

»Zutrauen würde ich es ihm«, murmelte Holly. Sobald das Thema auf Leos Rückkehr nach New York gekommen war, hatte sie eine neutrale Miene aufgesetzt.

Inzwischen kannte Leo dieses Pokerface. Holly nutzte es immer dann, wenn sie ihre Gefühle verbergen wollte. Vermutlich hatte sie das als Krankenschwester gelernt. Sie legte eine Hand auf Hollys Knie und rieb es sanft. »Keine Sorge. Ich glaube, diesmal ruft er aus einem anderen Grund an.«

Aber sie wusste, dass Holly sich weiter sorgen würde. Auch Leo wurde ganz flau, wenn sie an ihre unvermeidbare Rückkehr nach New York dachte. Irgendwann würde sie es nicht weiter aufschieben können. Doch dieser Tag war nicht heute.

Sie ließ die Mailbox rangehen, obwohl sie kaum abwarten konnte, was Saul von den beiden Liedern hielt, die sie auf dem Laptop aufgenommen und ihm geschickt hatte.

»Du hättest ruhig rangehen können«, sagte Holly. »Ich muss ohnehin los. Ich habe keine frische Wäsche mehr, weil ich die ganze Woche über mit einer bestimmten Person Videospiele gespielt habe. Jetzt muss ich erst mal einen Schwung Wäsche waschen, bevor wir uns zum Abendessen bei meiner Mutter treffen.«

Sie grinsten einander an, dann schüttelte Leo den Kopf und sagte: »Ach was, ist schon okay. Ich rufe ihn später zurück.«

Holly erhob sich von der Couch und beugte sich hinab, um Leo einen Abschiedskuss zu geben.

»Du kannst mich jederzeit küssen«, sagte Leo, kurz bevor sich ihre Lippen trafen. »Aber nur damit du es weißt, ich beabsichtige, dich zu deinem Auto zu begleiten.«

Holly lächelte und küsste sie trotzdem.

Es war eine angenehme Überraschung gewesen, festzustellen, wie wohl sich Holly mit Zuneigungsbekundungen in der Öffentlichkeit zu fühlen schien.

Als der Kuss endete, umarmte Holly Leos Mutter. »Du kommst doch auch zum Essen, oder?«

»Bist du sicher, dass ihr beide nicht lieber allein sein wollt?«

»Allein?« Holly lachte. »Meine Mutter, meine Brüder, meine Schwägerinnen und vier Kinder werden da sein. Vielleicht auch noch der eine oder andere Cousin oder eine Cousine oder Freunde von meinen Brüdern. Meine Mutter wird froh sein, wenn sie jemanden in ihrem Alter hat, der ihr hilft, das Chaos zu beherrschen.«

Leos Mutter lächelte. »Dann komme ich gern. Sag Beth, ich bringe einen Apfelkuchen mit.«

»Mach ich«, sagte Holly. »Danke.«

Leo nahm ihre Hand und begleitete sie zu ihrem Jeep.

Holly schloss das Auto auf und öffnete die Fahrertür, stieg aber noch nicht ein. Stattdessen standen sie sich zugewandt, die Finger fest miteinander verflochten.

Jedes Mal, wenn sie sich trennten, selbst wenn es nur für ein paar Stunden war, fiel es Leo schwerer, sie gehen zu lassen. Sie mussten wirklich klären, wie es in Zukunft mit ihnen weitergehen sollte. Eines wusste Leo genau: Was immer auch in ihrem Leben geschah, sie wollte es mit Holly teilen.

Eine Nachbarin ging vorbei und winkte ihnen zu. »Hallo, Holly. Morgen, Leontyne. Wie geht's deiner Mutter?«

Erstaunlich. Wenn jemand sie in New York auf der Straße erkannte, sprang die Person für gewöhnlich auf und ab, schrie hysterisch oder fischte ein Stück Papier aus der Tasche, das sie unterschreiben sollte. Zwar traf sie auch hier in Fair Oaks manchmal Fans, aber die meisten Einwohner der Stadt machten keine große Sache aus ihrer Anwesenheit.

»Sie schlägt sich tapfer und lenkt sich ab, indem sie Apfelkuchen backt«, antwortete Leo.

»Wir ernten nächste Woche unsere Jonagold. Ich sage Jack, er soll ihr einen Korb bringen. Die sind wunderbar für Kuchen.« Die Nachbarin winkte und ging weiter.

Holly lächelte. »Du hast dich noch nicht daran gewöhnt, oder?«

»Hmm?« Leo wandte den Blick von der Nachbarin ab, der sie hinterhergestarrt hatte.

»Du bist daran gewöhnt, dass alle völlig ausflippen, wenn sie dich sehen. Vermisst du das?«, fragte Holly leise.

Leo musste keine Sekunde lang darüber nachdenken. »Kein bisschen. Als Teenager habe ich immer davon geträumt, berühmt zu sein, und mir vorgestellt, wie es wäre, wenn die Fans kreischen, sobald ich in einem Designerkleid aus meiner Limousine steige.« Sie lächelte sarkastisch.

»Das passt gar nicht zu dir«, sagte Holly.

»Ich weiß. Aber damals war mir das nicht bewusst.«

»Tja.« Holly stellte sich auf die Zehenspitzen und gab ihr einen Kuss. »Du brauchst kein Designerkleid, um mit meiner Familie zu Abend zu essen. Aber ich würde dir empfehlen, die Socken zu wechseln, bevor du bei meiner Mutter auftauchst, du Musikgenie.«

Lachend sah Leo zu, wie sie in den Jeep stieg. Keine der beiden ließ die Hand der anderen los.

Sie lächelten sich mehrere Sekunden lang an. Dann lösten sie ihre Hände voneinander und Holly schloss die Fahrertür.

Leo stand in der Auffahrt und winkte, bis der Jeep um die Ecke verschwunden war.

»Ein Abendessen mit deiner Quasi-Schwiegermutter«, sagte ihre Mutter, als Leo ins Wohnzimmer zurückkam. »Bist du nervös?«

Leo war nicht in den Sinn gekommen, dass sie Grund hatte, nervös zu sein, doch nun, da ihre Mutter es erwähnte, bekam sie feuchte Hände. »Äh, glaubst du, ich sollte nervös sein? Es ist doch keine große Sache, oder? Holly hat schon oft mit uns zu Abend gegessen.«

»Das ist wohl kaum dasselbe. Holly hat mehrmals pro Woche mit deinem Vater und mir zu Abend gegessen, bevor du nach Hause kamst. Aber Beth hatte bisher kaum eine Chance, die Frau kennenzulernen, die in ihre Tochter verliebt ist.«

»Beth kennt mich schon, seit ich klein war.«

»Sie kannte dich als kleines Mädchen und dann als Teenager, aber die Frau, die du geworden bist, kennt sie nicht. Es wäre doch verständlich, wenn sie etwas skeptisch wäre. Wer möchte schon, dass die eigene Tochter mit einem Rockstar zusammen ist?«

»Popstar«, korrigierte Leo.

»Du weißt, was ich meine. Wenn ich Beth wäre, würde ich wissen wollen, welche Absichten du hast.«

Leo schluckte und sank auf die Couch. Das klang, als stünde ihr ein mütterliches Verhör bevor. »Na toll. Danke, Mama. Jetzt bin ich nervös.«

Ihre Mutter lachte. »Ich bin sicher, es wird ein schöner Abend.«

Ihr Handy begann zu klingeln und Sauls Name erschien auf dem Display.

»Ich mache mich schon mal an den Apfelkuchen.« Ihre Mutter verließ das Wohnzimmer.

Sobald sie allein war, nahm Leo den Anruf entgegen und übersprang die üblichen Höflichkeitsfloskeln. »Was hältst du davon?«

»Äh, ich nehme mal an, du sprichst von den beiden Liedern, die du mir geschickt hast?«

»Ja, von was denn sonst? Komm schon, Saul. Spann mich nicht auf die Folter.« Sie hüpfte auf der Couch auf und ab. »Was meinst du?«

Er räusperte sich. »Sie sind gut.«

»Im Ernst?« Sie sank gegen die Couchlehne. Irgendwie hatte sie erwartet, dass er versuchen würde, ihr die neuen Lieder auszureden, egal, wie gut sie sein mochten.

»Ja, ich meine … technisch gesehen. Aber, Jenna, sie sind nicht das, wonach wir suchen.«

Sie hätte wissen sollen, dass ein *Aber* kommen würde. Leo knirschte mit den Zähnen. »Wir?«

»Na ja, die Plattenfirma. Sie wollen Lieder, die moderner … poppiger … auffälliger sind.«

»Zum Teufel damit, was die wollen. Willst du gar nicht hören, was ich will?«

»Was willst du denn?« Er klang, als würde er nur nachfragen, weil er wusste, dass es von ihm erwartet wurde, nicht, weil es ihn wirklich interessierte.

Es kostete sie Mühe, ihn nicht anzuschreien. »Ich möchte meine Musik für sich selbst sprechen lassen. Schluss mit den Hightech-Shows, den Kostümen, die kaum etwas verhüllen, und den Musikvideos, die eine Prostituierte erröten lassen würden!«

»Jenna, bitte. Du weißt, dass das heutzutage nicht mehr reicht. Das jüngere Publikum erwartet mehr. Gute Stimmen gibt es wie Sand am Meer. Wenn du Erfolg haben willst, dann musst du das Komplettpaket liefern. Du weißt doch, was man sagt: Sex sells.«

Eine plötzliche Ruhe überkam sie. »Weißt du was? Sex wird überbewertet. Und Geld auch. Ich habe genug verdient, um bis an mein Lebensende damit auszukommen. Wenn ich nicht ständig die Hitparaden anführe, kann ich damit leben. Ich möchte wieder Musik machen, Saul. Richtige Musik.«

»Aber die Chefs der Plattenfirma werden nicht …«

Ihre Ruhe verpuffte wie Nebel unter der brennenden Sonne. Sie sprang auf. »Das reicht! Du arbeitest für mich, nicht für die Plattenfirma!«

Saul atmete hörbar ein und aus, so als wäre sie ein Kind, das seine Geduld auf die Probe stellte. »Ja, ich arbeite für dich. Und deshalb versuche ich, deine Karriere zu retten.«

»Wer sagt, dass sie gerettet werden muss?«

»Ich. Die Plattenfirma. Und die Produzenten von *A Star is Born*. Sie erkennen einen untergehenden Stern, wenn sie einen sehen.«

»Untergehender Stern? Jetzt hör aber auf! Ich habe diese Masche satt! Jedes Mal, wenn ich nicht mache, was du willst, tust du so, als ob meine Karriere kurz vor dem Aus steht.« Sie hatte ihre Unzufriedenheit zu lange ignoriert. Doch das war jetzt vorbei. Sie würde den Status quo nicht länger aus Angst oder Unentschlossenheit aufrechterhalten.

»Was *ich* will?« Saul schnaubte. »Ich tue nur, was für *dich* am besten ist!«

»Und du glaubst, du weißt, was das ist, ohne mich auch nur ein Mal gefragt zu haben?«

»Natürlich weiß ich es! Ich bin seit einem Dutzend Jahren dein Manager und deine Karriere hat erst abgehoben, nachdem du mich eingestellt hast! Mit meiner Hilfe hast du alles erreicht, von dem du geträumt hast. Und jetzt zerstörst du all unsere harte Arbeit!«

Leo atmete tief durch, um ihn nicht anzubrüllen. »Du hast recht. Ich habe all meine Träume erreicht und ich bin dir dankbar für deine Hilfe. Aber weißt du was? Jetzt, da ich meinen Traum lebe, fühlt er sich immer mehr wie ein Albtraum an. Lange Zeit habe ich trotzdem weitergemacht und geglaubt, es wird sich schon irgendwann ändern ... dass es nur am Stress liegt. Aber wenn meine Zeit in Fair Oaks mich eines gelehrt hat, dann, dass ich mich der Wahrheit stellen muss. Es ist an der Zeit für neue Träume.«

»Neue Träume. Klar. Die wirst du auch haben müssen, denn die alten gleiten dir durch die Finger.« Sein Tonfall war hart und schneidend wie Stahl. »Die Produzenten von *A Star is Born* haben mich eben angerufen, um mir zu sagen, dass sie sich für ein anderes Jurymitglied entschieden haben.«

Vielleicht dachte Saul, sie wäre geschockt, das zu hören, und es wäre der Schlag ins Gesicht, der sie wieder zur Vernunft bringen würde. Doch auf Leos emotionalem Radar tauchte es nicht einmal auf. »Das war dein Traum, nicht meiner. Ich war nie scharf darauf, ein paar Möchtegernsängern zu sagen, dass sie nicht mal singen könnten, wenn ihr Leben davon abhinge.« Wenn sie schräge Töne hören wollte, würde sie Holly singen lassen. Das war viel niedlicher.

»Hast du eigentlich eine Ahnung, welche Einschaltquoten diese Show ...«

Lang aufgestaute Wut kochte in ihr empor. »Scheiß auf die Einschaltquoten! Von jetzt an tue ich, was ich will.«

»Das wirst du bereuen. Wenn die Plattenfirma dich fallen lässt wie eine heiße Kartoffel und die Fans vergessen, wer du bist, dann wirst du dir wünschen, du hättest auf mich gehört.«

»Vielleicht.« Leo zuckte mit einer Schulter, während sie mit der anderen Hand das Handy gegen ihr Ohr presste. »Aber dann war es zumindest meine Entscheidung. Ich kann so nicht weitermachen, Saul. Entweder treffe ich ab sofort meine eigenen Entscheidungen oder ich höre auf und gehe in Rente.«

»Mit zweiunddreißig?« Er schnaubte. »Das ist lächerlich.«

»Nein, weißt du, was lächerlich ist? Dass du mit mir redest, als stünde ich auf deinem Lohnzettel statt umgekehrt! Ich werde dich nicht mehr über meine Karriere bestimmen lassen. Entweder unterstützt du mich oder wir gehen getrennte Wege.«

Er schnappte nach Luft. »Das kannst du nicht …«

»Ich kann und ich werde«, sagte sie. Ihre ruhige Stimme stand in einem scharfen Gegensatz zu seinem Gebrüll. »Also, wofür entscheidest du dich?«

»Du bist verrückt, wenn du auch nur eine Sekunde lang glaubst, ich werde …«

»Auf Wiedersehen, Saul. Ich werde dir deinen letzten Gehaltsscheck zuschicken. Ach ja, Saul? Sollte ich je herausfinden, dass du derjenige warst, der den Paparazzi gesteckt hat, wo ich bin, werde ich dafür sorgen, dass du in der Musikbranche keine Arbeit mehr finden wirst.« Sie legte auf, bevor er antworten konnte. Es gab nichts mehr zu sagen.

Als Stille sich im Wohnzimmer breitmachte, begriff sie langsam, was sie gerade getan hatte.

Sie hatte ihren langjährigen Manager gefeuert. Den Mann, der wesentlich zu ihrem Erfolg beigetragen hatte. Womöglich hatte sie gerade ihre Karriere ruiniert.

Oh Gott. Ihre Knie wurden weich und sie ließ sich auf die Couch fallen. *Heilige Scheiße! Ich habe es getan. Ich habe es wirklich getan.*

Es war verrückt und angsterregend, aber es fühlte sich auch befreiend an, als hätte sie Fesseln abgeworfen, die sie schon so lange getragen hatte, dass sie ihre Existenz vergessen hatte. Mit ihrer letzten Welttour hatte sie alle vertraglichen Verpflichtungen gegenüber Clio Records erfüllt. Sie war frei. Niemand konnte sie zwingen, nach New York zurückzukehren, wenn sie das nicht wollte.

Nun stellte sich die Frage: Was wollte sie eigentlich?

Das Erste, das ihr durch den Kopf ging, war nicht ihre Musik. Stattdessen stiegen Bilder von Holly tief aus ihrem Inneren auf. Diese Bilder zeigten Holly, die Hand in Hand mit ihr am Bach entlangging; Holly, wie sie lächelnd neben ihr im Bett lag, während sie redeten und kuschelten; Holly, die ein Buch las, während Leo an einem neuen Lied arbeitete, so wie vorhin. Jedes Bild war von einem Gefühl des Friedens und der Zufriedenheit begleitet.

Das ist es, was ich will. Sie hatte keine Ahnung, was die Zukunft bringen würde, was ihre Karriere betraf, aber sie wusste ohne jeden Zweifel, dass sie ein Leben mit Holly wollte. *Bleibt nur eine Frage: Wie stelle ich es an, es zu bekommen?*

Holly schob das Lesezeichen zwischen die Seiten des Romans und legte das Buch auf den Nachttisch. Das Buch gefiel ihr, aber sie konnte sich nicht auf die Handlung konzentrieren. Die leere Stelle im Bett neben ihr lenkte sie zu sehr ab.

Am Frühstückstisch hatte Leo ihr gesagt, sie habe heute einen wichtigen Termin und würde vermutlich erst spät zurückkommen. Also hatte Holly beschlossen, dass sie zur Abwechslung wieder einmal in ihrem eigenen Bett schlafen würde. Jetzt bereute sie diesen Entschluss, als sie sich vorstellte, wie schön es wäre, sich an Leo zu kuscheln und von ihrem Herzschlag und ihrem wundervollen Duft in den Schlaf begleitet zu werden.

Gott, reiß dich zusammen. Es ist doch nur für eine Nacht. Was wirst du machen, wenn sie zurück nach New York fliegt oder auf eine jahrelange Welttournee geht?

Sie fröstelte, obwohl angenehme zweiundzwanzig Grad in ihrem Schlafzimmer herrschten. Leo und sie hatten vermieden, darüber zu sprechen, aber sie wussten beide, dass der Tag kommen würde, an dem sie getrennte Wege gehen mussten.

Oder du könntest mit ihr gehen. Krankenschwestern werden überall gebraucht, auch in New York.

Der Gedanke ließ ihr Herz schneller schlagen, teils vor Angst, teils aus Vorfreude.

Mit Ausnahme der vier Jahre an der Uni hatte sie ihr ganzes Leben in Fair Oaks verbracht. Sie lebte gern hier, in der Nähe ihrer Familie und der Menschen, mit denen sie aufgewachsen war. Und sie arbeitete gern mit Langzeitpatienten, die ihr am Herzen lagen.

Wie würde sie mit der Anonymität einer Großstadt wie New York zurechtkommen und mit den ständig wechselnden Patienten in einem riesigen Krankenhaus?

Vielleicht konnte sie Arbeit in der ambulanten Krankenpflege finden.

Vermutlich würde Leo sagen, dass sie überhaupt nicht arbeiten musste, weil sie genug für sie beide verdiente, doch Holly liebte ihre Arbeit und wollte sie nicht aufgeben. Zwar liebte sie Leo noch mehr, aber sie glaubte nicht, dass es gut für ihre Beziehung wäre, wenn sie ihre Arbeit aufgab. Sie wollte, dass Leo und sie gleichberechtigte Partnerinnen waren.

Das Klingeln ihres Handys riss sie aus ihren Gedanken.

Als sie den Namen auf dem Display sah, lächelte sie. *Leo!*

Sie beschloss, ihr von der Möglichkeit zu erzählen, dass sie mit nach New York kommen könnte. Zwar war es etwas überstürzt, wenn man bedachte, dass sie noch nicht lange ein Paar waren, doch sie hatte so das Gefühl, dass Leo der Vorschlag gefallen würde.

Ihre Finger zitterten ein wenig, als sie den Anruf annahm. »Hallo, du.«

»Was hast du an?«, fragte Leo.

Holly lachte. »Du versuchst nicht zufällig, Telefonsex mit einer asexuellen Frau zu haben, oder?«

Leos Gelächter rieselte durch die Leitung. »Nein. Ich versuche, herauszufinden, ob die besagte Frau noch angezogen ist, damit sie mir die Tür öffnen kann.«

»Die Tür öffnen?« Hollys Atem setzte aus. »Wo bist du?«

»Vor deinem Haus«, sagte Leo. Man konnte das breite Grinsen in ihrer Stimme hören.

Holly sprang aus dem Bett und verhedderte sich in ihrer Eile fast in der Decke. Sekunden später schwang sie die Haustür auf.

Leo lehnte am Auto ihres Vaters, das sie nun fuhr, das Handy noch am Ohr. Ihr blondes Haar war zerzaust, als wäre sie mehrfach mit der Hand hindurchgefahren. Sie strahlte eine Energie aus, die die Luft um sie herum zum Knistern zu bringen schien.

Holly zögerte, unsicher, was es war, das Leo ausstrahlte: Freude oder Nervosität. »Hallo«, sagte sie und stellte dann fest, dass sie immer noch ins Handy sprach. Sie steckte es weg und wiederholte: »Hallo. Bist du fertig mit deinem Termin?«

Ohne sich vom Auto wegzubewegen, steckte Leo ihr Handy ein und nickte. »Ich bin gerade zurückgekommen. Ich muss dir etwas sagen und damit will ich nicht bis morgen warten.«

»Ich möchte dir auch etwas sagen.« Holly zögerte und musterte Leo eingehender.

Leos Miene war so ernst, dass es nur eine Erklärung dafür gab: Ihr Termin war ein Treffen mit ihrem Manager gewesen, der nach Missouri geflogen war, um sie zurück nach New York zu zerren, und nun war sie gekommen, um Holly zu sagen, dass sie gehen musste.

Bestimmt würde sie wollen, dass Holly mit ihr kam, oder? Der Gedanke daran, getrennt zu leben und Leo nicht jeden Tag sehen zu können, löste fast körperliche Schmerzen aus. Sie konnte nicht die Einzige sein, die so empfand, oder?

Trotzdem zitterten ihre Knie, sodass sie sich gegen den Türrahmen lehnte. »Du hast dich mit Saul getroffen, oder?«

»Saul?« Leo schüttelte den Kopf. »Nein. Und er wird auch nicht mehr anrufen.«

Lag das daran, dass Saul endlich bekommen würde, was er wollte, nämlich, dass Leo zurück nach New York kam, oder gab es dafür eine andere Erklärung? »Warum nicht?«

»Weil ich ihn gefeuert habe.«

Holly hielt sich am Türrahmen fest. »Du hast ihn gefeuert? Warum hast du mir das nicht früher erzählt?«

»Es ist erst gestern passiert, auch wenn es schon lange überfällig war. Wir wollen einfach nicht mehr dasselbe.«

Holly schluckte. »Und was willst du?«

»Zum einen möchte ich Lieder wie ›Odd One Out‹ oder ›Holly's Song‹ schreiben. Ich weiß nicht, ob meine Plattenfirma da mitmacht, aber wenn nicht, dann könnte ich das Album selbst finanzieren. So hätte ich freie Hand.«

»Oh, Leo. Das wäre fantastisch!« Doch irgendetwas in Leos Miene ließ sie ahnen, dass das noch nicht alles war. »Das ist noch nicht alles, oder?«

Leo nickte. »Außerdem möchte ich Chance ein gutes Zuhause geben.«

»Du willst Chance ein gutes Zuhause geben?«, wiederholte Holly, als würde ihr das dabei helfen, den Satz zu verstehen.

Ein liebevolles Lächeln breitete sich auf Leos Gesicht aus. »Wirst du jetzt alles wiederholen, was ich sage?«

»Entschuldige. Mein Gehirn kann nicht mithalten. Wer oder was ist Chance?«

Jetzt trat Leo beiseite, öffnete die hintere Autotür und zog eine Transportbox vom Rücksitz. »Das ist Chance.«

Holly eilte zu ihr und spähte durch die vergitterte Tür.

Große, gelbe Augen starrten sie aus einem pelzigen Gesicht an.

»Wie süß. Du hast ein Kätzchen adoptiert? Ist es eines von Happys Kleinen?«

»Nein. Ich meine, ja, er ist eines von Happys Kätzchen. Aber ich habe ihn nicht für mich genommen, sondern für *uns*.«

»Für uns?« Ein Gefühl der Hoffnung durchrieselte sie. Sie starrte Leo mit genauso großen Augen wie das Kätzchen an. »Soll das heißen, du möchtest, dass ich mit dir nach New York komme?«

»Nein.«

Mit hämmerndem Herzen und trockenem Mund wartete Holly darauf, dass sie weitersprach.

»Weil ich nicht zurück nach New York gehen werde«, fügte Leo hinzu. »Ich gehe nirgendwo hin.«

»Aber was ist mit deiner Musik?«

Leo zuckte mit den Schultern und grinste. »Ich habe schon immer gedacht, dass jemand in Fair Oaks ein Tonstudio bauen sollte. Vielleicht sollte ich diejenige sein.«

»Aber … aber … du magst Fair Oaks nicht besonders. Du hast gesagt, es sei klaustrophobisch.«

»Es ist charmant und liebenswert.« Es waren dieselben Worte, die Holly vor Wochen benutzt hatte. »In Gedanken habe ich daraus einen schrecklichen Ort voller neugieriger, engstirniger Menschen gemacht. Ich musste erst hierher zurückkommen, um zu merken, dass es hier auch viele positive Dinge gibt, die ich vergessen hatte. Ich mag das gemächlichere Tempo und dass ich hier einfach nur Leo sein kann. Und du bist hier. Das mag ich am meisten.«

»Leo?« Hollys Stimme zitterte, als versuchte sie, Tränen oder ausgelassenes Gelächter zurückzuhalten. Sie wusste selbst nicht, was von beidem zutraf.

»Ja?«

»Du solltest lieber die Transportbox abstellen.«

Leo sah zwischen ihr und dem Kätzchen hin und her. »Äh, warum?«

»Weil ich dir gleich in die Arme springen werde.«

Leo lachte, laut, glücklich und unbändig. »Wer braucht New York, wenn ich dich hier habe?«

Dann sprach keine von beiden mehr weiter, denn Leo stellte die Transportbox ab und Holly warf sich in ihre Arme und küsste sie mit all der Liebe in ihrem Herzen.

Minuten später ließ sie ein schrilles *Miau* auseinanderweichen.

Holly lehnte ihre Stirn gegen Leos.

»Ich glaube, jemand fühlt sich ein wenig vernachlässigt«, flüsterte Leo dicht an Hollys Lippen.

»Daran sollte er sich besser gewöhnen, denn ich habe vor, das hier …« Sie küsste Leo noch einmal, diesmal aber kürzer. »… jedes Mal zu tun, wenn ich die Chance dazu habe.«

»Chance.« Leo lachte. »Siehst du, ich habe ihm genau den richtigen Namen gegeben. Denn es wird unzählige Chancen geben.« Sie ließ Küsse auf Hollys Gesicht herabregnen, bevor sie sich bückte und die Transportbox nahm, während sie ihre freie Hand in Hollys schob.

Holly fühlte sich, als würde sie schweben, als sie ins Haus gingen. Leo hier zu haben und zu wissen, dass sie bleiben würde, war mehr, als sie sich je erträumt hatte.

Drinnen nahm Leo das Kätzchen aus der Transportbox und rieb ihre Wange gegen das weiche Fell.

Die beiden waren so niedlich zusammen, dass Holly fast dahinschmolz. »Du hast nicht zufällig auch ein Katzenklo für ihn besorgt, oder?«

»Ist im Kofferraum.« Leo zeigte dorthin, wo sie das Auto geparkt hatte. »Deine Mutter hat mir eine Liste von Dingen gegeben, die man für eine Katze braucht.«

Holly starrte sie an. »Meine Mutter hat davon gewusst? Sie wusste, dass du bleibst? Sie hat kein Wort gesagt, als wir gestern zum Essen da waren.«

»Ich habe sie gefragt, als ich ihr beim Abwasch geholfen habe und du damit beschäftigt warst, die Sauerei wegzuwischen, die dein Neffe im Wohnzimmer gemacht hat.«

»Und was hat sie gesagt?«, fragte Holly.

»Dass wir Chance in zwei Monaten kastrieren lassen müssen und dass sie erwartet, dass ich ihn höchstpersönlich zu ihr bringe.« Leo grinste. »Ich glaube, das war ihre Art, mir zu sagen, dass ich hierbleiben und nicht mit dem Herz ihrer Tochter spielen soll.«

»Und das wirst du? Hierbleiben, meine ich.« Holly konnte es immer noch nicht glauben.

»Das werde ich«, sagte Leo. »Vermutlich muss ich ab und zu verreisen und ein Konzert oder ein Interview geben, aber lange Tourneen mache ich nicht mehr. Das können andere Sängerinnen machen. Ich war lange genug auf der ganzen Welt unterwegs.«

Konnte es wirklich so einfach sein? Holly war fast schwindelig vor Glück, deshalb zog sie Leo zur Couch.

Sie kuschelten sich in der Mitte des Sofas aneinander und sahen zu, wie Chance sein neues Zuhause erkundete.

»Was wolltest du mir vorhin erzählen?«, fragte Leo nach einer Weile.

»Hmm?« Holly legte den Kopf auf Leos Schulter.

»Du hast gesagt, du müsstest mir auch etwas erzählen.«

»Ach, das.« Sie lachte. »Zwei Dumme, ein Gedanke. Ich wollte dir anbieten, dass ich mit nach New York gehe.«

Leo starrte sie an. »Du würdest Fair Oaks verlassen? Für mich?«

»Für uns.« Holly hob den Kopf von Leos Schulter. »Das Angebot gilt noch, wenn du es lieber so herum machen würdest.«

»Teufel, nein! Deine Mutter würde mich mit ihren Tierärztin-Instrumenten foltern.« Leo lachte, wurde dann wieder ernst und sah Holly in die Augen. »Ich bin genau da, wo ich sein möchte.«

Der liebevolle Ausdruck in Leos Augen zog sie magisch an. Holly beugte sich ihr entgegen, um sie zu küssen.

Chance wählte diesen Moment, um hinauf zu dem Ladekabel zu springen, dessen Ende von der Couch baumelte. Als er es nicht erreichen konnte, versuchte er, Hollys Bein hinaufzuklettern.

Leo rettete sie vor seinen scharfen Krallen, indem sie ihn auf den Arm nahm. »Mit Ruhe und Frieden ist es jetzt vorbei. Bist du sicher, dass du uns willst?« Sie nickte auf das Kätzchen hinab, das mit einer Strähne ihres Haares spielte.

Holly grinste. »Wer braucht schon Ruhe und Frieden, wenn ich euch beide haben kann?«

Sie strahlten einander an und beugten sich über Chance, um einen Kuss zu tauschen … den ersten von vielen Katzen-beaufsichtigten Küssen.

Epilog

Ein Jahr später

Leos Finger zitterten, als sie auf die Aktualisieren-Schaltfläche im Browser ihres Laptops klickte. »Oh Gott. Sie haben es hochgeladen!«

Ihre Stimme war lauter als geplant, sodass Chance aus seinem Nickerchen am Fußende des Bettes erwachte und den Kopf hob. Er starrte sie missmutig an, bevor er sich in einen längst nicht mehr kleinen Ball zusammenrollte und weiterschlief.

Sofort schlang Holly von hinten die Arme um Leo und zog sie gegen ihren nur mit einem Tanktop bekleideten Körper. »Soll ich die Rezension lesen und dir dann Bescheid sagen?«

Leo schüttelte den Kopf. »Lass sie uns gemeinsam lesen.« Mit Hollys Wärme im Rücken war es nicht ganz so angsteinflößend. Holly liebte ihre Musik und, viel wichtiger, sie liebte Leo. Nur das zählte.

Sie hielten gemeinsam den Laptop fest, während Leo zum Anfang der Rezension scrollte und sie laut vorlas.

Jenna Blake hat gerade ihr erstes selbst produziertes Album herausgebracht. Die zwölf Lieder wurden allesamt in dem Studio geschrieben und aufgenommen, das die Grammy-Gewinnerin letztes Jahr in ihrer Heimatstadt in Missouri gebaut hat.

Das stimmte nicht ganz. Die meisten Lieder waren im Wohnzimmer des kleinen Hauses geschrieben worden, das sie nun zusammen mit Holly bewohnte, während Holly neben ihr auf der Couch gesessen hatte. Doch das brauchte die Presse nicht zu wissen. All der Medienrummel, als sie ihre eigene Plattenfirma gegründet hatte, war schon schlimm genug gewesen.

Falls ihr euch das zutreffend benannte Album, Perfect Rhythm, *noch nicht gekauft habt, dann nichts wie los zum Plattenladen!*

Fans ihres Vorgängeralbums werden ihr neuestes Werk vielleicht weniger mögen, doch diese Rezensentin fand es in jeder Hinsicht überlegen: wunderschöne Melodien, tiefgründige Texte und Jennas rauchige Stimme, die mühelos mehrere Oktaven bewältigt. Lieder wie »In the Rain«, »Sex and Video Games«, »Holly's Song« und »When Our Hearts Collide«, machen es schwer, sich für ein Lieblingslied zu entscheiden.

Blake war schon immer eine der gesangstechnisch besten Sängerinnen im Bereich Popmusik, doch sie wurde häufig dafür kritisiert, dass sie sich zu sehr auf protzige Elemente und ihre Bühnenshow verließ und nicht genug Emotionen einbrachte. Tja, dieses Album wird die Kritiker zum Schweigen bringen. Sie hat ihr Herz und ihre Seele in dieses Album gesteckt, das ist deutlich zu spüren. Fünf von fünf möglichen Sternen.

Leos Stimme brach beim letzten Wort. Sie drehte den Kopf, um Holly anzusehen. »Sie hat das Album gemocht.«

»Sie hat es *geliebt*. Habe ich dir doch gleich gesagt.«

»Ja, hast du.« Holly hatte von Anfang an an sie geglaubt. Wann immer Leo damit gerungen hatte, sich als Künstlerin und als Marke neu zu definieren, war Holly da gewesen, um sie zu ermutigen.

Leo schloss den Laptop und stellte ihn am Boden ab, sodass sie sich hinlegen und Holly in die Arme nehmen konnte. »Danke«, flüsterte sie ihr ins Ohr.

Holly fuhr mit den Fingern durch Leos Haare. »Jederzeit.«

Mehrere Minuten lang kuschelten sie sich aneinander, während die Worte der Musikkritikerin durch Leos Kopf hallten und sie strahlen ließen. Das Leben war so gut, dass sie sich fast etwas beschwipst fühlte. Nur eine Sache hätte alles noch perfekter gemacht.

»Nächsten Monat sind schon die Konzerte in New York, Boston und Chicago«, sagte Leo.

Holly schob eine Hand unter Leos T-Shirt und streichelte ihren Rücken. »Mach dir keine Sorgen. Deine Fans werden deine neuen Lieder ebenfalls lieben.«

Das war es nicht, was Leo vor Nervosität am ganzen Körper zittern ließ. »Kannst du mitkommen? Ich weiß, du wirst es vermutlich nicht zu allen drei Konzerten schaffen, aber wie wäre es wenigstens mit Chicago? Jemand muss mich vor all den Fans beschützen, die ihre BHs auf die Bühne werfen, weil sie nicht begreifen, dass der Titel meines Lieds ›Sex and Video Games‹ keine Einladung ist.«

»All die Fans, die ihre BHs auf die Bühne werfen?« Holly hob ihre Augenbrauen. »Hast du nicht gesagt, du hättest keine wilden Groupie-Geschichten auf Lager?«

»Oh, dann hast du also genau zugehört, auch damals schon? Bist du etwa eifersüchtig?«, fragte Leo neckisch.

Hollys Gesichtsausdruck war ernst. »Ein bisschen.«

Leo rollte sich auf die Seite, sodass sie sich auf einen Ellbogen aufstützen und Holly in die Augen sehen konnte. »Es gibt keinen Grund zur Eifersucht, das weißt du, oder? Sämtlicher wilder Groupie-Sex der Welt kann nicht mit dem mithalten, was wir haben. Nicht mal annähernd.« Sie betonte jedes Wort.

Als Antwort zog Holly sie zu sich hinab und küsste sie. »Für mich ist es genauso.«

Leo knabberte an Hollys Unterlippe. »Also, kommst du mit nach Chicago? Wir könnten uns sogar mit Meg und Jo treffen, während wir da sind.«

»Das wäre toll. Können wir ihnen Karten fürs Konzert besorgen?«

»Klar. Ich könnte ihnen VIP-Karten besorgen, im Austausch gegen … einige Informationen.«

Holly neigte den Kopf zur Seite. »Was für Informationen denn?«

»Na ja …« Leo schluckte. »Sie haben doch letztes Jahr ein Haus gekauft, oder nicht? Vielleicht können sie uns ein paar Tipps geben.«

Holly starrte sie an. »Du meinst …?«

Leo nickte. »Ich lebe gern hier mit dir. Aber ich hätte gern etwas, was nur uns gehört. Etwas Größeres, mit einem Gästezimmer und …«

Holly stieß einen Schrei aus, der Chance vom Bett springen und aus dem Zimmer marschieren ließ, um sich nach einem ruhigeren Fleckchen umzusehen.

Ohne ihn zu beachten, schlang Holly die Beine um Leo, rollte sie beide herum, sodass sie oben lag, und ließ ihre Lippen über jeden Zentimeter ihres Gesichts wandern.

Zwischen Küssen und überglücklichem Lachen brachte Leo heraus: »Ist das ein Ja?«

»Ja, ja, ja.« Holly betonte jede Bestätigung mit einem Kuss. Sie sah auf Leo herab. »Hast du je daran gezweifelt, wie meine Antwort lauten würde?«

Leo zuckte mit den Schultern. »Na ja, du liebst dieses kleine Haus.«

»Nicht halb so sehr wie ich dich liebe. Ein Haus nur für uns zu haben, das uns zusammen gehört … Das wäre wundervoll.« Ein verträumter Ausdruck schlich sich auf Hollys Gesicht. »Vielleicht könnten wir eines der Zimmer isolieren, sodass es schalldicht ist.«

Röte stieg Leos Brust und Hals hinauf. »Ich glaube kaum, dass ich so laut bin … oder?«

Holly lachte. »Laut genug, dass der arme Chance sich gestern Nacht unter der Couch versteckt hat. Aber ich spreche nicht von unserem Schlafzimmer. Ich dachte, du hättest gern ein Musikzimmer. Vielleicht können wir sogar den Flügel deines Vaters dort aufstellen, wenn deine Mutter zustimmt.« Sie hielt inne und streichelte Leos Gesicht. »Es sei denn, du bist noch nicht so weit.«

Noch vor einem Jahr hätte Leo es sich nicht vorstellen können. Mit dem Flügel waren zu viele Erinnerungen verbunden. Aber jetzt waren auch neue Erinnerungen dazu gekommen, zum Beispiel, wie sie mit Holly auf der Klavierbank saß und spielte. »Ich bin so weit.«

Mit Holly an ihrer Seite war sie für alles bereit, was das Leben zu bieten hatte.

Fall Ihnen dieses Buch gefallen hat, könnte Sie auch Jaes Roman *Im Scheinwerferlicht* interessieren, in dem es um Leos frühere PR-Beraterin Lauren und die Schauspielerin Grace geht.

Nachwort

Wie Holly in der Geschichte schon sagte: Die menschliche Sexualität ist ziemlich komplex. Asexualität ist es ebenfalls. Bei asexuellen Menschen handelt es sich um eine sehr diverse Gruppe. Manche empfinden wie Holly romantische Anziehung, andere nicht, so wie Hollys Freundin Meg. Manche können unter den richtigen Umständen den Sex mit einem Partner oder einer Partnerin genießen, die sie lieben. Manche stehen Sex gleichgültig gegenüber und wieder andere ekeln sich bei dem Gedanken daran.

Asexualität existiert auf einem so breiten Spektrum von Perspektiven und Erfahrungen, dass eine einzelne Romanfigur unmöglich alle asexuellen Menschen repräsentieren kann.

Aus genau diesem Grund ist es unglaublich wichtig, mehrere Bücher über Charaktere aus dem asexuellen Spektrum zu haben.

Als ich zum ersten Mal von Asexualität gehört habe, gab es keinen einzigen Liebesroman mit einer homoromantischen asexuellen Frau in der Hauptrolle. Deshalb habe ich *Perfect Rhythm* geschrieben: um meine nicht asexuellen Leserinnen und Leser auf diese wenig bekannte sexuelle Orientierung hinzuweisen und um Leserinnen und Lesern aus dem asexuellen Spektrum das Gefühl zu geben, weniger allein zu sein.

Ich hoffe, das ist mir gelungen.

Herzlichen Dank fürs Lesen!

Jae

Über Jae

Jae wuchs im Weingebiet Süddeutschlands auf. Schon als Kind war sie immer mit der Nase in einem Buch anzutreffen, was ihr den Spitznamen »Professor« einbrachte. Im Alter von elf Jahren begann sie dann mit dem Schreiben eigener Geschichten. Seit 2006 schreibt sie hauptsächlich auf Englisch.

Bis im Dezember 2013 arbeitete sie als Psychologin, gab dann aber ihren Beruf auf, um Vollzeitschriftstellerin und Teilzeitlektorin zu werden. In ihrer Freizeit liest sie nach wie vor gerne, frönt ihrem Eiscreme- und Schreibwarenfaible und schaut viel zu viele Krimiserien.

KONTAKT:

Webseite: www.jae-fiction.de
E-Mail: jae_s1978@yahoo.de

Ebenfalls im Ylva Verlag erschienen

www.ylva-verlag.de

Hängematte für zwei

Jae

ISBN: 978-3-95533-841-1
Umfang: 384 Seiten (128.000 Wörter)

Dr. Jordan Williams verbringt ihre Tage im OP und ihre Nächte in den Betten ständig wechselnder Frauen.

Ihre neue Nachbarin, die alleinerziehende Emma, ist das komplette Gegenteil. Familie und Treue gehen ihr über alles.

Als Jordan sich bei einer Rettungsaktion den Arm bricht, fühlt Emma sich verpflichtet, ihre Hilfe anzubieten.

Könnten die sechs Wochen im Gips der Anfang eines Happy Ends sein?

Liebe im Trinkgeld inbegriffen

Alison Grey

ISBN: 978-3-95533-459-8
Umfang: 334 Seiten (65.000 Wörter)

Sherry lebt mit ihrem Sohn in einem Trailerpark. Mit Aushilfsjobs versucht sie, sich über Wasser zu halten.

Madison hingegen führt ein sorgenfreies Leben als Partygirl – bis ihre reiche Großmutter sie zu enterben droht, falls Madison nicht endlich erwachsen wird.

Als Madison auf Kellnerin Sherry trifft, kommt ihr eine Idee, die beider Leben auf den Kopf stellen wird.

All the Little Moments

Weil jeder Augenblick zählt

G Benson

ISBN: 978-3-95533-645-5
Umfang: 251 Seiten (62.000 Wörter)

Als ihr Bruder verunglückt, ändert sich das Leben der karrierebedachten Ärztin Anna schlagartig: Sie bekommt das Sorgerecht für dessen Kinder.

Von Selbstzweifeln geplagt und verlassen von ihrer Freundin versucht Anna, die Leben der trauernden Kinder sowie ihr eigenes in den Griff zu bekommen. Doch dann macht die Pflegerin Lane ihr Avancen, und Anna kämpft erneut um die Kontrolle über die Situation.

All the Little Moments

Was bleibt ist Liebe

G Benson

ISBN: 978-3-95533-813-8
Umfang: 307 Seiten (72.000 Wörter)

Endlich scheint alles in Annas Leben wieder unter Kontrolle zu sein. Ihre Nichte und ihr Neffe haben gelernt mit der Trauer über den Verlust der Eltern zu leben und Annas Beziehung zu Lane bereichert nicht nur ihr eigenes Leben, sondern auch dass der Kinder.

Gerade als sie daran glaubt, dass alles gut werden kann, beginnt ihr größter Kampf, und um den zu gewinnen, muss sie all ihre Kräfte aufbieten.

Demnächst im Ylva Verlag

www.ylva-verlag.de

Küsse in Amsterdam

Hazel Yeats

Die Adventszeit ist für Cara alles andere als fröhlich. Ein Aufeinandertreffen mit Jude, die als Weihnachtsmann in einem Kaufhaus arbeitet, hebt ihre Laune auch nicht. Und das, obwohl ihr schnell klar ist, dass unter dem Kostüm eine attraktive Frau steckt.

Nachdem sie herausfindet, dass Jude im realen Leben eine erfolgreiche Kinderbuchautorin ist, geht sie zu einer Autorenlesung. Dieses zweite Aufeinandertreffen endet in einem heißen Kuss. Ab da sind beiden praktisch unzertrennlich. Bis Cara Panik bekommt und Judes Herz bricht.

Aber da gibt es ja immer noch Caras nervige Schwestern, die sie mit sanfter Gewalt zu einem Roadtrip überreden. Wird es ein Happy End und noch mehr Küsse in Amsterdam geben?

Requiem mit tödlicher Partitur

Lee Winter

Natalya Tsvetnenko ist eine weltweit anerkannte Cellistin, die mit ihrem sensiblen Spiel die Herzen ihrer Zuhörer berührt. Niemand ahnt, dass sie unter dem Decknamen Requiem ein Doppelleben führt und als Auftragsmörderin mit kühler Präzision das Leben des größten Abschaums der australischen Unterwelt beendet.

Als sie mit dem Mord an Alison Ryan beauftragt wird, gerät das Leben der kühlen Berufskillerin aus dem Gleichgewicht. Alison führt ein absolut durchschnittliches Leben und hat keine Verbindungen zu Melbournes Unterwelt. Warum und vor allem wer möchte, dass Requiem sie aus dem Weg räumt?

Bibliografische Information der Deutschen Bibliothek
Die Deutsche Bibliothek verzeichnet diese Publikation in der Deutschen Nationalbibliografie;
detaillierte bibliografische Daten sind im Internet über www.dnb.de abrufbar.

1. Auflage
Taschenbuchausgabe Oktober 2017 bei Ylva Verlag, e.Kfr.

ISBN: 978-3-95533-906-7

Dieser Titel ist auch als E-Book erschienen.

Lektorat: Andrea Fries
Coverdesign: Streetlight Graphics

Kontakt:
Ylva Verlag, e.Kfr.
Inhaberin: Astrid Ohletz
Am Kirschgarten 2
65830 Kriftel
Tel: 06192/9615540
Fax: 06192/8076010
www.ylva-verlag.de
info@ylva-verlag.de
Amtsgericht Frankfurt am Main HRA 46713